잡
초

잡초

2018년 4월 5일 1판 1쇄 발행

지은이 | 이용해
발행인 | 이선우
펴낸곳 | 도서출판 선우미디어

등록 | 1997. 8. 7 제305-2014-000020
02643 서울시 동대문구 장한로12길 40, 101동 203호
☎ 2272-3351, 3352 팩스: 2272-5540
sunwoome@hanmail.net
Printed in Korea ⓒ 2018. 이용해

이 도서의 국립중앙도서관 출판예정도서목록(CIP)은 서지정보유통지원시스템
홈페이지(http://seoji.nl.go.kr)와
국가자료공동목록시스템(http://www.nl.go.kr/kolisnet)에서 이용하실 수
있습니다.(CIP제어번호: CIP201800826)

값 12,000원

ISBN 978-89-5658-562-8 03810
ISBN 978-89-5658-563-5 05810(E-PUB)

재미 성형외과의사
이용해의 열두 번째 수필집

잡초

선우미디어 sunwoomedia

견고한 城

김정기 재미시인

20년이 넘는 세월동안 이용해 박사님은 12개의 城을 쌓아 견고한 자신의 영토를 만드셨습니다. 이제 완전히 은퇴도 하고 플로리다와 뉴욕을 오가며 한가하게 쉬실 줄 알았더니 한 다스 열두 번째 책 원고를 마무리하여 보내주셨습니다.

너무나 놀랍고 존경스러워 작품 한 편씩 열어보며 점점 더 팽팽해지는 긴장감과 탄력을 주는 글에 다시 한 번 탄복합니다. 여전히 위트와 날카로움은 평행선을 이루고 사회의 구석구석을 통해 삶을 관통하는 주변 이야기, 자신을 투영한 일화를 비롯하여, 현실에서 얻었던 마음속 감동된 이야기를 독자들에게 풀어놓으셨습니다. 아무리 책을 많이 내는 요즈음이라 하지만 책을 낸다는 것은 어렵고 어려운 일인데 이용해 박사님의 글은 뜨거운 용광로에서 솟구쳐 오르는 용암 같은 결정체의 모음집으로 城은 점점 더 단단해지고 있습니다.

그리고 헬라어로 쓰인 성경이 독일어로 번역되고 영어로 번역이 되고 다시 한글로 번역하는 과정에서 여러 가지로 기술(記述)되었다는 것을 인정하지 않습니다. 성경은 성령의 감동으로 한 번에 일필휘지하여 쓰인 자기가 읽는 성경만이 진본이어서 다른 성경에서 다른 표현으로 쓰였다면 그것은 이단이고 범죄입니다.

그는 성경을 거의 외우다시피하여 히브리서 몇 장 몇 절, 로마서 몇 장 몇 절을 보라고 성경을 인용하며 상대방을 꼼짝 못하게 합니다. 내가 역사를 인용하거나 소설 작품을 인용하였다가 참람하다는 책망을 받았습니다.

－〈우리 장로님〉 중에서

바라보는 사물과 만나는 사람, 날마다 벌어지는 사회의 현상을 진단하고 분석하면서 인간의 갈 길, 사물의 본래적인 모습, 사회와 주변을 위하여 고치고 지향하여야 할 처방과 비전을 거침없이 내놓으십니다. 특히 마음의 양식을 지성의 잣대로 풀어내고 계십니다. 해박한 지식과 성실한 삶이 뒷받침이 되어서 신앙도 더욱 돈독하게 그 현장에서도 설득력을 갖추어 믿음으로 승화시키고 있습니다.

고비사막에 여행을 간 일이 있었습니다. 밤에 별을 보아야 한다는 가이드의 말에 자다가 일어나 밤하늘의 별을 쳐다보았습니다. 마치도 크리스마스트리에 매달린 장식처럼 주먹만 한 별들이 우리의 머리 위로 쏟아져 내려오는 것 같았습니다. 황홀했습니다. "아름다운 꿈 깨어나서 하늘의 별빛을 바라보라…" 하는 노래가 저절로 나왔습니다.

지금은 플로리다에 살고 있습니다. 새벽 운동을 나가면 밤하늘의 별들이 빛납니다. 그러나 알래스카의 별이나 고비사막의 별들처럼 찬란하지는 못합니다. 그러나 서울 하늘의 별보다는 훨씬 금빛으로 반짝입니다. 그러나 어쩌죠, 플로리다의 별들 속에서는 그 옛날 여름밤 시골 마당에서 보던 별처럼 꿈과 낭만이 없습니다.

어렸을 때 별의 색깔처럼 나의 인생의 꿈이 빛났던 것처럼 지금은 별들의 색깔과 나의 삶이 시들어 있는 모양입니다. 그리고 언젠가 별똥별이 떨어지는 날, 별 하나 나 하나도 세상 밖으로 떨어지겠지요.

-〈별 하나 나 하나〉 중에서

이렇게 읽기에 편하고 단순한 묘사나 의미 전달이 아니고 아련한 추억과 낭만을 아로새기는 글이 요즈음 또 있을는지요. 새로운 의미와 가치를 열어 보이고 창조해내는 문학적인 형상화를 통해서 수필문학의 진수(眞髓)를 보여주고 있습니다. 수필은 마음이 아름다운 사람이 쓴 글이며 그때, 그 시절 회상만으로도 독자는 행복하고 인생이 살 만해집니다.

결국 깨달은 것은 클로버나 잔디가 잡초는 아니지만 그것이 있어야 할 곳에 있지 않으면 잡초가 된다는 사실입니다. 논에 보리가 나면 보리가 잡초이고 보리밭에 벼가 나오면 벼가 잡초입니다. 사과 밭에 배나무가 있으면 배나무가 잡초일 것이고, 참외밭에 수박이 있으면 수박이 잡초가 되겠지요. 잡초가 나빠서가 아닙니다. 나올 자리를 잘못 잡았다는 것뿐입니다.

-〈잡초〉 중에서

자신의 자리에 대하여 생각하게 하는 대목으로 아픈 현실에 공감하면서도 소리 높여 비판하지 않고 낮고 애정 어린 목소리로 화해합니다. 곧 미적 체험으로 겸손하게 형상화했습니다. 이는 다름 아닌 존재의 의미를 찾아내려는 작가의 정신세계입니다. 다시 우리의 위치를 돌아보게 합니다. 물 흐르는 듯이 유려(流麗)한 문장은 하루아침에 얻을 수 없고 돋보이는 장점입니다.

우즈베키스탄 병원의 어두운 복도도 회색이었고 겨울바람이 부는 울란바토르시의 오후도 잿빛이었습니다.

내가 우울해서 그런지는 모르지만 회색은 분명 죽음의 색깔입니다. 살아있을 때는 다양한 색깔을 가지고 있지만 죽은 후에는 거의 모두가 한 색깔 잿빛입니다. 고고학자가 땅속에서 발굴해 내는 오래된 사람이나 동물의 뼈, 피라미드 속에서 발굴해낸 미라, 이집트의 땅속에서 파낸 파피루스도 모두 검은 회색으로 변해 있었습니다. 마치 맛있는 음식도 변하여 곰팡이가 피면 회색으로 변해 버리고 맙니다. — 〈회색〉 중에서

이용해 박사님의 수필은 요란스럽지 않으며 수수하지만 그만의 색깔을 지니고 있습니다. 그의 목소리는 삶의 연륜만큼이나 깊이가 있으며 내적으로 삭혀진 사색과 관조를 보여줍니다. 섬세한 감정의 지도는 내면화되고 열정과 헌신과 사랑의 삶이 발효되어 서정과 서사가 교직된 뛰어난 문학세계를 구축합니다. 지금도 한 편의 좋은 수필을 남기고자 자신을 사랑하고 다듬으며 쓰고 의사로 교수로 작가로 살아온 그의 수필은 글자 그대로 담수와 같은 잔잔함과 세련된 지성이 있습니다.

이제는 은퇴한 의사이고 나의 도시를 떠난 사람이니까 알아주는 사람도 없습니다. 그리고 이제는 의사 사무실에 가면 마냥 기다려야 합니다. 오전 10에 약속을 하고는 11시 반이나 되어야 부릅니다. 그리고는 무슨 피검사를 하자고 하고는 또 몇 시간을 기다립니다. 간단한 처방을 하나 받는데도 하루 종일이 걸립니다. 나는 그런 의사를 보면 화가 납니다. 자기의 시간은 귀하고 환자의 시간은 쓰레기로 취급을 하는지 모르겠습니다.

우리는 병원의 로비마다 걸린 포스터에는 '가족과 같은 사랑으로 치료합니다.'라는 표어를 내세우는 병원을 많이 봅니다. 이는 성경말씀대로 "너희가 대접을 받고 싶은 대로 남을 대접하라."는 말일 것입니다. 나의 시간이 아까운

것처럼 남의 시간도 아껴 주어야 할 것입니다.

물론 경우에 따라서는 검사도 하고 자세히 진찰도 해야겠지요. 그러나 환자를 오래 기다리게 하는 것이 마치 자기의 권위를 세우는 것 같은 오만과 착각을 가지고 있는 한 '가족과 같은 사랑'이란 말은 한낱 구호에 지나지 않을 것입니다. 붕어빵에 붕어가 없는 것처럼.　　－〈기다리게 하는 의사〉 중에서

수필을 맛깔나게 쓰는 것은 생각보다 훨씬 어렵습니다. 우선 아무리 좋은 글이라도 재미없으면 읽지 않습니다. 그런데 그걸 재미있으면서도 지혜를 곁들여서 내놓는 문체가 특별하기는 쉽지 않습니다. 이 책은 남의 비위를 맞추는 글이 아닙니다. 의사사무실에 가면 하염없이 기다리는 것이 다반사인데 의사이신 박사님의 이 글을 읽으며 얼마나 시원한지요. 말 속에 들어 있는 올바른 지적과 설렘과 정의로움과 그리움을 사랑하며 여기까지 온 세월의 선물이 정말 고맙습니다.

김밥, 순대, 돼지머리, 떡볶이, 어묵 잡채, 잔치국수, 우동 등 먹을거리가 정말 산처럼 쌓여 있습니다. 큰 지짐은 하나에 4000원인데 고소한 녹두맛에 간장을 찍어 먹으면 오래 전에 떠난 평양의 신양리 장마당이 생각납니다. 한 개를 사도 많아서 다 먹을 수가 없이 푸짐합니다. 그리고 충무김밥이라고 큰 고추만한 크기로 만들어 놓은 김밥인데 속에는 아무것도 없으나 오징어무침과 무김치를 곁들여 먹는 맛이 일품입니다. 떡볶이도 맵고 뜨겁고 달큼하여 입맛을 돋구어주고 김이 무럭무럭 나는 순대도 맛있습니다. 잔치국수도 국물 맛이 구수합니다.

처음에는 여기 앉아 잔치국수와 지짐을 먹다가 아는 사람을 만날까 봐 많이 주저했지만 나쁜 짓도 자주 하다 보면 이골이 나듯이 이제는 곧잘 나무의자에 앉아 지짐도 먹고 잔치국수도 훌짝거립니다.　　－〈어느 주말〉 중에서

얼마나 따뜻하고 진솔한 모습이신지요. 작품이란 다듬고 현란하게 꾸민다고 좋은 것이 아닌 줄 압니다. 글은 솔직한 감정 표현과 허례허식 없는 표현이 빛이 납니다. 이런 경우, 조탁의 흔적이 없다는 것은 겸손의 증거입니다. 작품에 나타난 그의 세계는 '인간애를 바탕으로 한 존재의 확인'으로 자아의 존재의미를 찾으려는 지난한 몸짓입니다. 이것이 일관된 창작적 의도요, 구현입니다. 자신의 맨얼굴을 꾸밈없이 드러내는 담백함이 매력입니다 .참 자유로운 영혼처럼 떠나고 싶을 때 떠나보는 박사님의 일상이 부럽기도 한 장면입니다.

〈트럼프와 김정은〉〈한국의 반미주의〉〈인민재판〉과 같은 정치적인 색채도 고향의 기억과 합일시키고 있지만, 〈나의 서가〉〈그리운 친구〉〈사랑은 아무나 하나〉〈고추 농사〉와 같은 우리 세대의 새로운 시간과 공간을 마주하여 끊임없이 직시하며 사유와 성찰로 새로운 의미를 부여합니다. 독자들의 지성을 건드려서 정서적 반응에 시동을 걸어 주는 역할을 하고 있어서 신선합니다.

여기 실린 작품 한 편 한 편에는 다 작가의 내면세계가 각인되고 재현되어 있습니다. 이 한 권의 수필집으로 사회의 시대정신을 두루 살펴볼 수 있어서 더욱 좋았습니다. 각박한 세상 바쁘고 정신없게 살아가는 우리를 위한 위로 같기도 하고, 남은 시간 어떤 사람이 되어야 할까 생각해 보게 하기도 하고 박사님 삶의 일부를 들여다보며 생각을 읽고 인생을 사는 좋은 방법을 배울 수 있는 시간이기도 했습니다.

앞으로도 희망인 미래 세대를 위하여 지혜와 경륜이 농축된 훌륭한 작품을 많이 남겨 주시고, 아름다운 삶 속에 견고한 문학의 城을 계속 보여 주시길 바랍니다.

나의
요술방망이

나의 요술방망이

강남고속터미널에서 일산으로 가는 3호선 지하철을 탔습니다. 토요일 아침이라 그리 붐비지도 않고 타고 내리는 사람도 많지 않아 쾌적합니다.

나는 습관대로 자리에 털썩 주저앉아 맞은편 의자에 앉은 사람들을 살펴보기 시작했습니다. 맞은편 의자에는 7명이 앉았는데 4명은 스마트 폰을 들여다보느라고 고개를 숙이고 있고, 두 사람은 눈을 감고 자는 듯 하고, 한 사람은 맞은편 벽에 붙어 있는 광고지를 보는지 위를 쳐다보고 있었습니다.

서있는 사람들이 많지 않아 맞은편 옆 좌석을 다시 바라보았습니다. 그곳도 좌석에 일곱 사람들이 앉아 있었는데 역시 5명은 스마트 폰을 들여다보느라 고개를 숙이고 있고 중년부인 둘이 서로 이야기꽃을 피우고 있었습니다.

서있는 사람들도 마찬가지로 대개는 스마트 폰을 들여다보느라 주위의 사람들에게 관심이 없습니다. 스마트 폰에 무엇들이 있기에 사람들은 스마트 폰을 손에서 떼지 못하는지 신기합니다.

얼마 전 인터넷에 올라온 유머입니다. 교인 중에 한 분이 죽어 목사님이 장례식에 갔습니다. 관을 닫기 전 목사님이 가족에게 물었습니다. "고인의 가는 길에 무엇을 같이 보내드리면 좋을까요?" 목사님은 당연히 '성경책을 같이 묻어 주십시오.'라는 답을 기다렸을 것입니다. 그런데 젊은 자녀 한 분이 스마트 폰을 같이 묻어 달라고 했습니다.

그렇습니다. 요새 사람들과 스마트 폰은 떼려야 뗄 수 없는 필수품입니다. 이 도깨비방망이 같은 스마트 폰이 없으면 요새 사람들은 아무 일도 할 수 없습니다. 스마트 폰에는 내가 아는 모든 사람의 전화번호가 저장이 되어 있고, 앞으로 한 달 동안의 해야 할 일정표가 있으며 문자 메시지를 주고받는 친구들, 카카오 톡이나 페이스 북으로 수다를 떠는 사람들이 있고, 앞으로 몇 일간의 날씨가 있고, 버스와 지하철을 탈 수 있는 교통카드가 있습니다. 스마트 폰으로 영화관의 표나 기차표, 버스표도 예매하고 내가 타고 가는 항공기가 몇 시에 출발을 하고 몇 시에 도착하는지도 알 수 있습니다. 그리고 온갖 사전과 백과사전까지도 들어 있습니다. 그래서 스마트 폰만 있으면 얼마든지 유식해질 수 있습니다. 물론 은행거래도 스마트 폰으로 하는 사람들이 있지만 건망증이 많은 나는 전화기를 잃어버릴 가능성이 있기 때문에 은행거래만은 설치하지 않았습니다.

그뿐이 아닙니다. 전철을 타고 가는 동안 나를 즐겁게 해줍니다. 많은 게임이 들어 있어 혼자 게임을 즐길 수 있으며 음악도 들려주고 유튜브의 영상물도 보여 줍니다. 친구들과 수다도 뗄 수 있습니다. 스마트 폰에서 지도를 보면 내가 가야 할 길도 가르쳐 주고 스마트 폰에는 내가 가는 식당의 할인쿠폰이 들어 있기도 합니다. 의사들에게는 약의 이름도 가르쳐 주고 수술방법도 가르쳐 줍니다.

옛날 사람들처럼 카메라를 메고 다니지 않아도 얼마든지 사진을 찍을 수 있으며 동영상도 촬영할 수 있습니다. 그전에는 그저 몇 장을 찍어 컴퓨터에 저장했지만 이제는 수백 장을 찍어 앨범을 만들어 심심하면 수시로 볼 수 있습니다.

용량도 2기가바이트였는데 이제는 32기가, 64기가, 128기가로 늘어나더니 250기가 소리가 나오고 외장 USB까지 동원이 되면서 아마 도서관을 꾸밀 수 있을만한 용량이 나올지도 모릅니다. 한 손 안에 들어오는 작은 상자가 이렇게 많은 기능을 가졌으니 옛날 사람들이 말하던 마술상자가 따로 없습니다. 이런 손오공의 여의봉 같은 물건이 내 손을 떠난다면 나는 아무것도 할 수 없고 기억하는 전화번호도 없으니 구원을 청할 수도 없습니다.

얼마 전 TV에서 젊은 사람들이 스마트 폰을 잊어버렸을 때 제일 당황했고 무엇을 어찌할 줄 몰라 멘붕이 왔다는 이야기를 들으면서 공감을 했습니다.

우리들의 생활 중 가장 필요로 하고 있고 많이 사용하고 있는 것이 스마트 폰이라고 해도 과언이 아닙니다. 스마트 폰을 너무 들여다보다가 목디스크가 생기고, 절벽에서 떨어져 죽기도 하고, 교통사고를 당하기도 합니다. 길을 가면서 스마트 폰을 보는 사람들도 많이 있지만 복잡한 길을 건너면서도 앞을 보지 않고 스마트 폰만 들여다보면서 탱크처럼 내 앞을 치고 들어오는 사람에게는 겁이 나기도 합니다.

어떤 사람은 이 휴대폰을 두 개씩 가지고 다니는 사람도 있습니다. 사업에 쓰는 전화와 개인적으로 쓰는 전화를 따로 사용하는 모양입니다. 거리에 나가면 휴대폰을 파는 상점이 제일 많습니다. '완전 공짜'라고 써 붙이고 새로 나온 기기를 무료로 바꾸어 준다고 크게 광고를 하면서 사람들을 유혹합니다. 그러나 세상에 공짜가 어디 있습니까? 그들이 내미는 깨알같이 작은 글씨로 된 계약서에 서명을 하는 순간부터 한 달에 십만 원이 훨씬 넘는 납부금을 최소한 2년 넘게 내야 합니다. 그리고 그 납부금이 끝날 때가 되면 기계는 고장을 일으키고 우리는 새로운 기기로 바꾸어야 합니다. 많은 기능을 사용할수록 요금은 많아지며 어떤 젊은이는 이십만 원이 넘는 대금을 낸다는 말도 들었습니다. 어떤 고등학생들은 이 휴대폰 요금을 내기 위하여 알바를 한다는 말도 들었습니다.

편리를 위하여 만들어낸 이 스마트 폰이, 이제는 편리를 위하여 만들어낸 것인지 아니면 우리를 지배하는 주인이 된 것인지 혼란스럽습니다.

옛날 시골의 버스나 기차를 타면 스스럼없이 옆의 사람과 이야기를 하면서 인정을 나누었습니다. 그러나 지금은 기차를 타고도 옆의 사람과 이야기를 하는 사람이 없습니다. 모두 자기만의 스마트 폰과 이야기를 주고받을 뿐입니다.

전에는 화장실에 가면서 신문을 들고 들어가 한 시간씩 있는 사람들이 있었지만 요새는 신문대신 스마트 폰을 들고 들어갑니다. 심지어 친구들과 같이 가면서도 대화를 하지 않고 스마트 폰만 들여다보고 있으며, 가족들과 식사를 하면서도 스마트 폰만 들여다보고 있습니다. 마술의 방망이같이 다재다능하지만 따뜻한 체온이 없는 금속성의 친구만 가진 현대인은 그래서 외로울 수밖에 없습니다. 체온과 스킨십이 없는 스마트 폰을 좋아하기에 현대인의 인간성은 점점 더 삭막해지는가 봅니다.

어느 주말

간혹 동료 교수들이나 병원 직원들이 "교수님, 주말에는 혼자서 뭘 하세요. 심심하지 않으세요?" 하고 묻습니다. 나는 장난기가 생겨 "그래요. 무척 심심해요. 나하고 놀아 줄래요?" 하고 대답하지만 속으로는 '천만에 말씀이십니다. 심심할 틈이 없는데요.' 합니다. 물론 심심할 때가 있지요. 그러나 가족들이 우글거리는 집에서도 심심하고 고독하게 느껴질 때가 많이 있지 않나요? 이어령 선생의 말씀대로 군중 속의 고독, 데모 군중 속에서의 외로움을 느끼지 않습니까? 외로움이나 심심함은 환경이 원인이기도 하겠지만 자신에게 많은 부분이 달려 있다고 하면 나더러 잘난 척 한다고 하겠지요.

하지만 일을 하지 않는 주말이면 아침부터 CGV에 가서 영화를 두 편이나 세 편 보고 커피도 마시고 점심도 먹으니 하루 종일 스케줄이 꽉 차 있습니다. 어떤 때는 저녁까지 먹고 들어와야 할 때가 있는데 그런 날은 좀 바쁜 날에 속합니다. 그러니 가족과 더불어 밥을 먹고 집에서 뒹구는 사람보다 심심하지 않습니다. 어제는 토요일이고 진료도 없고 당직도 아니었습니다. 습관대로 아침 7시에 회진을 돌고 커피를 한 잔 마시면서 보니 아직 8시도 안 되었습니다.

오늘은 무엇을 할까 하다가 그래 서울이나 가자 하고 마음먹었습니다. 금방 일어나 병원 앞에서 버스를 타고 대전역으로 갔습니다. 매 10분마다 떠나는 KTX 열차들 중에서 9시 05분 차를 골라 타고 서울로 갔습니다. 신문 한 장 보기도 전에 서울에 도착하니 10시가 좀 넘었고 활기찬 사람들 사이에 끼어 1번 지하철역으로 내려갔습니다. 사람 구경을 하면서 사람들 속에 섞여서 밀려가니 바쁘지도 않고 편안합니다. 지하철을 타고 동대문에서 내리니 11시가 좀 못 되었습니다.

나는 습관대로 청계천 6가에서 시작하여 청계천 5가와 4가까지 천천히 걸으며 헌책방들을 둘러보기 시작했습니다. 그런데 책을 좀 살펴보려면 주인인 듯한 남자가 퉁명스럽게 "무슨 책을 찾으세요?" 하고 앞을 막는 겁니다. 헌책방을 두리번거리는 사람이 꼭 무슨 책을 사겠다고 마음을 먹고 나왔겠습니까. 물론 그런 사람도 간혹 있겠지만, 대개 꼭 사야 할 책이 있는 사람이라면 신간서점으로 갈 테지요. 나는 퉁명 맞은 아저씨가 장사를 하고 싶어 나와 앉아 있는 것인지 장사는 마음에 없고 놀러 나와 있는 것인지 모르겠습니다. 하여간 아무 대답도 않고 다음 책방으로 옮겨갑니다.

이렇게 어슬렁거리다가 가끔 보물을 건지는 일이 있지만 그렇게 많지는 않습니다. 요새는 헌책방에도 팔리지 않는 신간들이 덤핑을 해서 나오는 책들이 많아서 오래된 고전을 찾기가 쉽지 않습니다. 그러다가 재수가 좋은 날은 귀한 책을 헐값에 구할 수 있는데 이런 날은 마치 낚시 갔다가 대어를 낚은 것처럼 기분이 좋습니다.

이렇게 한 시간이나 한 시간 반을 돌고 나면 청계천 4가가 나옵니다. 그러면 아주 중요한 결정을 해야 합니다. 시간은 바야흐로 점심시간이고 서울까지 오신 와룡선생이 점심을 어떻게 해결할 것인가 하는 것입니다. "무엇을 먹을 것인가 그것이 문제로다."라고 중얼거립니다. 결정에 따라 가는 방향이 달라지기 때문입니다.

청계천 4가에서 왼쪽으로 돌아 을지로 쪽으로 좀 가면 왼쪽 작은 골목 속에 우래옥 냉면집이 있습니다. 70여 년의 전통이 있는 우래옥은 냉면집으로는 왕자노릇을 하고 있는데 냉면 국물이 김칫국이 아닌 고기 육수이고 면에 메밀이 많이 들어 있어 맛있습니다. 그러나 사람들이 많아서 그런지 분위기는 시끌시끌합니다. 11시 반에 식당문을 여는데 시간 전에 가도 대기실에는 많은 사람들이 이름을 적고 기다리고 있습니다. 좀 늦게 가면 한참을 기다려야 냉면 한 그릇 얻어먹을 수 있습니다. 자리에 앉자마자 종업원은 무엇을 드시겠느냐는 주문이 오는데 음식을 시키면서 돈을 선불해야 합니다.

물론 그렇기야 않겠지만 이 집의 명물인 불고기를 먹지 않으면 좋은 대접은 받지 못하는 모양입니다. 그러면 냉면을 한 그릇 먹고 나오는데 30분도 안 걸립니다. 또 다른 선택이 있습니다. 청계천 4가에서 오른쪽으로 길을 건너 종로 4가 쪽으로 가다보면 오른쪽에 광장시장이 나옵니다. 이 광장시장에 들어가면 먹자골목이 나오는데 이곳은 아주 유명한 곳이어서 한국을 소개하는 TV나 방송에도 자주 등장합니다.

네거리 한 가운데에서 큰 철판에 기름을 잔뜩 붓고 그 위에서 두툼한 평양식 녹두지짐을 지집니다. 옆에는 김밥, 순대, 돼지머리, 떡볶이, 어묵 잡채, 잔치국수, 우동 등 먹을거리가 정말 산처럼 쌓여 있습니다. 큰 지짐은 하나에 4000원인데 고소한 녹두지짐을 간장에 찍어 먹으면 오래 전에 떠난 평양의 신양리 장마당이 생각납니다. 한 개를 사도 많아서 다 먹을 수가 없이 푸짐합니다. 그리고 충무김밥이라고 큰 고추만한 크기로 만들어 놓은 김밥인데 속에는 아무것도 없으나 오징어무침과 무김치를 곁들여 먹는 맛이 일품입니다. 떡볶이도 맵고 뜨겁고 달콤하여 입맛을 돋구어주고 김이 무럭무럭 나는 순대도 맛있습니다. 잔치국수도 국물 맛이 구수합니다.

처음에는 여기 앉아 잔치국수와 지짐을 먹다가 아는 사람을 만날까 봐 많이 주저했지만 나쁜 짓도 자주 하다 보면 이골이 나듯이 이제는 곧잘 나무의자에 앉아 지짐도 먹고 잔치국수도 홀짝거립니다. 의과대학 교수님이 광장시장에 앉아 지짐과 잔치국수를 사 먹었다고 신문에야 나랴 하고, 혹시 신문에 난다고 하더라고 교수님의 명예를 실추시켰다고 파면이야 시키겠나 싶으니 점점 용감해졌습니다.

그래서 서울에 가면 우래옥의 냉면이나 광장시장의 녹두지짐과 김밥의 단골이 되었습니다. 물론 시킨 것을 다 먹을 수 없습니다. 우래옥이나 비싼 식당에서는 남는 것을 싸 가지고 올 수 없지만 여기서는 남는 것은 잘 싸서 줍니다. 그걸 집으로 가져 오면 다음날 먹을 수도 있습니다. 그렇게 점심을 먹고 나도 오후 1시 정도입니다.

밥도 먹었으니 천천히 걸어오다가 종로 3가에 오면 서울극장이 있습니다. 상영관이 열 개가 훨씬 넘는 영화관이라 꼭 마음에 드는 영화가 아니라도 영화 한 편쯤은 볼 수 있습니다. 물론 어느 정도 마음에 들고 기다리지 않고 볼 수 있는 것을 택합니다.

영화를 보고나면 4시가 안 되었습니다. 다시 종로 3가에서 지하철을 타고 서울역으로 옵니다. 4시 반이나 5시 표를 샀으니 서두르지 않고 역에 나와 기차를 탈 수 있습니다. 열차를 타고 하루 종일 돌아다닌 몸을 좀 쉬면 대전에 5시 반이나 6시에 내립니다. 여기서 1만 원도 안 되는 택시를 타고 오면 집에 7시 전에 도착할 수 있습니다.

심심했다고요? 천만의 말씀 만만의 콩떡입니다. 허리에 찬 만보기를 보니 2만1천 보를 걸었습니다. 이만하면 운동도 많이 하고 책방에서 헌 책 사냥도 하고 맛있는 음식도 먹고 영화도 보았으며, 억지로 갖다 붙이자면 여행도 한 셈이었습니다.

　나는 지금 심심하지도 외롭지도 않습니다. 오히려 행복합니다. 이런 삶이 오래도록 지속되었으면 좋겠습니다.

노박 조코비치(Novak DJokvic)

나는 집에 들어가면 TV를 켭니다. 그렇다고 TV를 열심히 보는 것이 아니라 너무 집이 조용하면 뭔가 적적한 것 같아 TV를 켜거나 음악을 틀어 놓곤 합니다.

TV를 틀면 채널을 정해야 하는데 연속해서 보지 않으려면 스포츠 채널이 좋습니다. 누가 이겨도 상관이 없고 계속 지켜보지 않아도 되기 때문입니다. 스포츠 중에도 너무 시끄럽지 않은 채널이 좋습니다. 야구나 축구는 너무 소란해서 골프나 테니스 경기가 그런대로 괜찮습니다. 물론 내가 테니스를 좋아하기 때문이기도 합니다. TV를 틀어 놓고 책도 보고 글도 쓰고 낮잠도 자고 먹을 음식도 만듭니다. 어떤 때는 밤새 TV를 틀어 놓은 채 자기도 합니다. 물론 아내가 옆에 있었다면 야단을 맞을 일이지만 혼자 사는 생활이니 잔소리를 할 사람이 없습니다. 요새 한국 TV에서도 지나간 테니스 경기를 보여 주곤 합니다. 물론 후렌치 오픈이나 윔블던, US오픈을 실시간 보여주지는 않고 몇 달이 지난 후 보여 주긴 하지만요.

오늘도 주말에 집에서 편히 쉬려고 TV를 켰는데 마침 2016년 오스트레일리아 오픈 테니스 남자 결승전을 보여주고 있었습니다. 노박 조코비치와 앤디 머레이의 경기였습니다.

어느 선수나 나와 특별히 관계되는 선수는 아니지만 사람들은 자기가 좋아하는 선수가 생기게 마련입니다.

나는 로저 페더러 선수를 좋아합니다. 그러나 이제 로저 페더러는 지는 해입니다. 한참 그의 전성기에는 테니스를 위해 태어난 사람이고 테니스의 천재처럼 그의 실력을 당할 사람이 없었는데 스페인의 라파엘 나달이라는 선수가 나타나서 로저 페더러 선수를 제압하곤 했습니다.

나달 선수도 훌륭한 선수이고 여러 번 그랜드슬램의 우승자이기도 합니다. 그러나 나는 그의 옷차림이나 긴 머리카락 그리고 보자기로 질끈 머리를 동여맨 모습이 테니스 선수라기보다는 막일을 하는 노동자처럼 보이곤 했습니다.

노박 조코비치는 날씬한 몸매에 짧게 깎은 머리 그리고 색깔을 맞춰 단정하게 입은 테니스 복장이 맘에 듭니다. 2007년 그가 처음 등장했을 때는 테니스 코트에서 성질도 부리고 다듬어지지 않은 매너도 보였습니다. 하지만 2008년 오스트레일리아 오픈에서 페더러와 조 윌프레드 송가를 누르고 우승을 하고 난 다음부터 매너가 좋아졌습니다.

테니스 코트의 신사라면 스웨덴의 스테반 에드버리와 브욘 보그를 들 수 있습니다. 그들은 의심스러운 라인 콜이 있어도 심판을 한 번 쳐다보고 경기를 계속할 뿐 심판에게 거칠게 항의를 하거나 라켓을 집어 던지는 일이 없었습니다. 아마도 테니스 코트의 악동이라면 존 맥켄로를 들 수 있을 것입니다. 그는 심판에게 대들고 욕을 하고 라켓으로 의자를 때려 부수기도 하여 벌금도 물고 제재를 당하기도 했습니다.

물론 조코비치도 공이 잘 들어가거나 상대방을 이겼을 때는 주먹을 들어올리기도 하고 소리도 지르지만 라켓으로 땅을 치는 일도 없고 심판에게 대드는 일도 없습니다. 더욱이 상대방이 공을 잘 쳤을 때는 박수를 치며 격려를 해주는 모습으로 스포츠맨십을 보여 주곤 합니다. 오늘 상대하는 앤디 머레이는 60여 년 만에 윔블던 테니스에서 우승을 하여 영국의 자존심을 살려주고 그 해 올림픽에서 우승하여 영국의 영웅이 된 선수입니다. 그런데 영국의 영웅이 되고부터는 코트의 매너가 거칠어졌다고 할까요. 오만해졌다고 할까요? 신사다운 매너가 허물어졌습니다. 가끔 테니스 라켓을 집어 던지기도 하고 라켓으로 땅을 치려는 모습을 보여 주기도 합니다. 물론 상대방 선수에게 욕이야 하겠습니까만 상대방을 바라보며 무어라고 중얼거릴 때는 마치 이리가 울부짖는 듯한 모습으로 비쳐지기도 합니다.

테니스는 신체의 접촉이 없는 운동이고 골프처럼 신사의 운동이라고 합니다. 그래서 매너를 많이 찾는가 봅니다. 오랫동안 윔블던 경기에서는 복장을 많이 통제했습니다. 흰 색깔의 옷을 입도록 하고 여자들에게는 반바지를 입지 못하게 했습니다. 그러다가 하도 진보주의자들의 항의가 심해지니까 요새는 복장에 대한 제재가 많이 풀어진 것 같습니다.

그래도 옷의 색깔이 어지럽고 그냥 헐렁한 티셔츠를 입고 보자기로 머리를 매고 나오면 그다지 좋게 보이지 않습니다. 그리고 테니스 경기장에서 욕을 하거나 공을 발로 차거나 테니스 라켓으로 땅을 치는 모습도 아름다운 모습은 아닙니다. 그러니 자연히 그런 선수를 응원하지 않게 됩니다.

오늘 경기에서 짧은 머리에 파랑색 셔츠를 단정하게 입은 조코비치, 신발조차도 깨끗하게 신고 신사처럼 행동을 하는 그를 보면서 그가 어떤 사람인가를 살펴보았습니다.

조코비치는 1987년 5월 22일 생이며 가난한 나라 세르비아에서 태어났습니다. 4살 때 모니카 셀레를 지도한 엘레나 젠지치의 눈에 띄어 본격적으로 테니스 수업을 받았다고 합니다. 2007년 US오픈에서 준우승을 하면서 이목을 받기 시작했고, 2008년 오스트레일리아오픈에서 우승을 했습니다. 그리고는 2016년 오스트레일리아오픈까지 10번이나 그랜드슬램의 우승자가 되었습니다. 그리고 세계 상위의 테니스 선수들만이 초청을 받는 Master Cup에서도 4번이나 우승을 했습니다.

오스트레일리아오픈 5번, 윔블던우승 3번, US오픈 2번을 하면서 세계 제1위가 되었고 지금 102주간 동안 세계 제1위의 자리를 지키고 있습니다. 그리고 지금의 형세로는 그 자리가 좀 길어질 것 같습니다.

아마도 라파엘 나달과 로저 페더러 그리고 앤디 머레이가 결승전이나 준결승전에서 제일 많이 만난 선수들이 아닐까 싶습니다. 그의 상대 선수들 모두 훌륭한 선수들로 세계 챔피언들입니다. 그들이 코트에서 공을 치며 내는 기압소리를 들으며 얼마나 힘이 들까 생각해 봅니다.

오늘 조코비치의 경기를 보면서 깔끔하게 입은 그의 복장. 잘 다듬어진 머리… 매너 좋은 선수가 오래 챔피언이 되어 젊은 세대들의 모범이 되어 주었으면 합니다.

나의 서가

나는 욕심이 많은 사람입니다. 해방이 되고 난 후 평양에는 책이 없었습니다. 종이를 생산할 수 없던 북한에서는 책을 인쇄하기가 무척이나 어려웠을 것입니다. 시커먼 갱지로 된 노트에 잉크로 글을 쓰면 잉크가 번지고 연필로 글씨를 쓰면 무엇을 썼는지 잘 보이지도 않았습니다. 해방이 되고 우리는 집에서도 쫓겨나 그나마 형님이 가지고 있던 책도 모두 없어져 버렸습니다.

원래 책 읽기를 좋아하던 나는 어떻게 하다가 생긴 성경을 읽고 또 읽곤 했습니다. 그러다가 교회의 선배 누님들과 형님들의 연애편지의 심부름으로 서로 책을 전해 주게 되었습니다. 선배 누나가 책을 주며 누구에게 갖다 주라고 하면 그 형에게 가서 하루만 보게 해달라고 사정을 하여 책을 빌려서 밤새도록 읽고 다음날 갖다 주었습니다. 착실하게 심부름을 하여 신용이 있었는지 심부름은 떨어지지 않고 있었습니다.

이때 읽은 책이 이광수의 〈사랑〉〈흙〉〈무정〉〈마의 태자〉, 박계주의 〈순애보〉, 심훈의 〈상록수〉 이태준의 단편들, 김래성의 〈백가면〉〈황금굴〉〈진주탑〉 등이었습니다. 한국전쟁 이후 대구로 피난을 갔는데 내가 벌여놓은 담배 좌판 옆에 헌책을 빌려주는 리어카가 있었습니다.

주인은 40대의 수염이 텁수룩한 아저씨였는데 평양에서 같이 나왔다고 나에게 잘해 주었습니다. 가끔 리어카 가게를 비우고 나더러 봐달라고 는 어디 가서 한참씩 있다가 오곤 했는데 리어카에 있는 책을 마음대로 볼 수 있었습니다. 여기서 방인근의 〈마도의 향불〉 〈간호부의 고백〉 〈여학생의 정조〉 같은 야한 책도 읽었고, 김래성의 〈청춘극장〉도 만났습니다. 〈청춘극장〉은 1,2,3권이 나왔고 좀 있다가 4권을 구해 보았는데 5권이 출판이 되지 않아 손꼽아 기다리던 기억도 납니다.

한 서너 달 되니까 리어카의 책을 거의 다 읽었습니다. 대구 삼덕동에서 동인동 쪽으로 가면 골목에 헌책방이 있었습니다. 여기서 〈임꺽정〉이라는 책을 빌렸는데 아주 두꺼운 책으로 두 권짜리였습니다. 이 책은 빌려주지는 않는다고 했습니다. 나는 이 책을 들고 저녁이 되어 어두워 글씨가 안 보일 때까지 읽고 있으니까 가게 주인이 그러면 책을 가져가서 읽고 내일 아침까지 갖고 오라는 것이었습니다. 나는 책을 가지고 집에 왔지만 역시 밤에는 불을 꺼야 하니까 읽을 수가 없었습니다. 나는 책을 들고 나와 육군관사의 가로등 밑에서 밤새도록 읽어 버리고 다음 날 아침에 갖다 주었습니다. 신용을 얻어야 다음 책을 빌려 볼 수 있으니까요.

대학을 다니면서는 가정교사하랴 학교 공부하랴 하여 소설을 볼 시간이 없었습니다. 대학을 졸업하고 병원에서 일을 하면서 책을 가끔 사서 보곤 했는데 이어령의 〈지성의 오솔길〉을 비롯하여 〈바람이 불어오는 곳〉 〈흙 속에 저 바람 속에〉를 읽으며 그에게 푹 빠져 버렸습니다. 그러다가 미국에 오게 되었고 미국에서 인턴, 레지던트, 전문의 시험을 보는 동안에는 소설을 읽을 시간이 별로 없었습니다. 그러다가 개업을 하고 뉴욕 브로드웨이 32가에 있는 고려서적을 드나들면서 책을 사들이기 시작했습니다. 가끔 뉴욕의 고려서적에 가면 참 볼만한 책들이 많이 있었습니다. 그리고 시카고의 서울서점에서도 책 목록을 보내 주곤 하여 책을 구입했는데 자세히 돌아볼 시간이 없어 그냥 전집을 사곤 했습니다. 전집을 주문하고는 요새 땅을 판 졸부들이 서점에 가서 이 서가에 있는 책을 모두 집으로 보내달라고 했다는 이야기를 들으면서 나도 졸부처럼 무식한 짓을 했었구나 하는 생각을 했습니다.

오하이오의 집은 시골집이라 넓어서 넓은 지하실 전체에 책장을 붙여 놓고는 정신없이 사들였습니다. 책이 서가에 채우자 나의 옷장에다 쌓아 놓기도 했습니다. 물론 내가 산 책을 10분의 1 아니 100분의 1도 못 읽었지요. 못 읽은 책을 보면서 이제 은퇴를 하면 실컷 읽어야지 하고 다짐을 하곤 했습니다. 은퇴를 하고 나니 시골의 넓은 집에서 뉴저지의 좁은 콘도와 플로리다의 작은 집으로 옮기게 되었는데 짐의 대부분을 버려야 하는 것이 문제였습니다. 옷이야 좀 버려도 사는 데 지장이 없습니다. 푸른 셔츠는 버려도 흰 셔츠만 몇 개 있으면 결혼식이나 장례식 또 교회나 면접에 입고 가면 되지만, 법정스님의 책과 안병욱 교수님의 책을 바꿔칠 수는 없습니다. 만지작만지작하다가 아내에게 싫은 소리를 듣고서야 몇 상자를 버리고 또 다시 만지작만지작하다가 몇 상자를 버렸습니다. 미국에서는 한국 책 읽는 사람이 없고 심지어 애들도 한국책을 읽지 않아 할 수 없이 쓰레기통에다 버리면서 옛날에 책이 없어 고생을 하던 생각을 떠올리곤 했습니다.

한국에 살면서 주말에 시간이 있으면 동대문에 있는 헌책방을 뒤집니다. 헌책방은 청계천 5가를 지나 6가 쪽으로 가야 하는데 청계천 쪽으로 있는 책방보다는 반 블록쯤 시장 안으로 들어가면 뒷골목에 헌책들이 많이 쌓여 있습니다. 헌책방 주인은 한결같이 무뚝뚝하고 퉁명스러워서 앞에서 얼쩡거리면 "무슨 책을 찾아요?" 하고 묻습니다. 헌책방을 돌아다니는 사람이 무슨 책을 사겠다고 정하고 가는 사람이 있겠습니까? 그저 돌아다니다 눈에 뜨이는 것이 있으면 사가지고 오는 것이지요. 한번은 1957년부터 3년간의 〈사상계〉가 묶여 있기에 생각도 안하고 샀습니다. 그런데 책이 무거워 들고 올 수가 없었습니다. 할 수 없이 책값보다 더 주고 택배로 가져 왔습니다. 한번은 대전의 중앙로 길에 돗자리를 깔고 그 위에 책이 쌓여 있는데 전통 한국문학전집이라고 하여 납북 작가들의 작품들도 많이 있었습니다. 욕심이 나서 "이거 다 얼마나 드리면 돼요?" 하니까 한 권에 700원씩만 달라고 했습니다. 나는 너무나 싸서 잘못된 게 아닌가 하고 책을 들춰보니까 책의 내용은 착실한 것처럼 보였습니다. 나는 "이 책을 다 살 텐데 가져갈 수가 없네요." 하니까 "집 주소만 주시면 배달해 드릴 게요." 하였습니다. 나는 "그럼 이 책 30권 다 사지요." 하고는 3만 원을 드렸습니다.

정말 두어 시간 있다가 책을 판 사람이 집으로 책을 배달해 주었습니다. 한국을 떠날 때 제일 많은 짐이 책이었습니다. 미국에 도착해 짐을 풀기 시작하니 책장에는 물론이고 방에도 들여다 놓을 곳이 없습니다. 할 수 없이 상자 그대로 차고에 쌓아 놓기도 하고 일부는 버리기도 했습니다. 아직 남아있는 상자를 언제 어떻게 풀 수 있을는지 모르겠습니다. 아내는 교회 도서실에 갖다 주라고 하지만 연애 소설책이나 법정스님의 책, 무협소설, 람세스 같은 책은 갖다 줄 수 없지 않습니까?

이제 묵상을 해야죠. 그리고 법정스님의 말이 가슴에 와 닿는 날 욕심 없이 버리고 가기를 실천해야지요.

명문과 미문

한국 사람은 참으로 감성적이고 문화적입니다. 내가 지금 사는 플로리다의 네이플에는 크나큰 몰과 백화점이 셀 수 없이 많이 있습니다. 그런데 오페라하우스는 한 개밖에 없습니다. 가끔 정규 음악회가 아닌 연주는 공연장이 없어서 학교 강당이나 호텔의 연회 룸을 빌려서 공연을 하곤 합니다.

그런데 내가 살던 대전에는 백화점이 두 개밖에 없습니다. 그러나 예술의 전당은 정말 화려하게 지었습니다. 예술의 전당에는 공연실이 두 개나 있는데 작은 방에서도 오페라를 공연할 만큼 크고 화려합니다. 그리고 충남대학교에도 큰 공연장이 있고 또 다른 공연장이 한두 곳 더 있어서 아주 문화적입니다. 이런 예술의 전당을 도시마다 지어서 어느 도시에 가든지 심포니와 오페라를 볼 수 있습니다. 그리고 미술품이 전시된 박물관이나 갤러리는 지역마다 있습니다. 나는 지하철을 탈 때마다 지하철플랫폼에 붙어 있는 시화를 보면서 아마 지하철플랫폼에 시가 붙어 있는 나라는 세계에서 우리나라밖에 없을 것이라는 생각을 합니다.

나는 오하이오에 있을 때 Howland Community Church에 다녔습니다. 이 교회는 등록교인이 1,600여 명이나 되는 교회이고 예배마다 300명 이상이 출석을 했는데 성가대는 내가 보기에도 빈약했습니다. 여자 성가대원이 한 열 명, 남자 대원이 두서너 명으로 화음도 안 되는 찬양을 하곤 했습니다. 그런데 영스타운 한인교회는 교인이 50명 정도 되는데 성가대원은 열 명이 넘고 화음도 잘맞고 소리도 컸습니다. 뉴저지의 교회는 출석 교인이 200명 정도 되는데 성가대원도 많았을 뿐만 아니라 오케스트라도 있습니다.

한국 사람들은 글도 잘 씁니다. 한국 사람들이 많이 살지 않는 작은 동네에 가도 문인회가 있어 시와 수필을 쓰는 사람들이 모입니다. 얼마 전 서울 지인의 집에 가서 한국문인협회 회원 명단을 보게 되었는데 전화번호부처럼 두꺼운 책에는 만 명이 넘는 문인들의 이름과 전화번호, 주소가 장르별로 나와 있었습니다. 아마 이만 명은 넘을 것이라는 생각이 들었습니다. 한국수필가협회와 펜문학회원인 내 이름이 없는 것을 보면 소위 문인들이라는 사람이 이보다 훨씬 많겠지요. 물론 시인이 제일 많습니다. 아마 문인들 중 65퍼센트는 시인일 것입니다. 그 다음이 수필가이고 소설가이고요.

어떤 이는 낮에 강남의 식당에 가면 여자 시인들이 없는 곳이 없다고도 합니다. 그렇듯 책방에서는 정말 많은 시집들이 쏟아져 나와 있습니다. 서점에 나오지 않는 시집까지 치면 출간되는 시집은 훨씬 더 많을 테지요. 시간이 나면 서점에 들어가 신간 책들을 들고 몇 장씩 읽어 봅니다. 공짜로 책을 훔쳐보는 어려서부터의 습관을 아직까지 버리지 못해서 기차를 기다리거나 버스를 기다릴 때, 공항에서 시간이 남을 때 책방에 들어가 책을 봅니다. 공짜로 책을 보는 것만큼 좋은 일은 없습니다. 그런데 어떤 글은 아름답게 묘사가 되어 있지만 무슨 말을 하고자 하는지 도통 알 수가 없습니다. 온갖 아름다운 형용사와 부사들을 늘어 놓았는데 두세 번 읽어 보아도 마찬가지입니다. 물론 요즘 난해한 시를 쓰시는 분들이 많이 있는 것 같습니다. 근데 난해한 시는 작가 혼자 읽거나 몇몇 사람들만이 읽지 나 같은 보통 사람은 읽을 수가 없습니다. 서너 편 읽다가 다른 시집을 꺼내 또 읽다가 해장국 한 그릇 값이면 살 시집을 그냥 두고 자리에서 물러납니다.

요새는 소설도 많이 나옵니다. 일주일이나 열흘 간격으로 서점에 들러도 새로운 소설책 수필집들이 정원에 풀이 자라듯이 서가에 수북이 진열이 됩니다. 그런데 소설도 몇 장을 읽었는데도 화려한 문장과는 달리 무슨 말을 하고자 하는지 알 수 없는 때가 많이 있습니다. 그리고 무슨 문학상 무슨 문학상 당선작이라는 광고가 요란스럽습니다. 그런데 작가의 경지가 높아서 그런지 내가 무식해인지 읽어도 감이 잡히지 않습니다. 문장에 수식어가 너무 많이 붙어 있어서 본체가 어느 것인지 잊어버리게 되고 정작 문장의 주어와 본동사는 찾기가 힘듭니다. 정민 교수도 그가 쓴 스승님의 옥편이라는 책에서 미문이 명문이 아니라고 이렇게 설명을 합니다.

"길은 길이지만 지나 갈 수 없는 길을 의미하는 그리스어에서 비롯된 아크리아가 시 쓰기와 시 읽기에 적용될 때 그것은 얀카트가 말하는 석류와 J 힐리스가 말하는 코코닛 열매 및 악의 상징으로 상징주의 시인들이 즐겨 사용했던 히드라 …에 비유되기도 한다."

나는 글을 쓸 때마다 미문을 쓰려고 노력을 할 게 아니라 사람들이 읽을 수 있는 쉬운 글을 쓰려고 노력합니다. 그래서 한 친구에게서 "네 글은 문학 작품이 아니고 이야기책이야"라는 평을 들은 일도 있습니다. 내가 훌륭한 문학 작품을 쓸 만한 역량이 없기도 하지만 나는 독자가 힘들이지 않고 내 마음과 생각을 알아주기 바랍니다.

　하기는 저명한 시인의 전집을 읽어 보면 그들의 시가 전부다 훌륭한 시는 아닙니다. 저명한 시인이 남긴 몇 편의 시가 많은 사람의 애송시가 되었을 뿐입니다. 시인 이상도 위대한 시인이었습니다. 그러나 그의 시가 애송이 되지 않은 것은 난해하기 때문이고 김소월의 시가 애송이 되는 것은 쉽고 짧으며 우리의 마음에 와 닿기 때문입니다.

　아마 나는 위대한 문학가가 되지는 못할 것 같습니다. 그리고 안방이나 친구들이 자기 전에 침대에서 읽을 이야기책이나 남길지 모릅니다.

　그러나 혹시 압니까. 유행가라고 음악가들이 거들떠보지도 않던 〈황성 옛터〉가 서울시 교향악단에 의해 연주되고 '찔레꽃 붉게 피는 남쪽나라 내 고향…'을 소프라노 성악가수가 부르는 것처럼 언젠가는 사람들이 이야기책을 문학작품으로 승격시켜 줄는지….

와룡선생 상경기

어렸을 때 소년 월간지 〈학원〉에 조흔파 선생의 〈얄개전〉이 인기였습니다. 장난꾸러기 소년들이 학교의 선생님과 집의 누나들을 골탕 먹이는 이야기였는데 요새 같은 엔터테인먼트가 많지 않던 시절이라 인기가 대단했습니다. 그 후 〈와룡선생 상경기〉라는 작품을 쓰고 영화로도 만들어졌습니다. 인기 희극배우였던 김희갑 씨가 시골의 선생으로 있다가 제자들이 사는 서울구경을 온다는 이야기인데 도시에 처음 온 와룡선생이 실수를 연발하여 사람들을 웃겼습니다.

조흔파 선생님의 제목을 표절하여 죄송하지만 소설이 아니고 나의 수필이니 용서해 주실 것으로 믿습니다. 내가 살던 곳이 오하이오의 Warren이었는데 한국말로 와룡동이라고 불렀고 나는 스스로를 와룡선생이라고 자칭했으니 내가 서울 견문기를 쓰면서 '와룡선생 상경기'라고 써도 무방하리라 생각합니다.

그런데 나는 시골에 살지도 않았고 적어도 문명국가라고 하는 미국에 살았는데도 서울에 가니 어리바리하고 시골에서 서울 구경 온 와룡선생처럼 정신을 못 차렸었습니다.

우선 오하이오의 작은 도시에서 한적하게 살다가 사람들이 콩나물시

루처럼 아글바글하는 수도인 서울에 가니 정신이 없습니다. 잠시 호텔 로비에 앉아 밖을 보면 사람들이 걸어가는데 천천히 걷는 사람들은 없고 무엇이 그리 바쁜지 사람들의 떼가 모두 종종걸음을 하고 있었습니다. 더욱이 을지로 입구의 지하철이나 강남의 고속버스터미널. 여러 지하철이 겹치는 지하철역에 가면 사람들의 물결이 마치도 파도처럼 밀려오곤 했습니다.

서울에 갔으니 쇼핑을 한다고 동쌀롱(동대문 시장)과 남쌀롱(남대문시장)에 가면 내 마음대로 걸을 수가 없습니다. 사람들의 물결에 밀려서 가는데 앞에서 옆에서 뒤에서 툭툭 치고 가는 사람들 때문에 정신이 없고 온몸에 멍이 들 정도로 아프기도 합니다. 그것도 가만히 치는 것이 아니라 잘못하면 갈비뼈가 나갈 정도로 가방으로 쳐대니 시장에 갔다 갈비가 부러지면 보상하는 보험이라도 들어야겠구나 생각을 할 정도입니다. 또 황당한 것은 앞으로 가던 아주머니가 갑자기 몸을 돌려 나에게로 달려들면 본의도 아니고 자의도 아닌 포옹을 하게 되고 잘못하여 성추행이라고 할까봐 겁도 납니다. 지하철을 타려고 줄을 서 있으면 내가 맨 앞인 줄 알고 섰는데 사람들이 내 앞으로 끼어들고 차가 오면 어디서 나타났는지 아줌마 부대들이 한 분대는 되게 내 앞을 치며 먼저 타버립니다. 버스는 줄을 서나마나 한데 줄을 서 있어도 버스가 서는 데 따라 앞뒤가 바뀌어 버리기 때문입니다. 그래서 어리바리한 나는 버스나 전철에 앉는 행운은 별로 갖지 못합니다. 물론 한가한 시간대에야 자리가 있지만.

길도 넓어서 웬만한 곳은 4차선이고 광화문 같은 곳은 몇 차선인지 가늠할 수도 없습니다. 그 위로 성질 급한 한국 사람들이 운전을 하니까 택시를 타도 손잡이를 꽉 붙들고 앉아있어야 합니다. 그러니 총알택시라고 부르지 않습니까. 나같이 어리바리한 사람은 운전을 할 수가 없습니다. 꽉꽉 들어찬 차들 속에서도 요리 조리로 곡예운전을 하는 얌체기사들 틈에서 운전할 엄두도 나지 않고 조금만 무슨 일이 생기면 팔뚝을 걷어붙이고 "이 새끼가 눈깔이 삐었나" 하고 육탄 공격을 하는 사람들을 당해낼 재간도 없습니다. 그래서 대중교통을 이용하는데 버스나 지하철은 모두 교통카드를 써야 하는데 미국에서 온 친구들은 이 교통카드를 사고 충전하고 사용하는 방법을 몰라 어리바리하여 와룡선생처럼 실수를 합니다.

장거리버스도 자동판매기로 사는 게 편한데 처음 하는 사람은 한참 교육을 받아야 합니다. 그러나 사용법을 배우고 나면 아주 편리하긴 합니다. 신용카드를 넣고 긁으면 화면이 나오는데 갈 목적지를 찍어야 합니다. 그런데 미국의 신용카드는 아무리 긁어도 받아 주는 곳이 드물어서 신경을 돋우고 무안하게 합니다. 하여간 카드를 긁으면 날짜와 시간을 묻는 화면이 나오고 그걸 찍으면 원하는 좌석도 나옵니다. 그러면 버스를 탈 때 이 표를 인식기에 대면 자동적으로 삐— 소리가 나면서 내가 앉을 좌석이 표시가 됩니다.

얼마 전에 인천공항에서 홍콩을 가는데 자동 체크인을 하라는 것입니다. 안내를 해주는 사람도 없고 공항의 친절하면서도 쌀쌀한 아가씨는 "저기 가서 체크인 하고 오세요." 하고는 "다음 분!" 하고 신호를 보냅니다. 머쓱해서 자동 체크인대 옆에서 다른 사람들이 하는 것을 한참 보고서야 체크인을 했습니다. 패스보드를 화면에 대고 자기가 탈 항공사를 선택한 다음 목적지를 찍으면 보딩 패스의 그림이 나옵니다. 그러면 승인을 찍으면 승차표가 나오는데 좌석도 정해져 있고 시간, 게이트가 프린트되어 나옵니다.

컴퓨터와는 이야기할 수 없으니 좌석을 옮겨달라거나 다른 주문은 일체할 수 없습니다.

그래도 집에서 컴퓨터를 사용하고 이메일, 홈쇼핑 등을 해본 경험이 있으니까 눈치로 배울 수 있지 컴퓨터를 안 해 본 사람은 자동 체크인을 어떻게 할까 의문입니다. 효도 관광을 가는 할아버지와 할머니들은 어찌 할는지 모르겠습니다. 한국의 간판은 한글로 된 것이 거의 없습니다. 거의가 다 영어로 표시되어 있는데 불란서 이태리 독일 말로 표기되어 있는 것도 있고 이태원에는 아랍말로도 표기가 되어 있어서 영어를 못하는 사람은 커피도 마실 수가 없습니다.

Starbucks, Beans and berries. Angelus Coffees, Drip coffee, Tom & Toms coffee, Twosome place, J & Modern bar 등이 있고 Mc Donald, Burger King, Dunkin Donuts도 있습니다. 그러니 서울에 가서 촌놈짓을 하면 "미국에서 오셨어요"라고 묻는다고 합니다. 친구의 집에 찾아가려고 해도 아파트의 이름들이 한국어로 되어 있는 것이 드물고 Samsung Royal Castle, Reshuevill, Pulmuwon Villa 등으로 시어머니가 못 오게 하려고 하는지 나같이 어리바리한 사람을 골탕 먹이려고 하는지 모르겠습니다.

옛날 내가 자랄 때는 한국의 나이 드신 어른들의 상당수가 문맹이어서 문맹퇴치사업을 한다고 여름에 시골에 가서 할아버지 할머니들에게 한글을 가르쳐드린 일이 있습니다. 이제는 한국의 젊은 대학생들에게서 한국식 영어를 배우고 버스표 사는 법, 지하철 타는 법, 항공기 체크인 하는 법, 아파트 찾아가는 법을 배워야 할까 봅니다.

기다리게 하는 의사

　나는 성질이 비교적 급한 편입니다. 그래서 오래 기다리는 것을 싫어합니다. 이발을 할 때도 이발소 앞을 지나다가 사람이 없으면 아직 이발을 할 때가 안 되었어도 들어가 이발을 하고, 이발을 할 때가 되었는데도 이발소 앞을 지나면서 사람들이 많으면 이발할 때가 넘었어도 지나칩니다. 그래서 머리를 3주 만에 깎을 때도 있고 거의 두 달을 넘기는 때도 있습니다.

　나는 약속한 시간에 늦게 오는 사람을 좋아하지 않습니다. 물론 서울의 교통 체증을 이해합니다. 그래서 약속시간에 늦는다고 전화를 해주시는 분들을 위하여 기다리기는 하지만 즐거운 편은 아닙니다. 어떤 분은 9시에 만나자고 하고는 9시에 집에서 출발하는 친구도 있습니다. 그리고 어떤 모임에든지 으레 제일 늦게 오는 사람도 있습니다. 나는 그런 분과는 가능한 한 약속을 하지 않습니다. 잘 아는 친구 중에 그런 사람이 있습니다. 약속시간에 대어 가려면 지금 출발해야 하는데도 마냥 늑장을 부립니다. 어서 가자고 하면 "아니 벌써 가서 뭘해? 사람들이 모이려면 삼십분은 있어야 할 걸." 하고 일어설 기미를 보이지 않습니다. 그런 일이 한 번 있으면 그 사람과 동행을 하지 않으려고 노력합니다.

아내는 나의 그런 성격을 나무랍니다. 사람이 좀 느긋하고 포용력이 있어야지 성질이 급하고 신경질적이고 팩팩거린다고 비난합니다. 심지어 말도 앞과 뒤를 잘라먹고 중간토막만 말하니 알아들을 수가 없다고 불평합니다. 그러니 앞의 말과 뒤의 말을 모두 연결시켜서 좀 천천히 말하라고 간섭합니다.

그런데 나보다 더 말이 급한 친구가 있었습니다. 고등학생 때 교회에서 사귄 친구였는데 그 친구는 너무 말이 급해 기도를 할 때 "하나님 아버지시여"란 말을 줄여서 "아시여"라고 기도를 하곤 했습니다.

결혼 초기에 아내는 요리를 해보지 않고 자라서 그런지 식사를 준비하는데 시간이 오래 걸렸습니다. 부엌에서 몇 시간을 덜거덕거리고는 밥상에 나오는 것은 밥과 국과 김치 한 가지인데 무엇을 하느라고 그렇게 오랜 시간을 끌었는지 모르겠습니다. 그래서 나는 퇴근을 하고 저녁 준비가 안 되었으면 상에 놓여 있는 과자나 군것질을 주워 먹고 저녁을 거르는 일도 여러 번 있었습니다. 아마 무척 아내의 마음을 상하게 했을 것입니다. 지금 생각하면 철이 없고 미안한 일이었습니다. 어느 때부터인가 아내는 퇴근하기 전 "이제 집으로 갑니다."라고 전화를 하면 밥상을 차려 놓았다가 내가 집에 들어가면 바로 밥상에 앉아 저녁을 먹도록 해주었습니다.

몇 해 전 몽골에 가서 사역한 일이 있습니다. 내가 일을 하던 연세친선병원에서는 아침마다 8시에는 30분간 기도회를 한 다음, 진료를 시작하게 되어 있었습니다. 기도회 인도는 선교사님들이 돌아가면서 담당하게 되어 있었고, 나는 목요일 담당이었습니다.

그런데 나이 드신 선교사님은 대개 시간 전에 오셔서 기도회를 인도하는데 제일 젊은 선교사는 꼭 5분이나 8분이 늦습니다. 8시 30분부터 환자진료를 해야 하니까 기도회는 8시 25분에 끝이 나야 하는데 이 젊은 선교사는 늦게 와서 8시 35분까지 기도회를 계속합니다.

그런데 이 젊은 선교사는 장기 선교사이고 책임자로 정해져 있어서 무어라고 할 말이 없습니다. 몇 분의 선교사는 그 젊은 선교사가 오기를 기다렸다가 시작하지만 나는 8시 15초 전에는 시작을 했습니다. 그 젊은 선교사의 오는 소리가 들려도 나는 기다리지 않고 시작했습니다, 한번은 그분이 웃으면서 "이 장로님은 독일군 장교 같으셔요."라고 했는데 불만이 많이 섞인 말이었을 것입니다. 나는 기회가 있을 때 이런 말을 했습니다. "내가 열 명의 친구들과 약속을 하고 1분이 늦으면 나는 남의 시간을 10분 빼앗는 것입니다. 그리고 내가 10분을 늦게 왔다면 나는 100분의 시간을 남에게서 빼앗은 것이나 다름이 없습니다. 한번 가면 다시 안 오는 시간을 100분이나 남에게서 빼앗는 것은 죄입니다."라고.

건양대학에서도 마찬가지입니다. 매일 아침 7시 15분에 회의를 하는데 원로교수님들은 제 시간에 와서 기다리고 나이가 젊은 과장이 제일 늦게 나타납니다. 마치 내가 과장이라는 것을 시위하듯이…. 그리고 과장이 무서운 전공의들은 그가 오기 전까지는 회의를 시작하지 않습니다. 제일 늦게 나타난 젊은 과장은 마치 시위라도 하듯이 여러 사람에게서 인사를 받고 "그럼, 시작하지" 합니다. 나는 이것이 무척 못마땅했습니다.

나는 오하이오에서 병원을 하면서 하루에 평균 70명에서 80명을 진료했습니다. 제일 많이 한 날은 117명을 진료한 적도 있습니다. 외과의사가 그만큼 환자를 보았다고 하면 대단히 많이 본 것입니다. 그러나 나는 환자들이 기다리지 않도록 노력을 했습니다. 혹시 수술이 늦어져 좀 늦게 되면 환자들에게 미리 알리고 사과를 했습니다. 그래서 환자들에게 기다리지 않은 병원이라는 말을 들었습니다. 환자의 예약시간보다 미리 오신 분들도 기다리지 않도록 신경을 썼습니다. 그것은 내가 기다리는 것을 싫어했기 때문입니다. 그런데 의사들 중에는 환자를 일부러 기다리게 하는 의사도 있습니다. 대기실에 환자들이 많이 기다리고 있어야 마치 자기가 권위가 있는 의사라도 되는 것처럼….

사회생활을 하다보면 기다려야 하는 일도 있고 참아야 하는 일도 많습니다. 내가 아무리 성질이 급하고 약속을 철석같이 지킨다고 해도 기차가 연착을 하고 비행기가 늦어지는 것을 나 혼자서 화를 내고 성질을 부려도 해결할 길은 없습니다. 그리고 이제는 은퇴한 의사이고 나의 도시를 떠난 사람이니까 알아주는 사람도 없습니다. 그리고 이제는 의사 사무실에 가면 마냥 기다려야 합니다. 오전 10에 약속을 하고는 11시 반이나 되어야 부릅니다. 그리고는 무슨 피검사를 하자고 하고는 또 몇 시간을 기다립니다. 간단한 처방을 하나 받는데도 하루 종일이 걸립니다. 나는 그런 의사를 보면 화가 납니다. 자기의 시간은 귀하고 환자의 시간은 쓰레기로 취급을 하는지 모르겠습니다.

우리는 병원의 로비마다 걸린 포스터에는 '가족과 같은 사랑으로 치료합니다.'라는 표어로 내세우는 병원을 많이 봅니다. 이는 성경말씀대로 "너희가 대접을 받고 싶은 대로 남을 대접하라."는 말일 것입니다. 나의 시간이 아까운 것처럼 남의 시간도 아껴 주어야 할 것입니다.

물론 경우에 따라서는 검사도 하고 자세히 진찰도 해야겠지요. 그러나 환자를 오래 기다리게 하는 것이 마치 자기의 권위를 세우는 것 같은 오만과 착각을 가지고 있는 한 '가족과 같은 사랑'이란 말은 한낱 구호에 지나지 않을 것입니다. 붕어빵에 붕어가 없는 것처럼.

가을병

봄과 가을은 사람들의 마음에 센티한 감정을 주는 것 같습니다. 봄은 우리의 가슴에 흥분을 주지만 가을은 우리의 마음이 가라앉고 서글퍼지고 센티한 감정에 잠기게 합니다.

그래서인지 봄을 그리는 시와 노래가 많지만 가을을 그리는 시와 노래가 더욱 많습니다.

가을 하면 생각나는 것이 김현승 선생의 시입니다. "가을에는/ 기도하게 하소서/ 낙엽이 지는 때를 기다려/ 내게 주신 겸허한 모국어로/ 나를 채우소서" 하는 첫 연과 "나의 영혼/ 굽이치는 바다와/ 백합의 골짜기를 지나/ 마른 나뭇가지 위에/ 다다른 까마귀같이…" 하는 종장이 나의 폐를 찌릅니다. 누구나 낙엽이 떨어지고 나뭇가지 사이를 불어오는 바람소리에 처연해지겠지만 나는 젊어서부터 가을이면 앓는 가을병이 있습니다.

가을이면 괜히 우울해지고 밤이면 잠을 못 이루어 엎치락뒤치락하다가 창밖을 내다보며 센티해집니다. 오하이오의 집 뜰에는 백년도 넘은 도토리나무와 참나무 숲이 있었습니다. 이 잎새가 큰 나무들이 가을비에 젖어 있다가 불어오는 바람에 우우 소리를 내면 나도 모르게 "산촌에

눈이 쌓인 어느 날 밤에 촛불을 밝혀두고 혼자 울리라 아아 아아 너도 가고 나도 가야지” 하는 노래를 부르면서 센티해지곤 했습니다.

가만히 생각해보면 무슨 걱정꺼리가 있는 것도 아니고 쌀독에 쌀이 떨어진 것도 아닙니다. 따뜻한 집안에는 불이 켜져 있고 아내는 침대에서 곤히 잠이 들어 평화로운 정경인데 왜 마음은 이리도 쓸쓸해지는 것인지 모르겠습니다.

아마도 1946년 가을이었을 것입니다. 아버님은 점점 더 심해지는 김일성 공산당 치하에서 더는 못살겠다고 홀로 서울로 남하를 하시고 우리는 살던 집에서 쫓겨나게 되었습니다. 며칠까지 집을 비우라는 노동당 사무처 직원들의 독촉이 살벌해지는데 어머니는 집을 구하려 가셨는지 아니면 시장에 장사를 나가셨는지 밤이 늦도록 안 들어오시고 배가 고프다고 칭얼대던 동생은 그대로 바닥에 쓰러져 잠이 들었습니다. 열 살의 소년은 밖에 있는 포플러나무에 부는 바람소리를 들으면서 죽음이란 것을 생각했습니다.

그즈음 우리 동네에서 예쁘던 어린 소녀가 결핵으로 죽었습니다. 지게로 메고 나가는 그 소녀의 관에 부둥켜안고 눈물과 콧물이 범벅되어 울면서 매달리던 그 소녀의 어머니의 모습이 자꾸 떠올라 마음이 무거웠으며, 우리도 그렇게 죽을는지도 모른다는 생각이 그때 열 살의 소년을 몹시 우울하게 했습니다. 그리고 죽음이란 무엇인가. 정말 가을에 나뭇잎이 떨어지는 것처럼 우리도 바람에 쓸려 가버리는 것인가? 그러면 가는 곳은 어디일까, 나무관속은 답답하겠지 하고 소년은 생각했습니다. 그리고 우울해졌습니다. 얼마 있다가 들어오신 어머님께 죽음에 대해서 물어 보았더니 어머님은 “어린놈이 청승스럽게 그런 것은 왜 물어!” 하시면서 꾸중을 하셨습니다.

좀더 있다가 나는 교회 형들과 누나들의 소설책을 빌려 보면서 〈이차 돈의 사〉 〈단종애사〉 〈순애보〉를 읽어 보면서 가끔 죽음이라는 생각이 머릿속에 들어오곤 했습니다.

한국전쟁 때 평양에서 피난 온 우리들은 평택 근처에서 부모님을 잃어버리고 생전 처음 만난 고모네 집에서 몇 개월을 지내게 되었습니다. 안성군 삼죽면 기운리 샘골의 시냇가에는 역시 포플러나무들이 늘어서 있고, 겨울이면 불어오는 바람소리에 쏴 쏴 하는 소리를 냈습니다. 나는 또 우울증이 재발하고 불면증에 시달렸습니다. 등잔불을 켜던 시골에는 밤이면 불을 꺼야 하고 창문도 없이 문풍지에 붙은 조고만 유리구멍이 밖을 내다볼 수 있는 게 전부이고, 작은 유리구멍으로 볼 수 있는 것은 어두운 외양간밖에 없었습니다.

나는 우울증에 가슴이 아파오곤 했습니다. 그리고 그 어두운 밤이 왜 그렇게 길었는지 모릅니다. 닭이 꼬끼요 하고 벌써 울었는데도 해는 뜨지 않았고 안방에서 고모님이 기침을 할 때까지 나는 문창호지를 바라보며 베개를 안고 울곤 했습니다.

대학을 다니면서 가정교사를 했습니다. 물론 입주 가정교사를 할 때도 있었지만 나는 집에서 다니는 것이 좋았고 학생을 가르치고 밤 11시에 집으로 올 때면 가을바람에 우수수 떨어지는 나뭇잎을 보며 우울해지곤 했습니다.

그때도 가을이었습니다. 같은 교회에 다니던 젊은 여인이 자살한 것이…. 그 여인은 신학교 졸업반인 젊은 예비목사와 약혼한 사이였고 둘의 사이는 아주 원만했습니다. 그런데 어느 날 새벽, 날이 밝기도 전에 교회 청년회원 하나가 나의 방문을 두드리고 들어오더니 J가 어젯밤 죽었다고 했습니다. "나는 무슨 소리를 하는 거예요? 내가 어젯밤 가정교사를 끝내고 밤 11시정도 집으로 오다가 만났는데…"라고 했더니 "아마 이 선생을 만나고 바로 집으로 들어가 약을 먹은 것 같다. 새벽에 신음소리가 나서 부모님이 발견을 하고 의사를 불러왔으나 곧 숨이 졌다."고 알려주었습니다. 한 주먹의 키니네를 입에 털어 넣고는… 우리는 화장을 하고 돌아오는 가을 저녁 바람과 낙엽을 보면서 젊은 여자의 죽음을 서러워했고 또 엉뚱하게 나의 죽음도 생각했습니다.

이제 낙엽이 집니다. 대전 서구 관저동 대자연아파트에도 포플러나무가 여러 그루 심어져 있습니다. 그리고 언덕 위의 아파트여서 그런지 포플러나무에서 부는 바람이 쏴— 하는 소리를 냅니다. 초저녁에 잠깐 잠이 들었던 나는 바람소리에 깨었는지 아니면 가을의 기운에 깨었는지 창밖을 내다보면서 우두커니 서 있습니다. 그리고 괜히 우울해 집니다.

지금 자정 1시밖에 안 되었는데 잠이 오지 않을 것 같습니다. 책도 읽히지 않을 것 같고 TV를 틀고 싶지도 않습니다. 그냥 어두운 밖을 내다보면서 지나간 나의 삶의 단편 단편들을 되새기고 있습니다.

어려서 고생스러웠던 삶, 그리고 정다웠던 친구들, 나를 사랑해 주시던 스승님들, 혼자서 가슴 설레고 말 한마디 전하지 못했던 여학생들, 사귈 뻔 했다가 멀어져간 사람들, 내가 치료했던 수많은 환자들, 그리고는 죽어간 친구들과 환자들, 나의 기뻤던 날과 슬펐던 날들이 마치도 오래된 흑백영화처럼 지나갑니다. 밤은 더욱 깊어 가는데 눈은 더 말똥해집니다.

약도 없고 치료제도 없는 고질병인 가을병을 나는 얼마나 더 앓아야 할지 모르겠습니다.

나의 혼밥 혼즐

사람들은 과부의 안방에는 은이 서 말, 홀아비의 이불에는 이가 서 말이라고 합니다. 노부부 중 남편이 먼저 죽으면 여자는 흥얼거리고 즐기면서 살지만 부인이 먼저 죽으면 남자들은 거지꼴을 면하지 못할 뿐만 아니라 얼마 살지도 못한다고 합니다.

한마디로 남자들은 여자에게 의존력이 강하여 자기를 도와주는 여자가 없으면 살아갈 수 없다는 이야기입니다. 그런데 요새는 혼자 사는 사람의 세대가 30%에 육박한다고 합니다.

하지만 나는 반론을 펴려고 합니다. 여자는 의존심이 강하여 어려서는 부모를 의지하고, 젊어서는 돈을 벌어다 주며 힘든 일을 도맡아 하는 머슴 같은 남편을 의지합니다. 늙으면 자식들을 의지하는 등 의지할 상대를 잘도 바꾸지만 남자들은 독립심이 강하여 누구에게 의지하지 않으니까 늙어서도 자식들에게 의지하지 않고 구차하지만 혼자 살아가려니 보기가 구차하다는 말일 것입니다.

물론 주변머리 없는 남자들이 많이 있는 건 사실입니다. 집에서 냉장고 문 열 줄도 모르고, 부인이 외출하면 라면도 끓여 먹을 줄 몰라 쫄쫄 굶고 앉아 있고, 은퇴를 하면 부인의 치맛자락을 붙들고 시장을 따라다니는 궁상스러운 남자들이 많이 있는 것 또한 사실입니다.

내가 아는 친구 중에도 부인이 어디 가면 냉장고에서 얼음물도 못 만들어 먹는 친구가 있습니다. 오래 전 부인이 부득이한 일로 한국에 갔는데 주위에서 그렇게 음식을 해다 주는데도 그것도 제대로 데워먹지 못하여 병든 친구가 있었습니다.

가끔 남자들이 은퇴를 하여 부인 치맛자락을 붙들고 따라다니다가 부인의 눈치에 신세를 한탄하는 글이나 이야기를 많이 들었습니다.

사회가 변한 만큼 남자들도 변해야 살아남을 수 있습니다. 선배 한 분은 부인이 세상을 떠난 지 10년이 넘었는데도 항상 깨끗한 셔츠와 깔끔한 차림으로 교회에 오고 모임에도 참석하며 남의 눈에 조금도 아쉽지 않게 사십니다.

나도 한국에 나가 10여 년을 혼자 지냈습니다. 그리고 친구들이나 나를 아는 사람들이 나를 측은하게 생각한 적도 없고 옷이 남루했던 일도 없었던 것 같습니다. 환자들이나 나의 생활을 잘 알지 못하는 사람들은 제 아내가 옆에 붙어 있는 줄 알았다고 하니까요. 가끔 간호사나 환자들에게 멋쟁이라고 불릴 정도로 깨끗하게 차리고 다녔습니다.

비결이라면 그저 좀 더 부지런하면 됩니다. 요새는 사회가 많이 발전하여 살기가 편하게 디자인되어 있습니다. 아침에는 커피 한 잔, 기분이 좋으면 계란 프라이 한 개와 빵 한쪽을 먹으면 됩니다. 이것도 못하는 남자가 있으면 자기 고생을 자기가 사서 하는 거죠.

아침 출근시간 2시간 전에 일어나 샤워하고 책을 한 30~40분 읽습니다. 그리고는 커피포트를 켜고 계란을 한 개 프라이를 합니다. 주걱도 필요 없이 프라이팬으로 계란을 뒤집으면 설거지 할 일도 별로 없습니다. 빵 한쪽을 토스터에 구워서 접시에 놓으면 아침은 됩니다. 부인이 있어도 이보다 더 잘해 줄 수는 없지 않은가요?

점심은 병원 식당에서 부자처럼 많이 먹습니다. 그러면 저녁 생각이 별로 없습니다. 퇴근길 집으로 오면서 식당에 가서 밥을 먹어도 되고 그냥 와도 좋습니다. 처음에는 혼자 먹는 밥이 어색했지만 차츰 익숙해지니까 혼밥도 그리 나쁘지 않습니다. 한국에는 전국이 먹자골목이라고 해도 과언이 아닙니다. 건양대학교 병원에서 내가 사는 대자연아파트까지 750 발자국만 걸으면 되는 짧은 거리에 음식점이 열 개도 더 늘어서 있습니다. 건양프라자 3층에는 계룡대반점이라고 하는 좋은 중국식당이 있고 그 옆에는 크림이라고 하는 양식집이 있습니다. 2층에는 부대찌개, 칼국수집, 샤부향, 본죽이 있고 1층에는 김가네, 신포만두, 국수나무, 도시락집, 돼지국밥집, 죽이야기, 김밥나라 등등 음식점이 줄줄이 늘어서 있습니다. 하루에 한 집씩 들러도 두 주일은 걸릴 정도입니다. 그리고 일주일에 한두 번은 동료끼리 회식이 있어 차를 타고 멀리 가서 식사를 하기도 합니다. 그래서 미국의 아내가 걱정하는 것이 미안할 정도로 잘 먹고 지냅니다.

주말에 일을 안 하는 토요일이면 아침 일찍 회진을 돌고 병원 앞의 버스를 타고 세이백화점에 붙어 있는 CGV로 갑니다. 물론 인터넷으로 미리 프로그램을 볼 때도 있지만 대개는 그저 가면 10개가 넘는 방에 내가 볼만한 영화가 있습니다. 그러면 어떤 날은 3편, 적을 때는 1편 대개 두 편 정도의 영화를 봅니다. 표를 사고 시간이 있으면 커피 집에 앉아 커피 한 잔과 구운 베이글을 먹고 있으면 그렇게 여유롭고 행복할 수가 없습니다. 영화를 보고 시간이 되는 대로 식당가에서 점심을 먹고 또다시 나의 BMW를 타고 집에 옵니다. 그리고는 청소기를 꺼내어 청소를 하고 물걸레질까지 깨끗하게 합니다. 그러면 나머지 시간은 자유입니다.

두 주일에 한 번 정도 세탁을 합니다. 일요일 아침에 일어나자마자 흰옷들을 세탁기에 넣고 세재와 향표백제를 적당히 넣고 단추만 누르면 한 시간 좀 지나 세탁이 됩니다. 흰색 세탁이 끝나면 색깔이 있는 옷들을 세탁기에 넣고 또 단추만 누르고 병원에 갑니다. 회진을 돌고 9시 예배를 드리고 집에 오면 세탁이 잘되어 있습니다. 다림질판을 꺼내놓고 바지와 셔츠를 다림질을 하는데 셔츠 하나 다리는데 3-5분밖에 걸리지 않습니다. 한 대여섯 개 되는 셔츠를 다려서 걸어 놓으면 기분도 좋습니다. 그전에는 세탁소에 맡겼는데 세탁소에 맡기면 칼라의 때를 잘 지워주지 않아서 지금은 내가 스스로 세탁을 합니다. 칼라에 비누칠을 하고 수세미로 좀 문지르면 칼라의 때가 깨끗이 지워져서 세탁소에서 한 것보다 더 깔끔합니다.

일요일은 요리를 하는 날입니다. 예배를 드리고 집으로 오는 길에 홈플러스에 들러서 나를 유혹하는 식품을 삽니다. 혼자 먹는 것이라 장을 보는 것이 간단하기도 하고 얼마 되지도 않습니다. 백선생의 요리강의에서 배운 요리를 해놓고 TV를 보면서 우아하게 점심을 먹고 책을 보거나 컴퓨터로 글을 쓰기도 합니다.

일 년에 아내가 두어 번 찾아옵니다. 그러면 나 혼자서 밥을 해먹고 세탁을 하고 외롭게 사느라고 얼마나 고생을 했는지 아느냐고 엄살을 떱니다. 그래야 아내의 마음이 놓이고 좋아하는 것 같습니다. 그러나 남자 친구들에게 감히 속삭여 줄 수 있습니다. 혼밥 혼즐이 결코 나쁜 것만은 아니라고….

우상화(Idolalization)

    사람에게는 누구나 우상이 있습니다. 이 우상이라는 말이 교회에서 말하는 바알이나 아세라 목상, 금송아지가 아니라 자기가 가장 좋아하고 또는 닮고 싶은 사람이 우상입니다. 젊은이들은 K-Pop의 청소년 가수들이나 배우들을 아이돌이라 부릅니다. 곧 자신들의 우상이라는 것이지요.

    나도 닮고 싶은 사람이 있습니다. 내가 외과의사니까 성산 장기려 선생님처럼 수술을 잘하고 존경받는 의사가 되고 싶고, 이어령 선생님처럼 날카롭고 멋진 글을 쓰는 사람이 되고 싶고, 김형석 선생님처럼 말을 잘하는 연사가 되고 싶은 것입니다. 김형석 선생님은 요새 〈백세를 살다보니〉라는 책에서, 흐르는 물처럼 유창하게 강의하시는데 나도 이분처럼 되면 얼마나 좋을까 생각합니다. 그러나 우상은 우상으로 남는 것이지 이루어지는 것은 아닌가 봅니다. 아무리 노력을 해도 장기려 선생님처럼 유명한 외과의사가 되지 못했고, 이어령 선생님처럼 글을 잘 쓰지 못하고, 김형석 선생님처럼 강의도 잘하지 못했습니다. 그런데 우상은 실상이기보다는 마음대로 편집되고 과대포장된 것인지도 모릅니다.

    나의 외조부님은 많은 상속을 받은 지주로서 한의학을 공부하여 한의

사가 되셨고 재산은 더욱 많아지셨습니다. 그런데 인생의 의미를 생각하고 깨달은 바가 있으셨는지 기독교에 귀의하여 목사가 되셨습니다. 충청남도 서산군 안민면 승언리에 감리교회를 세우시고 담임목사님이 되신 것입니다. 평일에는 한의사로 환자를 돌보시고 주일에는 교회에서 설교를 하셨습니다.

돈 많은 의사이고 목사인 외조부님은 사람들의 존경의 대상이었습니다. 아마 여러 사람의 롤 모델이나 우상이셨는지도 모릅니다. 조부님은 사랑방이자 진찰실인 딴 채에서 기거하셨고 안방이나 윗방으로 오시는 일은 거의 없었습니다. 외숙모는 진짓상을 차려 할아버님의 거처로 내가고 상을 치우는 일 이외에는 할아버님 방에 들어가시는 일이 없었습니다. 아마도 할아버님이 사는 곳은 신당처럼 무서운 장소였는지도 모릅니다.

하루는 외숙모가 할아버님의 진짓상을 들고 부엌으로 나오셔서는 "아니, 목사님도 밥을 흘리셨네."라고 혼자 말하시는 것이었습니다. 어린 나는 그 말을 들으면서 정말 '우상과 같은 할아버지는 밥을 흘려서는 안 되는 것이구나.' 하고 생각을 했습니다. 우리는 존경하는 사람이나 사랑하는 사람은 아름다운 면만 있어야지 인간의 추한 면은 있어서는 안 되는 줄 알았습니다. 아마 북한에 가서 김일성 김정일의 대변냄새가 고약하다든가 그들의 항문에 치질이 있어 내복에 항상 대변이 묻어 있다던가 하는 이야기를 하거나, 김정은의 창자 속에 기생충이 있다고 한다면 존엄 훼손이라는 죄목 아래 총살을 당하거나 웸비어처럼 요덕수용소에서 무기징역형을 당할지도 모릅니다.

오래 전 이야기입니다 내가 다니는 교회에 한 여학생이 있었습니다. 부드러운 목소리에 참하고 예쁘게 생겨서 많은 남학생들의 우상이었습니다. 한번은 교회에서 하기 수양회를 제천 호숫가에서 했습니다. 오전 강의가 끝나고 점심 식사시간에 그 호수에서 잡은 붕어들을 먹는데 남자 집사님이 그 여학생에게 살아서 푸덕거리는 붕어를 주었습니다. 그 여학생은 그 살아있는 붕어를 고추장을 듬뿍 찍더니 붕어 머리 쪽을 입에 넣고 와작 물어뜯는 것이 아닙니까. 입술에는 고추장과 붕어의 피였는지 물이었는지가 흘렀는데 그걸 본 나는 거짓말을 보태서 놀라 쓰러질 뻔 했습니다. 그렇게 연약하고 예쁜 여자가 살아서 푸덕거리는 붕어를 입에 넣고 아작아작 씹다니…. 더욱이 생선을 먹지 못하는 나에게는 충격이 컸습니다. 나는 다음부터 그 예쁜 여학생을 보면 산채로 붕어를 물어뜯던 모습이 떠올라 가까이 하기가 겁이 났습니다. 아마 이것이 우상화일지도 모릅니다. 예쁜 여학생의 예쁜 얼굴만 보았지, 그 여자의 냄새나는 소화기관과 발톱 사이의 때는 생각을 못했던 것입니다.

그래서 사랑할 때는 눈에 명태꺼풀이 씌운다고 합니다. 그러니 아름다운 면만 보고 그 동전의 뒷면인 인간의 추한 면은 보려고 하지 않는다는 것입니다. 그래서 연애를 하려고 이상형을 고를 때는 눈에 명태 껍질이 씌어서 아름다운 면만 보지 결점이나 인간의 추한 면은 상상하지도 않습니다.

나는 어려서 왜 성경에는 성인들과 예수님의 아름다운 면만 기록을 하고 화장실의 이야기는 기록을 하지 않았을까 하고 생각했습니다. 그러다가 십계명 제 3번째 계명에서 "하나님의 이름을 망령되이 부르지 말라, 하나님의 이름을 망령되이 부르는 자를 죄 없다고 하지 않으리라"고 경고했던 말씀이 생각났습니다. 그러니 그런 하나님의 이름을 비판적으로 또는 아름답지 못한 면으로 부르고 떠들어대지 말라는 뜻이겠지요.

그런데 우리가 눈에 명태꺼풀이 씌어서 남자 친구를, 여자 친구를 선택했는데 명태꺼풀이 차츰 벗겨지면서 상대편의 아름답지 못한 면이 눈에 보이기 시작하면 우리는 실망합니다. 그때까지 가졌던 존경은 경멸의 감정으로, 사랑은 증오의 감정으로 변하여 이별을 하고 이혼을 하고 평생을 상대방을 저주하며 살아갑니다. 어려서 존경하던 선생님이 사석에서 나쁜 말을 하든가 우리를 실망시키는 태도를 보였을 때 존경하던 감정이 실망과 더 나아가서 증오로 변할 때도 있었습니다.

대통령에 당선이 되고 지지율이 80%를 넘던 박근혜 대통령이 그렇게 쉽게 탄핵이 된 것도 그렇게 믿고 지지하던 사람이 최순실이라는 사람에게 빠져 소문처럼 나쁜 짓을 많이 하지 않았을까 하는 우상의 추락과 실망이 증오로 변한 때문이 아닐까 합니다. 한국에서 진보와 보수가 다투고 있습니다. 진보에서는 DJ와 노무현 전 대통령을 우상화하여 단군 이래 그처럼 위대한 정치가가 없었다고 입에 거품을 뭅니다. 그리고 또 보수에서는 한국을 가난에서 건져내고 나라를 발전시킨 박정희 대통령을 우리나라 역사의 최고의 지도자라고 열변을 토합니다. 그리고는 불구대천지의 원수처럼 서로 양보 없는 투쟁을 합니다.

나는 모두에게 편견이 있고 편견은 옳은 것이 아니라고 생각합니다. 성경에 있는 말대로 하나님 외에는 우상을 만들지 않으면 이런 진보와 보수의 싸움도 없어지고 서로를 미워하는 죄를 짓지도 않을 텐데 하고 생각해 봅니다.

잔소리 참소리

'잔소리'라는 말은 말의 효과가 적거나 없는 말의 연속이라는 뜻일 것입니다. 자라면서 어머니의 잔소리를 듣지 않은 사람은 거의 없을 것이고, 아내의 잔소리를 듣지 않는 남편 또한 거의 없을 것입니다. 어떤 사람은 소크라테스는 아내의 잔소리가 듣기 싫어 아골라광장을 배회했을 것이라고 말합니다. 만일 크산티페가 잔소리가 없는 조용한 여자였다면 철학의 역사가 달라졌을 것이라는 사람이 있는가 하면, 여자의 잔소리는 소크라테스 같은 사람도 견디기가 힘이 들었구나 하고 생각을 해 보기도 합니다. 아마 톨스토이도 아내의 잔소리가 견디기 힘들어 그 추운 밤에 집을 나와 시골의 기차역사에서 얼어 죽었을는지도 모릅니다.

허생은 아내의 잔소리에 못 견디어 집을 나와 장사를 하여 돈을 많이 벌어 아내에게 던져 주고는 다시 딸까닥 나막신 소리를 내며 집에 들어가 책을 보았다고 합니다. 심청이의 아버지 심봉사도 새 부인 뺑덕어멈의 잔소리 때문에 밖으로 나돌고, 놀부의 부인도 잔소리가 꽤나 셌던 것으로 표현이 되었습니다.

남자들이 제일 많이 듣는 것이 어머니와 아내의 잔소리이고 다음이 직장 상사의 잔소리일 것입니다. 여자들의 듣는 잔소리는 어머니의 잔소리이고 결혼을 하면 시어머니의 잔소리입니다. 직장을 가진 사람은 직장상사의 잔소리도 그냥 넘길 수 없는 잔소리입니다.

그런데 남편의 잔소리를 호소하는 부인은 별로 없습니다. 황창연 신부님 말씀대로 여자는 하루에 2만5천 단어를 구사해야 하고 남자들은 1만 단어정도 구사한다고 하니 집에서 말할 때 남자가 한마디를 하면 아내는 두 마디도 더한다는 남자들의 호소가 사실일 것 같습니다.

나도 어려서 어머님의 잔소리를 많이 들었습니다. 아버님이 원래 말이 없고 생활력이 강하지 않으신 분이어서 돈 버는 것과는 인연이 없으셨습니다. 그래서 집안의 모든 생활을 어머님이 도맡아 하셨습니다. 그래서 어머니는 신경질이 많이 나셨을 것입니다. 그 스트레스가 우리들을 향한 잔소리로 나왔을 것이고, 그 잔소리는 심하면 욕이 되기도 했습니다. 나는 그 잔소리가 무척 싫었습니다. 그래서 나는 절대 결혼을 하지 않으리라고 맹세(?)했습니다. 물론 어이없이 허물어지긴 했지만…. 나는 약혼을 하고 약혼한 여자와 이야기할 기회가 있으면 "나는 잔소리에는 앨러지가 있다."고 경고하곤 했습니다.

신혼 때도 나는 아내가 잔소리를 시작하려고 하면 과민반응을 일으키고 그것 때문에 부부싸움도 더러 했습니다. 그러나 우리의 신혼은 아주 짧았고 나는 군의관으로 복무를 하니 집을 떠나 있었고 제대를 하고서 미국에 와서 다시 인턴, 레지던트를 하려니 얼굴을 잊어버릴 정도로 마주할 기회가 없었습니다.

그러고 보니 나는 별로 아내의 잔소리를 들을 시간이 없었습니다. 오하이오에서는 새벽에 나가 저녁 늦게 집에 들어오고 하루 종일 환자들과 말을 하다가 집에 오면 경상도 남자들모양 세 마디 말도 하지 않을 때가 많았습니다. '야들은, 밥 묵자, 자자' 이 세 마디조차 하기가 귀찮았습니다.

은퇴를 하자마자 한국으로 나가 10여 년을 혼자 살았습니다. 아내가 아무리 잔소리를 하고 싶어도 장거리 전화로 할 수 있는 말이 몇 마디나 되겠습니까. 그래도 여자의 습성이라 전화기에 대고 잔소리를 하면 전화기를 옆에다 놓고 딴 짓을 하곤 했습니다.

얼마 있다가 아내는 눈치를 채고는 "전화 안 받고 무얼 하고 있어요?" 하고 시비를 걸곤 했습니다. 그래서 가끔 "그래요. 응 응." 하고 대꾸를 해주어야지 가만히 있으면 잔소리의 톤이 높아지곤 했습니다. 내가 어쩌다가 "여보, 잔소리 좀 그만해요."라면 아내는 어디서 배웠던지 "이건 잔소리가 아니고 참소리예요." 하고 도리어 공격을 해옵니다. 그래도 장거리 전화이기에 한 5분이나 10분간의 잔소리는 그런 대로 견딜 만 했습니다.

간혹 친구들이 아내의 잔소리이야기를 호소하면 나는 다른 나라의 이야기를 듣는 것처럼 쿨 했습니다. 혼자 산다는 것은 그런 의미에서는 아주 평화이고 축복입니다. 퇴근하고 들어와서 양말을 벗어 TV 앞에 던져도 말하는 사람이 없습니다. 하루 종일 TV를 틀어 놓고 있어도 완전히 나의 자유입니다. 밤에 늦게 들어와도 왜 늦게 들어왔느냐고 시비를 거는 사람도 없고, 하루에 영화를 세 개, 네 개를 보고 들어와도 잔소리하는 사람이 없습니다. 추석날 아침이나 설날 아침에 영화관에 들어가 앉아 있어도 나에게 시비를 거는 사람이 없습니다. 친구들을 데리고 나가 점심을 사고 저녁을 사도 심지어는 어떤 친구가 나더러 "니가 봉이가" 하는 소리를 들어도 잔소리를 하는 사람이 없습니다. 왕도 신하들이 "불가하옵니다!"라는 말로 제동이 걸렸겠지만 콩나물국에다 국수를 말아 먹어도 나에게는 잔소리하는 사람은 없었습니다.

나는 김형석 선생님의 말대로 정말 '자유의 60대'를 즐겼습니다. 그러나 무엇이든 끝은 있는 것입니다. 나의 자유로운 생활에도 끝이 나고 집으로 돌아와야 했습니다. 은퇴를 하고 집에 와서 살면서 정말 잔소리의 공해 속에 살게 되었습니다.

내가 집에 오니 '오냐. 잘 되었구나 이제 내 잔소리를 들을 상대가 생겼구나.' 하고 퍼부어대는 융단 폭격처럼 퍼부어대는 아내의 잔소리에 신경과민이 생기게 되었습니다. 그리고 나는 집안에서 하나도 잘하는 것이 없습니다. 그리고 아내의 잔소리는 하늘같은 남편에게 하는 것이 아니라 초등학교에 다니는 아들에게 하는 잔소리의 수준입니다.

잔소리에 앨러지가 있는 내가 먹을 약도 주사도 없습니다. 이러다간 나도 소크라테스나 톨스토이처럼 가출을 하게 되지 않을까, 생각을 하게 됩니다.

얼마 전 딸에게 "야, 엄마하고 나하고 하는 대화 속에 내가 한 마디 하면 엄마가 아홉 마디 말을 하지?" 하고 물었더니 딸이 웃으면서 "아니, 그 정도는 아니고 아빠가 두 마디 하면 엄마가 여덟 마디는 하지." 해서 웃었습니다.

가만히 생각해보니 황창연 신부님 말 대로 나는 하루에 1만 마디 하고 아내는 2만5천 마디를 한다는 말이 맞는 것 같습니다. 사실 나는 하루에 3천 마디도 못하는 것 같은데 그러면 아내는 정상이고 내가 비정상이 아닌가요?

비무장지대

얼마 전 판문점과 비무장지대를 다녀왔습니다. 1953년 7월 한국전쟁의 총소리는 멈추고 휴전이라고도 하고 정전이라고도 하는 어설픈 상태에서 총소리가 멎은 지 65년이 흘렀습니다. 그동안 많은 정전협정 위반 사건들이 있었고 미루나무 도끼사건 같은 잔인한 일도 벌어졌습니다.

한국문제가 논의될 때마다 나오는 비무장지대를 가 보고 싶은 생각이 나곤 했지만 갈 기회가 없다가 이번에 큰마음을 먹고 여행사에 연락을 하여 예약을 했습니다. 여행사에서는 큰 선심이나 쓰는 것처럼 이것은 외국인에게만 허락이 되는 투어라고 하면서 하루 여행으로는 꽤 비싼 돈을 받았습니다.

우리는 6월 15일 아침 8시 10분에 롯데호텔 앞에서 관광버스를 타고 출발을 했습니다. 안내원은 50대쯤의 키 작은 남자였는데 영어로 Mr. Hong이라고 자기소개를 하고 DMZ나 JAS는 보통 경치 관광과 다르니 자기의 지시를 잘 따라야 한다는 말부터 했습니다.

서울을 벗어나 한 시간도 못 되어 우리는 파주에 도착했습니다. 우리는 판문각에 도착하여 판문각에서 망원경으로 북쪽 땅을 바라보았습니다. 남쪽 한국 땅의 어디서나 볼 수 있는 산과 들, 금방 뛰어가서 만져

볼 수 있는 밭과 시내가 있는 들판이 저 앞에 널려 있는데 사람이 다니는 흔적도 차가 다니는 흔적도 없이 적막하기만 했습니다. 움직이는 것은 아무것도 보이지 않았습니다. 그렇습니다. '1950년 그 추웠던 겨울 저 길로 부모님과 우리들이 피난 짐을 지고 걸어 왔을 것이다.'라고 생각을 하니 감개무량하고 갑자기 같이 손을 잡고 피난오던 아버님과 어머님 생각이 났습니다. 가슴이 저려왔습니다. 동전을 넣으면 5분을 볼 수 있다고 하더니 3분도 못되어 망원경은 꺼지고 나는 멍청하게 한참을 바라보았습니다. 저 길로 자동차로 3시간이면 평양에 간다는데….

이것도 관광이라고 판문각에서는 음식을 팔고 기념품을 팔고 마치도 분단된 내 고향을 흥미꺼리로 삼아 장사를 하고 있고 어디서나 보는 아저씨들이 참이슬을 마시는 모습도 볼 수 있었습니다.

여기서 버스를 타고 좀 가면 북한군이 전쟁을 하려고 파놓은 땅굴이 있습니다. 땅굴은 여러 개가 있는데 여기는 제 3땅굴로 지하 약 70미터 아래에 길이는 남쪽에만 1,200미터이고, 북쪽에는 얼마인지 모른다고 합니다. 노면상태가 좋지 않아서 건강한 사람들만 갈 수 있고 걸음에 지장이 있는 사람이나 임신부는 들어가지 말라는 안내원의 권고입니다.

나는 매일 아침 5킬로씩 걷는 운동을 하니 두말하지 않고 나섰습니다. 그런데 75미터의 깊이와 1.2킬로의 길이 쉽지 않았습니다. 키가 작은 나도 약간 굽히고 갈 정도로 낮았고 바닥에 물기가 있어 미끄러웠습니다. 한참 걸어가니 약간 넓은 원형의 공터가 나오고, 여기서 여러 길로 갈라져 있었습니다. 나는 맞은편 굴로 좀 더 굽히고 걸어가니 종점이 나오고 작은 구멍으로 저 앞에 북한군의 초소가 보였습니다. 거리가 150미터정도라는데 그들이 소총으로 쏜다면 죽을 것 같습니다. 별로 즐겁지 않은 기분입니다. 다시 올라오는 길 역시 힘이 들어 한번 쉬고 올라왔습니다.

우리는 다시 버스를 타고 좀 더 가서 대한민국의 가장 북쪽 기차역인 도라산역에 갔습니다. 기차가 안 다니는 역으로는 역사는 아주 깨끗하고 크게 지었습니다. 도라산역에서 출발을 하는 기차표를 기념으로 팔기도 해서 나는 한 장 사들고 자세히 들여다보았습니다.

이 기차표로 KTX를 타고 평양을 갈 수 있으면 얼마나 좋을까. 그러나 평양에 가더라도 나의 살던 대찰리 집, 그 밑으로 보이던 제일중학교. 약간 비스듬한 언덕으로 올라가면 왼쪽으로 숭덕학교가 있고 좀 더 가다 왼편으로 돌면 보이던 남산재교회, 곧장 가면 왼쪽으로 돌로 된 문이 있던 정의고녀가 아직도 있을까요? 그리고 그 비둘기들이 아직도 살아 있을까요? 나는 나의 흰 머리털을 쥐어뜯으며 울고 싶어졌습니다. 차라리 목을 놓아 크게 울고 싶은데 목은 막히고 숨만 가빴습니다.

나의 이런 마음을 알아주지 않은 투어 가이드와 딸은 배가 고프다고 밥을 먹으러 가자고 했습니다. 우리는 도라산역 이층에 있는 식당에 올라갔습니다. 관광비에 식사대가 포함이 되어있지만 불고기와 음료수를 마실 사람은 다시 돈을 몇천 원씩 더 내라고 합니다.

점심을 먹고 한 20분을 기다리다가 우리는 다시 버스를 타고 비무장지대를 구경하려 나섰습니다. 비무장지대는 남쪽의 경계선과 정말 북한과의 군사경계선 사이에 있는 지대로 폭이 한 2킬로 정도 된다고 합니다. 이 선 안에 국군이 40여 만 명이 집결해 있고 북한군이 60여 만 명, 약 100만 명의 군력이 집결하여 첨예하게 대립하고 있는 세계에서 가장 살벌한 곳이라고 합니다.

여기는 군인들의 초소가 있고 무장한 전투원들이 실탄을 장전하고 앞에 총을 하고 경계를 하고 있습니다. 이런 언덕길을 돌고 돌아 판문점의 휴전회담 장소로 갔습니다. 뉴스에서만 보던 양철지붕 그리고 남한의 MP헌병과 북한군이 마주 서 있는 집에 들어갔습니다. 북한군이 있는 집은 계단을 올라가 언덕 맞은쪽에 있어서 우리를 항상 내려다 볼 수 있게 되어 있었습니다. 위쪽의 북한군은 미동도 하지 않은 채 우리 쪽을 향하여 차렷 자세로 서있었습니다.

판문각 안으로 들어가니 십여 명이 앉을 수 있는 사각형의 책상이 남북경계선에 걸쳐 놓여 있었습니다. 그리고 기자들이 앉을 수 있는 걸 상들…. 책상과 걸상 외에는 아무것도 볼 것이 없는 살벌한 방을 보고 나왔습니다. 밖으로 나오니 저 앞의 북쪽 마당에는 남쪽의 태극기보다는 한 3배는 더 높고 큰 북한기가 바람에 펄럭이고 있었습니다. 한국정부에서 태극기 게양대를 만들고 나니 북한이 저쪽에 우리보다 더 높고 큰 깃발을 달더라고 하여 웃었습니다.

오후 4시 우리는 여기서 버스를 타고 서울로 향했습니다. 길이 정체만 되지 않으면 한 시간 좀 더 걸리는 거리에 전쟁터가 있습니다. 내가 꿈에도 무서워하는 인민군이 따발총을 들고 부릅뜬 눈으로 우리를 쏘아보고 있습니다. 철망이 쳐진 임진강을 따라 버스는 전쟁과는 아무 상관이 없다는 눈으로 창밖을 내다보는 관광객들을 태우고 달리고 있습니다.

우리는 다시 파주를 지나고 자유로를 거쳐 동교동 쪽으로 들어 왔습니다. 한 시간의 거리인데 동교동에서는 스타벅스 커피집, 맥주집, 음식점들이 즐비하고 젊은 여인들이 핫팬티에 어깨가 드러난 옷을 입고 걱정이 없는 얼굴로 거리를 활보합니다. 전쟁과 평화, 북한군이 총을 겨누고 있는 곳에서 1시간 거리에는 전쟁이 무엇인지도 모르는 젊은이들이 스타벅스 커피를 들고 시시덕거리며 지나갑니다.

오늘 나는 가장 비정한 땅, 가장 살벌한 땅, 어둡고 차가운 땅 죽음의 땅을 둘러보고 다시 지상에 나온 기분입니다.

월급날

　아마 내가 첫 번 월급을 탄 것은 열다섯 살 때 미국부대의 하우스보이 노릇을 할 때였을 것입니다. 그렇다고 미국 정부에서 받은 것은 아니고 미군들이 자기들의 월급날 얼마씩 돈을 모아 나에게 준 것인데 한 30불 정도 된 것 같습니다. 그 돈은 우리 집에서는 큰돈이었습니다. 쌀도 몇 말 살 수 있고 석탄도 몇 자루 살 수 있는 돈이었으니까요.

　그런데 하우스보이 생활은 오래 가지 않았습니다. 피난 학교가 열리고 학교에 가고 싶은 나의 욕망으로 하우스보이를 그만 두고 모아 두었던 돈으로 학교에 등록을 했으니까요. 하지만 그렇게 모은 돈은 얼마가지 않아 떨어져서 대구 달성동에 있는 합진제본소라는 곳에서 아르바이트를 하게 되었습니다. 학교 수업이 끝나는 오후 3시쯤 가서 밤 11시까지 일을 하는 접지공이였는데 일하는 만큼 받는 것이었습니다. 정말 손이 닳도록 접지를 접다보면 종이와 닿는 새끼손가락이 닳아서 피가 나오곤 했습니다. 요새 말로 하면 임시직이라고 할 수 있는데 일감이 없으면 집으로 오고 일감이 밀리면 밤을 새우는 일도 상당히 있었습니다. 그래도 받는 돈을 얼마 되지 않아 등록금이 모자라곤 했습니다. 제본소도 한 달에 두 번 월급을 주곤 했는데 워낙 영세업이라 월급을 제대로 주지 못해 밀리게 되고 주인이 월급을 주지 않고 사라져버리면 몇 달치 월급이 날아가곤 했습니다. 어떤 때는 월급의 3분의 1을 받는 조건으로 일을 다시 하곤 했습니다.

대학에 다니면서는 가정교사를 했는데 그동안 가르치는 학생의 성적이 올라가면 월말 월급을 받을 때 체면이 서지만 아이의 성적이 나쁘면 월급 받기가 쑥스러워 얼굴 들기조차 민망했습니다.

제대로 된 월급은 의과대학을 졸업하고 인턴으로 일하면서부터였습니다. 병원에서는 매달 25일에 월급을 주었는데 오후에 서무과에서 돈이 들어 있는 봉투를 주었습니다. 월급이 나오면 인턴 친구들과 같이 나가 자장면이나 냉면을 먹곤 했는데 세월이 살같이 흐른다고 하지만 월급날은 왜 그렇게 더디 오는지 멀고 멀기만 했습니다.

군의관으로 있을 때도 월급은 매달 10일에 나왔는데 집에 생활비를 보내고 나면 정말 자장면 사 먹을 돈도 남지 않을 때가 많았습니다. 그래서 우리는 알려진 월급보다는 매달 15일경에 나오는 부식비를 기다렸습니다. 부식비라는 것이 나오는 줄 모르는 아내와 어머니 몰래 슬쩍 집어넣을 수가 있었습니다. 부식비는 많은 것이 아니라 아마 요샛돈으로 한 15만 원정도 되는 돈이었지만 가뭄에 단비 같았습니다.

미국에 오니 월급이 돈으로 나오지 않고 수표로 나왔습니다. 워낙 가난하던 살림이라 미국의 인턴, 레지던트 동안 내 마음대로 맥도널드 햄버거를 사 먹어 보지 못했습니다. 이때부터 신용카드란 것이 생겨났는데 자동차 가솔린은 신용카드로 넣고 월말에 내야 하니 내 마음대로 1불을 써보지 못하고 8년을 지냈습니다.

전공의가 끝이 나고 성형외과를 개업하니 문제가 달라졌습니다. 이때까지는 내가 월급을 받았는데 이제부터는 내가 월급을 지불해야 할 입장으로 바뀌었습니다. 내가 월급을 주게 되니 그리도 기다려지고 지루하게 오지 않던 월급날이 그렇게도 속히 달려드는지 모르겠습니다. 15일에 월급을 주고 숨을 쉬려고 하면 30일 월급날이 닥쳐오곤 했습니다. 그래도 이때부터는 내 마음대로 돈을 쓸 수가 있어서 아내 몰래 동생에게 돈도 좀 보내 줄 수가 있고 친구에게 돈을 빌려주었다가 떼이는 경우도 있었습니다.

그때 중소도시에 성형외과의사는 나 혼자 독점하다시피 개업을 했습니다. 물론 다른 의사가 있기는 했지만 환자를 거의 독점하다시피 하여 병원은 성업을 이루었습니다. 이렇게 27년을 개업하고 은퇴를 하면서 친구의 권고로 한국에 가게 되었습니다. 그리고 다시 월급쟁이가 되었습니다. 다시 월급쟁이가 되어 12년 일을 했습니다.

김형석 선생님이 강의를 하시면서 인생의 가장 행복스러웠던 시기가 70대라고 하셨는데 나도 65세부터 75세 때까지가 가장 좋았던 것 같습니다. 미국의 가족은 내가 벌어둔 국가연금과 나의 개인연금으로 사니까 내가 받는 한국의 월급은 상관하지 않았습니다. 또 한국에서 받는 월급은 미국으로 들여갈 수도 없었기 때문에 그 돈은 그야말로 내 마음대로 쓸 수가 있었습니다. 아내와 딸이 한국으로 올 때 항공요금과 용돈만 아내에게 바치고 나면 남는 돈은 내 마음대로 해도 좋다는 아내의 하해 같은 허락이 떨어졌기도 했고요. 아내의 논리는 지금은 은퇴 후의 일이니 관용을 베푼다는 의미도 있고 한국에서 번 돈을 미국으로 들여오기가 번잡하다는 이유도 있고 미국에서 버는 돈에 비하면 한국에서의 수입은 별 볼일이 없다는 이유이기도 했습니다.

그렇지만 한국에서 다른 교수님들은 이 돈으로 가족을 먹이고 애들 학교도 보내는 돈이 아닙니까. 나는 몇 년 동안 나의 일생에서 가장 사치스러운 삶을 살아 보았습니다. 대전의 동생에게 용돈도 쥐어 주고 좀 비싸기는 하지만 음악회에도 가고 전공의나 친구들에게도 호기 있게 영화관이나 음악회에도 데려가고 밥도 사주었습니다. 사고 싶은 책을 마음대로 사고, 마음에 드는 옷도 사 입었습니다. 고등학교 동창회를 하면 호텔로 불러 뷔페도 사주었습니다. 지금도 전공의들을 만나면 그 때가 제일 좋았다고 말합니다.

그런데 이제는 끝이 났습니다. 정말 은퇴를 했습니다. 이제는 기다릴 월급날도 없고 통장으로 들어올 돈도 없습니다. 옛날에 선배들이 그런 말을 많이 했습니다. 은퇴를 하기 전에 계속해서 용돈이 나올 구멍을 마련해 놓으라고. 그렇지 않고 모든 재정이 아내의 치마 밑으로 들어가면 정말 세상에서 버림받는 마포백수(마누라도 포기한 백수)가 된다고….

그런데 미국에 오니 모든 사정이 달라졌습니다. 모든 연금이 아내의 통장으로 들어가고 아내가 재정을 꽉 쥐고 나에게는 은행통장도 보여주지 않습니다. "한국의 돈은 당신이 관리하고 미국의 돈은 내가 관리하기로 했잖아요?" 하고 단호한 태도입니다.

다행히 나에게는 내 이름으로 투자한 돈이 좀 있고 여기서 나오는 이자로 근근이 살아갈 수 있을 것 같습니다. 만일 이것도 없었으면 어떻게 되었을까를 생각하니 등에 식은땀이 주르륵 흐릅니다.

별 하나 나 하나

　내가 어렸을 때 더운 여름밤이면 마당에 돗자리나 멍석을 깔아놓고 모여 앉아 모깃불을 피워 가면서 이웃집 식구들과 이야기를 하다가 잠이 들곤 했습니다. 어떤 때는 잠을 자다가 새벽녘 선선한 기운이 돌면 방으로 들어가는 일이 많았습니다. 재수가 좋으면 옆집 아주머니가 주시는 수박이나 찐 감자 한 알을 얻어먹기도 하면서 이웃집 정숙이와 창심이의 조잘거리는 소리도 들었고 노랫소리도 들었습니다. 밤하늘에는 별들이 마치 금모래를 뿌린 듯이 반짝거렸는데 저 별이 북두칠성이고 저기가 견우직녀가 만나는 오작교라며 어머님이 가르쳐 주시기도 했습니다.

　그때는 자동차가 없어 동네에 자동차가 들어오면 구경을 나가던 때라 공해가 없어서 그랬는지 하늘의 별들이 진한 금색으로 빤짝거렸습니다.

　안면도에 있던 외할아버지의 집에 가서도 마당에 멍석을 깔고 저녁을 먹을 때가 더러 있었고 저녁을 먹고는 마당에 모깃불을 태우면서 그대로 눌러 앉거나 누워서 별을 보며 할아버지의 구수한 이야기를 듣다가 잠이 들 때가 있었습니다. 저 하늘의 별이 세상에 사는 사람들의 수만큼 있는데 별이 떨어지면 별의 주인인 사람이 죽는 거라고 말씀하시기도 했습니다. 삼국지의 제갈량이 죽을 때도 오장원의 큰 별이 떨어졌다고 했습니다. 그래서 어렸을 때는, 아기를 낳는 것처럼 별도 새로 생기고 사람이 죽을 때면 그 사람의 별도 떨어지는 것이구나 하는 막연한 생각을 했던 거지요. 한국전쟁 때는 해도 뜨기 전에 달려드는 색색이 비행기의 공습으로 방공호에 하루 종일 들어가 있다가 어두워 별들이 보이는 밤늦게야 공습이 해제되어 방공호에서 나와 하늘의 별을 바라보며 한숨을 돌리는 일이 많았습니다.

피난 봇짐을 지고 안성, 죽산, 음성의 산길을 넘어갈 때 그 어두운 밤길을 걸어가는데 앞장선 아저씨가 "니 내 말을 잘 들어라 잉. 이 산에는 길도 없고 불도 없이 가능기어. 그러니까 밤에 길을 잃으면 저기 보이는 별이 북두칠성잉개 저 별의 반대쪽으로만 가면 남쪽을 가능기다 알것냐?" 하고 앞장서서 가셨는데 우리는 별을 볼 생각은 접어두고 아저씨를 잃어버릴까 봐 잔걸음으로 뛰면서 그를 놓치지 않으려고 기를 쓰던 기억이 납니다.

그리고는 오랜 세월이 지났습니다. 대학을 다니고 병원에서 일을 하면서 하늘의 별을 바라볼 기회가 없었습니다. 아이들이 부르는 "반짝 반짝 작은 별 아름답게 비치네." 하는 동요를 흥얼거리거나 토스카의 '별은 빛나건만' 하는 노래는 흥얼거렸지만 하늘의 별이 아직도 빛나고 있다는 것도 어렸을 때 마당에 멍석을 깔아놓고 이야기를 듣던 낭만도, 어렸을 때 깜찍하게 예쁘던 정숙이도 잊었습니다. 그리고 한국에 자동차는 많아지고 공해도 많아지면서 밤하늘의 별들은 사라졌습니다.

미국에 와서도 별을 보고 출근을 하고 별을 보고 퇴근을 한다는 말을 할 정도로 밤하늘을 보고 다녔지만 밤하늘의 별들이 나에게 속삭이는 소리가 귀에 들리지 않았습니다. 꿈이 없어진 메마른 삶, 돈을 벌어야 하고 먹고 살아야 한다는 생활인이 되어 밤하늘의 별이나 달을 쳐다볼 마음의 여유를 잃은 채 몇 십 년을 살았습니다.

꿈도 없고 여유도 없고 연인과의 속삭임도 없고… 시를 읽으면서 고개를 6시 5분전으로 꼬고 앉아 있어 본 일도 별로 없습니다.

아들딸이 결혼하고 인생의 절정기가 지났을 때 알래스카 크루즈 여행을 갔습니다.

훼어뱅크에 있는 친구 이회백 형의 집에서 헤레나산을 바라보니 200마일이 넘게 떨어져 있다는 헤레나산이 마치 마을 건너에 있는 것처럼 선명하게 보였습니다. "오늘 저녁 밤하늘의 별을 바라봐라. 정말 도시에서 볼 수 없는 아름다운 별을 볼 수 있을 거다."라고 해서 밤에 나와 하늘을 쳐다보았습니다. 정말 금빛 찬란하게 빤짝거리는 별들이 그렇게 아름다울 수가 없었습니다. 그때 갑자기 어려서 마당에 돗자리를 깔고 도란도란 이야기를 주고받던 어린 시절과 정숙이외 창심이 생각이 났습니다. 지금은 어디서 무엇을 하고 있을까.

김광섭 선생의 "저렇게 많은 별들 중에서/ 별 하나가 나를 내려다본다/ 이렇게 많은 사람들 중에서/ 그 별 하나를 쳐다본다// 밤이 깊을수록/ 별은 밝음 속에 사라지고/ 나는 어둠속에 사라진다// 이렇게 정다운/ 너 하나 나 하나는/ 어디서 무엇이 되어/ 다시 만나랴."(〈저녁에〉)라는 시가 갑자기 나의 마음을 덮었습니다. 그리고 그들이, 어릴 때의 꿈이 그리워졌습니다.

다시 한국에 나가서 일을 할 기회가 있었습니다. 가끔 밤하늘을 쳐다보았지만 매연에 찌든 서울의 하늘에서 별을 보기란 쉽지 않았습니다. 가끔 맑은 날에 별들이 한두 개 보였지만 금빛 단추처럼 아름답지 않았습니다.

고비사막에 여행을 간 일이 있었습니다. 밤에 별을 보아야 한다는 가이드의 말에 자다가 일어나 밤하늘의 별을 쳐다보았습니다. 마치도 크리스마스트리에 매달린 장식처럼 주먹만 한 별들이 우리의 머리 위로 쏟아져 내려오는 것 같았습니다. 황홀했습니다. "아름다운 꿈 깨어나서 하늘의 별빛을 바라보라…" 하는 노래가 저절로 나왔습니다.

지금은 플로리다에 살고 있습니다. 새벽 운동을 나가면 밤하늘의 별들이 빛납니다. 그러나 알래스카의 별이나 고비사막의 별들처럼 찬란하지는 못합니다. 그러나 서울 하늘의 별보다는 훨씬 금빛으로 반짝입니다. 그러나 어쩌죠. 플로리다의 별들 속에서는 그 옛날 여름밤 시골 마당에서 보던 별처럼 꿈과 낭만이 없습니다.

어렸을 때 별의 색깔처럼 나의 인생의 꿈이 빛났던 것처럼 지금은 별들의 색깔과 나의 삶이 시들어 있는 모양입니다. 그리고 언젠가 별똥별이 떨어지는 날, 별 하나 나 하나도 세상 밖으로 떨어지겠지요.

러브레터

어려서부터 책을 많이 읽어서 그런지 초등학교 작문시간에 선생님께 칭찬을 받은 일이 여러 번 있었습니다. 아마 2학년 때였습니다. 송창일 담임선생님은 나의 작문을 칠판에 가득 옮겨 쓰고는 읽으면서 칭찬하셨습니다.

그리고 그때 일본 군인에게 보내야 하는 위문편지를 나더러 쓰게 하시고는 나의 편지를 몇 장씩 학생들이 베껴서 보내시기도 했습니다.

내가 중학교 1학년 때였습니다. 우리가 세 들어 사는 주인집에 K라는 따님이 있었는데 나보다 1년 위인데 예쁘장한 소녀였습니다. 우리는 한 집에 사니까 한마당에서 놀기도 하고 스스럼없이 지내는 친구였습니다. 이 소녀가 교회에서 만난 남학생을 좋아했습니다. 요새처럼 남녀 학생들이 자유롭게 만날 수 있는 시대가 아니었기 때문에 고민하다가 나더러 편지를 한 장 써 달라면서 보기만 해도 먹음직스러운 대추를 한 주먹 주면서, 그가 주는 노트에 나의 그 작은 글씨로 아마 신파극의 대사 같은 글을 써서 주는데 이것을 읽어본 K는 "야, 이거 정말 잘 썼다"라고 말하고는 예쁜 꽃봉투에다 넣어서 "너, 학교에 가서 C를 만나면 좀 전해주라."고 또 부탁을 했습니다. 비록 나이는 한 살 차이지만 원래부터

키가 작았던 나는 마치 누나 같은 K의 심부름에 "그래" 하고는 나보다 일 년 위인 C의 반 앞에서 기다렸다가 편지를 전해 주었습니다. 그리고 한두어 달이 지난 후였을 것입니다.

하루는 학교에서 나오는데 C가 저만큼에서 오더니 나를 붙들어 세웠습니다. 그리고는 "야, 임마 쪼꼬만 놈이 벌써 연애편지나 써?" 하고는 뺨이라도 한 대 때릴 듯이 노려보는 것이 아닙니까. 나는 아무 말도 못하고 가만히 있으니까 "너 요전에 K가 내게 준 편지 네가 썼지. 요다음부터 그런 편지 썼다가는 나한테 혼날 줄 알아, 가 봐!" 하는 것이 아닙니까. 나는 혼비백산하여 걸음아 나 살려라 하고 도망을 했습니다. 중학교 1,2학년 때 어찌 되었든지 연애편지를 잘 쓴다는 입소문이 퍼져 나에게 편지를 부탁하는 누나들 형들이 몇 명 생겼습니다. 나는 교회 중등반이고 키도 작아 별 볼일 없었지만 고등반 학생들은 덩치도 크고 연애할 나이도 되어서 그랬는지 몰라도 누나뻘 되는 여학생들이 남몰래 연애편지를 부탁하는 일들이 더러 있었던 것이지요. 소설책이 부족했던 북한에서 소설책을 서로 돌려 보면서 책 속에 연애편지를 넣어 보내는 것이 그때의 유행이었습니다.

워낙 책을 좋아하던 나는 책을 받고는 편지를 쓴다는 핑계로 하루 이틀 만에 책을 다 읽어버리고는 편지를 써서 책 속에 넣어서 갖다 주곤 했습니다. 지금의 나의 글도 신파적이라고 평을 들으니까 내가 생각하기에 그때도 상당히 신파적이었을 것 같습니다. 물론 하이네의 시도 노트에 적어 놓았다가 인용하고 박계주 선생의 순애보도 인용했습니다.

그러다가 피난을 와서 피난 학교에 다녔는데 남녀공학이었습니다. 한참 물끼가 오르던 사춘기 때의 소년들이라 좋아하는 여학생을 점찍어 놓고는 나에게 편지를 부탁했는데 중국 호떡을 사주는 쩨쩨한 친구도 있는가 하면 자기가 가지고 있던 만년필을 준 친구도 있습니다. 그래서 서로 좋아져서 데이트를 하는 것은 보았는데 그 후로는 어찌 되었는지 모르겠습니다. 고등학교 시절이라 결혼까지 간 친구는 못 본 것 같습니다.

대학에 들어가서는 러브레터를 대서한 기억이 별로 없습니다. 워낙 학교 공부에 시달리고 가정교사까지 하느라고 곁눈질할 틈이 없었습니다. 학교지에 내겠다고 원고를 부탁하는 친구는 한 두어 명 있었지만 러브레터 대서업은 폐업했던 것이지요.

전공의가 끝나고 군의학교에 갔을 때의 이야기입니다. 군의학교 훈련을 받는데 전공의를 끝내고 온 친구들은 학교를 졸업하고 바로 군에 입대한 후배들보다는 여유가 있었습니다. 물론 결혼하고 애들이 있는 친구들도 있었습니다. 군의학교에서도 주말 외출이면 같이 몰려다니는데 그래도 말이 통하는 친구들과 어울리게 되었습니다. 우리 그룹에 S 대학을 나오고 마음씨가 정말 착한 L이라는 친구가 있었습니다.

L은 산부인과를 전공했는데 실력도 있고 장래가 촉망되는 친구였습니다. 그런데 우리들이 아직도 30도 안 되었을 때인데 키는 나처럼 작고 얼굴은 붉고 머리가 빠져서 우리보다 훨씬 나이가 들어 보였습니다. 아마 그래서 그런지 여자에게서 오는 편지도 없고 서울에 가도 만날 친구가 별로 없는 것 같았습니다. 여럿이 맥주집에 가도 그 친구 옆에는 여자들이 잘 가지 않았습니다. 어느 주말 나는 서울에 갔다 왔는데 친구들끼리 포항기독병원에 갔다가 간호사들과 같이 식사를 한 모양이었습니다. L은 그 중에 예쁘장한 간호사 한 사람을 찍어서 말을 붙여보았는데 아무런 대꾸도 하지 않더라고 쓸쓸한 모습으로 나에게 하소연하는 것이었습니다.

나는 그저 연구해보자고 하고 며칠 동안 구상하여 편지를 썼습니다. 이번에는 신파조가 아니라 키에르케고르의 실존적인 이야기며 단테와 베아트리체의 사랑이며, 괴테의 젊은 베르테르의 슬픔을 인용해 가면서 두 페이지의 장문의 연애편지를 써서 그 친구에게 주었습니다. 그 친구는 이 편지를 예쁜 봉투에 넣어서 갖다 준 모양입니다. 다음 주에 그 친구는 아주 상기된 표정으로 나에게 그 간호사가 만나자는 연락이 왔다며 다음에는 어떻게 해야 할까 물었습니다. 나는 "이 친구야. 누가 보면 내가 연애박사인 줄 알겠다. 보시다시피 나도 키도 작고 인물로 별로구 돈도 없어서 연애라고 못해 본 사람이야. 나는 그저 편지나 쓸 줄 알았지 다음은 나도 몰라." 하고 웃었습니다.

군의학교를 졸업하고 나는 원주군병원으로 가고 그 친구는 청평의 병원으로 갔다고 하는데 그 다음에는 연락이 끊어졌습니다. 그러고서 몇십 년이 흘렀습니다.

지금은 나 같은 늙은이에게 러브레터를 써 달라고 하는 친구도 없고 내가 러브레터를 쓸 일도 없습니다. 요새는 긴 편지를 쓰지 않고 이메일로 하거나 카톡으로 하겠지요. 이제는 나에게 편지를 부탁하던 친구들, 누나들, 형님들을 추억하면서 웃을 수 있는 옛날이야기일 뿐입니다.

낙오자

　인생은 마라톤이라고 이야기합니다. "오늘 하루 경기에 졌다고 실망하지 마라. 다음의 경기에 이겨서 웃으면 된다."라고요. 하지만 다시 생각해 보면, 여러 번 낙오자가 되고 한두 번 승리했다고 인생의 승리자가 될 수는 없습니다. 70년 아니 100년 인생에서 99년을 낙오자로 살다가 몇 번 승리했다고 인생 승리자가 되는 것은 결코 아니니까요. 요새 우스갯소리로 "승리자가 되려면 너의 경쟁자보다 며칠 더 살아라. 그리고 그의 무덤에 침을 뱉어라. 그것이 승리하는 것이다."라는 말을 합니다. 그렇다면 과장 밑에서 평생 학대를 받던 대리가 과장이 죽은 후 그의 무덤에 침을 뱉었다고 승리자가 되는 것일까요?

　우리 사회에 인생 낙오자가 너무도 많습니다. 낙오자의 정의는 선택을 받지 못했다는 말일지도 모릅니다. 합격점 60점에 59.5를 맞아도 낙오자이고 50명 모집에 51등을 해도 낙오자입니다. 수많은 지원자 중 몇 사람밖에 뽑지 않는 대기업에 입사 신청을 했다가 불합격이 되어도, 사법시험에 응시했다가 떨어져도 낙오자입니다. 예쁜 여자를 좋아하다가 실연을 해도, 결혼한다고 선을 보았다가 딱지를 맞아도 낙오자입니다. 몇 천 명이 응모하는 신춘문예에 작품을 냈는데 당선이 안 되어도,

국선에 출품을 했다가 입선이 안 되어도 낙오자입니다.

　그러다보니 우리의 삶 속에서 우리는 수없이 낙오자가 됩니다. 아마 낙오자가 되어 보지 않은 사람은 만나보기가 힘들지 모릅니다. 그리고 인생의 승리자가 되어 웃기보다는 낙오자가 되는 경우가 훨씬 더 많을 것입니다.

　국회의원 선거에서 낙선한 사람은 낙오자이고 대통령 선거에서 당선이 되지 못한 사람도 낙오자라 할 수 있습니다. 김대중 대통령은 여러 번 실패 후 대통령에 당선되었으니 낙오자가 된 적이 승리를 한 적보다 훨씬 많습니다. 문재인 대통령도 대통령 선거에 패배했었으니까 그때 당시로는 낙오자였습니다.

　나의 삶을 돌아보면 나도 낙오자의 인생이었습니다. 이것은 나만의 콤플렉스가 아닙니다. 나는 어려서 형님이나 동생보다 어머님의 사랑을 받지 못했습니다. 할머님의 말씀으로는 어려서 너무 몸이 약하고 병이 많아 오래 살지 못할 것이라고 정을 붙이지 않았다는 말씀이었습니다. 아마 그 마음이 오래 가서 내가 대학 다닐 때까지 지속되었는지 모르겠습니다. 그리고 보면 나는 우리 가족에게서도 낙오자입니다. 어려서 책을 많이 읽은 나는 고등학교 일학년 때는 서울대 철학과에 가서 인생의 가장 기본적인 지식을 공부하겠다고 생각을 했다가 의과대학에 갔으니 철학도로서는 낙오자이고 할아버지를 존경하던 나는 한때 의사가 되면서 목사님이 되겠다고 생각하다가 목사님이 못되었으니 또한 낙오자입니다. 아마 고등학생 때 전차에서 만난 여학생이나 대학생 연합회에서 본 예쁜 여학생을 한번 보고는 가슴 두근거렸으나 그 여학생들의 시선을 끌지 못했으니 낙오자라면 낙오자입니다. 지난번 대통령 선거에서 공화당 경선에서 패배한 제프 부시도 낙오자이고 대통령에 출마했다가 패배한 힐러리 클린턴도 낙오자입니다.

　그리고 보면 인생에서 낙오자가 안 되어본 사람이 있을는지 모르겠습니다. 나이가 들어서 더 하고 싶어도 과장의 자리에서 타의로 물러나는 교수님도 낙오자이고 나이가 들어 은퇴를 하는 사람도 이제는 더 하고 싶어도 일하지 못하니 낙오자입니다. 패배를 모르던 모하마드 알리나 마이클 타이슨도 마지막 경기에서는 패배를 했으니 낙오자입니다. 그러니까 인생은 거의 누구나 마지막은 낙오자로서 마감을 해야 하는지 모르겠습니다. 아마 낙오자가 안 되어본 사람은 세상을 자기 마음대로 살고 마음에 안 든다고 고모부를 기관총으로 쏘아버리는 김정은이나 사우디아라비아의 왕세자 같은 사람뿐인지도 모르겠습니다.

　가만히 지나온 나의 삶을 돌아보면 나는 성공한 일보다는 실패한 일이 더 많았으며 승리자가 되었던 때보다 낙오자가 된 때가 더 많았습니다. 그리고 이제는 나이 들어 정년이 되어 직장에서 밀려 나면서 제도권 밖에서 어찌할 수 없는 낙오자가 되어 버린 것입니다.

　학교에 가도 교수님, 교수님 하고 주위에 몰려들었던 젊은 교수들이 얼마 있으면 슬금슬금 사라지고 주위가 적막해지니 낙오가 되는 것이고, 아들과 딸들 집에 가도 손자 녀석들이 할아버지, 할아버지 하고 몰려들지만 준비해간 선물만 받으면 얼마 있다가 저희들끼리 낄낄거리며 나가버려 무릎 앞이 서늘해지는 것도 낙오자의 슬픔입니다.

　장인어른이 100세를 사셨습니다. 장모님이 돌아 가신 후 재혼했지만 성격 차이로 외롭게 사셨습니다. 그리고 내가 찾아가면 그렇게 반가워 할 수 없었습니다. 그러나 내가 오래 머물 수는 없었는데 가끔 장인은 나에게 이런 말씀을 해주셨습니다. "이 세상에서 친구들이 모두 사라지고 혼자 남는다는 것은 감옥의 독방보다도 더 힘든 거야. 그리고 인생의 낙오자가 되고 마는 거야. 세상의 모든 것에서 선택이 되지 않는 낙오자….”

수백만 명 아니 수천만 명이 산다는 로또를 사고 당첨이 안 돼도 낙오자가 아닙니까. 그러니까 인생은 모두가 낙오자이고 낙오자가 아닌 사람은 없을 것입니다.

그런데 생각해 보면 어떤 경쟁에서 낙오자가 되었는가가 문제입니다. 제일 큰 낙오자는 세상의 모든 것을 잃어버리고 세상의 모든 것에서 선택이 되지 않는 낙오자일 것입니다. 우리 모두가 언젠가는 그런 낙오자가 될 것입니다. 그럴 때 너무 실망하지 말고 문밖의 의자에 앉아 지나가는 사람들을 쳐다보면서 ‘저 사람들은 몇 번이나 낙오자가 되었을까 하고 생각을 해보고 낙오자는 나 한 사람만이 아니구나.’ 하고 위로를 받아야 하지 않을까요.

그리운 친구

우리들에게 잊히지 않고 항상 그리움에 젖게 하는 것들이 있습니다. 부모님 품을 연상하게 하는 고향이 첫째입니다. 그래서 술이 얼큰하면 "고향이 그리워도 못가는 신세 저 하늘 저 산 아래 아득한 천리…" 하면서 고래고래 소리를 지릅니다. 젊어서나 나이가 들어서나 친구들이 모였다 헤어질 때면 손을 잡고 "나의 살던 고향은…" 하고 노래를 부르며 청승을 떱니다. 나이가 들어가면서 고향은 더욱 그리워지는가 봅니다. 물론 고향보다도 그리운 것은 우리의 첫사랑이겠지요.

첫사랑과 결혼하여 백년해로를 하시는 분들도 있겠지만 대개 어리다고 할는지 철이 없어서였다고 할지 우리의 가슴을 불태운 첫사랑은 가슴에 상처를 남겨둔 채 헤어지는 것이 보통입니다. 그래서 우리들이 부르는 노래 중에 첫사랑 때문에 가슴 아파하는 것이 제일 많은 주제이기도 합니다. 아마 그 다음을 꼽으라고 한다면 친구들입니다.

그런데 고향도 하나이고 첫사랑도 하나이지만 친구는 살아오는 우리의 삶에서 왔다가 헤어지고 만났다가 사라지는 경우가 많이 있습니다. 남녀 간의 사랑 못지않게 우리의 가슴에 오래 남아 추억을 만들고 그리움을 남겨 주는 것이 친구가 아닐까 싶습니다. 소위 배꼽친구라고 하는 어릴 적 친구를 늙어서까지 볼 수 있다면 얼마나 행복겠습니까만 나처럼 고향을 버리고 피난 나와 대학을 졸업하고는, 다시 집을 떠나 미국으로 이민 와 사는 사람이 배꼽친구와 여전히 같이 한다는 것은 거의 불가능합니다. 그래서 나는 많은 친구들을 만났고 또 헤어졌습니다.

대여섯 살 때 같이 놀던 정숙이와 광호는 해방이 되고 준반동이 된 우리가 호적을 바꾸며 멀리 이사를 한 후 한 번도 만난 일이 없으니 아마 친구의 범주에 넣지 못할지도 모릅니다. 평양에서 중학교 일학년 때 사귀던 이철조. 채병호, 정정식도 한국전쟁이 일어난 후 피난을 와서는 그들이 전쟁 때 어떻게 되었는지 소식도 모릅니다.

평양에서 같이 교회를 다니던 김종수와 이도제 형들은 전쟁 후에 대구에서 만났으나 우리가 서울을 수복하고 난 후에는 소식이 끊겼고 최지운, 박인기, 박복동은 한국전쟁이 일어난 후 한 번도 만나지 못했습니다. 그리고 이름을 잊은 친구들도 많습니다. 피난 고등학교에 다닐 때의 동창들 오원석, 김원삼, 어덕영, 조인순, 장광학, 이성준, 유태영 같은 친구들은 지금도 연락을 하고 서울에 가면 만납니다. 한국에 있을 때는 일 년에 한두 번 만났지요. 하지만 대구 피난학교 시절부터 몰려다니던 4인방 꼬마 친구들 중 김인모는 작년 11월에 타계했고 김영점도 암으로 세상을 떴으며 김근택과 나만 아직도 살아남아 연락을 하고 있습니다.

지난번 서울에 갔을 때 김근택과는 우리의 만남과 헤어짐이 너무도 아쉬워서 시간만 나면 만나곤 했습니다. "이제 미국에 들어가면 언제 오간." 하고 손을 잡고 눈시울을 적시며 "그래 앓티 말자 그래야 한 번이라도 더 볼꺼 아니가." 하면서 잡은 손을 놓기 싫어했습니다.

나에게는 대구 피난시절부터 한 방에서 자고 가히 한 솥밥을 먹다시피 한 친구가 있었습니다. 이경학이라는 친구인데 피난시절 우리가 피난민수용소에서 나와 아버님의 직장에서 소개해 준 철도관사에서 만난 친구입니다. 한 방에 두 가정이 살게 되면서 사귀게 된 친구였는데. 나이는 나보다 몇 달 후이고 성남중학교에 다니는 학생이었습니다. 원래 서울 사람이라 피난 온 나보다는 서울이나 남한 사정이 밝아 대구에서 어떻게 살아가야 하는지를 가르쳐 주기도 했습니다. 경학이는 어머니를 일찍 여의고 새엄마가 들어 왔는데 새엄마와의 사이가 그리 좋지 않아 집 밖으로 빙빙 돌며 집에 잘 들어가지 않고 집을 싫어했습니다. 어려운 살림이었는데도 자기 집의 밥을 먹기보다는 우리 집에서 밥을 먹고 나와 같이 지내기가 일쑤였습니다. 참 재미있는 친구여서 자기반 선생님의 흉내도 잘 내고 자기반의 친구들 이야기를 아주 재미있게 들려주곤 했습니다.

서울이 수복되고서도 한 동네에 살게 되었는데 경학이는 이불 보따리를 아예 우리 방으로 갖고 와 같이 기거를 하였습니다. 나는 대학에 들어가 보광학사에서 기거하며 가정교사를 했는데 학생을 가르치고 밤늦게 오면 구공탄을 갈아 넣고 방을 따뜻하게 덥혀 나를 맞아 주곤 하였습니다. 교회도 같이 다니고 고등학생 때는 그가 학생회 총무, 나는 문예부장이었으며 청년회에 들어 와서는 내가 회장을 하고 경학이가 봉사부장을 하였습니다. 그는 한양대학교 기계공학과에 진학을 했는데 낮에는 공장에 가서 일하고 야간대학에 다녔습니다. 그러다가 재학시절에 군에 갔는데 나는 논산훈련소로, 춘천 근처의 부대로 시간만 나면 경학이 면회를 가곤 했습니다. 교회에서는 나하고 이경학은 같이 붙어 다니는 젓가락이라 부를 정도로 우리는 같이 먹고 같은 방에서 자고 공부도 한 책상에서 하곤 했습니다.

그러나 내가 의과대학을 졸업하고 인턴과 레지던트로 병원 안으로 숙소를 옮기고 또 나는 병원일로 자기는 공장일로 바쁘다보니 점점 만날 기회가 없어졌습니다. 그러다 내가 미국으로 오고 몇 번 편지가 오고 가다가 소식이 끊어졌습니다. 그도 미국으로 와 로스앤젤레스 근처에 산다는 이야기를 풍문으로 들었지만 연락처를 알 길이 없습니다.

다음에는 병원 친구들입니다. 병원의 동료들은 같이 있을 때는 가까이 지내지만 직장이 바뀐다든가 이사를 하게 되면 자연히 멀어집니다.

미국에서 전공의를 하는 동안에도 많은 친구를 사귀었습니다. 그러나 전공의가 끝나고 연락이 끊어지더니 미국으로 온 다음에는 거의 연락이 두절되어 버렸습니다. 그러다보니까 젊어서부터 가까이 옆에 있는 친구가 없습니다. 그래서 외롭다는 생각이 들고 어릴 적 친구가 그립습니다.

얼마 전 98세의 김형석 선생님은 친구가 없어진 것이 제일 견디기 힘든 외로움이라고 하셨습니다. 김형석 선생님의 친구들은 같은 길을 걷는 철학자들이었습니다. 숭실대학의 안병욱 교수님, 서울대학의 김태길 교수님이 김형석 선생님의 가장 친한 친구였다고 하시는데 두 분이 타계를 하셔서 이제는 혼자 남았다고 쓸쓸한 표정으로 친구를 잃어버린 슬픔을 말씀하시곤 잠시 말을 잇지 못하셨습니다.

물론 나에게도 의사 친구들이 있습니다. 동창들도 있고 의예과 시절부터 연락을 끊지 않고 내가 한국에 가면 만나고 무슨 일이 있으면 미국까지 와서 만나는 친구가 있습니다. 소아과를 하는 전굉필 형은 우리 주위의 사람들이 모두 인정하는 나의 친구이고 내가 서울에 가자마자 연락을 하고 떠나기 직전까지 만나는 친구입니다. 그러나 미국에서 옆에 두고 마음이 외로울 때 아무 때나 찾아가 만날 수 있는 친구가 아닙니다. 미국에도 친구들이 있습니다. 물론 같이 있을 때는 즐겁지만 멀리 떨어져 사니 가끔 전화나 할 정도입니다.

이제 직장에서 은퇴를 하고 나이도 점점 더 많아지니 친구가 더욱더 그리워집니다.

"해는 져서 어두운데 찾아오는 사람 없어 밝은 달만 쳐다보니 외롭기 한이 없다. 내 친구 어디 두고 나 홀로 앉아서…."

소크라테스가 말했다는 것처럼 나도 이 작은 내 방을 채울만한 친구가 옆에 있다면 얼마나 좋을까요?

어마의
심술

얼어붙은 미국(Frozen America)

며칠 전부터 미국 동부에 한파가 밀려 왔습니다. 눈이 오는 날은 따뜻하여 거지가 빨래를 하는 날이라고 하는데 이번의 한파는 폭설과 한파가 같이 와서 미국 대륙을 얼음창고로 만들어 버렸습니다.

메인과 버몬트는 물론이고 매사추세츠, 로드아일랜드, 코네티컷, 뉴욕, 펜실베이니아, 버지니아가 하얗게 눈으로 덮이고 나이아가라 폭포가 수십 년 만에 얼어붙었다고 TV 기상채널에서는 야단들입니다. 원래 눈이 많이 오는 미네소타와 일리노이 주, 미시건도 폭설과 한파에 파묻혔습니다. 눈이 오지 않는다는 애틀랜타, 조지아와 플로리다의 북부에도 눈이 왔다고 신문에서도 대서특필이고 TV의 아나운서들은 흥분하였습니다. TV에서는 130여 년 만에 닥친 한파라고 야단이고 사실인지 아닌지는 모르겠지만 화씨로 영하 50도까지 내려간 고장이 있다고 합니다. 우리가 사는 플로리다의 남단에도 한파가 몰려와 꽃나무가 죽는다고 꽃나무 위에다 담요를 덮어주는 사람도 있고 끌고, 나온 개에게 털옷들을 입었습니다.

신문에서도 TV에서도 'Frozen America(얼어붙은 미국)'이라고 야단입니다. 북쪽에서는 눈에 파묻힌 자동차들, 집을 반이나 파묻은 눈사태, 눈을 뒤집어 쓴 나무들의 설화(雪花)가 온 산을 뒤덮었습니다. 길에서는 파도에 밀려가는 배처럼 차가 미끄러져 서로 부딪치기도 합니다. 눈보라와 바람에 사람이 넘어지고 밀려가기도 합니다. 미국의 중부와 동북쪽을 차지하는 미국의 3분의 1이 하얀 색깔로 덮여 있습니다.

차가운 한파가 우리 마을까지 밀려와 기온이 3도까지 떨어져 아침에 골프코스 주위를 한 바퀴씩 도는 운동을 3일째 쉬고 있습니다. 우리 집 거실 뒤를 지나가는 골프 카트도 보이지 않습니다. 한국 같으면 이 정도 추위에 골프를 포기하는 일은 없었을 텐데…. 한국에서 근무를 할 때 영하 7도의 추위에 스키복을 입고 골프를 친 일이 있습니다. 여기는 낮에는 영상 7도인데 골프를 안 친다니, 골프에 대한 열망이 한국 사람들보다 못한 모양입니다. 그러니까 여자 골프는 미국 여자들이 한국 낭자들에게 꼼짝을 못하지 않습니까. 물론 선수들은 오늘도 연습을 하겠지만. 노인들이어서 그렇기는 하겠지만 식료품 가게나 쇼핑 몰에 가면 밍크코트를 입고 나온 귀부인들도 있습니다.

그런데 참 미디어는 사작스럽다고 할까 동작이 빠르다고 할까, 갑자기 추워진 기후에 대한 교수의 대담을 방영했습니다. 여기에 나온 교수는 그동안 지구의 온난화를 이야기했지만 사실 지구의 온난화는 진행이 되고 있지 않다는 것입니다. 지난 십여 년 동안의 세계 기후를 보아도 몇 년 동안 온난화를 생각하게 할 더운 기후가 오는가 하면 다시 유럽과 미국 대륙에 한파가 몰려와 지구의 온도는 그대로 유지가 되고 있다는 말을 합니다. 그가 보여주는 그래프를 보면 정말 지난 몇 년 동안 더운 여름과 따뜻한 겨울의 도표를 보여주다가는 다시 차가운 겨울이 유럽과 러시아, 미국에 몰려와 기온을 낮추어 주고 있는 것을 보여주었습니다.

가만히 생각해 봅니다. 약 90억 년 전에 빅뱅으로 터져 나온 지구가

45억 년 간 천체를 여행했다고 합니다. 이 태양계가 운행하는 대기권의 온도는 상상할 수 없을 만큼 차갑다고 합니다. 처음에는 불덩어리였다는 이 지구가 45억 년을 지나 온도가 떨어져 식물이 자라고 생물이 생겼을 텐데, 대기 중에 이산화탄소가 좀 많아지고 오존층이 엷어졌다고 하지만 몇 년 사이에 지구의 온난화가 일어나서 생태계가 파괴된다는 학설을 주장하는 것은 좀 과하다는 말입니다.

나는 지구의 온난화를 주장하는 사람들과 논쟁을 벌일 수는 없지만 그들이 주장하는 것을 전부 믿지는 못할 것 같습니다. 마치 광우병사태 때 '우리 애를 살려주세요.' 하고 유모차를 끌고 나왔던 철없는 여자들처럼 '지구를 살려 주세요.' 라고 플랜카드를 들고 우리를 위협하는 환경단체 회원들의 과잉된 행동도 좀 보기 뭣하다는 것입니다. 어떤 학자는 앞으로 태양의 생명이 45억 년 정도 남았다고 이야기하며 태양열이 점점 식어지면 지구의 온도는 점점 차가워질 것이라고 합니다. 그러나 몇 억 년이라는 시간이 남아있고 억 년이라는 시간은 긴 세월입니다. 아무리 우리가 발버둥 쳐도 몇 억 년을 살 사람은 없으며 우리의 자손들을 염려한다고 해도 45억 년이 되기 전에 우리의 자손들은 살아갈 다른 방법을 발견할 것입니다.

물론 급속히 망가져가는 밀림, 오염되는 바다, 우리가 숨을 쉬고 새들이 날아다니는 대기권을 깨끗하게 보존해야 하는 건 사실입니다. 우리가 중국 여행을 갔을 때 경험했던 눈을 뜰 수 없는 매연에서 보호해야 합니다. 그것은 먼 후세를 위한 것이라기보다는 현재 살고 있는 우리들의 건강을 위해서 우리가 해야 할 일입니다.

중국을 여행하면서 베이징, 시안, 중경에서 겪었던 혼탁한 공기, 마스크를 쓰지 않으면 입안으로 하나 가득 들어오는 모래먼지, 눈이 따끔

따끔 아플 정도의 매연, 흙탕물로 썩어가는 강물을 보면서 밥을 먹기가 겁이 났습니다. 이런 중국이 공업화한다고 중금속이나 화학물질이 섞인 공기가 이웃나라인 우리나라로 바람이 불어온다면 이것은 정말 재앙이 아닐 수 없습니다. 한국의 일기예보에는 미세먼지라는 항목이 있습니다. 이 미세먼지는 마스크로도 해결이 되지 작은 입자의 먼지들이 중국에서 오는 바람에 섞여와 한국의 공기를 오염시킵니다. 하룻밤만 지나면 밖에 세워놓은 차 위에 하얀 막을 씌우곤 합니다. 이런 미세먼지가 우리 몸속으로 들어와서는 호흡기질환, 심지어는 폐암을 일으키는 원인이 된다고 합니다.

　나도 지구의 온난화가 진행된다고 믿습니다. 그 전에 동해에서 잡히던 동태가 이제는 우리 해안에서는 안 잡히고 사과의 농사가 남쪽 경상도에서 강원도로 이동한다는 말을 들으면서 탄산가스의 배출량을 줄이고 오존층을 보호해야 한다고 생각합니다. 우리가 사는 환경오염을 줄이고 지구의 온난화를 막아야 합니다. 북쪽에 쌓인 눈을 보며 만일 저 눈이 중금속이나 미세먼지에 오염된 눈이라면 어떻게 될까 걱정이 앞섭니다.

어마의 심술

미국의 동남쪽 버뮤다 근처의 바다에서는 해마다 대서양에서 불어오는 계절풍과 해면에서 떠오르는 수증기가 합하여 비와 바람이 같이 춤을 추는 허리케인이 만들어집니다. 8월 하순 경에 시작하여 11월 초까지 만들어지는 계절풍은 사나운 폭풍우가 되어 바하마, 하이티, 푸에르토리코, 세인트 마틴의 섬들을 휩쓸고 플로리다의 남단인 키웨스트, 마이애미 등을 휩쓸고 지나갑니다.

몇 년 전 겨울에 바하마에 갔을 때 지난여름 허리케인이 쓸고 간 폐허의 자리가 마치 전쟁을 치르고 난 자리처럼 황폐해 있었습니다. 대개 일 년에 두세 번의 허리케인이 지나간다고 합니다. 루이빌주의 뉴올리언스는 몇 년 전에 온 허리케인 때문에 도시가 많이 파괴되었고 도시를 회복하는데 10년이 더 걸렸는데도 아직도 완전한 회복은 아닙니다. 얼마 전의 하리케인 하비 때문에 파괴된 텍사스의 휴스턴도 다시 재건이 되는 데는 오랜 시간이 필요할 것입니다.

허리케인 중에서도 지난 번 텍사스를 물바다로 만든 하비와, 이번에 플로리다를 쑥대밭으로 만든 어마는 그야말로 허리케인의 두목이었습니다.

TV의 기상채널을 틀면 버뮤다의 해상에서 마치도 팔랑개비 같은 돌 개바람이 빙~빙글 돌면서 점점 커지다가는 붉은 색의 솜뭉치 같은 비 와 바람이 바하마를 덮치고 푸에르토리코를 덮치고 서북쪽으로 몰려듭 니다. 그런데 어마라는 허리케인은 이름이 여자 이름이라 그런지 변덕 이 좀 심했습니다. 처음에는 쿠바 쪽에서 동북쪽으로 꺾어 들어가 대서 양 쪽으로 간다고 하더니 방향을 틀어 플로리다로 향하여 달려들었습니 다. 그것도 처음에는 플로리다의 동쪽으로 가서 미국 대륙의 동부 쪽으 로 간다고 하더니 마음을 바꾸어 이번에는 플로리다의 서쪽해안을 훑으 며 가더니 네이풀에서 포트마이어 사이를 쳤습니다.

그런데 이 태풍도 격이 있어서 카테고리 1은 바람의 속도가 75마일 이하이고 카테고리 2는 75마일 이상, 카테고리 3은 바람의 속도가 120 마일, 카테고리 4는 150마일, 카테고리 5는 175마일 이상이라고 합니 다. 그리고 카테고리 5정도가 되면 집이 날아가고 나무가 쓰러지고 큰 재난이 온다고 TV의 아나운서는 무엇이 그리 신나는지 거품을 물고 설 명을 합니다. 그리고 허리케인의 가운데는 폭풍의 눈이라고 하는 것이 있는데 마치 회오리바람처럼 모든 것을 휩쓸고 하늘로 날려 버리는 바 람이라고 합니다.

지난해 2017년 9월 3일부터 이 바람이 플로리다의 남단의 키웨스트 에 상륙하는데 그 위력이 대단하여 바람이 몰고 오는 파도가 집을 삼킬 지도 모른다고 하였습니다. 나는 가족을 플로리다에 두고 뉴저지에 와 있는 나는 불안해지기 시작을 했습니다. 하루 종일 기상채널을 틀어 놓 고 들여다보아도 안정을 시켜주는 말은 없고 방송은 점점 더 불안만을 부추겼습니다.

9월 5일 화요일에는 우리 집이 있는 보니타 스프링의 주민들은 대피

하라는 권고가 나오고 마이애미의 폭풍 장면들을 보여주기 시작했습니다. 콜럼버스에 있는 딸과 멤피스에 있는 아들이 전화를 걸어 "어머니와 여동생을 빨리 피난을 시켜라."고 아우성을 쳤습니다. 그런데 허리케인이 우리가 사는 보니타 스프링을 치는 건 금요일 오후부터라는데 화요일에 벌써 플로리다를 떠나는 비행기표를 구할 수가 없었습니다.

우리 집에서 한 세 시간 북쪽으로 가야 있는 템파비행장에서는 뉴욕행 비행기가 있는데 왕복도 아닌 편도를 2000불을 내라고 하는 것이었습니다. 그나마도 템파까지 새벽에 갈 수 있는 방법을 생각하느라고 한 30분 지체했더니 그 비행기표마저도 다 팔려서 이제 남아 있는 표가 없다며 전화를 끊어버렸습니다.

아들은 나에게 전화를 하여 어머니와 누이동생을 그곳에 수장할 것이냐고 따지듯이 물었습니다. 나는 다시 항공사에 전화를 걸어 그럼 뉴욕에서 플로리다로 가는 비행기표는 있는가를 물었더니 몇 장이 남았는데 편도 값이 750불이라는 것입니다. 나는 우선 그 표를 스마트 폰으로 구입하고 죽어도 가족과 같이 죽으리라 하는 비장한 생각을 하였습니다.

만일 무슨 일이 생겨 가족이 다치면 나 혼자서 당할 정신적인 고통과 죄의식 때문에 살지 못할 것이라는 그야말로 비장한 마음으로 새벽에 뉴욕비행장으로 향했습니다. 폭풍이 불어오는 플로리다로 가는 비행기라 그런지 좌석이 몇 개 남아 있고 대부분의 비행기는 운행이 취소되었습니다. 비행기를 타고 집에 오니 아내와 딸은 마치 큰 구원병이 온 듯이 기뻐했습니다. 나는 아내를 데리고 곧장 렌터카의 사무실로 가서 큰 차를 빌렸습니다. 그런데 렌터카도 구하기 쉽지 않았습니다. 비싼 돈을 주고 겨우 큰 차 하나를 빌려서 저녁에 짐을 실고 9월 7일 새벽 5시에 무작정 북쪽으로 올라갔습니다. 우선 목적지로 애틀랜타를 정하고 피난을 떠났습니다.

애틀랜타의 친구 집에 머물면서 우리 마을을 휘젓고 지나가는 허리케인 어마를 바라보았습니다. 지붕이 날아가고 간판들이 낙엽처럼 휘날리는 것을 보면서 이것이 종말인가 하는 생각까지 들었습니다.

허리케인 어마가 지나가고 한 이틀 더 있다가 집으로 돌아왔습니다. 집에는 차고 앞에까지만 물이 들어왔지만 다행히 집안은 괜찮았습니다. 지붕의 기와는 벌어지고 몇 장은 날아갔고 철망 문들은 부서져 있었습니다. 우리 집에 들어오는데 그렇게 아름답던 나무의 울타리는 바람에 볏짚단처럼 쓰러졌고 나무들이 부러지고 뽑혀서 마치도 전쟁이 지나간 자리 같았습니다. 전기는 안 들어오고 냉장고의 음식은 상해서 냄새나는 물이 방바닥으로 흘러 내려 흥건히 젖어 있었습니다.

폭풍이 지나간 자리라서 그런지 햇빛은 더욱 따갑고 길에 고인 물에 썩은 냄새가 났습니다. 피난나간 사람들이 아직도 들어오지 않아 마을은 썰렁하고 적막했습니다. 식당도 상점도 모두 문을 닫고 캄캄한 도시는 무섭기까지 했습니다. 한국전쟁을 경험했는데도 폐허가 된 도시는 더욱더 무서웠습니다.

방을 대강 치운 후 촛불을 켜 놓고 기도를 드렸습니다. 며칠 전 여기에 와서 가족을 데리고 피난을 갈 때는 "살려만 주십시오." 하고 기도를 했는데 지금은 목숨이 붙어 있으니 사치스러운 생각을 하는구나 하고 반성도 하였습니다. 이제 며칠만 지나면 피난 나갔던 사람들이 돌아오고 물도 빠지고 전기도 들어오겠지, 가물거리는 촛불을 바라보며 내일 해는 다시 뜰 것이라는 생각을 했습니다.

미국의 피난생활(1)

오하이오에서 일을 하면서 추운 겨울이면 따뜻한 플로리다로 휴가를 오곤 했습니다. 그러면서 은퇴를 하고 플로리다에 사는 노인들이 부럽기도 했습니다. 더욱이 여름에는 뉴욕이나 시카고, 코네티컷에 살다가 겨울이면 플로리다로 내려가는 소위 철새의 무리들이 정말 부러웠지요.

같은 병원에서 일을 하는 친구는 몇 년 전부터 겨울이면 한두 달씩 플로리다에 가서 겨울을 지내더니 먼저 은퇴를 하여 아예 플로리다에 정착하였습니다. 플로리다는 지상낙원이라고 입에 침이 마르도록 홍보를 하고 내려와서 같이 살자고 졸랐습니다. 아내의 말대로 귀가 얇아 남의 말을 잘 듣는 나는 플로리다에 집을 장만했습니다. 겨울에 플로리다에 살면서 한파가 밀려오고 눈사태가 나서 자동차가 길에 얼어붙고 눈이 무릎까지 쌓이는 뉴욕이나 오하이오의 뉴스를 보면서 우리는 얼마나 다행인가 하고 만족스런 웃음을 지은 것도 사실입니다.

지난겨울에 정식으로 건양대학병원에서 은퇴를 하고 겨울에는 플로리다에서, 여름은 뉴저지에서의 삶을 살아보려는 시도를 했습니다. 겨울에 플로리다에서 반바지를 입고 아이스크림을 먹으면서 뉴욕이나 시카고, 보스턴의 눈사태를 보면서 나는 얼마나 행복한가 했지요.

사월의 하순이 되어 보스턴에도 꽃이 활짝 피는 계절에 차를 몰고 휴가를 가는 기분으로 며칠을 걸려 플로리다에서 뉴저지로 왔습니다.

이런 나의 교만해진 태도가 하나님 보시기에 좋지 않으셨던 모양입니다. '요놈이 고생 고생하면서 쩔쩔 매던 놈이 먹고 살 것을 주었더니 너무 자만해졌다 혼 좀 나봐라.'고 하셨는지 모릅니다. 8월 하순 TV의 일기 채널에서 허리케인이 온다고 했지만 해마다 오는 것이려니 했습니다. 이번 것은 플로리다의 역사상 가장 강력한 것으로 플로리다를 물바다로 쓸어버릴 위력을 가지고 있다고 협박성 뉴스가 그치지 않습니다.

아내와 딸을 플로리다에 남겨두고 나 혼자서 보스턴의 탱글우드 음악제에 가고 뉴욕시내를 돌아다니며 즐기던 나도 슬슬 겁이 나기 시작했습니다. 8월 25일 뉴스에서는 허리케인 어마의 이야기로 시끄러웠습니다. 아들과 딸이 전화를 걸어 "어머니와 누이동생을 피난시켜야지 어찌 할 거냐?"고 다그쳤습니다. 그래서 피난을 시키려고 항공기표를 구하려고 했으나 어디든 플로리다를 떠나는 항공기표는 모두 매진되었고, 어디서 타는지 알지도 못하는 버스표도 기차표조차도 없었습니다. 아내와 딸은 겁에 질려 눈물 먹은 음성으로 "우리 걱정을 말아요. 당신만 안전하면 돼요." 유언 같은 말로 나의 가슴을 찌릅니다.

9월 5일 화요일, 밤 11시 플로리다에서 떠나는 항공권은 없지만 뉴저지에서 플로리다로 가는 300불이면 되는 항공표가 편도 한 장에 750불이나 된다는데, 그것도 싫으면 그만두라는 어조였습니다. 벼랑에 떨어지는 사람이 밧줄 붙잡는 심정으로 신용카드로 표를 샀습니다.

그래 가자. 죽는 일이 있더라도 손을 잡고 죽자라는 비장한 마음으로 9월 6일 아침 플로리다로 가는 비행기에 올랐습니다. 아내와 딸은 위험한데 왜 오느냐고 했지만 "그럼, 당신네들은 죽는데 나 혼자 살아남으란 말이야?" 하고 신경질적인 소리를 지르고는 전쟁을 앞둔 지휘관의 심정으로 피난 준비를 하라고 이르고 플로리다로 날아갔습니다. TV에서는 플로리다 주지사가 "이것은 내가 해결할 수 있는 일이 아니니 각자가 알아서 대피를 하되 우리가 사는 네이플에서는 모두 피난을 가라."고 지시를 했습니다.

우리는 곧장 렌터카 회사로 가서 큰 차를 하나 빌렸습니다. 차도 다 나가고 없는 것을 몇 군데 전화를 하여 겨우 차를 빌려서 우선 중요한 것만 차에 실었습니다. 나는 잠을 자는 둥 마는 둥 하고 9월 7일 목요일 새벽 5시에 가족을 렌트한 차에 태우고 무조건 북으로 향했습니다. 이틀 밤을 거의 뜬눈으로 새운 나는 다리가 좀 후들후들 떨렸지만 진한 커피를 몇 잔 마시고 운전을 했습니다. 한 시간쯤 달려 동이 트자 차들이 고속도로에 몰려들기 시작을 했습니다. 그야말로 TV에서 보던 자동차의 행렬이었는데 이것은 차가 가는 것이 아니라 거북이들이 기어가는 모습이었습니다. 한 10마일 속도로 조금 가다가는 멈추고 조금 가다가는 멈추고 한 시간이면 달려갈 길이 3시간이 넘게 걸렸습니다. 그런데 문제가 생겼습니다. 자동차에 연료를 넣어야 하는데 주유소마다 텅 비어 있는 것입니다. 우리는 주유소를 찾아 헤매기 시작했습니다. 고속도로를 빠져 나와서 한 30분이 걸려 주유소를 찾았는데 경찰이 나와 질서를 유지하고 있었는데 줄이 참으로 길었습니다. 우리 차례가 되기 전에 기름이 동이 날까 봐 조마조마했는데 다행히 우리 차례가 되어 기름을 넣었습니다.

기름을 넣고 화장실을 찾으니 맥도널드도 인산인해입니다. 주차장은 물론이거니와 차를 멈출 곳도 없습니다. 우리는 아내가 차를 몰고 내가 내려서 화장실 용무를 보고 다시 아내가 일을 보아야 했습니다. 이렇게 보낸 시간이 한 시간이나 됩니다. 다시 고속도로를 나와 거북이걸음으로 운전을 하는데 보통이면 애틀랜타까지 갔을 시간인데 아직 반도 못 왔습니다.

이제 날도 어둑어둑해졌습니다. 그래서 아무래도 오늘 애틀랜타까지 들어가지 못하겠으니 호텔에서 하룻밤 묵어가야겠기에 호텔을 찾았습니다. 그러나 이 얼마나 어리석은 생각입니까? 얼마나 많은 사람들이 나처럼 생각하고 호텔을 찾았을 텐데 빈방이 남아 있겠습니까?

숙박할 호텔을 거의 열 군데를 찾아 헤매도 빈방은 없었습니다. 황당했습니다. 오늘 드디어 길에서 자는 경험을 해야겠구나 생각하는데 호텔 매니저에게 내가 불쌍해 보였던 모양입니다. 이리 오라고 하더니 구석으로 데리고 가서 전화번호를 하나 주면서 여기 전화를 해보라는 것이었습니다. 전화를 하니 건설 중인 골프코스에서 리조트를 지어 놓았는데 아직 영업은 시작하지 않았지만 응급상황이니 방을 줄지도 모른다는 이야기입니다.

우리는 고속도로를 벗어나 30분 이상 달려서 골프코스 사무실에 들어가니 다행히 방이 두어 개 남아 있었습니다. 아직 완성되지는 않았어도 침대도 있고 샤워도 할 수 있는 방을 구하고 짐을 풀었습니다.

아내는 그래도 지붕 밑에서 잘 수 있는 것이 얼마나 다행인가 하여 그저 하나님께 감사하다는 기도를 드렸습니다. 어수선하고 불안했지만 이틀이나 잠을 못잔 나는 깊은 잠 속으로 곯아떨어졌습니다.

미국의 피난 생활(2)

　아침에 일어나니 떠오르는 햇빛과 푸른 골프장, 연못 위로 새들이 날아다니고 나무 사이로 비치는 햇빛이 참 아름다웠습니다.

　이 아름다운 경치를 즐기지도 못하고 우리는 허리케인을 피하여 다시 피난길에 올라야 했습니다. 아침 7시에 다시 렌터카에 올라타고 고속도로 쪽으로 왔습니다. 맥도널드 가게 앞에는 우리 같은 피난민들이 길게 늘어서 있고 종업원들은 땀을 흘리며 손님들을 접대하고 있었습니다. 우리는 커피와 두 끼 먹을 것을 사서 들고 다시 차를 몰기 시작했습니다. 길게 늘어서 있는 피난 행렬에 차는 두꺼비걸음으로 좀 가다가는 멎고 좀 가다가는 멎었습니다. 그래도 오늘 중으로 애틀랜타까지는 가겠지 하고 마음을 느긋이 먹고 운전대를 잡았습니다.

　그런데 문제는 화장실이었습니다. 화장실에 가야 하겠는데 화장실에 나가는 길도 없고, 나가는 길에도 길게 줄을 서 20분이나 30분 이내에는 빠져나갈 수가 없는 것이었습니다. 참다 참다 배가 아파오고 머리가 쭈뼛해지는데도 갈 길이 없습니다. 간혹 길가에서 실례를 하는 남자들을 볼 수 있는데 차마 그럴 수는 없어서 길게 선 줄로 나갔습니다. 여기서도 주차할 자리가 없어 어제처럼 아내가 운전을 하고 내가 화장실로 달려갔는데 배가 아파서 간신히 걸었습니다. 일을 치르고 나니 '아, 배설의 시원함이여' 정말 감동이었습니다. 이런 행복한 느낌을 왜 모르고 살았는지 모르겠습니다.

배가 고픈 것은 몇 시간 아니, 하루나 이틀 사흘까지도 참을 수 있지만 배설의 욕망은 한 시간 아니, 10분도 참을 수가 없고 그 고통은 배고픔의 정도와 비교할 수 없을 정도로 심하다는 생각을 하였습니다. 아마 그래서 받는 것보다 주는 것이 복이 있다고 말을 하지 않았을까 생각하며 픽 웃었습니다. 배설을 하고나니 이제 더 이상 바랄 것이 없구나 하고 행복하기까지 했습니다. 가뿐해진 몸으로 다시 차를 몰고 거북이걸음으로 가기 시작했습니다. 점심으로 아침에 산 차갑고 굳어진 햄버거를 먹으면서 아까 고생한 생각으로 물도 마시지 않았습니다. '그래, 천천히 가자. 오늘은 어둡더라도 들어가겠지.' 하고 앞차를 따라 가다 서고 또 가다 서는 75번 국도를 따라 올라갔습니다. 길가에는 사고가 난 차들이 여기저기 보였습니다. 하도 길이 막히니 얌체운전을 하려고 끼어들다가 접촉사고도 나고 트럭 뒤를 들이받는 사고도 많이 나는 모양입니다. 애틀랜타 시의 중간쯤 가서 85번 길로 들어서니 숨통이 좀 트이는 듯 했습니다.

친구가 사는 두로프라는 마을에 도착하니 초저녁입니다. 165마일 길을 7시간 반에 온 것입니다.

친구도 나의 성질을 아는지라 호텔방을 구하러 나갔습니다. Best Western. Marriot Courtyard. Hilton. Comfort Inn. Hamilton 등 호텔들이 모여 있는 동네를 비롯하여 길에서 떨어져 한 20분을 가야하는 호텔을 모두 찾아보았는데 방이 다 나가고 없었습니다. 한곳에 갔는데 방이 다 나가고 스위트 하나만 남았는데 하루에 600불을 내라는 것입니다. 친구가 웃으면서 "그래, 그 값의 3분의 1만 내라. 내 마스터 베드룸을 내줄게." 하면서 호텔을 포기하고 자기 집에서 불편하더라도 지내라고 강권하여 못 이기는 척 친구의 집에 머물기로 했습니다. 물론 돈도 없지만 하룻밤에 600불을 내고 세금과 서비스를 합하면 720불을 내고 잠을 자기는 버겁기도 했습니다.

친구는 무척 바쁜 모양이어서 부부가 아침에 나가면 저녁때나 돼야 들어오고 밥도 먹고 들어오는 일이 많아서 대접은 못해 주지만 편하게는 해주겠다고 하여 마음은 편했습니다.

토요일 오후부터 비가 오기 시작했는데 태풍은 토요일 밤과 일요일 오전에 보니타 스프링 우리 동네를 강타했습니다. TV 뉴스에 보면 주유소의 지붕이 날아가고 나무들이 쓰러지며 집과 자동차들이 물에 잠기는 장면들이 우리의 가슴을 졸이게 했습니다. 피난 나오지 않은 이웃에게 전화를 했지만 통화가 안 되더니 토요일 밤에 전화가 왔습니다. "한참 비바람이 불더니 지금 좀 뜸한데 허리케인의 중심은 내일 새벽에 온다고 한다. 그리고 전기가 없어서 전화 배터리가 얼마 안 남았으니 전화하지 마라 무슨 일이 있으면 내가 전화할게." 하고는 끊어버렸습니다. 일요일 오전 뉴스에는 허리케인의 중심부가 우리 동네를 지나가고 있다는 소식이었습니다.

교회에 가서 예배를 보는데 목사님은 플로리다에서 수해를 피하여 온 피난민이라고 소개하여 마치 동정심을 구하는 피난민처럼 처량한 신세가 되고 말았습니다. 오전 1부 예배를 보고 우리는 집으로 오다가 점심을 먹고 다시 TV 앞에 앉아 기상채널만 들여다보고 있었습니다.

저녁에 카톡으로 목사님에게서 메시지가 왔습니다. "교회의 대예배실에는 물이 안 들어왔으나 친교실에는 물이 들어와 물을 퍼내고 있다면서 전기도 없고 나무와 입간판들이 곳곳에 쓰러져 있어서 운전하기도 위험하다.”고 소식을 주었습니다. 태풍은 계속 북상을 하여 조지아로 올라오고 있고 태풍의 기운이 좀 줄었다는 이야기입니다. 월요일 오후에 조지아로 들어오니 애틀랜타에서 꼼짝하지 말라는 명령입니다. 정말 월요일 밤 애틀랜타에는 나뭇가지가 부러지는 바람과 비가 내렸지만 큰 태풍은 아니었습니다. 마음이 초조하여 화요일 아침 집으로 돌아가려고 했지만 방송도 친구도 아직 이르다고 하여 하루를 더 지냈습니다.

수요일, 인터넷을 보니 75번 국도는 길이 막혀 시간당 15마일 속도로 가고 가스도 없다는 이야기였습니다. 피난 올 때 고생한 것이 겁이 나서 큰 휘발유통을 두 개나 사서 휘발유를 채우고 오카라 근처의 친구의 집에 전화를 하여 가다가 하룻밤 신세를 질지 모른다고 예약(?)을 하고 목요일 아침 새벽 5시에 출발을 했습니다.

다행히 돌아올 때는 도로 사정이 나쁘지 않아 620마일을 14시간이 걸려 집으로 왔습니다. 나무는 쓰러지고 길은 아직도 물이 빠지지 않아 질퍽하고 마치 전쟁이 지나간 폐허가 된 우리 마을에 도착했습니다.

그래도 우리 집에 돌아오니 전쟁 중 피난 갔다 온 기분입니다. ‘Sweat home My Home’이라는 말이 저절로 나왔습니다. 한국전쟁 후 67년 만에 피난 생활을 다시 경험했습니다.

고추 농사

미국에 오래 살면서 매운 음식을 먹을 기회가 거의 없었습니다. 더욱이 한국 식품점도 음식점도 없는 오하이오의 작은 도시에 살면서 특별한 날에나 고춧가루를 뿌리는 시늉만 낸 빈혈증이 걸린 이상한 김치를 얻어먹었을 뿐 고추장 맛도 많이 잊어버렸습니다. 간혹 뉴욕이나 시카고로 여행 갈 때 김치나 한국 음식을 먹긴 하지만 냉면이나 갈비탕, 한정식 불고기를 먹지 해장국이나 육개장, 김치전골은 먹어 본 기억이 많지 않습니다. 하긴 촌놈이라 그런 음식을 시켜 먹지 못했기 때문이기도 합니다. 그래서 매운 음식을 먹을 기회가 별로 없었습니다. 미국에서 매운 음식을 먹는다는 것은 치킨 스프에 타바스코 소스를 한두 방울 흘리거나 스파게티를 먹을 때 고춧가루를 약간 뿌리는 것이 전부였습니다.

은퇴를 하고도 한국에서 직장을 얻어 몇 년 동안 일을 했습니다. 자연히 친구들과 어울려 외식을 하며 해장국도 먹어보고 매운 비빔밥도 먹으면서 매운 음식을 먹기 시작했습니다. 처음에는 매운 것을 잘 먹지 못하다가 차츰 먹기 시작하여 지금은 매운 맛을 들였습니다.

풋고추를 쌈장에 찍어 먹는 것도 배우고 고깃집에 가서 고기를 먹고 난 후 청양고추가 들어간 칼칼한 된장찌개를 먹으며 특별한 맛을 즐기게 되었습니다. 사실 우리가 먹는 음식은 맵고 짜고 달고 쓴맛 이 네 가지가 기본 맛이니까 매운 맛의 고추가 우리 음식 맛에 기본인 셈이지요.

양념간장을 만들 때 그냥 고춧가루를 넣는 것보다 톡 쏘는 청양고추를 좀 다져 넣으면 칼칼한 맛이 더 자극적입니다. 내 친구 하나는 매운 음식을 좋아하여 외식을 할 때면 청양고추를 몇 개씩 주머니에 넣어 가지고 가서 음식을 먹기 전에 고미제로 먹지만 나는 그 정도는 못 되고 그런대로 매운 기가 있는 것을 좋아하게 되었습니다.

해장국을 먹을 때도 다진 청양고추를 약간 넣으면 그냥 먹는 것보다 좋고 순댓국을 먹을 때도 다진 청양고추를 넣으면 자극적이어서 좋습니다.

혼자 밥을 해먹으면서 청양고추를 사다가 다져서 냉동실에 넣었다가 찌개를 끓이거나 장을 만들 때 조금씩 넣곤 했습니다. 그렇다고 내가 매운 음식 먹기 경기에 나갈 정도는 아닙니다. 한번 친구와 같이 저녁을 먹으러 갔는데 얼큰한 칼국수집이라는 식당에 들렀습니다. 친구가 "야 괜찮겠어? 좀 매울 걸." 하고 겁을 주어서 나는 오기를 부린다고 "무얼 다른 사람들이 먹는데 나라고 못 먹겠어." 하고 얼큰 칼국수를 시켰습니다.

국수가 나오고 국수를 한 젓가락 입에 넣자마자 입안에 화재가 일어난 것 같고 머리가 화끈한 게 정신이 나간 것 같았습니다. 혀만이 아니라 입술까지 부르텄는지 쓰라린 게 무어라고 표현할 수가 없었습니다. 나는 음식을 삼키지도 못하고 그릇에 그냥 뱉어 놓은 후 물 물 하고 외마디 소리를 질렀습니다. 친구가 주는 물을 마셔도 온 입안이 화끈거리고 머리가 따끔따끔하고 눈물이 막 흐르고 난리가 났습니다. 친구는 "그러기에 내가 뭐랬어." 하고 약을 올리지만 나는 한참 동안 정신을 차릴 수 없었습니다. 그래서 나의 매운 음식 실력은 상급은 못되고 중하급 정도나 됩니다.

그래도 청양고추가 든 음식을 좋아합니다. 칼국수에도 청양고추가 들어간 양념간장을 약간 넣으면 맛이 달라지고 두부찌개에도 청양고추를 약간 넣으면 맛이 달라집니다.

미국에서는 고춧가루도 구하기가 쉽지 않고 가족들이 매운 음식을 잘 먹지 않으니까 음식 맛이 단조롭습니다. 그래서 집에서 담근 김치는 고춧가루가 적게 들어 수혈이 필요한 빈혈상태입니다. 미국에도 고추가 있기는 합니다. '예로피니아'라는 둥근 고추도 있고 맵기도 하지만 청양고추 같은 맵고 달착지근하고 자극적인 맛은 없습니다. 맵기로 말하자면 멕시코 고추를 당할 고추가 있겠습니까만 멕시코 고추는 맵기만 하지 청양고추 같은 맛은 없습니다.

한국을 떠날 때 이제 미국에 가면 청양고추 맛을 못 볼 것이라고 생각하니 섭섭했습니다. 생각다 못해 종로에 있는 종묘가게에 가서 청양고추씨를 샀습니다. 미국에는 씨를 못 가져 온다고 하기에 책 사이에 넣어서 한 봉지를 가지고 왔습니다.

목화씨를 몰래 가지고 들어온 문익점 선생을 생각하면서 플로리다에 와서 아주 큰 화분을 하나 사고 흙을 사다가 채워 넣었습니다. 큰 공사를 하는 것처럼 팔을 걷어붙이고 아내와 씨를 뿌리고 물을 주고 일주일을 지냈습니다. 그런데도 싹이 보이지 않습니다. 나는 씨가 다 죽은 것이 아닌가 하고 단념을 하려고 했는데 10일쯤 지나니 싹이 나기 시작했습니다. 참 신기했습니다. 마치 기적을 보는 느낌입니다. 그래서 매일 아침 물을 주었습니다.

원래 농사일에는 무식하고 재주가 없는데 이런 고추 싹이 내 손을 통하여 자라나는 것이 신통방통해서 교회에 가서 자랑을 했습니다.

나를 아는 친구가 이 선생이 고추를 심다니 참 기특한 일이라고 우리 집에 와서 보고는 배를 잡고 웃었습니다.

"이 선생, 이 화분에는 고추가 한 다섯 개 정도 심어야 하는데 아주 잔디를 뿌리듯이 뿌려 놓았으니 이게 다 어떻게 자라겠소? 몇 개만 남겨 놓고 다 뽑으세요. 그렇지 않으면 하나도 자라지 않아요."

그렇구나 하고 뒷머리를 긁으면서 그 아까운 고추 싹을 뽑기 시작을 했습니다. 그래도 아까운 생각이 들어 몇 개만 뽑았더니 친구가 "아니, 이렇게 뽑아야지요." 하고 그 아까운 고추 싹을 거의 다 뽑아 버리는 것이 아닙니까. 속으로는 '그렇게 다 뽑아 버리면 어떻게 해.' 하고 생각했지만 워낙 잘한 게 없는지라 아무 소리도 못하고 벌을 서는 아이처럼 그냥 서 있었습니다. 몇 개만 남겨 놓고 간 지 일주일이 지나니 조그만 싹이 자라고 손가락만 하게 되었습니다.

아내는 "여보, 이 고추를 먹을 수 있을까?" 하며 미심쩍은 말을 하기에 나는 오기가 생겨 "무슨 말을 그렇게 해! 아픈 환자도 살려내는 의사가 고추나무 하나 못 살릴까 봐." 하고 큰소리 쳤지만 솔직히 자신은 없습니다. 하여간 열심히 물을 주고 있습니다. 아직 고추는 열리지 않았지만 이제 플로리다의 남단에서 청양고추를 다져 넣은 된장찌개와 양념 간장을 만들어 칼국수에 뿌려 먹을 수 있길 기대해 봅니다.

나의 부엌 탈환

　결혼을 한다는 것은 습관과 자라온 배경과 성격, 교육이 전혀 다른 사람이 만나 같이 먹고 마시고 같이 생활하면서 사는 것입니다. 물론 서로 맞추어 가며 양보하고 적응한다고 하지만 타협을 못해 싸우기도 하고 심하면 이혼을 하기도 합니다. 그래서 "먼 길을 떠날 때는 한 번 기도하고 전쟁에 나갈 때는 두 번을 기도하고 결혼할 때는 세 번 기도하라."고 하지 않습니까.

　아내가 들으면 무슨 소리를 하느냐고 공격해올지 모르나 무남독녀인 아내를 만나 결혼을 하면서 얻은 것도 많지만 잃은 것도 조금은 있습니다. 물론 편식이 좀 심한 나에게 맞추느라고 아내가 많은 양보를 했겠지만….

　나는 생선은 냄새 맡기도 싫어하지만 아내는 생선회도 좋아하고 고등어나 갈치를 좋아합니다. 아내는 새우젓을 넣고 끓인 호박찌개나 가지나물도 좋아하지만 나는 숟가락도 대지 않습니다. 나는 물냉면을 좋아하지만 아내는 함흥비빔냉면을 좋아합니다. 나는 칼국수나 수제비를 좋아하고 아내는 생목이 오른다고 칼국수를 하는 날이면 내게 칼국수 그릇을 안겨주고 자기는 밥을 물에 말아서 김치하고 먹습니다. 그래서 내가 칼국수를 먹는 날에는 무슨 큰 죄를 지은 것 같아서 기분이 좋지 않습니다. 나는 그저 국에다 밥을 말아 먹기를 좋아하지만 아내는 국을 별로 좋아하지 않습니다. 휴일이면 나는 영화관에 가거나 누워서 책 보기를 좋아하지만 아내는 쇼핑을 가거나 집안 일 하기를 좋아합니다. 그래서 식사시간마다 다투고 휴일마다 싸우는 것은 아니지만 항상 재미있게 보내는 것도 아닙니다. 나는 나대로 핑계를 대고 나돌아 다닐 때가 있고 아내도 은근히 불평을 할 때도 있습니다.

그렇게 평생을 살아 왔으니 이제는 많이 누그러졌고 서로 변한 것도 많이 있습니다. 아내도 물냉면을 잘 먹고 국밥도 잘 먹고 나도 가지나물도 먹고 호박찌개도 좀 먹습니다. 그러나 아직도 나는 생선을 먹지 않고 아내도 칼국수는 별로 좋아하지는 않습니다. 그래도 지난번 서울에 갔을 때 아내와 딸이 명동칼국수집에 갔다 왔다고 웃으면서 자랑을 했습니다.

그런데 지난 10여 년을 아내와 딸은 미국에 살고 나는 혼자 한국에서 살았습니다. 그러다 보니 알게 모르게 옛날에 몸에 배었던 기호와 습관으로 되돌아간 것 같습니다.

나는 어려서 소년 때부터 부엌일을 했습니다. 어머님이 교편을 잡았을 때에 나는 동생들에게 밥을 해먹였고 대학생활도 자취나 다름없는 학사생활을 했습니다. 그래서 어느 정도의 음식은 하는데다가 한국의 많은 TV 프로그램에서 요리법을 배웠습니다. 〈내일은 무얼 먹지〉〈냉장고를 부탁해요〉〈백선생 집밥〉 등에서 음식하는 것을 배워 주말이면 요리를 해서 먹곤 했습니다. 고기를 많이 넣은 고급 떡볶이를 만들어 전공의들을 불러 먹이기도 하고 전골을 만들어 손님을 대접하고 전골 양념을 만들어 친구들에게 주기도 했습니다.

몽골에 있을 때도 떡볶이를 만들었는데 한국 간호사와 몽골 간호사들이 너무 맛이 있다고 소스를 얻어 가기도 했습니다.

백선생이 보여준 것처럼 네모난 플라스틱 곽에 마늘 간 것, 고춧가루, 설탕, 소금, 볶은 깨를 넣어 놓고 청양고추 다진 것, 파 썰어 놓은 것도 플라스틱 백에 담아 놓았다가 쓰곤 했습니다. 물론 그때그때 하면 좋지만 너무 복잡하면 생략하게 되어서 미리 준비를 해놓았다가 쓰곤 했습니다. 음식을 사다가도 내가 더 양념을 해야 맛이 났습니다.

솔직히 고백하거니와 미원도 준비했다가 조금씩 넣었습니다. 미원을 넣은 것과 안 넣은 것의 맛의 차이가 확실히 다르니까요. 먼저 파기름을 만들어 볶다가 채소와 고기를 넣고 볶아 먹기도 하고 김치볶음도 하고 볶음밥도 해먹으면서 10여 년을 살았습니다. 일 년에 두 번씩 아내가 오면 만들어 주기도 했는데 아내는 자존심 때문이었던지 먹기는 하면서도 별로 칭찬은 하지 않았습니다.

그러다가 은퇴를 하고 미국으로 왔습니다. 플로리다의 집은 아내의 영토입니다. 어쩌다가 부엌에 들어가면 금방 아내가 달려와 "뭐가 필요해요?" 하고 다그치는가 하며, 무엇을 좀 하려고 하면 부엌을 어질러 놓는다고 등을 밀어 내쫓습니다. 가만히 보니 10여 년을 아내 혼자 살면서 아내도 옛날의 습관으로 돌아가 버린 듯합니다.

매운 김치는 못 먹는다며 아내가 담근 김치는 빈혈이 걸린 듯 붉은 기가 없는 희멀건 색깔입니다. 나는 신장도 좋고 혈압도 정상인데 아내의 음식들은 죄다 저염 음식이어서 간이 하나도 없습니다. 모처럼 부탁을 하거나 아내가 기분이 좋을 때가 아니면 국물도 없습니다. 그저 어제 먹다 남은 김치와 이제는 말라버린 나물이 한 젓가락 있을 뿐입니다.

아내는 고추장도 좋아하지 않기에 내가 일어나 냉장고에서 고추장을 찾아오면 아내는 "촌스럽게 고추장을 좋아 할까." 하고 한마디 합니다. 그러니 집에서 한식을 먹는 것이 맛이 없어서 빵과 샐러드, 샌드위치, 켐블스프, 간혹 중국집에서 프라이드라이스, 누들 등을 시켜다 먹습니다. 이것이 빈혈이 걸린 김치보다 좋고 저염식인 국과 나물보다 낫습니다.

이 달 초에 뉴저지 나 혼자 집으로 돌아왔습니다. 아내와 딸은 플로리다에 남아 있으니 이제 당분간 한국에서 살던 식으로 살 수 있습니다. 드디어 뉴저지 집의 부엌을 탈환했습니다. 차타누가에서 오신 선배님과 함께 시장에 갔습니다. 그리고 내가 필요한 양념들을 잔뜩 사왔습니다. 파, 마늘, 고춧가루, 청양고추 등을 사다가 집에 있는 설탕, 기름, 소금, 후춧가루 등으로 요리대를 채웠습니다.

직장에도 안 나가니 시간이 많습니다. 며칠 전 고기와 당면, 어묵 등을 사다가 조리대에서 요리를 했습니다. 쌀도 사다가 밥도 하고…. 내 깐에는 푸짐하게 차려서 먹으면서 기분이 좋았습니다. 그러면 그렇지 내가 누군데.

그리고 한번 먹고 나니 남은 음식이 문제로 대두했습니다. 아마 10%도 못 먹은 것 같습니다. 냉장고에 넣어놓고 며칠을 같은 음식을 또 데워 먹고 또 데워먹으니 맛이 없어지고 이제는 질렸습니다. 이곳에는 내가 만든 음식을 맛이 없어도 군소리 않고 먹어줄 전공의 제자들도 없습니다.

이제는 이 짓도 그만 둘 때가 된 것 같습니다. 슬슬 백기를 들고 아내 곁으로 가서 빈혈이 걸린 김치나 저염 음식이라도 군소리 말고 먹으며 살아야 할까 봅니다.

어째 잘하는 것이 하나도 없지

사람의 오른쪽두뇌와 왼쪽두뇌가 꼭 같이 발달이 되어 모든 것을 잘하는 사람이 있기야 하겠지만 대개는 사람마다 잘하는 것이 있고 그리잘하지 못하는 것이 있습니다.

나도 병원에서는 수술도 잘한다고 하고 강의도 잘한다고 하고 내가쓰는 글도 재미있다는 말을 간혹 듣지만 집에서는 돈을 벌어다 주는것 말고는 잘하는 일이 하나도 없습니다.

오래 전에 오하이오에 살 때 우리의 앞집에 나길진 선생이라는 선배의사가 살고 있었습니다. 나 선생은 부지런하기도 하지만 손재간이 있어서 자기 집 정원을 주말이면 아침부터 열심히 아름답게 꾸미는 일을했습니다. 정형외과의사니까 돈도 잘 벌었고요. 그런데 나는 주말이면일어나 커피를 마시면서 음악을 틀어 놓고 책을 들고 앉아서 마당 한번제대로 쓰는 일이 없었습니다.

나는 그 넓은 집의 잔디를 한번 깎아 보지 못했습니다. 나도 잔디를깎아보겠다고 어느 날 좋은 론 모어를 사서 한 번 밀고 왕복을 하니힘이 들고 팔이 아파서 나의 힘으로는 론 모어로 잔디를 깎을 수가 없었습니다. 나는 한 끼를 굶으라면 굶지만 잔디는 깎지 못하겠다고 아내에게 선언을 했습니다, 만일 내가 잔디를 깎아야 한다면 잔디를 안 깎아도 되는 아파트로 이사를 가겠다고 은근히 협박을 했습니다.

마침 우리 집에 와 계시던 장인어른은 몇 번 나에게 "야, 저 앞집의 나 선생을 봐라. 저렇게 부지런하니까 잘 사는 거다." 하시면서 나를 못마땅해 하셨습니다. 그러나 나는 몸도 작고 힘도 없어서 육체노동은 할 수 없었습니다.

얼마 전 아내가 꽃나무를 옮겨 심는다고 도와 달라고 하여 삽을 들고 구덩이를 두 개 팠는데 손바닥에 물집이 잡히고 쓰라려서 며칠을 고생 했습니다. 그렇다고 나더러 게으르다고 하는 사람은 없었습니다. 병원 에서 나만큼 부지런하고 열심히 일하는 의사를 못 보았다고 칭찬을 많 이 받았습니다. 지난번에 근무한 건양대학교에서도 새벽부터 회진을 돌고 콘퍼런스를 하고 외래를 보고 주말에도 빠지지 않고 나와서 환자 를 보는 의사로 정평이 나 있었습니다. 그래서 "저런 교수가 우리병원 에 둘만 있었으면…" 하는 칭찬을 총장님에게서 듣기도 했습니다. 그러 나 부서진 문을 고치고 나무를 옮겨 심고 밭에 채소를 심고 물을 주는 일은 서툴고 힘이 들고 하기가 싫습니다.

그러다 보니 나는 연애할 때는 같이 영화나 연극을 보러가고 음악을 들으러 가고 시를 읊어주고 달콤한 말을 하는 남자는 되지만 결혼을 한 후 살림을 하는 남편감으로 자격 미달인 모양입니다.

결혼하면 낭만은 결혼식장에서 나오면서 하늘로 날아가 버리고 생활 의 달인 아줌마로 변하는 여자에게는 맞지 않는 남자일지도 모릅니다. 그래도 우리가 오하이오에서 살 때는 용서가 되었습니다. 새벽부터 병 원에 출근하고 남보다 바쁜 의사로서 일을 했고 돈을 벌어다 주는 남편 이었으니 아내에게 용서가 되었을 것입니다. 그리고 미국에서 은퇴를 하기 전에 한국으로 불려나가 10여 년간 일했으니 눈감아 줄 수 있었을 것입니다. 그러나 이제 은퇴하고 집에 껌 딱지처럼 붙어 있으니 눈치가 달라지는가 봅니다.

그런데 운이 나쁘게도 이번에도 우리 옆집에 사는 이 선생이 그렇게 밖의 일을 잘할 수가 없습니다. 매일 마당을 쓸고 집뒤 정원에 채소를 심고, 차고도 깨끗이 청소하고 집이 망가지면 고치는 등 정말 나와는 비교할 수 없을 정도로 일을 잘합니다. 그러니까 나와 비교가 더 잘될 것입니다.

나는 오늘도 새벽에 일어나 샤워를 하고 커피 한 잔 들고 책을 한 시간가량 읽습니다. 그리고는 컴퓨터를 열고 메일을 체크하고 또 소식을 전할 데가 있으면 소식을 전합니다. 그러다가 오전에 차를 타고 어디든지 갔다가 간단히 점심을 먹고 들어옵니다.

오후에는 다시 잠깐 운동을 하고 와서 TV를 보거니 내 방에 앉아서 컴퓨터를 만지작거리거나 책을 들고 앉아 있습니다. 아내는 가끔 '전기가 고장 났는데' 하며 나에게 도움을 청합니다. 하지만 내가 전기를 만질만한 지식도 없고 기술도 없습니다. 사다리를 타고 올라가서 우물쭈물 하다가는 '나는 못 고치겠는데' 하고 내려오는 모습을 보는 아내의 표정은 확실히 실망과 불만의 눈치입니다.

얼마 전에 차를 바꾸었습니다. 헌차를 주고 새 차를 샀는데 차를 사기 전에 아내로부터 "차를 살 때 내 차 값은 올려 받고 새 차 값을 깎아야 하겠지요." 하는 충고를 들었습니다. "물론이지요." 대답하고는 아내에게 또 무슨 말을 들을까 봐 큰마음을 먹고 값을 깎았는데도 "아니! 그것만 깎으면 어떻게 해요. 더 깎아야지." 했습니다. 물론 아내의 마음에 차지 않았던 모양입니다.

"다른 사람들 같으면 더 깎았을 텐데."하면서 차를 탈 때마다, 다른 사람과 차를 산 이야기를 할 때마다 나를 원망하고 은근히 비난을 합니다.

이틀 전 아내가 편지를 주면서 "이 편지 우편통에 좀 넣어 줄래요?" 부탁해서 편지를 우편통에 넣고 들어 왔습니다. 그런데 아내가 좀 있다가 밖에 나갔다가 들어오더니 "편지를 우편통에 넣었으면 빨간 깃대를 올려놓고 와야지요?" 하고 나무랐습니다. 그러면서 내가 잘못 들었는지는 모르지만 "무엇 하나 잘하는 게 있어야지…" 하고 중얼거리는 듯 했습니다. 물론 잘못 들었겠지만…. 나는 아, 그런가 하면서도 참 면구스러웠습니다. 왜 나는 잘하는 게 하나도 없을까 하고. 그렇다고 내가 아주 천치가 아닌 이상 잘하는 게 하나도 없겠습니까. 오하이오에서는 이름 있는 성형외과의사로 수술을 잘한다는 의사로 그런대로 병원이나 도시에서 평이 나 있었고, 백인들만 있는 교회에서 한 10년간 때마다 성경도 가르쳤고, 우리가 살던 카운티에서 의사회장도 지냈고, 책도 여러 권 썼는데 잘하는 게 하나도 없다는 말은 많이 섭섭한 말입니다. 그러나 그것은 제 편에서 하는 말이고 이제는 쓸모가 없다는 말은 사실일 것 입니다. 은퇴하고 집에 은거하고 있는 지금은 성형외과의사도 아니고 글을 쓰는 사람도 아닙니다. 대장간에는 큰 망치와 집게와 불을 쑤시는 부젓가락이 필요한 거지 시계방의 작은 핀셋과 확대경이 필요한 것이 아닙니다.

시계방의 작은 핀셋이 대장간에 가면 쓸모없는 물건이 되어 버릴 것입니다. 오래전 게오르큐의 〈제 2의 찬스〉라는 소설에 이왕 꼬스티키라와 지식인의 사위가 2차 대전 이후 미국에 이민을 신청합니다. 그런데 미국 이민 사무실의 접수관은 이런 말로 거절을 합니다. "우리나라에는 외국 변호사가 필요한 것은 아닙니다. 당신 같은 사람이 미국에 오면 노동은 안 할 것이고, 노동을 안 하면 수입이 없을 것이고 그러면 사회에 불평불만이 생길 것이니 우리는 미국에 불평분자가 될 것이 뻔한 사람을 받아들일 수는 없습니다."

나도 마찬가지입니다. 인생에는 과거가 중요한 것이 아닙니다. 지금 얼마나 써먹을 수가 있는가 하는 것이 중요합니다. 이제 우리 집에는 은퇴한 성형외과의사가 필요한 것이 아닙니다. 돈을 못 벌어 올 것이면 튼튼하고 밭일을 잘하고 집안의 고장 난 것을 잘 고치고, 말도 잘 듣는 사람이 필요할 것입니다.

사실 그렇기야 하겠습니까만 언젠가 아내가 돈을 얼마 쥐어 주면서 나가라고 할 날이 오지 않을까 은근히 걱정이 될 때도 있습니다.

불공평한 사회

많은 정치가들이나 시민단체들이 사회가 공평하지 않다고 목소리를 높이며 불평하는 군중들을 광장으로 끌어내고 있습니다. 중세 후에는 민주주의가 공평한 사회를 만들 수 있다고 영국과 불란서 혁명을 일으키고 정부를 뒤집어엎었지만 사회는 여전히 평등해지지 않았습니다.

20세기 초기에는 공산주의가 평등한 사회를 만들 것이라며 러시아에서 혁명을 일으켜 많은 부르주아들을 숙청하고 죽였습니다. 하지만 새로 탄생된 공산주의 사회에서는 새로운 지배계급인 공산당 간부들이 생겨났고 사회는 더 불평등해졌습니다. 얼마 전 정규재 선생의 아주대학 강의를 들으면서 '정말 평등한 사회는 세상에 없구나.' 하고 생각을 했습니다.

그는 이런 예를 들었습니다.

두 사람 사이에 빵이 하나 있습니다. 그럼 이 빵을 가장 공평하게 나눌 방법이 있을까요? 아주 예민한 저울을 가지고 반으로 나눈다고 해도 이것을 공평하지 않습니다. 두 사람의 체중이 같지 않을 테니까. 체중이 100kg인 사람과 50kg인 사람이 똑같은 크기의 빵으로 나눈다면 이는 공평치 않을 것이기 때문입니다. 그러면 두 사람의 몸무게를 재서 체중에 따라 빵의 크기를 계산한다고 해도 이것을 공평치 않습니다. 두 사람이 언제 식사를 하고 얼마큼 배가 고픈가도 고려해야 할 것입니다. 한 친구는 아침도 못 먹어 배가 많이 고프고 한 사람은 밥을 먹은 지 한 시간밖에 안 되었다고 하면 배고픈 것을 고려해서 빵을 잘라야 합니다. 그러니까 체중, 배고픈 느낌, 식욕, 건강 상태를 모두 고려하여 빵을 잘라야 하니 빵 하나를 자르는데 물리학자, 생리학자, 정신과 의사, 내과의사들이 모여 토의를 해야 할 것입니다.

한국의 정치적 혼란이 오게 된 것이 정유라는 철부지 아가씨가 SNS에 보낸 글이 불씨가 되었습니다. 시험도 안 보고 명문 이화대학교에 입학한 정유라는 자기를 원망하는 젊은이들을 보고 이런 글을 SNS에 올렸습니다. "부자인 부모를 둔 것도 실력이다. 나를 원망하지 말고 집에 가서 너의 부모를 원망해라." 공부도 별로 안한 그 아가씨는 말이나 타고 놀면서 한국의 명문 이화대학교에 가서 학교 출석도 안 했는데 좋은 성적으로 졸업했다는 것이었습니다. 물론 어느 정도 사실이긴 하지만 약이 올라 울려는 애의 뺨을 때린 식으로 소시민의 울분을 일으킨 건 사실입니다. 사실 재벌의 자식으로 태어난다는 것은 하늘의 축복일 것입니다. 별로 똑똑하지도 않은데 재벌의 자식이라고 회사의 기획실장이 되고 이사가 되고 주주가 되고 회장이 되어 어디에 가든지 대접을 받고 특수한 신분으로 살아갑니다. 그런 한편에서는 뼈가 휘도록 일을 하면서도 먹을 것이 없어 고생하는 노동자들을 생각한다면 어찌 사람들이 모두 평등한 대접을 받는 사회라고 말을 할 수 있겠습니까. 우리는 레미제라블에서 배가 고파 빵 한 조각을 훔쳐 먹다가 감옥에 간 장발장의 이야기를 하면서 사회의 불공평을 이야기하고 이 불공평한 사회를 뜯어 고쳐야 한다고 목소리를 높입니다.

돈은 그렇다 치고 부모에게서 물려받은 미모도 마찬가지입니다. 아무런 노력도 없이 부모님으로부터 물려받은 미모로 일생을 여왕처럼 산 사람들이 많이 있습니다. 엘리자베스 테일러가 그랬고 마릴린 먼로가 그랬고 그레이스 켈리는 미모 하나로 하루아침에 왕비가 되었습니다. 한국에서는 김지미 여배우가 그랬습니다. 아무리 공부를 잘하고 성품이 좋고 노력했어도 미모가 없는 여자는 예쁜 여자처럼 쉽게 살 수 없습니다.

남자들도 마찬가지입니다. 키가 크고 체격이 늘씬하고 깎아 놓은 조각처럼 생긴 남자는 자기가 아득바득 노력하지 않아도 스카웃되고 많은 사람들의 박수를 받아 가면서 쉽게 세상을 살아갈 수가 있습니다. 아무리 재능이 있고 연기를 잘해도 용모가 잘생기지 않은 배우는 영화에서 조연이나 엑스트라에나 출연하고 영화에서 성공을 하더라도 잘 생긴 배우보다는 쉽지 않을 것입니다.

그러면 이것도 세상은 공평하지 않습니다. 이것을 해결할 사회적인 법은 있을까요?

학교에서도 마찬가지입니다. 어떤 친구는 별로 공부를 하지 않아도 공부를 잘하고 놀러만 다녀도 좋은 성적을 냅니다. 오래 전 대구에서 피난 학교에 다닐 때 김주영이란 친구가 있었습니다. 정말 내가 사귄 친구들 중에서 그애는 천재였습니다. 내일이 시험인데 우리 집에 수박을 들고 찾아와서는 "야, 시험이란 말이다. 내가 아는 것만큼 쓰면 되는 기라. 이때까지 공부를 안 하다가 시험 전날 달달 외워가지고 시험을 치는 것은 일종의 사기라 할 수 있는 기라." 하며 늦게까지 놀다가도 다음날 시험에서는 아주 좋은 성적을 내곤 했습니다. 나는 그가 간 후 밤이 새도록 공부를 해도 그의 성적에 미치지 못 했습니다.

그러니 이것 또한 얼마나 부당한 처사입니까? 그는 한 2시간 공부를 하고 나는 8시간 공부를 했는데 그는 98점을 받고 나는 96점을 받았다면 이는 결국 우리 노력에서조차 불공정한 사회가 아닙니까?

그럼 이것은 누구에게 불평을 해야 합니까? 우리는 성경에서도 이런 불공평한 사실들을 많이 봅니다. 이삭의 부인 리브가가 쌍둥이를 임신했습니다. 그런데 이해하기는 힘들지만 이들은 태어나기 전부터 경쟁이 심했던 모양입니다. 뱃속에서부터 싸웠는데 하나님이 "아직도 태어나지도 않은 쌍둥이를 보고 형이 동생을 섬길 것이다."고 예언을 합니다. 이 무슨 불공평한 처사입니까. 얼마 전 라구나 우드의 벧엘교회의 김 목사님은 설교에서 "그것이 엿장수 마음이라는 것이다. 우리가 하나님의 머리 위에서 왜 그런 처사를 하느냐고 불평을 할 수는 없다. 다만 그가 우리에게 주신 그것만 가지고 감사해야 하는 것이 피창조자의 몫이다."고 했습니다.

그렇게 생각해 보면 나처럼 부당한 조건을 가지고 세상을 산 사람도 없습니다. 키도 작아 일생에 한 번도 늘씬한 남자라는 말을 들어 본 일이 없지요. 대학 6년 동안 한 번도 부모님이 등록금을 주신 적이 없는 가난한 가정에서 태어났지요. 우리 어머님조차도 '어이 못난 놈'이라고 부를 만큼 잘생기지 못한 용모를 가지고 태어났지요. 그런대로 학교 공부는 따라갔지만 천재는 되지 못해서 이 나이가 되도록 세상에 알려질 만한 업적을 내지도 못했습니다.

그러니 시민 단체라도 만들어서 어디다 항의라도 해야겠지만 그런 인물도 못됩니다. 그저 하나님이 주신만큼 가지고 살면서 이 다음 하나님을 뵈면 "하나님 왜 이렇게 못나게 만들어 주셨어요?" 하고 불평이나 한마디 해 볼까 합니다.

교회생활과 신앙생활

밤늦게 서울 근교의 국도로 차를 몰고 지나가면 빨간 십자가들이 건물마다 서 있습니다. 큰 교회 작은 교회들이 건물마다 총총히 들어서 있어 마치 불꽃놀이를 보는 것 같습니다.

청소년시절 교회생활을 열심히 하였습니다. 일요일 새벽기도하고 아침 주일학교에서 가르치고, 다시 대예배를 드리고 오후 주일학교 예배, 저녁 예배까지 드리고 나면 하루 종일 교회에서 살아야 했습니다. 그리고 수요일 저녁 예배를 드리고 목요일 성가대 연습, 금요일 구역 예배, 토요일 청년회 예배를 드리면 일주일에 교회 안 가는 날이 거의 없었습니다.

학교를 졸업하고 의사가 된 후에는 교회를 그렇게 자주 갈 수가 없게 되었습니다. 주일에도 당직이거나 응급수술이 있으면 교회에 갈 수 없고 일요일 저녁이나 수요일 저녁 예배는 갈 수 없고 새벽기도회는 갈 생각조차 못했습니다.

대학 다닐 때 가깝게 지내던 친구 중 '조용해'라는 친구가 있었습니다. 성씨만 다를 뿐 용해(龍海)라는 한자도 같았습니다. 그 친구는 머리도 좋았는데 자기는 의사가 되기보다는 목사님이 되겠다고 중간에 의과대학을 집어 치우고 사라졌습니다. 친하던 친구라 처음에는 무척 섭섭했지만 '그리워 살뜰히 못 잊는데 어쩌면 생각이 떠지나요' 하는 김소월의 시처럼 잊어졌습니다. 한 5년이 지나서 내가 외과 전공의로 있을 때 후줄그레한 제대복을 입고 홀연히 병원으로 나를 찾아 왔습니다.

군에서 제대를 하고 집으로 가는 길에 친했던 친구의 얼굴이라도 보겠다고 찾아온 것입니다. 마침 그날이 일요일 오후라서 같이 저녁을 먹고 숙소로 왔습니다. 좀 있다가 그는 저녁예배 드리러 간다고 갔지만 나는 병원을 비울 수가 없어서 숙소에 머물렀습니다. 저녁 예배를 드리고 온 그와 더불어 이야기를 좀 하다가 잠이 들었습니다. 아침에 일어나 보니 그는 벌써 떠나고 침대에 편지가 한 장 있었습니다. "용해야 나는 새벽 버스를 타야 하겠기에 인사도 못하고 간다. 곤히 잠든 너를 깨우지 않고 그냥 가니 이해해라. 오래간만에 만나서 반가웠지만 네가 그전보다 신앙생활을 등한히 하는 것 같아 섭섭하다. 네가 다시 깊은 신앙생활로 돌아가기를 기도드리겠다."는 짧은 편지였습니다. 나는 부끄러웠습니다.

그 후로 가끔 신앙생활과 직장생활을 어떻게 병행해야 하는가 하고 고민을 할 때가 많이 있습니다. 물론 이것은 나의 변명일지도 모릅니다.

사실 구약성경에 보면 교회라는 말이 없습니다. 이스라엘 민족이 광야에서 하나님께 경배할 때는 천막 같은 지성소 앞에서 제사장이 제사를 드렸습니다. 제사장도 성소에 아무 때나 들어가는 것이 아니라 일년에 한 번 몸을 깨끗이 씻고 들어가고 보통 제사를 지낼 때는 성소 앞마당에서 지냈습니다. 그러다가 솔로몬 왕이 교회를 지었지만 지성소와 같은 개념이었습니다.

교회라는 말은 신약성경 마태복음 16장 18절에 베드로가 예수님은 '주는 그리스도시요 살아계신 하나님의 아들입니다.' 라고 고백을 했을 때 예수님이 베드로를 축복하며 '네 이름을 게바(반석)'라 하고 그 반석 위에 내 교회(에크레시아)를 세우리라.'고 약속을 하셨지만 예수님이 교회를 세운 것은 아닙니다. 예수님 당시에는 회당이 있어서 예수님이 회당에 들어가시어 말씀을 하셨다는 기록은 있지만 예수님이 교회를 세우신 것은 아닙니다. 어느 선생님이 회당은 유대인들이 바벨론으로 포로로 잡혀 갔을 때 유대인들이 모여 기도를 드리기 위해 만들어졌다고 설명했습니다. 예수님이 부활하신 후 오순절에 베드로가 설교를 한 후 오순절의 성령이 내리고 세상 끝날을 준비하기 위해 모임에 힘쓰라는 가르침으로 모이기 시작했다는 기록이 있습니다. 그러나 그곳이 교회였다는 기록은 없습니다. 그 후 교회는 예수를 믿는 사람들이 모이는 장소로 인식이 되었습니다. 그리고 아할 또는 에다(히브리말)로 불렀다고 합니다. 초대교회 때는 일반 가정집에서, 산속에서, 지하묘지에서 교인들이 숨어서 기도를 하고 찬송을 불렀습니다.

사도 바울과 베드로, 요한이 모두 그렇게 시작을 하였고 그 후 모이는 장소가 안디옥, 예루살렘, 에베소, 고린도 등 성경에 나오는 교회들이 생기기 시작했습니다. 그런데 AD 312년 콘스탄틴 황제가 기독교를 승인한 이후 로마의 국교가 되면서 교회는 급성장했고 화려하고 웅장한 교회 건물들이 생기기 시작하였습니다. 우리나라에도 교회가 많이 생기고 이제는 세계에서 으뜸가는 교회들로 그 위용을 자랑하는 교회들도 있습니다. 서초동의 사랑의 교회는 지하철역이 들어간다고 하니 교회가 얼마나 큰지 짐작할 만 합니다. 지금도 개척교회로 시작할 때는 아파트에서 몇 가정이 모여 예배를 드리다 사람들이 좀 모이면 작은 상업용 사무실을 빌리고 다음에는 작은 교회를 사고 돈이 모이면 큰 교회를 짓습니다.

그런데 어떤 목사님들은 신앙생활은 교회생활과 일치한다고 가르치며 교회생활을 강조합니다. 지금은 사순절 고난기간입니다. 목사님들은 설교 때마다 새벽기도를 강조하시지만 직장을 가진 사람들이 새벽기도에 참석한다는 것은 여간 힘든 일이 아닙니다.

새벽 5시에 새벽기도에 참석을 하려면 교회가 어디냐에 따라 다르지만 4시에 일어나야 하고 6시가 지나 집으로 와서 출근 준비를 하고 하루 종일 일을 하면 피곤합니다. 그런데 매일 새벽기도를 간다는 것은 웬만한 사람으로서는 감당하기가 힘들 것입니다.

물론 학교에 열심히 가는 학생이 공부를 잘할 확률이 많고 교회에 열심히 가는 사람이 신앙생활을 잘할 확률이 많지만 꼭 비례한다고는 할 수 없습니다. 교회생활을 열심히 하는 사람들 중에 이중인격자들이 많고 마치 자기만 구원을 받은 것처럼 오만해져서 주위 사람들을 내려다보는 경우가 많이 있습니다.

일본의 '우찌무라 간죠'라는 신학자는 우리 몸이 교회이고 우리 안에 예수님이 거하신다는 신앙으로 교회에 나가지 않고 집에 모여 예배를 보았습니다. 우리나라의 김교문 선생, 함석헌 선생, 노건평 선생님들이 이런 사상을 가졌습니다.

학교에 가지 않으면 아무래도 공부에 소홀해지는 것처럼 교회와 발길이 멀어지면 신앙생활에 나태해지기 쉽겠지만 일주일 내내 교회에서 산다는 것도 문제가 있습니다. 새벽기도회에 가서 통성기도를 한다고 주위에서 떠들어대면 정신이 없어 무슨 말씀으로 기도를 드려야 할지 모르겠습니다. 교회에 가는 시간, 오는 시간 등을 모두 기도의 시간으로 만들고 예수님이 말씀 하신 대로 골방에서 기도를 드리는 것이 신앙생활에 더 도움이 되지 않을까 생각을 해봅니다.

침묵하시는 하나님

나는 통성기도에 익숙하지 못합니다. 옛날 할아버님이 목회를 하시던 때 나는 새벽에 교회에서 울려나오는 기도 소리에 겁먹은 일이 여러 번 있습니다. 어린 마음에도 기도를 하면서 왜 마룻바닥을 두드리고 발로 차면서 소리를 질러야 하는지 알 수가 없었습니다.

소년시절 평양에서 새벽기도에 참석한 일이 있었습니다. 그러나 그때는 간단한 예배와 목사님의 말씀이 있은 후 통성으로 기도는 하지만 소리를 지르는 사람은 없었습니다. 대학에 막 입학을 하고서 어머님과 함께 박태선 장로의 전도관에 몇 달 새벽기도에 나간 적이 있습니다. 새벽 4시에 일어나 마포에 있는 전도관에 가서 예배를 드리고 신촌에 있는 학교로 갔습니다. 그때는 큰 천막을 치고 예배를 드렸는데 가마니를 깔아서 바닥을 쳐도 소리가 나지 않아서 그랬는지 그렇게 요란하지 않았습니다.

그러다가 몸이 피곤하여 박태선 장로의 전도관에는 더 나가지 않았습니다. 그리고는 오랜 의사 생활을 하면서 새벽기도회에 참석할 기회가 없었습니다.

새벽기도회가 아니더라도 교회에서 가끔 목사님이 통성으로 기도를 하자고 하십니다. 그런데 나는 신경이 약해서인지 기도를 하려고 하면 사람들이 큰소리로 떠들어대는 소리 때문에 내가 무슨 기도를 해야 할지 생각을 할 수가 없습니다. 그리고 옆에서 울거나 마룻바닥을 치면 정신이 산란해져서 그저 눈을 감고 통성기도가 빨리 끝나기만을 기다립니다.

학교나 교회에서 나더러 말을 잘한다고 합니다. 사실 내가 생각하고 준비한 말은 잘할 수 있지만 준비 없이 하는 말들은 횡설수설을 면하지 못합니다. 어쩌다 말싸움을 하면 나는 한마디도 못하고 KO패당하고 맙니다.

제 옆에 앉은 아주머니는 통성기도를 아주 유창하게 잘하십니다. 아버지 하나님을 매구절마다 삽입을 하며 잠시도 쉬지 않고 목소리를 높입니다. 그런데 그 기도를 잘 들으려고 해도 다른 옆 사람의 고함소리 때문에 따라갈 수가 없습니다. 그러나 어쩌다가 들으면 중언부언 같은 말을 또 하고 같은 말을 또 하는 것 같습니다.

하지만 새벽기도에 참석하지 못하는 것이 마음의 짐이 되고 죄스러운 감정을 덜어낼 수가 없습니다.

오래 전 명지병원을 그만 두고 몽골 선교를 가기 위해 마음의 준비를 하려고 새벽기도에 나가야겠다고 생각했습니다. 아침 4시 반에 일어나 차를 몰고 한 20분 달려 교회에 갔습니다. 교회에는 약 50명 정도의 성도가 모여 간단히 새벽 예배를 드리는데 목사님의 말씀 후 기도를 하게 되었습니다. 그런데 목사님이 단에서 내려오시자 교회 안의 불이 꺼지고 꽝하는 문이 부서지는 것 같은 소리가 들렸습니다. 그리고는 "오 하나님" 하면서 문을 부수는지 마룻바닥을 부수는지 요란한 소리가 나면서 고함소리들이 들려 왔습니다.

나는 기도를 하기는커녕 무서워 견딜 수가 없었습니다. 슬그머니 밖으로 나와 옷을 입고 대기실에 앉았다가 차를 몰고 집으로 왔습니다. 다시는 새벽기도회에 갈 엄두가 나지 않았습니다.

나는 가끔 우리의 수많은 기도를 하나님이 모두 들으실까. 아마도 하나님이 멀리 계시기 때문에 저렇게 큰소리로 기도를 해야 하는가 생각해 봅니다. 물론 웃기는 이야기지만요.

얼마 전 목사님이 하신 설교입니다. 목사님의 7살 난 아들의 장난감이 고장 났습니다. 이 아들은 하나님께 장난감을 고쳐 달라고 기도했습니다. 하지만 기도를 했는데도 장난감은 여전히 고쳐지지 않았습니다. 그것을 보고 있던 목사님이 아들에게 물었습니다. "하나님이 장난감을 고쳐 주신다던?" 하니까 아들 녀석이 "No. I wont fix it"하시더란 말입니다.

물론 우리는 기도만으로 하나님과 교통할 수 있습니다. 그러나 그 기도가 "우리 집 강아지를 고쳐 주십시오. 우리 집 수돗물이 새니 고쳐 주십시오. 이번에 우리가 아파트 당첨이 되게 해주십시오. 우리 남편이 승진하게 해주십시오. 우리 아들이 서울대학에 가게 해주십시오. 내일 라스베이거스에 가는데 이번에는 돈을 따게 해주십시오." 라고 기도를 한다면 하나님이 다 들어주실까요? 물론 기도를 드린 사람 가운데 아들이 서울대에 합격하기도, 남편이 승진하기도 하고, 아파트가 당첨이 된 사람도 있겠지요. 그러나 기도에 응답이 안 된 사람들이 더 많을 것이라고 생각합니다. 그럼 그 많은 사람들은 하나님이 자기들의 기도에 응답을 안 하셨다고 생각하겠지요.

오래 전 아우슈비츠에 갇혔다가 살아남은 사람의 고백입니다.

수용소에서 유대인 소년이 높은 장대에 목이 매달려 죽었습니다. 나는 높은 장대에 매달려 죽은 소년을 보면서 하나님께 울부짖었습니다. 그러나 아무리 울부짖어도 하나님의 응답은 없었습니다. 앞 건물 문은 쾅하고 닫히고 불은 꺼졌습니다. 나는 무너져 내리며 "하나님 당신은 안 계신 겁니까?" 하고 울부짖었습니다. 그때 하나님께서 나에게 나타나셨습니다. 나는 그에게 따지듯이 물었습니다. "당신은 어디 있다가 지금 오시는 겁니까?" 하나님은 나에게 말씀하셨습니다. "나는 지금까지 저 소년과 같이 저 장대에 매달려 있다가 그 영혼을 하나님 나라에 인도해 주고 지금 오는 거야."

하나님은 우리의 많은 기도에 침묵하십니다. 톨스토이의 단편에 〈God knows truth but wait〉라는 소설이 있습니다. 동네의 여자를 죽였다는 죄로 무기징역의 형을 받고 복역을 하던 사람이 십여 년 후에 그 살인의 진범으로 감옥에 온 사람을 봅니다. 그는 분노로 그를 죽이려 합니다. 밤에 잠을 자는 그의 가슴에 칼을 꽂으려고 할 때 하나님의 음성을 듣습니다. 그리고 하나님은 진실을 아시지만 기다리신다고 고백을 합니다. 하나님은 이 사람이 십여 년 동안 감옥살이를 하는 것을 아시면서도 침묵을 하신 것입니다. 그 십여 년 동안 이 사람의 영혼은 성장을 했습니다. 불가에서 이야기하는 득도를 한 것입니다. 이것은 이 사람이 십여 년을 공부해도 얻지 못할 값진 결과입니다. 하나님은 침묵을 하십니다. 그것이 상담실의 상담사들이 우리의 이야기를 들어주고 우리 마음의 상처를 치유해 준다는 말들보다 더 큰 치유가 될 수도 있습니다. 하나님은 침묵하십니다.

Mt. Gilead 교회

오하이오 주의 수도인 콜럼버스에서 북쪽으로 자동차로 한 30분 거리에 Mt. Gilead라는 동네가 있습니다. 오하이오의 특징인 푸른 초원과 넓은 밭들이 펼쳐져 있고 도시 한가운데는 오래된 벽돌로 지어진 관공서와 우체국 건물들이 있습니다.

인구가 한 5,6천 명쯤 된다는 Mt. Gilead라는 마을에 딸이 살고 있습니다. 컬럼버스시로 출근을 하려면 매일 아침 30분은 운전해야 하는 게 힘들지 않으냐는 나의 물음에 공기 좋고 한적하고 마을 사람들의 인심이 좋다고 사위와 딸이 고집을 합니다. 이들은 한 55에이커가 되는 넓은 땅에 집을 짓고 그야말로 자연 속에 묻혀 삽니다. 사슴이 앞마당을 산책하고 꿩가족이 줄을 서서 갈 때도 있습니다. 은퇴한 나에게 딸은 '자기 땅에 집을 짓고 자연과 더불어 자기네와 같이 살자.'면서 집짓기 좋은 땅을 남겨두고 있지만 이런 시골마을에 살기는 적응이 되지 않을 것 같아 한마디로 거절을 하고 플로리다와 뉴저지로 오가고 있습니다.

지난 5월 손자 녀석이 고등학교 졸업을 한다고 해서 다녀왔는데 주말을 Mt. Gilead에서 지내게 되어 일요일 그들이 나가는 Mt. Gilead 감리교회에 가서 예배를 드렸습니다.

이 교회는 시내의 중심가에 자리 잡고 있으며 교회 역시 검붉은 색의 오래된 벽돌 건물로 꽤나 큰 교회였습니다. 그런데 약간은 어두운 교회 안에 약 70명의 교인들이 모여 있었는데 교회의 좌석을 5분의 1도 차지하지 못한 것 같았습니다. 들어갈 때 교인들이 모두 동네 사람들이어서 인사를 하는 모습이 이웃에게 인사하는 것 같았습니다. 어떤 중년남자가 주보를 들고 왔다 갔다 하면서 입구의 책상마다 놓고 있었는데 나중에 보니 그분이 목사님이셨습니다. 성가대석은 있으나 성가대원은 없고 강단 옆에는 미국 성조기와 감리교회 표시가 있는 깃발이 꽂혀 있었습니다.

예배 전 한 10분 동안 파이프 올갠의 찬송가 연주가 계속되었습니다. 묵도를 하면서 예배가 시작되었는데 피아노의 소리가 아주 좋았습니다. 피아니스트가 남자였는데 시골교회답지 않게 피아노 연주가 훌륭했습니다. 나중에 그가 오하이오 주립대학에서 음악을 전공하는 사람이라는 것을 알게 되었지만. 예배는 엄숙하다기보다는 마치 교회당에 모여 앉아 성경공부라도 하는 듯한 느긋하고 자유로운 분위기였습니다.

집사님인 듯한 여자가 올라와 광고를 했는데 누가 병원에 입원하였다는 이야기와 내일은 누구네 집에서 졸업 파티를 한다는 이웃의 이야기를 하였고 설교가 시작되었습니다.

목사님은 다음날이 Memorial Day(현충일)이 되어서 그런지 남북 전쟁 때의 이야기를 하는데 설교 중간에 좌중의 노인이 목사님의 이야기를 보태기도 했습니다.

헌금을 거두는데 뒤에 앉은 내게 헌금 접시가 온 것을 보니 봉투 몇 개와 일 불짜리 몇 장이 놓여 있었습니다. 나는 얼른 이 교회가 어떻게 운영이 되는가가 걱정스러웠습니다. 이 헌금 가지고는 교회 전기세도

다 내지 못할 것 같았지요. 돌아오는 길에 딸에게 물으니 목사님도 주중에 일하시고 사모님 또한 도넛가게에서 일을 한다고 합니다.

예배가 끝나고 나오면서 인사를 하니 "네가 스잔의 아버지지, 네가 온다는 소식을 벌써 들었다."고 마치 고향에 온 사람을 맞이하듯이 푸근하게 인사를 합니다. 갑자기 해방 후 유년주일학교에 다닐 때와 한국전쟁 후 고등학생 시절 보광동 교회에 다닐 때가 떠올랐습니다.

그런데 이 큰 건물에 비해 교회가 초라해진 이유는 무엇일까, 작은 도시가 돼서 이렇게 초라할까 아니면 미국교회의 쇠락해진 모습일까 이렇게 큰 건물이면 적어도 교인이 수천 명을 되어야 할 텐데….

점심을 먹고 한가해진 나는 가만히 앉아서 한국의 교회와 미국 교회를 비교하며 생각을 해보았습니다. 서울이나 대전의 작은 교회라도 성가대가 있고 목사님은 가운을 입고 근엄하고 위엄 있는 모습을 하고 헌금도 이 교회의 작은 접시에 담긴 것보다 몇 십 배는 많을 것입니다.

설교를 하는 목사님에게 교인이 토를 달기도 하는 분위기는 예배라기보다는 성경 공부반이라고 하면 좀 더 적절한 표현이지 않을까 합니다. 사례비도 제대로 못 받으니 목사님과 사모가 알바를 해야 하는 작은 교회. 한국에서 교회를 다니던 나는 상상하기 힘들었습니다. 미국에 있는 작은 한인교회보다도 가난하고 작은 교회였습니다. 하기는 미국의 여러 교회들이 교인수가 줄어 점점 쇠퇴해가고 교회의 수입이 없어 한국인들에게 빌려주거나 싼 값에 한국교회에 판다고 합니다. 하기는 오하이오의 영스타운 교회도 쇠퇴한 미국교회를 산 것이지만….

한국교회는 지나치게 비대해져 있습니다. 사랑의교회. 할렐루야교회, 소망교회, 갈보리교회, 영락교회, 지구촌교회 등은 너무 크고 화려하며 예배의식조차 상업화되어 있어 나 같은 사람에게 거부감을 안겨

주는데 미국의 교회는 낡고 쇠퇴하여져서 우리의 마음을 우울하게 합니다.

그러나 오늘 Mt. Gilead 교회의 예배는 아주 가족적이어서 포근하여 마음에 평안을 주었습니다.

미국도 젊은이는 점점 도시로 몰리고 농촌은 노령화가 되어 작은 도시에 가면 젊은 사람들을 만나기가 쉽지 않습니다. 교회에도 젊은 사람은 그리 많지 않고 나이든 사람들이 주류였습니다.

교회를 떠나면서 Mt. Gilead 교회가 좀 더 커지고 밝아져 오래토록 유지되었으면 하는 기도를 드렸습니다.

우리 장로님

천문학자들은 태양계가 빅뱅으로 폭발하여 지구가 생긴 것이 45억 년 전이라고 하고 앞으로 남은 태양의 수명이 다시 45억 년 정도 된다고 합니다. 그러니 이 계산의 1%만 틀려도 4500만 년이 차이가 나니 천문학자들의 계산이 황당하다고 하면 내가 무식한 탓이겠지요. 그래도 내가 반박할 만한 증거가 없으니 그저 그러려니 하는 수밖에 없습니다.

고고학자들은 자바인이니 스마트라인이나 북경인이니 하며 인간의 조상인 호모 사피엔스가 지구에 나타난 것이 십만 년 전이네 이십만 년 전이네 주장합니다.

내가 잘 아는 교회 장로님 한 분이 있습니다. 그분은 구약성경을 펼쳐놓고 아담이 죽은 나이와 그 자손들의 생존기록을 계산하여 인류의 역사가 7600여 년이라고 단정을 짓고 여기에 반론을 제기하는 사람은 반기독교적이라고 몰아세웁니다. 그리고 역사적으로나 고고학적으로 인간의 역사가 이만 년이라고 하면 성경을 펴놓고 창세기 2장 몇 절. 이사야서 몇 장 몇 절, 묵시록 몇 장 몇 절을 열어놓고 침을 튀겨가며 한 시간이고 두 시간이고 열변을 토하는 장로님을 당할 수가 없어 "네 그런 가요" 하고 물러나는 수밖에 없습니다.

그랜드캐니언에 여행을 갔을 때 투어 가이드는 그랜드 캐니언이 형성된 것이 3~5 million years라고 힘을 주어 설명하는 것을 들으면 우리 장로님은 무어라고 할까 생각을 했습니다. 켄터키 주의 매머드 동굴이라는 곳에 가면 깊은 굴속에 종유석들이 달려 있고 이 종유석이 쌓인 것을 보면서 이 동굴이 바다 밑에 있었는데 지각변동으로 땅위로 솟아오른 것이 약 5백만 년 전이라고 설명을 합니다. 그 설명을 들으면서 그래도 무슨 근거가 있으니까 이런 설명을 하지 그냥 지어낸 이야기는 아닐 거라는 생각을 합니다. 우리 장로님을 이런 데 한번 모시고 오고 싶지만 장로님은 여행도 별로 안 하시고 그저 교회와 직장과 집만이 자기가 아는 지구상에 있는 전부여서 무어라고 이야기를 할 수 없습니다. 지구가 얼음으로 덮였던 빙하기는 약 5억 년 전부터 계속이 되다가 최근에 일어난 빙하기도 약 2만5천 년 전에 시작하여 1만여 년 전에 끝이 난 홍적기시대라고 합니다. 그리고 이 빙하기에 벌써 사람들이 산 흔적이 있다고 하니 인류의 역사와 태양계의 역사가 창세기에 기록이 된 7600여 년 전이라고 우기는 장로님에게 무어라고 할 말이 없습니다.

역사의 많은 기록에는 과장이 있는 것 같습니다. 역사책에 보면 AD 1세기에 예루살렘의 인구가 만 명 정도였다고 하니 예수님이 오병이어로 어린애와 여자들 말고 장정들만 5천 명을 먹였다고 하면 예루살렘 주민의 80%정도가 그 들판에 모였을 것입니다. 그러니 이 말도 좀 과장이 되었을 것이라고 성지순례를 갔을 때 투어 가이드는 웃으며 설명했습니다. 야곱이 이집트로 이민을 갔을 때 약 70명이 갔는데 4대가 지나서(햇수로는 430년이라고 합니다) 애굽에서 나왔을 때는 20세 이상의 남자만 67만 명이었다고 하니 아이들과 여자들 그리고 노인들을 합하면 약 200만 명 정도가 되지 않았을까라고 설명을 합니다.

그런데 민수기나 역대기를 보아 누가 누구를 낳고 누가 누구를 낳고 해도 70여 명이 4대에 150만 명으로 불어난다는 것은 수학적으로 설명이 잘 되지 않습니다.

중국인들도 과장이 많습니다. 삼국지를 읽어보면 툭하면 100만 명입니다. 후한시대 그러니까 AD 2세기에 지구의 인구가 1억 명이 채 안 되었다고 하는데 유비가 50만 명, 손권이 6만 명 조조가 100만 명의 군사를 동원했다고 하고 조조의 군사가 적벽대전에서 패하고 살아남아 도망한 군사가 백여 명밖에 안 되고 조조가 겨우 살아 허도로 도망을 가서 다시 군대를 모아 금방 몇십 만의 군사를 동원했다는 이야기는 지구의 모든 인구가 모두 중국에 모여 살았다고 해도 설명이 잘 안 될 것입니다.

하나님이 아브라함에게 너의 자손이 하늘의 별같이 바닷가의 모래같이 번성하리라고 축복해 주신 것은 상징적인 것이지 정말 이스라엘 민족의 숫자가 태양계의 별의 숫자라고 하는 1천 억이 되고 바다의 모래같이 몇 조가 아니라 몇 경이 된다는 말은 아닐 것입니다.

나는 바보 같은 데가 있어 모래 한 숟갈에 몇 개나 될까 하고 상 위에 모래를 찻숟가락으로 한 숟갈 붓고 세어 본 적이 있습니다. 1200여 개를 세었을 때 아직 모래는 태반이 남아 있어 제대로 시작도 못한 상황이었는데 손님이 와서 포기한 적이 있습니다. 그러니 큰 숟가락으로 한 숟가락이면 몇 십만 개가 넘을 것이고, 한 삽이면 몇 백만 개 몇 천만 개가 될 것입니다. 그것이 한 트럭도 아니고 바닷가의 모래와 같다고 하면 그것을 상징적으로 보아야지 숫자로 만들려고 하면 얼마나 힘이 들지 모르겠습니다.

물론 우리 장로님은 하나님께서는 못할 것이 없으시나 이스라엘의 인구가 1천억이 되고 1경이 될 때 예수님의 재림이 올 것이라고 강하게 주장합니다.

재미있는 것은 성경의 해석입니다. 성경의 일점일획이라도 고치거나 왜곡하는 사람은 지옥에서도 가장 밑층의 지옥으로 갈 것이라고 합니다.

그런데 구약은 지금부터 3500여 년경에 쓰였다고 하고 열왕기서나 역대기서에서는 이스라엘 왕실의 실록과 예레미야 같은 지식인들이 여러 해를 거치며 편집이 되었다고 하는데 우리 장로님은 성령의 감화로 쓰였다고 하니 그저 성경의 저자가 며칠 동안 신이 들려 골방에 앉아 기술한 것으로 생각하는 모양입니다.

그리고 헬라어로 쓰인 성경이 독일어로 번역되고 영어로 번역이 되고 다시 한글로 번역하는 과정에서 여러 가지로 기술(記述)되었다는 것을 인정하지 않습니다. 성경은 성령의 감동으로 한 번에 일필휘지하여 쓰인 자기가 읽는 성경만이 진본이어서 다른 성경에서 다른 표현으로 쓰였다면 그것은 이단이고 범죄입니다.

그는 성경을 거의 외우다시피하여 히브리서 몇 장 몇 절, 로마서 몇 장 몇 절을 보라고 성경을 인용하며 상대방을 꼼짝 못하게 합니다. 내가 역사를 인용하거나 소설 작품을 인용하였다가 참람하다는 책망을 받았습니다.

나는 그냥 집으로 돌아와 '역시 세상에서 가장 무서운 사람은 책을 한 권밖에 안 읽은 사람이로구나. 비록 그것이 성경이라고 할지라도' 하고 중얼거렸습니다.

예수님과 나

우리는 태양을 사랑합니다. 그러나 알루미늄의 날개를 가진 슬픈 인간은 태양에 이를 수가 없습니다. 태양은 우리가 가기에 멀기도 하지만 태양이 이르기 전 우리가 탄 비행기의 날개는 녹아 버리거나 블랙홀로 빨려 들어가 녹아버리고 말 것이기 때문입니다. 그러나 내가 창문을 열면 8분9초 전에 태양을 떠난 밝고 따뜻한 햇빛이 미소를 띠고 나를 찾아 줄 것입니다.

나는 예수님을 사랑합니다. 그래서 예수님의 흔적이라도 만나 보려고 성지순례를 다녀왔습니다. 예루살렘으로 베다니로, 올리브 산으로 갈릴리 바닷가로 나사렛으로 골고다로 헤매고 다녔습니다. 그러나 그곳에서 나는 잡상인들과 역사적인 고적만 보았을 뿐 예수님을 만나지 못했습니다. 그러나 나의 믿는 바로는 내가 나의 마음의 문을 열면 오래 전부터 오셔서 나의 마음 문을 두드리고 계시던 예수님이 나에게 들어 오시리라고 생각을 합니다.

김형석 선생님도 성지순례를 가셔서 예수님을 보지 못했다고 고백했습니다. 김형석 선생님이 "제가 이 먼 곳으로 예수님을 찾아 왔는데 당신은 어디 계십니까?" 하고 기도를 드렸더니 '나는 여기 있지 않다. 나는 네가 떠나온 너의 나라에 먹을 것과 입을 것이 없는 가난한 사람들, 병이 들었는데 치료 받지 못하고 누워있는 사람들과 같이 있다라는 계시를 받았다고 말씀하셨습니다.

나는 매일 성경을 읽습니다. 하루에 3장을 읽으면 일 년에 구약과 신약을 한 번 읽을 수 있습니다. 그러니 젊어서부터 매일 성경을 읽었으니 한 40번은 더 읽었을 것입니다. 그런데 나는 성경에서 예수님이 기독교를 조직했다거나 크나큰 교회를 세우고 총회나 협회, 연맹을 세우고 협회장에 취임했다는 말을 읽어 본 일이 없습니다. 어떤 때는 예수님을 따라다니는 사람이 수천 명이 되었지만 예수님은 그때 당시로는 별 볼일 없는 쌍놈 계급인 제자 12명과 여자들 몇 명만을 데리고 다니셨을 뿐입니다.

우리나라에는 기독교의 교파가 250개 정도 있다고 합니다. 그중에 대표가 예수교장로회와 기독교장로회일 것입니다. 그런데 그 교파를 만드신 목사님이 무슨 자격으로 종교를 만드셨습니까? 다메섹에 가는 길가에서 밝은 예수님의 빛을 보고 개심한 바울처럼 목사님이 그런 빛 속의 예수님을 보셨습니까, 예수님이 "예수교장로회를 만들라. 다른 사람들은 이교니라." 하는 말씀을 들었습니까? 얼마 전 내 조카 되는 신학교 교수가 준 현대 신학자 20명에 대한 책자를 정독하였습니다. 줄을 치고 중요 부분을 노트해 가면서 책을 읽어가면서 내가 가졌던 신앙이 혼란스러워지고 일생동안 신학을 공부한 사람들이 우리 할머니나 우리 어머니가 가졌던 깊이의 신앙도 가지지 못하였는가 하는 생각이 들었습니다.

사도행전 2장의 이야기입니다. 오순절 성령을 받은 사람들이 방언을 하고 횡설수설을 하니 옆에 있던 사람들이 이 사람들이 술에 취했는가

수군거렸습니다. 그때 베드로가 이렇게 해명을 합니다. "지금이 아침 9시인데 이 시간에 술에 취한 사람들이 있습니까. 이들은 성령에 취한 것입니다." 나는 신앙이 예수라는 술에 취하여야 한다고 생각을 합니다. 성경을 분석하고 성경의 역사를 공부하면서 이렇게 오랫동안 수집이 되고 편집된 경전을 일점일획이라도 고치면 안 된다고 하는 것은 학설적으로 무리가 있습니다. 그리고 세상이 창조된 지 7600여 년밖에 안 되었다는 어느 장로님의 학설은 믿을 수가 없습니다. 하여간 어떻게 되었든지 나는 예수님이 하나님의 아들이라는 것과 그가 우리의 죄를 사하시기 위하여 희생양이 되셨다는 것과 그의 희생으로 우리가 죄에서 구원을 얻어 다시 영원한 삶을 얻으리라는 것을 믿을 뿐입니다. 아주 간단한 신앙의 법칙입니다.

나는 내가 예수님에게로 간 적은 없습니다. 평양의 폭격 속에 방공호 속에서 그렇게 울부짖었어도 내일 학교에 가면 자아비판에 나가 모욕적인 비판을 받을 줄 알면서 새벽에 교회 나가 차가운 마루 위에 엎드려 울면서 기도를 했어도 내가 예수님에게로 간 일은 없는 것 같습니다. 비싼 돈을 내고 병원에서 휴가를 받아 근 20여 시간을 날아가 예루살렘으로 베들레헴으로 겟세마네 동산으로 골고다 언덕으로 갔지만 내가 예수님에게로 갈 수는 없었습니다. 유시하 선생이 이야기한 것처럼 예수님에게로 가는 길은 너무 멀어서 내가 예수님에게 도달한 일은 없습니다.

네가 방공호 속에서 울부짖을 때, 얼음이 꽁꽁 언 추운 길을 걷다 지쳐서 남의 집 외양간에 짚을 깔고 누웠을 때, 아버지를 찾아 안성을 떠나 서울로 간다고 몰래 화물차에 올랐다가 흑인 군인에 발길에 차여 논두렁에 구겨 박혔을 때, 밤에 관악산을 넘어간다고 어두운 길을 가다가 손들어 하는 한국군 군인을 만나 길에 쓰러져 설움이 북받쳐 막 울었을 때 예수님이 나에게 오셔서 내 손을 붙들고 일으켜 주신 것입니다. 이월 하순 추운 밤 한강 백사장에서 배를 기다리며 며칠 밤을 새웠을 때 몸이 뻣뻣해져서 한참을 주물러야 일어 설 수 있을 때 사람이 계산할 수 없는 기적이 일어나 내가 돈도 없이 한강을 건너는 배를 탈 수 있게 예수님이 나를 일으켜 세워주셨습니다.

　나는 이런 예수님이 예수교장로회를 만들고 기독교장로회를 만들어 총회장, 서기, 총무를 만들고 선거 때마다 돈다발이 오고 가는 Organized Religion 속에 예수님이 계시다고는 생각하지 않습니다. 교회에 집사, 안수집사, 권사, 장로라는 직분(계급)이 있고 교회의 장로는 장사를 하면서도 장로이고 골프를 치면서도 장로이고 심지어는 술집에 가서 술을 마시면서도 장로라고 한다면 예수님은 무어라고 하실까요?

　나도 교회에 오래 다니고 출석 잘하고 동네에서 유지가 되고 나서 교회에서는 집사를 주고 장로를 시켰습니다. 주저주저하는 나를 목사님은 "당신은 할 수 있다. 그리고 우리가 하라는 것이 아니라 예수님이 당신에게 일을 하라고 명령하시는 것이다."라는 말에 장로가 되었습니다. 당회원이 되고 교회재정위원장이 되고 교회 이사장이 되었습니다. 그러나 나는 내가 교회 재정부장일 때 예수님을 뵈었다고는 생각하지 않습니다. 교회 제직회장이 되었을 때 예수님을 뵈었다고는 생각하지 않습니다. 한때 박태선은 장로교회에 다니면서 매일 새벽 4시에 일어나 마포에 가마니를 깐 천막교회에서 찬송을 부르고 기도를 했는데 그때도 주님을 뵈었다고는 생각하지 않습니다. 많은 사람들을 예수님의 모습이 박장로님의 모습과 겹쳐 있다고 하던데 나는 그게 보이지 않았습니다. 나는 금식기도로도 부흥회의 참석으로도 열심히 교회 봉사로써도 내가 예수님께 간 적은 없습니다. 나는 예수님께 아무것도 드린 적은 없습니다. 그는 내가 드리는 무엇도 필요하지 않으시니까요.

나는 교회라는 organized religiouse group에 드린 것뿐입니다. 나는 항상 그에게서 받은 것뿐입니다. 나의 삶이 끝날 때도 내가 장로의 자격으로 그를 만나러 가는 것이 아니라 그저 헐벗은 인간 그대로 예수님이 나를 맞아 주시리라고 믿습니다.

색즉시공 공즉시색

우리 같은 범인은 그저 산은 산이고 물은 물이라고 생각을 합니다. 그런데 불교에서는 도가 통하면 산은 산이 아니고 물을 물이 아니라고 깨달아야 한다고 합니다. 즉 '색즉시공(色卽是空) 공즉시색(空卽是色)' 의 마음으로 보아야 하다는 말입니다.

그런데 이 말은 어느 정도 공부한 사람이 아니면 깨달을 수가 없는 어려운 말입니다. 불교의 경전은 대학을 졸업한 사람도 이해하기 어려운 말로 적혀 있습니다. 그래서 우리 같은 사람은 읽어도 이해가 안 되고, 또 스님이 해석을 해주어도 알아듣지 못할 때가 있는 것도 사실입니다. 기독교의 신학 책도 마찬가지입니다. 한국말로 해석을 했는데도 무슨 '적' '적' 하는 말이 많이 들어가고 어떻게 해석했는지 한참 생각해도 머리에 잘 들어오지 않습니다. 예를 들면 "조직신학은 종교철학과는 별개의 것이다. 종교철학은 종교적인 범주를 설정하고 인간의 영적 생활에의 그 위치를 규명함을 목적으로 하고 있다. 조직신학은 합리적인 형이상학과 같은 종교 철학과는 상이하다."(김관석의 〈조직신학 개론〉) "과정 사상 중에서 현대인의 관심을 끄는 것은 데이마르가 비록 컴퓨터로 말미암은 본격적인 정보화 시대에 돌입하기 이전의 사람이었지만 그는 인류의 미래가 사회화의 과정을 심화시켜나감에 따라 사회적 생명의 출현 곧 집합적 초인간화를 이루어 나갈 것임을 예견했다 는 점이다.”(〈현대신학자 28인 테이아르 샤르뎅〉 김경재)

이렇듯 아주 정신 차리고 읽지 않으면 무슨 말을 하는지 알 수 없고 아주 천천히 읽어도 한참 생각을 해야지, 소설이나 신문 보듯이 읽어 내려가면 무슨 말인지 알지 못할 것입니다.

그런데 예수님은 아주 쉽게 말씀을 해주셨습니다. 예수님의 이야기는 비유로써 고기를 잡는 어부나 농부나 배우지 못한 사람들도 아주 알기 쉽게 말씀을 하십니다. 마태복음 5장 3절부터를 읽어 보면 “마음이 가난한 사람은 복이 있으니 천국이 저희 것입니다”라고 쉽게 말씀을 해주셨습니다. 마음이 가난하다는 말은 이 세상에 희망과 기쁨이 없고 정말 나는 아무것도 없구나 하는 밑바닥 끝의 심정을 가진 사람을 말합니다. 흔히 골프를 치면서 마음을 비운다든가, 옛날 김영삼 전 대통령이 금식을 들어가면서 마음을 비웠다는 말이 아닙니다. 김영삼 대통령은 그 당시 당대표가 되는 것은 포기했는지 몰라도 대통령이 되겠다는 희망은 포기하지 않았으니 여기 성경에서 말하는 ‘마음이 가난한 사람’과는 비슷한 점도 없습니다.

예수님은 가진 것도 명예도 희망도 없는 사람에게 “천국이 저의 것이다”라고 하셨습니다. 이것이야 말로 ‘공즉시색’입니다. 천국이 무엇일까요? 세상의 모든 것보다도 좋은 것이 아닙니까. 솔로몬이 가고 싶어 했던 곳, 세상의 어떤 왕이 누렸던 행복보다도 더 좋은 곳이 천국이란 말이 아닌가요? 그런데 아무 희망이 없는 사람에게 그런 천국을 주신다는 것입니다. 이것이야말로 ‘공즉시색이요 색즉시공’이 아닙니까.

5절에는 “온유한 자는 복이 있나니 저희가 땅을 기업으로 받을 것임이요"라고 말씀하십니다. 이것은 우리가 아는 법칙과는 상반된 가르침입니다. 돈을 싸들고 아파트를 청약하러 가도 남들이 서있는 긴 줄의 틈새로 비집고 들어가 새치기를 하고 가족이 전부 나가 대기표를 받고 약삭빠르고 사납게 행동을 하지 않으면 차례가 돌아오지 않는데 온순하게 남에게 양보를 하다가는 평생을 가도 아파트 청약권도 받지 못할 텐데 온유한 사람에게 땅을 받게 하겠다고 하십니다. 예수님은 이렇듯 '공즉시색 색즉시공(空卽是色 色卽是空)'을 이야기합니다.

예수님보다 500여 년 앞서 왔던 싯다르타도 같은 이야기를 했습니다. 우리가 올 때 가져온 것이 없으니 갈 때도 아무것도 가져 갈 것이 없다는 진리입니다. 그래서 그는 왕자의 자리를 버리고 깊은 산속으로 출가했을 것입니다. 싯다르타도, 크리슈나도, 노자도, 장자도 창세기에서 말한 대로 흙에서 왔으니 흙으로 돌아가리라 하는 말을 깨달았을 것입니다. 물론 우리의 눈으로 보기에는 다릅니다. 돈이 없어 거적에 싸여서 구덩이에 버려지는 것과 국민장으로 국립현충원에 묻히는 것과는 차이가 납니다.

그런데 느보산에서 죽어 장례도 못 지낸 모세나 돈이 없어 장례도 못 지내고 거적에 싸여 공동묘지에 그대로 버려진 모차르트의 삶이, 푸른 잔디 언덕의 큰 묘지를 쓰고 돌로 비석을 세우고 대리석 제사상을 만들어 놓은 시골의 갑부 김 아무개의 삶보다 훨씬 값지다고 생각을 합니다. 그런데 산골에 그대로 버려진 모세나 구덩이에 버려진 모차르트나 크나큰 봉분 밑에 잠이 든 김 부자나 흙으로 돌아가는 것은 마찬가지입니다. 우리는 가끔 박물관에서 이집트의 미라를 구경합니다. 5000여 년 전에 죽어 몸에 온갖 향료를 넣어 썩지 않게 하고 보석으로 장식한 미라는 그냥 백골로 남아 있는 유골보다 보기 좋을 것이 없습니다. 또 예수님은 마태복음 10장 39절에는 이렇게 말씀하십니다. "누구든지 목숨을 구하는 자는 잃을 것이요, 나를 위하여 자기 목숨을 잃는 자는 얻으리라." 이는 색즉시공이나 공즉시색보다도 훨씬 강한 반어의 말씀입니다.

AD 67년경 사형수 중에서도 가장 험악한 사형수가 당하는 십자가에 거꾸로 달려죽은 베드로나 목이 잘려 죽은 사도 바울은 영원한 생명을 얻었지만 화려한 클레물린 궁에서 죽은 스탈린은 우리가 생각하기에 그가 죽인 수많은 생명들의 저주를 받으며 지옥에 있을 것이라고 생각합니다.

성철스님은 불교의 삼단계 최고의 단계는 "다시 물은 물이고 산은 산이로다 하는 경지에 노는 것이다."라고 설파했습니다. 그런데 그 경지는 어떤 경지인지 우리에게 자세히 설명을 하지 않았습니다. 우둔한 나는 그저 산을 산으로 인정해 주고 물을 물로 인정해 주더라도 공즉시색 색즉시공의 진리는 상존한다는 말일 것이라고 생각해 봅니다.

눈에 보이는 것의 뒤에 있는 진리를 깨닫는 것은 우리 같은 범인에게는 어려운 일입니다. 우리는 가난을 생각만 해도 겁이 납니다. 한국전쟁 때의 배고픔과 추위에 덜덜 떨며 거적때기 밑으로 파고들던 겨울밤, 찢어져 궁둥이 살이 보이는 바지를 입고 여학생 앞을 지나가야 했던 모멸감, 등록금을 못 내서 조회시간에 동급생들이 보는 앞에서 쫓겨나던 그 수치스러움을 다시는 생각하기도 싫은 기억입니다. 그런데 다시 마음까지 가난해져야 한다니….

예수님은 말씀하십니다. "여우도 굴이 있고 나는 새도 깃들일 곳이 있는데 인자는 머리 둘 곳이 없도다." 예수님도 나처럼 고생하셨나 봅니다. 잠자리가 없고 드실 것이 없어 익지 않은 밀을 비벼 드시고 열매가 없다고 무화과나무에게 화를 내시고….

그런데 예수님은 천국의 주인이 아니신가요? 그러면 나도 예수님같이 모두를 잃어도 천국을 주실 건가요? 정말!

시시포스의
형벌

귀찮은 남편들

요새 인터넷에서 유행하는 유머들입니다.

이야기 하나, 어떤 날 동창회에 갔던 아내가 돌아와 화가 난 얼굴로 아무 말도 안 하고 자기 방에 들어가서는 나오지 않더랍니다. 거실에서 기다리던 남편이 무슨 일이 있는가 하여 방에 들어가 아내에게 물었습니다. "오늘 동창회에서 무슨 화가 날 일이 있었오?" 아내는 아무 말도 하지 않고 한참 있다가 "우리 친구들은 모두 돌싱녀(돌아온 싱글녀)들이어서 자기들 가고 싶은 대로 돌아다니는데 나만 혹이 달렸잖아요." 하더랍니다. 남편은 기가 죽어 그렇다고 자살을 할 수도 없고 하여 공원에 나와 앉아 고개를 숙이고 있더랍니다.

이야기 둘, 직장에서 은퇴한 K과장님은 은퇴를 하던 날 결심을 했습니다. 이제는 아내를 위해 봉사하며 살겠다고. 지난 몇 십 년동안 직장에서 일을 하는 동안 아내를 집에 혼자 두고 외국으로 출장도 다니고 툭 하면 야근을 하고 또 아내를 내버려 두고 혼자서 동료들과 외식을 하며 집에 늦게 들어오고….

그래서 은퇴를 하고 아내를 위해 산다고 아내와 여행도 하고 아내 따라 쇼핑도 했습니다.

아내는 옷을 하나 사는 데도 여러 군데 가게를 돌아야 하고 고르고 또 고르느라고 시간을 끌었습니다. 그래도 아내를 위한다고 했으니 꾹 참고 견디었습니다. 한 3개월 지난 후, 하루는 아내가 차를 대접하면서 심각하게 말 좀 하자고 하더랍니다. 그리고는 "당신 좀 혼자 놀 수 없어요. 나만 따라다니지 말고 친구도 좀 만나시고…" 하면서 한숨을 쉬더랍니다. K과장님은 충격을 받았습니다. 그동안 아내를 위한다고 한 일인데 아내는 남편이 짐이고 고역이었나 봅니다.

이야기 셋, 한국의 최고의 상남자는 누구인가 하면 송해라는 배우입니다. 90이 넘은 나이에도 은퇴하지 않고 일을 합니다. 〈전국 노래자랑〉의 사회한다고 전국을 돌아다니면서 돈을 벌어오고 출장을 많이 하니 집에서 밥 먹을 일이 별로 없답니다. 그래서 여자들에게 인기가 대단하다는 말입니다.

요새 여자들이 평가하는 말에, 집에서 밥을 먹지 않는 남자는 '무식님'이고 하루에 한 끼를 먹는 사람은 '일식씨' 하루에 두 끼를 먹는 남자는 '두식아' 하고 부르고 세 끼를 달라는 남자는 '삼식이새끼' 라고 부른답니다. 세 끼를 먹고 밤참까지 달라는 남자를 무어라고 부르는지 모르겠고…. 아마 그런 남자는 쫓겨나겠지요. 그러니 아내에게 부담을 주거나 하루 세 끼 밥을 달라고 하면 살아 있는 남편은 아내에게 축복이 아니라 재앙일지도 모릅니다. 결혼을 하면서 검은 머리 파뿌리가 되도록 같이 살자는 말은 이제는 사람들에게 흘러간 노래의 가사일 뿐으로 은퇴하여 돈을 벌지 못하면 아내에게 부담주지 말고 세상을 떠나는 것이 상남자의 길일지도 모릅니다.

그래서 돈을 많이 벌어 놓고 생명보험까지 들어놓고 젊어서 죽는 남자는 여자들이 "아유 자기 참 멋져"라고 한다고 하지 않습니까.

하기는 교육받은 젊은이들에게 아버지가 몇 살까지 살았으면 좋겠느냐고 물으니까 63세 정도라고 대답한 사람이 64%라고 합니다. 아버지가 받은 은퇴자금을 다 쓰지 말고 얼마 정도 자기들에게 남겨 줄 수 있을 때 세상을 떠나는 것이 좋다는 말입니다. 그리고 아내가 돈도 벌어 오지 못하면서 집에서 잔소리하는 남편에게 싫증이 나기 전에 세상을 떠나는 것이 제삿밥이라도 얻어먹을 수 있는 상남자로 떠나는 길이 아닐까요? 그런데 어쩝니까. 100세 시대라고 하여 수명은 점점 길어져 은퇴를 하고도 40년이나 50년을 살아야 하는 것을…. 그것도 쌓아 놓은 돈이 많아 은퇴를 하고도 남자가 혼자 골프도 치고 밖으로 나돌아 다니거나 아니면 본직에서 은퇴를 한 후 다시 일을 찾아 돈도 벌고 바쁘게 산다면 아내가 싫증을 안 내고 집에 들어 갈 때 웃으며 맞아 주겠지만 은퇴를 하고 아내 치마꼬리를 붙들고 따라다니며 하루 세 끼 밥 달라고 하면 내가 여자라도 진저리가 날 것입니다.

하지만 은퇴한 후 대개의 남자들은 갈 곳이 없습니다. 돈이 많아 친구들을 만나 돈 쓰고 다닌다면 몰라도 그런 남자들이 많지 않습니다. 또 은퇴 후 무슨 연구소라도 나가 집을 비우고 아내에게 자유를 줄 수 있는 남자들 역시 많지 않습니다.

다행인지 불행인지는 모르지만 나는 오하이오에서 은퇴를 한 후 10년이 넘게 한국에 나와 대학의 석좌교수로 일을 하여 돈은 별로 못 벌지만 아내에게 돈 달라고 손을 벌린 일이 없습니다. 물론 아내에게 밥 달란 말도 한 일이 없으니 무식님 소리를 들을 만합니다.

물론 제 아내야 그런 생각을 추호라도 한 일이 있겠습니까만 혹시라도 나는 아내에게 귀찮을 일을 해본 일이 없습니다. 돈을 벌어다 주지는 못하지만 은퇴 후 나오는 내 연금도 아내가 관리합니다. 물론 집안을 위해 쓰겠지만… 내가 이래라 저래라 잔소리 해본 일이 없습니다. 얼마 전 아내는 전화로 웃으면서 이런 말을 했습니다. "친구들이 나더러 제일 팔자가 좋은 여자래요. 남편이 죽은 것도 아니면서 귀찮게 그러지도 않고 연금을 축내지도 않고 밥을 해달라고 잔소리도 하지도 않다고요. 일 년에 두 번 정도 한국에 여행하면 공항에 마중 나온 남편이 용돈 주고 맛있는 것 사주고 한국에서 대접을 받다가 미국에 돌아오면 딸이 공항에 나와 모셔가고… ㅎㅎㅎㅎ."

물론 농담이겠지요. 내 아내는 한국에 혼자 나와 있는 내 걱정을 하느라고 오망불매 잠을 못 잘 것이고, 맛있는 음식을 보면 제 생각하느라고 입맛이 없을 것이고, TV에 김정은이 핵실험을 하며 공갈을 칠 때마다 걱정이 되어 손이 떨릴 것이라고 생각합니다.

그런데 어쩌지요. 제 나이도 그렇고 집안의 일도 그렇고 하여 금년으로 일을 끝내고 집으로 돌아갈까 생각하는데 말입니다. 그러면 나도 K 과장처럼 아내에게 귀찮은 존재가 되지 않을까 자못 걱정이 됩니다. 더구나 나는 쇼핑을 싫어하여 아내와 쇼핑을 가는 일도 별로 많지 않을 것이고 참을성이 적어 아내가 쇼핑하는 것을 오래 기다리지도 못할 텐데….

마음이 떨릴 때 여행을 가야지 다리가 떨릴 때에 여행가지 말라고 했는데 이제는 가슴이 떨릴 때가 지났는데… 아내의 행복을 깨지 않으려면 무슨 일이라도 해야 할 것 같습니다. 비록 수입이 없는 봉사직일망정 일을 찾아 나서고 최소한도 점심이라도 나가서 먹는 '두식아' 정도는 되어야 할 것 같습니다. 은퇴를 준비하라는 말은 은퇴자금만 모아 놓으라는 것이 아니라 아내와 자식들에게 짐이 되지 않는 삶을 준비하는 것도 되지 않을까 한번 생각해 봅니다.

회색

구름으로 덮인 뉴욕의 저녁이 짙어가면서 푸르던 하늘이 회색빛으로 물들고 창문밖 건물들이 점점 검회색으로 변해갑니다. 하늘을 덮은 흰 구름들도, 푸르게 보이던 저 마을 건너 숲도 점점 회색으로 변해갑니다. 저기 구름 밑 얇고 붉은 층은 희미하게 빛나지만 빛이라고 보기에는 너무도 가늘하니 그저 희미한 주황색 줄이라는 표현이 적절할 것 같습니다.

나는 방에 불도 켜지 않은 채 창밖의 회색으로 점점 짙어가는 북쪽 뉴저지의 하늘을 물끄러미 쳐다보고 있습니다. 아직 불이 켜지지 않은 조지 워싱턴브리지도 짙은 회색으로 보이고 하늘도 짙은 회색으로 변해가고 있습니다.

회색은 잿빛과 같은 말인 것 같습니다. 모든 것이 타버리고 남은 재. 나무가 타고 나뭇잎이 타고 석탄이 타버리고 남은 재에서 나오는 색깔이 잿빛이고 회색입니다. 플로리다의 산불이 났던 자리에 가보면 분명 빨간 꽃이 타고 푸른 나무가 탔을 텐데 그 자리에는 회색의 재만 남아 있었습니다. 그러니까 잿빛은 새로운 생명의 빛 희망의 색깔이라고 하기보다는 죽음으로 가는 빛깔이라고 생각됩니다. 모든 것이 타버리고 이제는 희망이 사라져 버린 색깔이 아닐까요? 사람의 얼굴도 젊고 생명의 기운이 넘칠 때는 분홍색이지만 늙고 혈액순환이 잘 안 되고 죽음의 그늘이 덮여질 때면 얼굴은 잿빛으로 변하고 검푸른 색깔로 변해지는 것이 아닐까요?

오늘 아침 새벽 운동을 나갈 때 하늘은 검은 색이지만 회색은 아니었던 것 같습니다. 차라리 검푸른 색이라고나 할까요. 검푸른 색깔에 노란 별들이 반짝이는 하늘이었는데 구름이 잔뜩 몰려오자 하늘은 회색으로 변했습니다. 회색 하늘은 구름이 끼었을 때의 색깔이라고 해야 할 것 같습니다. 회색은 기쁨의 색은 아닙니다. 나처럼 미술에 조예가 없는 사람일지라도 봄과 희망, 아름다운 꽃밭, 사람들이 즐거움에 차 있는 파티의 배경 색깔을 회색으로 칠하지는 않을 것입니다. 회색은 분명 검은색은 아닙니다. 그렇다고 흰색은 더더욱 아닙니다. 흰색보다는 검은색에 가까운 편입니다. 밝은 색깔이라기보다는 어두운 편에 가까운 색깔입니다.

그럼 회색은 희망의 색일까요, 아니면 절망의 색일까요? 지금 내 기분으로서는 회색은 희망의 색깔이라고 할 수는 없습니다.

옛날 공산주의와 민주주의가 극을 이루었을 때 자기의 소신을 밝히지 않는 사람들을 회색분자라고 불렀습니다. 그리고 평양에서는 반동분자는 아니지만 자기들의 공산주의 활동에 적극 참여하지 않는 사람을 회색분자라고 불렀으며 회색분자는 준반동으로 취급하였습니다. 회색분자라고 하는 것은 자기의 정체를 감추고 있다가 정세가 바뀌면 자기가 유리한 편으로 붙어버리는 믿지 못할 사람을 가리키기도 하는 말입니다.

아침에 해가 돋을 때면 만물의 특징이 드러납니다. 빨간 꽃 노란 꽃,

푸른 들과 산, 반짝반짝 빛나는 건물의 유리창, 길을 달려가는 흰색의 차, 길을 걸어가는 여인의 베이지색 코트들 모두 특징 있고 아름답게 비춰주지만 저녁의 회색 하늘은 저 아름다운 사물들의 특징을 모두 묻어 버리고 하나의 어두운 색깔로 삼켜 버립니다. 마치 공산주의자들이 자기와 사상이 다른 사람들을 모두 수용소에 가두고 하나의 어두운 색깔로 삼켜버리듯이 말입니다.

그래서 회색은 다른 색깔을 용납하지 않습니다. 모두 김일성의 주체사상으로 공산주의자가 되든가 아니면 회색의 죽음 속으로 매장되든가 그 외에는 선택의 여지가 없습니다.

그래서 어두워져가는 뉴욕의 하늘도 잿빛으로 변하자 건물의 유리창 반짝이던 모습, 앞길을 지나가는 흰 색깔과 빨간 색의 자동차들도, 저기 지나가던 여인의 베이지 코트 색깔도 모두 삼켜버리고 맙니다.

마치 솔제니친을 가두어 버렸던 수용소의 담처럼 아름다운 꿈을 품은 시인의 마음도, 멀리 하늘을 쳐다보는 소녀의 맑은 눈동자도 삼켜버리고 모두 짙은 회색과 검은 색깔로 묻어버리고 맙니다. 오래 전에 방문했던 요양원의 벽과 복도의 색이 회색이었고 영화로 본 감옥 복도의 색깔도 짙은 회색이었습니다. 폴란드를 여행할 때 본 아우슈비츠의 건물과 담들도 모두 회색빛이었습니다. 우즈베키스탄 병원의 어두운 복도도 회색이었고 겨울바람이 부는 울란바토르시의 오후도 잿빛이었습니다.

내가 우울해서 그런지는 모르지만 회색은 분명 죽음의 색깔입니다. 살아있을 때는 다양한 색깔을 가지고 있지만 죽은 후에는 거의 모두가 한 색깔 잿빛입니다. 고고학자가 땅속에서 발굴해 내는 오래된 사람이나 동물의 뼈, 피라미드 속에서 발굴해낸 미라, 이집트의 땅속에서 파낸 파피루스도 모두 검은 회색으로 변해 있었습니다. 마치 맛있는 음식도 변하여 곰팡이가 피면 회색으로 변해 버리고 맙니다. 그리고는 버려져야 합니다.

며칠 전 오래 전의 지인을 만났습니다. 아마 한 50년 만에 만났는지 모르겠습니다. 젊었을 때 그렇게도 예쁘고 청순하여 많은 남자들의 가슴을 설레게 하던 아름다운 여인이었습니다.

그런데 나는 그의 얼굴에서 회색의 빛을 보았습니다. 핑크빛이 아닌 회색의 빛을, 비록 짙은 화장을 하고 세월의 빛을 가리려고 애를 썼지만 속에서부터 배어 나오는 회색빛을 감출 수는 없었습니다.

아마 우리의 생명도 마찬가지일 것입니다. 생명력이 요동칠 때는 우리의 꿈이 핑크빛이고 우리가 인생의 정점에 올라 환호하고 기뻐할 때는 붉은 장밋빛이던 것이 나이 들면서 기운이 빠져갈 때는 누런빛이었다가 기운이 쇠해지면 회색빛이 되는 것이 아닌가 합니다.

이제 뉴욕의 하늘에 구름이 잔뜩 끼고 석양이 깊어 잿빛으로 물들어 가고 푸른 나무와 산이 회색빛으로 변해져 가는 것을 보며 인생의 잿빛 하늘을 생각하게 됩니다.

잡초

　내가 어릴 때 평양기독병원의 잔디밭은 클로버 풀로 이루어져 있었습니다. 집에서 토끼를 기르던 나는 가끔 클로버 잔디밭에 앉아서 작은 손으로 클로버 풀을 뜯으며 네잎 클로버를 찾기도 했습니다. 그런데 잔디가 나오면 잔디밭을 가꾸는 아저씨가 클로버가 잡초라고 뽑아 버렸습니다. 어린 나는 잔디밭은 클로버 풀로 되어야 하는 줄 알았는데 말입니다. 몇 십 년이 흘러 미국에 와서 집을 샀는데 집 마당에 넓은 정원이 있었습니다. 이 정원은 모두 잔디로 되어 있었습니다. 간혹 클로버 풀이 나오면 아내는 잡초라고 뽑아버렸습니다. 한동안 나는 혼란스러웠습니다. 클로버가 잡초인지 아니면 잔디가 잡초인지 깨닫기까지 한참이 걸렸습니다.

　결국 깨달은 것은 클로버나 잔디가 잡초는 아니지만 그것이 있어야 할 곳에 있지 않으면 잡초가 된다는 사실입니다. 논에 보리가 나면 보리가 잡초이고 보리밭에 벼가 나오면 벼가 잡초입니다. 사과 밭에 배나무가 있으면 배나무가 잡초일 것이고, 참외밭에 수박이 있으면 수박이 잡초가 되겠지요. 잡초가 나빠서가 아닙니다. 나올 자리를 잘못 잡았다는 것뿐입니다. 백인들 사회에서 흑인이 끼면 흑인이 잡초이고 흑인들이 모인 곳에 백인이 끼면 백인이 잡초입니다. 음악가들의 모임에 문학가가 가면 문학가가 잡초이고, 시인들의 모임에 성악가가 가면 성악가가 잡초입니다. 아마 그래서 정몽주의 어머님은 '까마귀 모인 곳에 백로야 가지 마라 성낸 까마귀 흰빛을 새우나니'라고 했는지 모릅니다. 공산주의자들이 모인 곳에 자유민주주의자가 가면 그가 잡초이고 민주사회에 공산주의자가 오면 그가 잡초입니다. 기독교인이 절에 가면 기독교인이 잡초이고 교회에 중이 오면 중이 잡초입니다

어려서 비둘기를 키우는 친구 집에 가 보았는데 자리를 잡은 집비둘기가 있는데 낯선 비둘기가 하나 오면 비둘기들이 떼를 지어 새로 온 비둘기를 공격하는 것이었습니다. 사람들은 그것을 낯을 가린다고 합니다.

한국전쟁 이후 대구에 피난을 갔을 때 내 또래의 신문팔이 아이들이 나더러 "피양 놈 아니가" 하며 놀리던 일이 생각납니다. 그때 나는 역시 잡초였던 것입니다.

한국 사람들은 낯을 많이 가리는 사람들인지 모릅니다. 그래서 자기들과 색깔이 다른 사람들을 많이 싫어하는지 모릅니다.

가만히 생각해 보면 나는 잡초 같은 인생을 살아 왔습니다. 이차대전이 끝나고 공산주의가 평양 하늘을 뒤덮었을 때 할아버지가 목사님이고 아버지가 평양기독병원 서무과에 근무하던 우리는 평양의 잡초였습니다. 우리는 왕따를 당하고 비판을 당했습니다.

한국전쟁이 한참일 때 대구로 피난 온 우리는 평안도 사투리를 쓰는 잡초가 되었습니다.

대학을 졸업하고 군의관으로 임관되어 원주 육군병원에 갔습니다. 그곳에는 K대학 출신이 주류였는데 45명 군의관 중 36명이 K대학 출신

이었습니다.

몇 사람 안 되는 타교 출신은 다시 잡초 노릇을 해야 했습니다. 그들은 모여앉아 이야기를 하다가도 우리가 가면 말을 뚝 그치고 돌아앉았고 근무가 끝나면 자기들끼리 나가곤 했습니다. 당직이나 파견 근무를 나가는데 우리를 제일 먼저 집어넣고는 당직표를 거의 매달 바꿔가면서 다시 시작하고 다시 시작하여 우리에게 불이익을 주었습니다. 미국에 오니 우리는 당연히 잡초입니다. 그것도 미국 사람들의 말을 잘 알아듣지도 못하고 우리말도 잘 전해주지 못하는 색깔이 다른 잡초였습니다.

우리는 미국 의과대학 졸업생들에 비해 많은 차별을 받았습니다. 과장이나 교수들도 미국의과 대학 졸업생들은 끼고 돌면서 우리를 건성으로 가르쳐 준 것이 사실입니다. 미국 의과대학 졸업생과 경쟁을 하면 당연히 우리는 졌고 간호사들도 우리들보다는 미국 의과대학 졸업생들을 많이 도와주었습니다. 그러나 미국은 원래 잡초가 많은 나라, 어떤 곳에 가면 잔디보다 잡초가 훨씬 많았습니다.

성경에는 이런 말이 있습니다. 농부가 밭에 곡식을 심었는데 가라지가 섞였습니다. 농부가 주인에게 말을 합니다. "이 가라지를 어떻게 할까요. 가서 전부 뽑아버릴까요?" 주인은 이렇게 말을 합니다. "아니, 그냥 두어라. 그리고 곡식이 다 자라고 열매를 맺은 후 추수할 때 가라지를 골라 버리자." 말하자면 시간을 준다는 말입니다.

미국 생활이 그러했습니다. 시간이 가자 귀도 열리고 말문도 열렸습니다. 그리고 접붙이기를 잘했는지 주인이 원하는 열매도 맺었습니다. 시험도 보아 통과를 했습니다. 주인은 우리를 뽑아버리지 않고 우리에게 살 길을 허락해 주었습니다. 그래서 우리들에게 전문의 자격도 주고 학회의 정회원이 되어 논문도 올렸습니다. 그러나 미팅이 끝나고 저녁 모임에 가면 잡초의 색깔을 지워 버릴 수는 없었습니다.

고향과 친구가 그립습니다. 비프스테이크보다 불고기가, 크림스프보다 된장국이 그립습니다. 그러니 기회가 날 때마다 한국행 비행기를 탑니다. 하지만 한국에 가면 그리던 고향은 아닙니다. 한국의 병원은 미국에서 온 의사들을 잡초 취급을 합니다. 그리고 성질이 급한 한국 사람은 잡초를 빨리 솎아버리려고 야단입니다.

일부는 자기들이 미국에 와서 대접을 못 받았는데 왜 우리가 그들을 대접해야 하는가 하고 흥분합니다. 미국에서는 한국의 전문의를 인정해주지 않는데 왜 우리는 미국의 전문의를 인정해야 하느냐고 2002년부터 관계법도 고쳤습니다. 그래서 미국에서 온 전문의는 한국의 전문의로 인정을 해줄 수 없다고 합니다. 심지어 논문을 써도 전공의의 지도저자가 되지 못합니다. 학교에서도 전공의 지도교수가 되지 못하고 특진비도 받지 못합니다. 대다수의 무리에 끼이지 못하는 잡초, 낯설고 색깔이 다른 잡초. 왕따를 당하는 것은 물론이고 솎아내어져야 하는 잡초가 되었습니다. 고향에 돌아와 또 잡초 대접을 받을 수밖에 없는 신세가 되었습니다.

역시 나는 잡초처럼 살았는지 모르겠습니다. 누구에게 대접을 받고 온실에서 뿌려주는 물을 받아먹으며 산 것이 아니라 찬비와 이슬, 서리와 눈을 맞아 가며 김춘수 선생의 시처럼 '바람이 오면 쓰러졌다가도 일어나는 잡초'처럼 살아왔습니다.

우리가 지향하는 천국은 어떤 풀로 이루어졌는지 걱정입니다. 클로버로 된 정원인지 아니면 잔디로 된 정원이지. 나는 거기서도 유대인들 사이에서 잡초가 되어야 하는지 은근히 걱정이 됩니다.

여자들의 노출증

가끔 신문이나 TV에서 몰래카메라로 여자의 신체를 촬영했다느니 성희롱을 했다느니 하고 야단입니다. 그래서 사회의 저명인사들이 신세를 망치곤 합니다. 그런데 내 둔한 머리로써는 이해가 안 되는 부분이 있습니다.

여자들은 남자들보다 힘으로 따져보면 연약하고 능동적이기보다는 수동적입니다. 그리고 남자가 성희롱 당했다는 케이스보다는 여자들이 성희롱 당했다는 케이스가 몇 백 배가 많을 것입니다. 그리고 남자들이 부끄러움을 타는 것보다는 여자들이 부끄러움을 타는 일이 훨씬 많을 것입니다. 그런데 왜 여자들은 자기들의 신체를 노출하기를 좋아하는지 모르겠다는 생각입니다. 긴바지나 치마를 입고 가슴이 파이지 않은 옷을 입었다면 몰래카메라를 두려워 할 이유가 없을 텐데 말입니다. 물론 그렇다고 중동의 나라처럼 차도르를 입고 다니란 말은 아닙니다.

아까도 집에서 TV를 틀어 놓고 책을 보다가 아프리카의 반군의 습격을 받고 난민들을 구해서 도망치는 영화를 보았습니다. 처음부터 보지 않아 영화 제목도 기억이 나지 않습니다만 영화에 나오는 남자 주인공은 군복을 입고 모자도 쓰고 군화를 신었는데 여자는 핫팬티를 입고 헐렁한 러닝셔츠 같은 것만 걸치고 밀림 속을 도망하고 있습니다.

나뭇가지들을 헤치며 가파른 바위를 넘어가며 도망을 하는데 건장한 남자는 온몸을 가리는 군복을 입었는데, 몸도 약하고 피부도 약한 여자는 왜 저렇게 노출을 하고 있을까요?

내가 좋아하는 007영화를 보면 늘 제임스 본드는 정장에 넥타이까지 매고 나오는데 여기에 나오는 여자들은 한결같이 반나체의 모습으로 나옵니다. 그곳이 위험하고 거친 광야나 전쟁터라고 하더라도 핫팬티에 가슴만 가리는 아슬아슬한 복장으로 등장하는 이유를 모르겠습니다.

얼마 전 US 오픈 테니스를 보았습니다. 남자들은 거의 무릎까지 내려오는 반바지들을 입었습니다. 그런데 여자선수들은 한결같이 얇은 천으로 되어 휘날리는 짧은 치마를 입고 뛸 때마다 속의 팬츠가 드러나 보이는 옷을 입고 서비스를 받는다고 몸을 숙일 때마다 가슴속이 훤히 들여다보입니다. TV는 열심히 그런 곳을 보여줍니다. 스포츠 경기인지 여자들의 노출증 쇼인지 잘 구별을 못하겠습니다.

나는 US 오픈 테니스를 보는 거지 반나체의 여자들을 보려는 게 아닌데도 가끔 내 앞을 지나는 아내가 열심이 TV를 보는 나를 힐끗 할 땐 마치 치한취급을 받는 것 같습니다.

서울에는 에스컬레이터가 많이 있습니다. 지하철을 타도 그렇고 백화점을 가도 그렇습니다. 그런데 에스컬레이터를 타고 앞에 올라가는 여자를 쳐다보다가는 영락없이 치한으로 몰릴 가능성이 많습니다. 물론 앞을 쳐다보지 않고 옆을 보며 올라가지만 옆만 보다가는 넘어지는 수가 있으니 위험합니다. 지하철을 타면 허리에서 한 뼘 정도 되는 짧은 치마를 입고 앉으면 속이 훤히 들여다보입니다. 그런데 그런 치마를 입은 여자들은 책으로 무릎을 가리고는 앞의 사람이 자기를 쳐다보는가 안 보는가 살핍니다. 사람들이 좀 적으면 얼른 자리를 피하여 다른 데로 가지만 사람들이 많아 움직이기가 여의치 않을 때면 난감합니다. 잘못하여 여자가 소리라도 지르면 나는 영락없는 치한이 되고 일생동안 쌓아 올린 교수님의 체면과 교회 장로님의 명예가 하루아침에 시궁창 속으로 빠지고 나의 인생은 끝이 날 것이기 때문입니다. 나는 그저 고개를 하늘로 들거나 고개를 옆으로 틀고 움직일 수 있는 자리가 나기를 기다리며 앞에 앉은 노출증 여자의 관대한 처분만을 바랄 수밖에 없습니다.

오래 전의 일입니다. 뉴욕의 5애비뉴 45가를 걷고 있을 때입니다. 멍청하게 걷고 있다가 갑자기 앞에 나타난 두 여인 때문에 깜짝 놀랐습니다. 키도 크고 멋지게 생긴 두 여인이 입은 블라우스가 완전 투명해서 속살이 다 보입니다. 유방은 물론이고 까만 유두가 분명하게 드러나 보입니다. 나는 깜짝 놀라서 쳐다보니까 그 여자들은 나를 보고 '네가 쳐다보면 어쩔 건대' 하는 표정으로 지나갔습니다. 아내는 내 소매를 끌며 "여보 그만 쳐다봐요. 그저 이쁜 여자만 보면…" 하고 무안을 주었습니다. 나는 자다가 뺨 맞은 격으로 변명도 못하고 속절없이 치한이 되어버렸습니다.

그리고 점심을 먹으면서 생각해 보았습니다. 내가 치한이 된 걸까. 여자들이 그렇게 입고 나온 것은 사람들에게 보아달라고 입고 나온 것이 아닐까. 뉴욕의 거리를 걸으면서 어떤 건물을 보고 어떤 건물은 보지 말라는 규정이 있는 것이란 말인가. 지나가는 어떤 사람은 쳐다보아도 되고 어떤 사람은 쳐다보면 안 되는 규정이 있다는 말입니까. 물론 그렇게 입고 나온 데는 이유가 있겠지요. 내가 좋아하는 남자들과 유혹하고 싶은 남자들에게만 보이고 싶은 마음으로 입고 나왔겠지요. 그럼 겉옷을 입고 나왔다가 그런 사람 앞에서만 보여주면 될 것 아닌가요?

왜 그런 모습으로 뉴욕의 거리를 활보하며 많은 사람들의 시야를 어지럽히고 순진하고 착한 나 같은 남자들을 죄의 길로 빠트린단 말입니까?

오래 전에는 귀부인들은 발목까지 내려오는 치렁치렁한 치마를 입고 손목까지 내려오는 윗옷을 입었었습니다. 그리고 잡스러운 생각을 일으킨다고 책상다리나 걸상다리도 천으로 쌓았다고 합니다. 그렇다고 내가 그런 복고시대로 돌아가자는 것은 아닙니다. 그러나 자기들이 거의 누드 상태로 거리로 돌아다니고 앉으면 속의 팬티가 훤히 들여다보이는 옷을 입고 다니면서 모든 남자들을 치한취급을 하는 여자들에게 항의를 하고 싶다는 말입니다.

그리고 충동적인 젊은 남자들에게 온갖 자극적인 모습을 보여 주면서 성희롱을 당했다고 남자들을 비난하는 세대를 이해하기 힘들다는 말입니다.

US오픈도 윔블던 테니스처럼 복장을 규제하여 가슴이 훤히 들여다보이는 셔츠나 뛸 때마다 속옷이 들여다보이는 짧은 치마를 입지 못하게 해야 할 것입니다. 그러면 나 같은 사람이 좀 더 자유스럽게 테니스를 보고 아내에게도 면구스럽지 않을 것입니다.

옛날 여학교 입구에서 훈육선생님이 자를 가지고 치마의 길이를 재던 것처럼 무릎 위 몇 센티 이상의 치마를 입은 여자들은 성희롱 당했다고 남자들을 비난하지 못하게 하는 법이라도 발의해야 하지 않을까요?

남자들은 삼복더위에도 정장을 하고 다니는데 여자들은 거의 온몸을 벗은 채 다니면서 자기를 쳐다보는 남자들을 비난하는 것은 형평성에 어긋난다는 생각입니다.

사랑은 아무나 하나

　세상에 가장 많이 사용되고 또 굴러다니고 버려지는 말이 '사랑'이라는 말일 것입니다. 신문이나 TV 광고에 사랑이란 말이 너무나 많이 굴러다녀서 그 말의 본질을 잃어버릴 지경입니다. 물론 사랑이란 말을 많이 쓰는 사람은 정치인들일 것입니다. 정말 사랑이란 말의 뜻을 알고나 쓰는지 사랑이란 말을 아무 데나 갖다 붙입니다. 나라를 사랑하고 국민을 사랑하고 당을 사랑하고 입만 열면 침을 튀겨가며 사랑이란 말을 쓰지만 그들의 행동에서는 사랑이란 냄새도 나지 않습니다. 마치 붕어빵에서 생선 냄새가 나지 않고 국화빵에 국화 냄새가 나지 않듯이….

　그럼 사랑이란 말의 뜻이 무엇일까요? 하기는 '사랑이 무어냐고 물으신다면 눈물의 씨앗이라고 말하겠어요…'라는 한때 유행하던 노래가 생각나기도 합니다. 물론 사랑이란 말이 형이상학적인 말이어서 정의하기가 대단히 힘들 것입니다.

　어린 학생은 'I love strawberry Ice cream'이라고 하여 딸기 아이스크림을 좋아하다 못해 사랑한다고 하지만 그것은 그냥 애교로 보아 줄 수 있습니다. 그러나 어른들의 상투적인 거짓말은 어떤 때는 혐오스럽기까지 합니다. 나라를 사랑한다고 마이크만 들면 입에 거품을 물고 큰

소리를 치면서도 군복무는 요리 피하고 조리 피하고, 세금은 웬만한 월급쟁이보다도 적게 내거나 안 내고 자식들은 모두 미국으로 보내어 공부시키고 살림 차려주고 하면서 국회에 나와서 대정부 질문을 할 때 보면 안중근 의사가 왔다가 울고 갈 정도로 나라를 사랑한다고 합니다.

백화점의 광고를 보면 예쁜 여자들이 나와 머리에 손을 얹고 '사랑합니다'라고 생글생글 웃으며 광고를 하지만 그 말은 나 같은 바보도 믿지 않습니다. 물론 돈을 내고 물건을 살 때면 '감사합니다'라고 인사를 하지만 신용카드에 사인하고 나면 언제 봤더라 하는 곳이 장사하는 사람들입니다.

아마 사랑이라는 말을 제일 많이 쓰는 곳은 교회일 것입니다. 교회는 예수님의 사랑에 기초한 종교이기 때문입니다. 그래서 교회의 이름도 사랑의교회, 참사랑교회, 늘사랑교회, 예수사랑교회 등 사랑이란 말을 앞뒤로 옆으로 마구 갖다 붙입니다. 그런 이름을 붙인 교회가 대형교회로 부흥이 된 교회가 많이 있습니다. 그런 대형교회에 가보면 정말 사랑이란 것이 존재하는지 모르겠습니다. 이런 대형교회에 가면 주차할 때부터 신경을 씁니다. 교회 집사님들 장로님들이 주차 안내를 해주셔서 차를 주차하려고 하면 동작 빠른 젊은 아저씨가 새치기를 하고는 미안해서인지 아니면 정말 바빠서인지 뒤도 돌아보지도 않고 들어가 버립니다. 안에 들어가 자리를 찾으면 의자 가장자리에 앉은 사람은 자기 옆에 사람이 앉을까 봐 다리를 더 쩍 벌리고 자리를 내줄 생각을 안 합니다. 앞에서는 신이 난 젊은이들이 기타를 치며 '당신은 사랑 받기 위해 태어난 사람'을 마이크가 깨지도록 부르고 예배가 시작이 되면 목사님이 '서로 사랑하라'는 열변을 토하십니다. 예배가 끝나고 100미터도 가지 않아 주차장에 도착하면 조금 전의 설교를 벌써 잊어 먹었는지 서로 먼저 가려고 차머리를 들이밀고 양보를 하지 않습니다.

그리고 어느 장로는 누구파고 어느 집사는 누구파라고 정치인 못지않은 험담들이 오고 갑니다. 여자들은 누가 입은 옷이 어떻고 누구의 자식이 어떻고 수다를 떱니다. 그 수다 속엔, 남을 헐뜯는 말이 대부분이지 칭찬하는 말은 별로 없습니다. 그리고 교회의 분쟁은 시작이 됩니다.

언젠가 이런 조크가 있었습니다. 미국의 한인회에서 서로 싸우니까 누가 일어서서 한다는 말이 "여기가 교회인 줄 압니까, 웬 싸움입니까. 싸움은 교회에 가서 하십시오."라고 하여 모두가 웃었다고 합니다.

몇 해 전 신문에 난 이야기입니다. 영등포의 어느 사랑의 교회에서는 일정한 헌금을 내지 않으면 교인으로 인정을 하지 않기로 했다고 합니다. 헌금도 내지 않으면서 교회에서 말썽을 부린다는 게 이유였습니다. 병원에 가면 가족과 같은 사랑으로 치료를 해드린다고 광고를 붙여 놓았습니다.

그런데 이 말을 하는 사람이나 그 광고를 보는 사람이나 그 말을 곧이곧대로 믿는 사람은 아무도 없습니다. 사랑이란 말은 아마도 거짓말이라고 생각을 하는 모양입니다. 그렇다고 이 사회에 사랑이 완전히 없어진 것은 아닙니다. 현대인처럼 자기 자신을 사랑하는 시대는 없을 것입니다.

스스로 자신만을 너무 사랑한 나머지 다른 사람을 사랑할 줄 모릅니다. 그러니 혼자 사는 일인 가족이 늘어나고 혼자 밥을 먹는 혼밥족, 술마저도 혼자 마시는 혼술족, 혼자서 즐기는 혼즐족들이 생겼습니다.

그리고 컴퓨터나 스마트 폰을 보며 웃으며 혼자 살아갑니다. 그리고 남녀가 사귀다가 마음에 들지 않으면 쿨하게 헤어지고 결혼을 해도 애는 낳지 않습니다. 마음이 맞지 않으면 살다 쿨하게 이혼을 해 버립니다.

하긴 나도 혼자 한국에 나와서 가족과 떨어져 근 10년을 살았습니다. 사람들이 나더러 고생한다고 위로를 해주지만 나 자신은 그렇게 편할 수가 없었습니다. 혼술은 안 했지만 혼밥, 혼술이 그다지 나쁘지 않은 것 같습니다.

이제 참사랑이란 말은 교회 간판이나 백과사전에서 찾아보아야 할 아이템이 되었습니다. 정말 누구를 사랑한다는 것은 힘든 일입니다. 나의 취미는 물론 생활을 상대에게 맞추어야 하고 시간을 들여야 하고 정성을 쏟아야 합니다. 물론 경제적으로도 희생이 따릅니다.

그러기 때문에 이기심이 강한 요새 젊은이들은 나이든 꼴통들이 하던 고전적인 사랑을 하기가 힘이 들 것입니다. 물론 길에 나가면 젊은 남녀가 손을 잡고 지하철에서도 스킨십을 나누는 모습을 봅니다. 그런데 내가 아는 젊은이도 그렇게 붙어 다니더니 얼마 있다 헤어졌다고 하며 며칠간 우울하다고 하더니 한 달이 못가서 다른 남친을 만났다며 스마트 폰을 보여주며 즐거워했습니다.

하긴 누가 나더러 지금 연애를 시작하라고 하면 나도 못할 것 같습니다. 시간과 정성과 돈을 쏟아 부을 열정이 없어졌습니다. 그래서 태진아라는 가수는 이런 노래를 부르고 많은 사람이 따라 부르는지도 모릅니다. "사랑은 아무나 하나 그 누가 쉽다고 했나….."

텃세

세상 어느 곳에나 텃세는 있습니다. 텃세란 무슨 법적인 소유권이나 법적인 권리가 있어서가 아니라 먼저 와서 자리를 잡았다는 이유로 나중에 온 사람에게 갑질을 하는 것입니다.

오래 전 한국전쟁 때 대구로 피난을 와서 판때기에 담배 몇 곽과 초콜릿 몇 개 올려놓고 장사를 시작했는데 이 판때기를 놓을 자리가 없다는 것입니다. 여기다 놓으려고 하면 먼저 판때기를 놓은 친구가 '여기는 내 구역이야. 저리 가' 하고 판때기를 못 놓게 하고 저기다 놓으려면 '야 임마 여기는 내 자리 아이가!' 하고는 판때기를 엎어 버리기도 했습니다.

대구의 방촌에는 서울의 청계천처럼 개천이 있고 그 주위로 판잣집들이 늘어서 있었습니다. 그런데 그 판자촌에서는 거의 날마다 싸움이 있었습니다. 손바닥만 한 땅을 가지고 먼저 온 사람이 텃세를 하고 새로 온 사람은 기득권에 도전을 하는 싸움이 거의 날마다 있었습니다. 우리는 가끔 TV의 연속극에서도 텃세 때문에 노점이 엎어지고 포장마차가 파장이 되는 일들을 많이 보았습니다. 그런데 이 텃세는 장사뿐 아니라 사람 사는 곳 어디에도 있어서 약한 사람들을 괴롭힙니다.

미국에 와서도 텃세로 갑질을 하는 사람들을 보았습니다. 뉴욕의 브로드웨이나 후러싱에 가면 한국 사람들이 장사를 하는데 한 사람이 과일가게를 내서 장사가 되는가 싶으면 금방 그 옆에 과일가게가 생기고 그 옆에 또 생깁니다. 나중에 온 사람의 말에 의하면 먼저 온 사람이 텃세를 해서 자기를 괴롭힌다고 하면서 같이 벌어먹고 살자고 하는데 어떠냐고 하소연을 합니다. 그런데 먼저 온 사람은 이 넓은 뉴욕에서 가게를 차릴 데가 없어서 바로 내 코앞에 가게를 차리느냐 하고 언성을 높입니다. 어떤 때는 친구로 미국에 왔다가 원수로 변해버리는 일도 보았습니다.

텃세는 사람에게만 있는 것이 아닙니다. 소년 때 비둘기를 키워 보았습니다. 나무 상자로 비둘기 집을 짓고 페인트칠을 한 다음 친구의 집에서 비둘기를 분양 받아서 애지중지 키웠습니다. 우리 학교의 축구시합에 가서는 앞에 서있는 선수들에게 응원가를 불러주고는 비둘기를 날려보내면 비둘기는 운동장을 한두 바퀴 돌고는 집으로 날아와 있었습니다. 그러다가 비둘기 한 쌍이 더 생겨서 집으로 가져 왔는데 바로 옆에 비둘기 집을 짓고 비둘기를 넣었습니다. 그런데 새로 온 비둘기가 먼저 온 비둘기 집 앞에 가면 그 순하던 비둘기가 날개를 세우고 '옹' 하면서 싸움을 하는 것이었습니다. 텃세였습니다. 그 순하던 비둘기가 사납게 변하는 것을 보았습니다.

미국에서 성형외과 전공의를 끝내고 그 근처에서 개업을 해볼까 생각을 했었습니다. 이사를 가기도 그렇고 그동안 친구도 많이 사귀었고 나를 가르쳐 주신 선생님도 가까이 있으니 멀리 떠나기가 싫었습니다. 그런데 그 도시에서 먼저 자리를 잡은 한국 의사가 못 들어오게 방해를 하는 것이었습니다. 그것도 같은 과도 아닌데 텃세였습니다. 나는 원래 키도 작고 마음도 약해서 싸움에는 소질이 없어서 아무 말도 못하고 물러섰습니다. 그때만 해도 성형외과의사가 많지 않았던 때라 여기서 싸우지 않고 다른 곳으로 가리라 하고 내가 인턴을 했던 오하이오로 가게 되었습니다.

오하이오에서 병원을 운영하는데 내가 내세울 것이란 하나도 없습니다. 백인이 주류인 동네에서 동양인이고 키는 작은데다가 인물이 잘난 것도 아니고 영어가 유창한 것도 아니어서 내가 갑질을 한다든가 텃세를 부릴만한 위치가 되지 못하였습니다.

나는 언제나 응급실에서나 병원에서 부르면 가고 친절하고 비교적 의료비를 적게 받는 것으로 전략을 삼았습니다. 내가 개업을 하고 잘되니까 백인 성형외과의사가 들어 왔습니다. 그런데 그들은 나처럼 열심히 일하기도 싫고 의료비를 작게 받는 것도 싫었던지 와서 한 일 년 정도 하다가 떠나가 버렸습니다. 세 명의 의사가 왔다가 자리를 잡지 못하니 혼자서 한 20여 년간을 독점 개업을 했습니다. 물론 나를 못마땅하게 여기는 사람들은 나더러 텃세를 부렸다고 할 테지만 내가 텃세를 부려 보따리를 쌀 사람이 있었을 거란 생각은 붕어가 무서워 상어가 도망갔다는 말과 비슷할 것입니다.

미국에서 65세 은퇴를 하고 한국에 왔습니다. 30여 년 만에 온 한국은 정말 감격스러웠습니다. 오래간만에 만난 친구들은 나를 위해 주었고 거만한 것과 거리가 먼 나는 현지 의사들과도 잘 어울렸습니다. 그러나 왜 주는 것 없이 싫은 사람이 있지 않습니까? 그저 주는 것 없이 보기만 해도 싫어하는 사람들은 어쩔 수가 없었습니다. 어떤 후배는 나더러 "나도 미국에 갔다 왔는데 미국에서 배울 것이 하나도 없습디다. 미국에서 한다는 짓이 우리가 십여 년 전에 다 해본 것을 가지고 야단이고 콘퍼런스에 가도 들을 것이 하나도 없고 가서 시간만 낭비하고 왔어요." 하고 돌아서 가면서 "미국의 시골에서 있다가 와서는 미국에서 왔다고 재긴…." 하고 중얼거렸습니다. 나는 이것도 텃세로구나 하고 아무 말도 안하고 돌아섰습니다.

물론 한국의 대학은 미국의 웬만한 대학보다 발전이 된 것이 많이 있습니다. 그리고 머리 좋은 한국 사람이 와서 자기가 하는 Speciality만 배워 가지고 가서 발전을 시키니 아주 우수한 분야가 많습니다. 지금 Robert Surgery나 내시경 수술은 내가 미국에서 일할 때 본 것보다 발전이 되었고 수술을 잘하는 의사들이 많이 있습니다. 그리고 로봇 수술은 미국의사들이 한국에 와서 배워가는 것도 사실입니다. 그러나 남의 집에 가서 음식 대접을 받고는 "당신집의 음식이 형편이 없어요."라고 말하는 것은 예의가 아닙니다. 그리고 미국에 와서 배울 것이 없었다면 금방 돌아서 왔으면 될 것이 아닙니까. 대개 그런 사람들은 자식들을 미국에 남겨 두고 오는 사람들이 많이 있습니다. 왠지는 잘 모르겠지만….

몽골에 갔을 때입니다. 울란바토르 공항에서 입국수속을 하려고 줄을 섰는데 몽골 사람 몇 명이 우리들을 밀치고 들어가 새치기를 했습니다. 내 뒤에 있던 한국 사람이 왜 새치기를 하느냐고 말을 하니까 "So what? it is my country." 하고 눈을 부라리고 들어갔습니다.

나는 하! 여기도 텃세가 있구나 하고 웃었습니다. 그런데 어쩌죠, 우리가 죽어 하늘나라에 가면 거기도 우리보다 먼저 온 사람들이 텃세를 부릴까요?

눈치로 사는 세상

우리의 일상생활에서 눈치란 말을 많이 사용합니다. '그 사람 참 눈치 없네.' '그 친구 참 눈치 빠르다.' 라고도 하고 눈치 빠른 사람은 절에 가도 새우젓 얻어먹는다고도 합니다. 그런데 눈치란 말이 외국에도 있는지 알아보았는데 사전에는 Sense, tact, intuition, flator, wit 등으로 나오는데 대개는 재치, 재주, 감각, 날카로운 안목, 기지 등으로 설명을 하는데 내가 생각하기에는 시원하지 않습니다. 그런데 눈치는 머리가 좋고 재주가 있는 사람만이 있는 것이 아니라 심부름을 하는 사람이나 막일을 하는 사람에게도 눈치는 있게 마련입니다.

그럼 눈치가 무엇일까요? 눈치는 그저 눈치입니다. 아버지가 화난 눈치면 조용히 말소리도 내지 말고 있어야 하고, 어머니가 화가 난 눈치이면 그날 저녁은 맛이 없어도 군말 없이 입에 밥을 퍼 넣고 방으로 들어가 잠잠해야 하고, 아내가 화난 눈치이면 방으로 들어가 TV소리도 작게 해놓고 찍 소리 하지 말아야 하고, 아내가 우울한 눈치이면 남자 기생처럼 쇼핑을 데려가거나 외식을 하며 비위를 맞추어야 합니다.

그러니까 우리나라 말에는 영어로 잘 설명할 수 없는 느낌이랄까 감정의 흐름을 잘 표현하는 기술이 있구나 생각합니다.

가끔 친구들과 저녁을 먹으면 술을 좋아하는 주류파가 "아주머니 참

이슬 좀 주세요." 하고 주문을 합니다. 아주머니가 "몇 병이나 드릴까요." 하고 물으면 "한 두서너 병 주세요." 합니다. 참 막연한 말입니다. '한 두서너 병 주세요' 하면 '한 병인가요, 두 병인가요, 세 병인가요, 네 병인가요?' 아마 미국에서 이렇게 주문을 하면 정신 나간 사람으로 취급을 받을 것입니다. 그런데 신기한 것은 아주머니가 '네' 하고는 자기 마음대로 두 병도 되고 세 병도 되게 갖다 줍니다. 그러면 손님들은 아무 말도 없이 그냥 잘 먹습니다. 그 비슷하게 서너, 네댓 병 하기도 하고 대여섯 병, 예닐곱 병 하면 여유롭게 주문도 하고 서비스도 합니다. 그보다 더한 것은 "몇 병 드려요." 그러면 "적당하게 주세요." 라고 하는 말입니다. 이것은 '결정권을 모두 당신에게 드립니다.' 라고 하는 권리 포기일 수도 있고 선처에 맡긴다는 말일 수도 있습니다. 또 음식점에 가서 "무엇을 드시겠습니까?" 하면 두리번거리다가 "아무거나 주세요." 하기도 하고 "적당히 주세요." 하기도 합니다.

이것이 눈치입니다.

정육점에서 "이 돼지고기 얼마나 해요?" 하면 "100그램에 5000원이에요." 그러면 "한 반근 주세요." 합니다. 그러면 주인은 반근이 몇 그램인지 설명도 하지 않고 한칼로 고기를 잘라서 "네, 만천 원입니다" 라며 반근 달라고 했는데 한 근을 넘게 주어도 손님과 주인은 아무 말 없이 돈을 주고받습니다.

요리책을 보면 찌개를 끓이는데 간장 3분의 1컵, 소금 반의 반 숟가락, 고춧가루 반 숟가락, 마늘 두 개, 파 한 뿌리 등 숫자로 레시피를 지정해 줍니다. 그런데 레시피를 따라 만들어도 맛이 별로입니다. 그런데 TV에 나오는 요리사들은 이렇게 몇 그램으로 재는 일이 없습니다. 그저 된장 한 숟가락이라고 하는데, 숟가락 가득한 한 숟가락인지 좀 모자란 한 숟가락인지 설명이 없습니다. 고춧가루 적당히, 파 조금, 마늘 간 것 한 숟가락 정도 적당히 깨소금 조금 하고 손가락으로 집어넣습니다. 그래도 나온 찌개는 레시피를 따라서 한 것보다 훨씬 맛이 있습니다. 이것이 눈치입니다.

한국의 한복을 봐도 그렇습니다. 한국의 치마는 꼭 사이즈가 필요 없습니다. 몸이 좀 뚱뚱해도 가늘어도 한국 치마에 허리를 좀 늦추거나 조이면 그뿐, 옷을 갈아야 할 필요는 없습니다. 그저 눈치껏 적당히 해도 잘 입으면 됩니다. 그런데 양복은 안 그렇습니다. 셔츠의 목이 15인 사람이 14는 목이 끼어 입을 수 없으며 16은 너무 헐렁해서 입을 수 없습니다. 그저 적혀있는 그대로 15를 입어야만 합니다. 여유가 없습니다. 여자들의 옷은 더 그렇습니다. 사이즈 77을 입는 사람이 88은 못 입습니다. 그리고 66은 몸이 들어가지도 않습니다.

사회는 과학적으로 이론적으로 발전이 되어 가고 있다는데 지금 사는 사람이 옛날 사람들보다 행복한가 하면 꼭 그렇지만은 않습니다.

얼마 전 나온 보고서에는 미얀마 국민들의 행복지수가 한국보다도 높고 잘 먹고 잘 사는 선진국보다도 높게 평가되었습니다.

옛날에 엿장수 마음대로란 말이 있었습니다. 쇠로 된 가위소리를 내며 "운동화 다비창 떨어지고 양은냄비 뚫어지고 변또 떨어지고 넝마 떨어지고 자 촛병 간장병 사이다병 소주병 맥주병 가지고 와 금강산 대추엿하고 바꾸세요." 하는 구수한 말소리가 들리면 어린애들은 툇방 마루 밑에 들어가 신발 떨어진 거나 굴러다니는 병이 있나 열심히 찾아 엿장수에게 가지고 달려갔습니다. 그러면 아저씨는 가위로 엿을 끊어 주는데 들쭉날쭉합니다. 옆집의 영철이란 놈이 맥주병을 주고 산 엿과 앞집의 창숙이가 맥주병을 주고 산 엿의 크기가 차이가 많이 났습니다.

화가 난 영철이가 "아저씨 내 엿을 왜 이렇게 작아요?" 하고 항의를 하면 엿장수 아저씨가 "야, 그게 엿장수 마음 대로라는 거야!" 하고 소리를 질렀습니다. 사람이 눈치가 있어야지 하면서….

이것도 여유이고 눈치입니다. 오래 전 친구와 같이 여행을 떠났습니다. 그런데 구경을 하고 저녁을 먹고 또 길에서 차가 밀리곤 하니까 그날 밤 안에 집에 갈 수가 없었습니다. 우리는 고속도로 옆의 호텔을 찾으려고 했더니 예약이 안 되어 방을 줄 수가 없다는 것입니다. 우리는 30분을 더 가다가 호텔 사인을 보고 들어가도 예약이 안 되어 빈방이 없다는 것이었습니다. 우리는 그렇게 30분. 다시 1시간을 가다가 결국 자지 못하고 새벽에 동이 틀 때 집으로 온 일이 있습니다. 물론 예약을 하고 갔으면 되겠지만 우리 인생이 꼭 계획대로 살 수만 있는 게 아니지 않습니까. 나는 이 시조가 생각이 났습니다. "나비야 청산 가자/ 범나비 너도 가자/ 가다가 저물거든/ 꽃에서 자고 가자/ 꽃에서 푸대접 하거든/ 잎에서나 자고 가자." 얼마나 여유가 있습니까.

아침 10시 29분이 되어도 문을 열지 않는 백화점, 영화가 시작이 되기 5분 전까지 입장시키지 않은 영화관, 방에서 커피를 마시면서도 시간이 안 되었다고 얼굴을 내밀지 않는 의사선생님을 보면서 옛날 가게 문을 두드려 쪽문으로 들어가 콩나물을 사고, 한밤중에 대문을 두드려 "우리 엄마가 아파요." 하면서 의사를 끌고나오던 시절이 가끔 그립습니다.

꼭 '500cc짜리 맥주 한 컵' 하고 주문하는 현대식 맥주홀보다 "참이슬 한 두서너 병 주세요." 하고 대접에 찌개국물을 한 국자 더 퍼주는 마음씨 좋은 아주머니와 식당에서 무얼 먹을까 하다가 "저 국물이 있는 것 적당히 주세요." 해도 육개장 국물을 적당히 담아주는 눈치 있는 국밥집 아주머니가 있는 그때가 그립기만 합니다.

요새 애들은

대학의 상급생들은 신입생이나 하급생들을 보고 "요새 애들은 싸가지가 없어서." 라고 이야기를 합니다. 그리고 군인생활을 좀하고 제대 날짜가 얼마 안 남은 고참병들은 신병들을 보면서 요새 신병들은 군기가 안 잡혀서 하고 말합니다.

물론 경로당에 앉아 고스톱을 치는 노인들도 "요새 젊은놈들은 버르장머리가 없어서" 라고 한탄합니다. 그런데 요새 젊은 놈들은 버릇이 없어서 라고 하는 말은 환갑이 지난 우리들도 옛 어른들에게 들어왔던 말입니다.

요새 학원 폭력을 이야기하지만 내가 고등학교 다닐 때도 학교 폭력은 있었습니다. 그때는 조폭이라고 하지 않고 깡패라고 했습니다. 용산고등학교의 벽돌, 배재고등학교의 양배추, 양정고등학교 건달, 한양고등학교 도라무통, 경신고등학교의 이름 있는 깡패들이 있었고 내가 다니던 피난 고등학교에도 반공포로 출신의 깡패와 그 밑의 부하들이 활개를 치고 다녔습니다. 그리고 하급생이라도 깡패에 속하는 학생들은 상급생에게 인사도 안하고 다녔습니다.

요새도 학교에서 상급생에게 인사를 하는지 모르겠습니다만 우리가 학교에 다닐 때는 상급생에게 경례를 붙이기로 되어 있었습니다. 그러나 전부 그런 것은 아니고 할 때도 있고 안 할 때도 많이 있었습니다.

의과대학에 다닐 때도 상급생을 만나면 인사를 했는데 우리가 학교에 다닐 때 인사를 잘 안 하면 건방지다고 상급생에게 폭행을 당하는 경우도 있습니다.

내가 지금 근무하는 의과대학에도 하급생이 상급생에게 목례를 하는 정도의 인사를 하는 사람도 있고 빤히 쳐다보면서도 인사를 안 하고 지나가는 사람도 있습니다. 이제는 세상이 달라져서 상급생에게 인사를 안 한다고 상급생이 하급생을 폭행하는 일은 없습니다.

학생들 사이에서만 아닙니다. 병원 복도에서 교수를 만나도 인사를 하는 학생도 있고 못 본 척 지나치는 학생도 있습니다. 그리고 교수들도 인사를 안 하는 학생을 괘씸하다고 생각하는 일도 보지 못했습니다.

요새도 고참병이 신병들의 군기가 빠졌다고 가혹행위를 하다가 사고를 내는 일들이 있습니다.

정말 요새 젊은이들은 버릇이 없는 것일까요? 그럼 한 이삼 년 선배가 후배들더러 요즘 애들이 버릇이 없다고 한다면 세상은 급속도로 나빠져 가는 것일까요?

요새 젊은이들이 버릇이 없다는 이야기는 지금부터 3200여 년 전에 쓰였다는 하무라비 법전에도 나와 있는 이야기라니 그때 사람들도 요새 젊은놈들은 버릇이 없어 하며 걱정을 한 모양입니다.

확실히 달라진 점은 있습니다. 우리는 결혼을 하고서도 손을 잡고 다니는 일은 못했습니다. 그랬다가는 어른들에게 버릇없는 놈이라고 꾸중을 들었을 것입니다. 그러나 요새 젊은이들은 지하철에서나 길에서 남녀가 손을 잡고 다니는 일은 당연하고 서로 부둥켜안고 가거나 지하철에서는 많은 사람들이 있는 앞에서 입을 맞추고 볼을 비벼대고 야한 짓들을 많이 합니다. 옛날 사람들은 버르장머리가 없다고 하겠고 요새 사람들은 매너가 없다고 하겠지요. 그렇다고 우리가 사는 세상이 나빠진 것은 아닙니다.

서울역이나 지하철의 공중화장실에서는 누가 말을 하지 않아도 모두 줄을 서서 차례로 들어가는 것을 보고 우리 사회가 그래도 좋아지고 있구나 하고 생각을 합니다. 물론 아직도 새치기를 하는 사람이 있기는 하지만….

KTX표를 사려고 해도 줄을 서야 하고 기차를 탈 때도 줄을 서야 하고 지하철을 탈 때도 줄을 서야 합니다. 물론 줄을 안 서고 옆에서 끼어들어 새치기를 하는 아줌마들이 아직도 많이 있지만 그전보다 적어진 것은 사실입니다. 이번 박근혜 대통령의 탄핵이 의결된 후 태극기를 들고 나온 모임이나 촛불대회를 보아도 대회 후 쓰레기가 많이 나오지 않는 것을 보면 옛날보다 질서가 많이 잡혀 있는 것은 사실입니다. 그리고 삼성동 관저 앞에 모여 밤샘을 하는 사람들이 있다는 보도를 보면서 세상이 나빠지고 있다고 하지만 아직도 의리가 있는 사회구나 생각했습니다.

물론 가치관이 달라졌기 때문에 젊은이들의 행동이 변한 것이 사실입니다. 요새 병원의 인턴이나 전공의들은 마음에 들지 않으면 인턴이나 전공의를 하다가도 던져 버리고 병원을 그만두는 젊은이들이 일 년에 한두 명씩 나옵니다. 우리가 젊었을 때는 생각지도 못하던 현상입니다.

우선 경제적인 풍요로움이 의식주에 대한 걱정을 해결해 주었기 때문이기도 하지만 그만큼 세상이 살기 좋아졌다는 이야기이기도 합니다.

신문에서는 우리나라 젊은이들의 실업률이 OECD 국가들 중에 가장 높다고 하지만 중소기업에서는 사람을 구하지 못하여 외국인 근로자들을 채용하는데 그 숫자가 우리나라에 300만이 넘는다고 합니다. 그리고 농촌에선 젊은 사람들이 없어 농사를 포기하고 떠나는 사람들이 많아 학교 문을 닫는 곳도 많이 늘어난다고 합니다. 그리고 노인들은 모여 앉아 '요즘 젊은 놈들은' 하고 욕과 부러움 섞인 말들을 하고 있습니다.

그 나라의 장래를 알려면 젊은이들을 만나 보라고 했다고 하지 않습니까. 그런데 젊은이도 젊은이들 나름입니다. 대학에 가서 젊은이들을 만나는 것과 밤에 클럽에 가서 술을 먹고 난동을 부리는 젊은이들을 만나는 것과는 차이가 있습니다.

미국의 젊은이도 스탠포드 대학의 교정에서 만난 학생들, 병원에 실습 와서 밤늦게까지 도서실과 병실에서 공부하는 학생들과 건들거리며 마약을 하는 젊은이들과는 천차만별의 차이가 납니다. 몽골에서 우즈베키스탄에서 일을 할 때 의료선교로 왔던 학생들이 그 더운 햇볕 밑에서 땀을 흘려가며 일하는 것을 보고 감격한 일이 있습니다. 교회 일요일 오후 모임에서 토론을 하거나 봉사활동을 하고 간증을 하는 젊은이들을 보면서 나는 이렇게 중얼거렸습니다. "요즘 젊은놈들은 돼먹었단 말이야. 앞으로 세상이 반드시 더 좋아질 거야."

졸혼

황혼이혼의 바람이 불어온 곳은 일본이었습니다. 일생을 남편에게 복종만 하며 하녀처럼 살다가 남편이 정년퇴직을 하면 이혼소송을 제기하여 퇴직금의 반을 받아서 노후를 자유스럽게 살아가겠다는 것이 일본 여인들의 바람이었습니다. 동양의 유행이든지 서양의 유행이든지 저항력이 전혀 없는 우리나라에서도 일본에서 불어온 황혼이혼이 유행하기 시작했습니다. 그래서 한동안은 이혼을 신청한 건수 중에 황혼이혼이 가장 많았다는 보도가 나온 일이 있습니다.

그런데 재미있는 것은 그전에는 황혼이혼을 제기하는 쪽이 여자들이 많았는데 요새는 황혼이혼을 신청하는 부부 중 남자가 신청하는 일이 많아졌다는 것입니다. 그것은 결혼 생활 중 남자가 약자로서 고통을 받았다는 이야기로 해석해야 하지 않을까 싶습니다.

이런 이야기가 있습니다. 어느 고을의 원님이 공처가로 살고 있었는데 하루는 답답하여 아전과 하졸들을 불러 놓고 "요새 우리 고을에 처시하에 살고 있는 남편들이 많이 있다고 하는데 여기 집에 가서 아내의 눈치를 안 보고 친구더러 저녁에 놀러 오라고 할 만한 배짱이 있는 사람이 있는가? 있으면 좌측 붉은 기 쪽으로 가고 그럴 배짱이 없으면 우측

흰 기가 있는 곳에 서거라." 하고 명을 했습니다. 거의 모든 사람들이 우측의 공처가 쪽으로 갔는데 찌그러진 갓을 쓴 초라한 친구 하나가 붉은 기 쪽으로 가서 서 있더랍니다. 원님이 그래도 집에서 아내에게 굽실거리지 않고 사는 사람이 한 사람쯤은 있구나 하고 그 사람을 불러 "자네는 참 간이 크네. 어찌하여 흰 기 쪽으로 갔는가?" 하고 물었더니 이 친구 대답이 우리 집사람이 사람이 많은 쪽으로는 가지 말라고 해서 사람이 없는 쪽으로 갔다고 하더라는 이야기입니다.

나폴레옹이 천하를 호령하지만 나폴레옹을 조절하는 사람은 조세핀이었다는 말이 있는 것처럼 세상에 공처가 아닌 사람은 없는 모양입니다. 하기는 아담도 이브의 명령으로 선악과를 먹은 것이니까요. 우리 할아버지도 목사님이어서 교회에서나 밖에 나가면 근엄하고 위엄이 있었지만 집안에서는 할머니의 잔소리에 꼼짝을 못하셨고 우리 집에서도 아버님보다는 어머님의 파워가 훨씬 강했으니까요. 요새 한국에서 만나는 친구들도 대개는 약속을 하기 전에 집사람의 의견을 물어 보아야 한다고 하니까 국민 전체가 공처가에 속한다고 해도 과언이 아닌 모양입니다. 그런데 이 공처가 병이 젊은 세대로 갈수록 더 깊어지는 모양입니다.

우리나라는 산세(山勢)가 음기(淫氣)가 성하여 여자들의 기가 남자들보다 훨씬 강하다고 합니다.

골프를 쳐도 남자는 등수에 드는 때가 드문데 여자들은 골프를 치면 남자들보다 뛰어나 지난번 US Open에서 우승은 물론 상위 8명 중 여섯 명이 한국 여자들이었습니다. 배구나 농구, 스케이트 심지어 축구까지도 여자들이 나갔다 하면 세계 상위권 입상을 하지만 남자 종목들은 그저 골목대장 정도밖에는 못합니다.

각 정당의 대표도 5개당 중 3개당이 여자 대표입니다. 모난 돌이 정맞는다고 비록 중도하차를 했지만 대통령도 여자 대통령이 잘한다고 하다가 진보파의 음모에 걸려 무너지고 말았습니다. 공처가에도 등급이 있습니다. 3급짜리는 부인이 무어라고 하면 말대답이라도 한마디 할 수 있는 사람이고, 2급은 식당에 가서 부인이 시켜주는 대로 먹는 사람입니다. 무슨 모임에 가서 식사를 주문할 때 많은 남자들이 글쎄 무얼 먹을까 하고 부인 쪽을 쳐다보면 맞은쪽에 앉아 있던 부인이 "당신 만둣국 좋아하잖아. 만둣국 먹어?" 하고 부인이 주문하면 "그러지 뭐." 하는 사람이 2급입니다. 1급은 부인의 가방이나 기저귀 주머니를 들고 부인 뒤를 따라다니는 사람이라고 할 수 있습니다. 고속도로 휴게소에서 차를 세우고는 부지런히 뛰어가서 커피를 사들고 차에 앉아 있는 부인에게 갖다 바치는데 "여보, 여기 설탕 한 숟갈 더 넣어 와야지!" 하면 다시 커피 잔을 들고 뛰어갔다 오는 남자들이 1급 공처가입니다. 여기에 특급이 있습니다. 우리는 이 사람들을 경처라고 부르는데 부인을 존경하다 못해 부인이 오면 경기를 일으키는 사람들입니다.

　부인이 무어라고 하면 "부은(婦恩·부인의 은혜)이 망극하오이다."라고 머리를 조아리는 사람입니다. 아마 재벌의 딸과 결혼한 남자나 과거에 부인에게 큰 죄를 지은 사람들이 여기 속할 때가 많은데 제 친구들 중에도 몇 명이 있습니다. 여행을 갈 때도 남자는 무거운 짐을 들고 허우적거리는데 부인은 파라솔을 들고 사람들과 깔깔거리며 앞에서 살랑거리며 갑니다. 오래 전에 내가 기숙하고 있던 집에서는 장사를 하는 아주머니가 들어오면 남편이 밥상을 차려 들고 부인이 있는 방으로 들어가는 가정도 보았습니다.

　그런데 남자들이라고 영원한 바보들이겠습니까? 남자들이 이혼을 두

려워하는 것은 남자가 허리가 휘도록 벌어놓은 돈을 반 뚝 잘라 뺏어간다는 법이 두려운 것이고 자식들은 거의가 어머니 편을 드는 경향이 무서워 그동안 압박과 설움 속에서 살아왔습니다. 안방을 빼앗기고 사랑방으로 나돌며 찬밥이나 얻어먹고 부인의 끝없는 잔소리를 들어가며 참아야 하고 머슴처럼 시키는 힘든 일을 다 하고도 용돈 한 푼 못 얻어 쓰는 삶에서 해방이 되어야 한다는 혁명적인 외침을 갖게 된 것이지요. 그러다보니 누가 처음 시작했는지는 몰라도 법적으로는 이혼을 안 해도 별거생활을 하는 졸혼(卒婚)이라는 풍습이 생겨나기 시작했습니다.

요새는 일인 가족이 많으니 원룸도 많고 한국에는 워낙 먹자골목이 많으니 굶을 염려도 없고 이혼이 아니니 재산을 빼앗길 필요도 없으며 자식들에게도 떳떳하게 살고 아내의 잔소리와 혹사, 은퇴를 하고 직장과 수입을 잃게 되면 받는 괄시에서 벗어나 자유롭게 내 마음대로 TV 채널도 선택하고 양말을 벗어 방바닥에 던져도 되고 일어나고 싶은 때 일어나고 자고 싶을 때 자고…. 비록 따뜻한 집 밥은 못 먹을망정 라면을 끓여 먹더라도 끝없이 퍼부어대는 잔소리에서 해방이 되고자 하는 것이 남자들이 졸혼을 요구하는 이유입니다.

물론 그렇다고 아무나 졸혼을 할 수 있는 것은 아니지요. 적어도 밥은 할 줄 알고 반찬 몇 가지는 만들 줄 알고 세탁기는 돌릴 줄 알아야 하지 이것저것 다 못하면 자유를 찾을 수 없습니다. 희생 없는 자유도 없고 값없이 얻는 자유도 없으니까요. 그런 남자는 할 수 없이 잔소리의 세례와 핍박 속에서 살아야지요.

시시포스의 형벌

그리스 신화에 나오는 시시포스는 참 영리한 존재였습니다. 그는 태어나자마자 강보에서 살짝 빠져 나와 아폴로의 소를 훔치고는 다시 강보 속으로 들어갔다는 약삭빠른 사람이었습니다. 어쩌다 제우스의 사랑을 받게 된 그는 제우스가 나를 사랑한다는 것을 빌미로 많은 신들의 비밀을 누설해서 신들의 미움을 샀다고 합니다. 그는 여러 신들의 불평으로 결국 제우스의 재판을 받고 지옥으로 떨어지게 되었습니다. 그는 하데스로부터 무거운 맷돌을 산 위로 올려놓으라는 형벌을 받습니다. 그런데 시시포스가 그 무거운 돌을 메고 간신히 산에 올라가서 돌을 올려놓으면 돌은 다시 밑바닥으로 굴러 떨어지고 시시포스는 다시 내려가서 무거운 돌을 메고 올라가서 산위에 놓으려고 하면 돌은 다시 굴러 떨어지는 이 힘든 형벌은 끝없이 계속되는 것입니다. 이를 '시시포스의 형벌'이라고 부릅니다.

마찬가지로 그리스 신화에 나오는 프로메테우스의 형벌도 비슷합니다. 제우스의 신전에서 불을 훔쳐 인간에게 준 죄로 프로메테우스는 올림포스 산꼭대기에 결박을 당한 채 묶여 있습니다. 매일 아침 독수리가 와서 프로메테우스의 간을 파먹습니다. 얼마나 아플까요. 그런데 독수리가 가면 간은 다시 자라고 다음날 또 다시 독수리가 간을 파먹습니다.

까뮈는 이 반복적인 형벌은 마치 사람들이 고통을 안고 일생을 살아가는 것과 같다고 합니다. 아침에 일어나 씻고 아침 먹고 직장에 나가 아니꼬운 상사의 비위를 맞추고 말도 안 되는 일로 손님에게 갑질을 당하고 집에 와서는 원하는 만큼의 돈을 벌어 오지 못한다고 가족에게 시달림을 당합니다. 피곤한 몸을 뒤척이며 한숨 자고 다시 아침에 일어나 씻고 대강 아침을 먹고 직장에 나가 또 상사의 꾸지람 속에서 또 손님에게는 갑질을 당하고….

마치 시시포스의 끝없는 형벌처럼 똑같은 형벌이 계속되는 성취가 없는 삶, 성취했다고 생각하는 순간 하나님은 잔인하게 모든 것을 빼앗고 먼지로 돌아가라고 하시는 것을…. 그래서 불가에서는 인생을 고해라고 했으며 윤회를 통해 끊임없는 고통이 이어지고 있다고 했을 것입니다. 저 숲의 나무 잎사귀와 같이 수많은 인생의 윤회…. 이것은 시시포스의 형벌과 다를 것이 없습니다. 아마 이것은 시시포스의 형벌보다도 더 많은 고통의 연속일지도 모릅니다. 그러나 이것이 인간의 운명이고 시시포스와 프로메테우스의 형벌인지도 모릅니다.

삼성의 이병철 회장은 그렇게 많은 재산을 모았는데도 위가 나빠서 오랫동안 죽만 드셨다고 전해지고, 그 아들 이건희 회장도 한국 최고의 재벌이지만 지금은 병원에서 기쁨과 슬픔을 모르고 계시고….

무신론자인 니체는 이를 형벌이라고 하지 않고 그칠 줄 모르는 인간의 욕망이라고 했습니다. 무거운 바위를 올려놓고야 말겠다는 인간의 끝없는 욕망, 떨어지면 다시 올려놓으려고 하는 집요한 인간의 욕망이 형벌 같은 끝없는 고생을 감내한다는 것입니다. 그러나 신화에서는 끝내 시시포스가 바위를 올려놓고 일을 완성한다는 말은 없습니다.

세상의 어느 사람이 내가 바라는 것을 모두 이루었다고 자랑할 수 있을까요? 줄리어스 시저나 알렉산더 대왕, 칭기즈칸도 그 많은 땅을 정복했지만 정작 그가 죽어서 차지한 땅은 두 평밖에 되지 않는 것을. 더욱이 이스라엘 민족을 해방시키고 40년을 광야에서 온갖 고생을 하며 때로 이스라엘 민족의 반역을 경험했던 모세는 가나안에 들어 가보지도 못한 채 죽었습니다. 많은 민족을 정벌하고 사람들에게 넓은 땅을 나누어준 모세는 두 평의 땅도 얻지 못한 채 느보산에서 죽어 새들의 먹이가 되었는지도 모릅니다.

　얼마 전에 〈패키지〉라는 드라마를 보았습니다. 여기의 여자 주인공은 여행 가이드였는데 시간이 나면 회전목마를 타고 생각에 잠기는 여인이었습니다. 이 여자를 바라보는 남자가 "회전목마는 아무리 빨리 가고 아무리 열심히 뛰어도 제자리걸음밖에 못하지요."라고 말을 합니다. 아무리 달려도 아무리 오래 걸어도 제자리를 벗어나지 못하는 회전목마가 우리의 삶인지도 모릅니다. 그래서 노자는 자연으로 왔다가 자연으로 간다고 했습니다. 무슨 말인가요. 왔던 자리로 다시 돌아가는 회전목마와 같은 여정이라는 것이죠.

　그래서 옛 사람은 "生也一片浮雲起 死也一片浮雲滅 白雲自體本無實 人生自體然亦然"이라고 인생의 허무를 노래하지 않았을까요.

　나는 대학시절 보광동 교회에서 신형욱 목사님이 하신 설교의 일부를 아직도 잊지 못하고 있습니다. 이태리의 칼반느 수도원 입구의 돌에는 이런 문구가 있다고 하셨습니다. "에포이 에포이 에테르니타 에테르니타.(다음은 다음은 영원이다 영원이다)"라는 말입니다.

　오래 전 수도원 원장님에게 젊은 학생이 찾아 왔습니다. 지금 대학에 다니는데 학비가 없어 도움을 받고자 왔습니다. 도와주시면 꼭 은혜를 갚겠습니다. 원장님은 이 학생에게 물었습니다. "그럼 대학을 나온 후 무엇을 하시려오?" "네, 변호사가 되고 판사가 되겠습니다." "그 다음은? 네 열심히 일하여 법원장이 되겠습니다. 그다음은? 마차와 좋은 집을 사겠습니다. 그 다음은? 예쁜 여자와 결혼을 하겠습니다. 그 다음은?" 이 젊은이는 말문이 막혔습니다. 수도원 원장님은 자꾸 물었습니다. 그 다음은? 그다음은? 그리고 "자네는 언젠가는 죽는다. 그 다음은 영원이다 영원이다."라고 여백이 있는 말은 남겨놓고 방을 나갔습니다. 젊은이는 집으로 돌아갔습니다. 밤에 잠을 자려고 해도 '다음은 그 다음은'이라는 말을 잊을 수 없었습니다. 그는 법을 포기하고 수도원에 들어와 수도사가 되었다고 합니다.

나는 한국전쟁 때 고학을 하며 고등학교, 대학교를 다녔습니다. 그리고 의사가 되어 참으로 열심히 일했습니다. 윗사람한테서 부지런한 사람이라는 칭찬을 들었습니다. 그리고 결혼을 하고 자식들을 낳았습니다. 그리고 이제 은퇴를 합니다. 그러면 남는 것이 무엇일까요? 교수님이라는 명칭도 과장이라는 직함도 모두 사라져 버리고 '에포이 에포이 에테르니타 에테르니타'만 남는 게 아닐까요? 내가 힘들게 지고 올라갔던 시시포스의 바위처럼 다시 밑으로 굴러 떨어지는 것이 아닐까요?

에포이 에포이 에테르니타 에테르니타….

위선자

위선자(僞善者)라는 말은 거짓으로 가장하여 '척하는 사람'이라는 말입니다. 실제로는 착하지 않은데 남이 보기에 착한 척 한다거나 하는 의미이지요. 그럼 착하지 않다는 말은 악하다는 말일까요. 꼭 남을 해할 정도는 아니라 할지라도 남에게 보여주는 만큼 착하지는 않다는 것입니다.

그런데 우리가 보통 말하는 위선자는 착하지 않을 뿐 아니라 악한 사람들도 많이 있습니다. 성경에는 회칠한 무덤이라는 말이 있습니다. 속에는 시체가 썩고 냄새가 나는데 페인트가 없던 옛날에는 무덤 외벽에 회를 칠하여 깨끗하게 장식을 했다는 말입니다. 속과 겉이 다르다는 말입니다. 인간의 인격이나 마음씀은 악한데 겉으로는 도덕적이고 관대하고 소위 우리가 이야기하는 사랑을 베풀고 나누는 사람처럼 위장한다는 이야기입니다.

우리가 TV 연속극에서 흔히 보는 재벌이나 부잣집 주인마님들처럼 집에서는 도우미 아주머니와 수양딸을 학대하면서 이름 있는 봉사단체의 간부노릇을 하고 신문이나 TV의 주인공이 되는 사람들이 있습니다. 물론 남에게 후덕하고 도덕적인 인물로 보이려는 사람들 중에는 상류층의 사람들이 많을 것 입니다. 남에게 존경을 받고 명망을 얻고 싶은 사람들, 정치인들, 목사님들, 승려님들, 선생님들과 사업을 하는 사장님들이나 회장님들이 남에게 잘 보이기 위하여 위선을 떠는 일이 많을 것입니다. 물론 가난한 사람들에게도 위선은 있습니다.

나의 친한 친구 하나는 의붓어머니 밑에서 자랐습니다. 그 친구에게 여동생이 하나 있었는데 예쁘장하고 착한 애였습니다. 이 어머니는 이 애가 밖에 나갈 때는 그래도 좀 깨끗한 옷을 입히고 이웃들에게 자기가 전처들 아이들을 잘 키우느라고 얼마나 고생을 하는지를 아느냐고 자랑삼아 수다를 떨고는 집안에 들어오면 찢어진 헌옷으로 갈아입히고 고된 심부름을 시키며 자기가 낳은 애가 먹고 남은 상에서 밥을 먹였습니다. 나는 어린 나이에도 저렇게 겉과 속이 다른 사람도 있구나 했습니다. 이것이 지금 말하는 위선자가 아닐까요?

한번은 평양에서 살 때 한 동네에 목사님 가족이 이사 왔습니다. 목사님에게 아이가 하나 있었는데 그리 똑똑하지 않은 애였습니다. 어느 날 목사님이 자기 아이를 소개시켜 주면서 '잘들 놀아라' 하고 일러주었습니다. 한 번은 목사님 아들하고 서로 자기 의견이 옳다고 이야기하다가 이 친구가 울면서 집으로 들어갔습니다. 주먹싸움을 한 것도 아닌데 말이지요. 얼마 후 아버지 목사님이 오셔서 나를 야단쳤습니다. "네가 알면 얼마나 안다고 우리 애를 울렸느냐?"는 것이었습니다. 그리고 자기 애의 어깨를 두드려 주면서 "그러니까 이런 애들과는 애당초 상종을 하지 말아라. 저렇게 가난하고 천한 애들과 놀면 너도 저렇게 되는 거야."라고 했습니다. 나는 깜짝 놀랐습니다. 나도 교회를 다니는 사람이라 목사님이라고 하면 우선 존경심부터 생겨서 할 말을 다 못하는데, 이 말을 듣는 순간 목사님이 어떻게 저럴 수가 있을까 하고 실망하고 분노했습니다. 어려서 잘 표현은 못했지만 나는 그 목사님이 위선자라고 생각했습니다.

위선의 마음은 누구에게나 있는 것인데 그 정도가 문제입니다. 〈보물섬〉의 작가 스티븐슨은 〈지킬 박사와 하이드〉라는 소설을 썼습니다. 나는 이 소설을 읽고 깊은 인상을 받았습니다. 런던의 어떤 추운 밤에 '하이드'라는 사람이 길에서 어린애를 밟고 지나갑니다. 그것을 보던 사람이 놀라서 어린애를 추켜세우고 항의를 하자 '하이드'는 수표를 거의 던져주다시피 하면서 "이것이면 되겠지" 하고 지나갑니다. 그런데 이 수표는 그 동네에서 가장 존경을 받는 지킬 박사의 것이었습니다. 그래서 사람들은 '하이드'라는 사람을 추적하게 되고 지킬 박사의 실험실까지 폭로가 됩니다. 낮에는 동네에서 가장 존경받는 의사인 지킬 박사, 그리고 밤에는 자기의 개인 실험실에서 무서운 인체 실험을 하는 하이드. 지킬 박사는 위선자냐 아니냐로 정신과 의사들의 논쟁이 되었다는 것입니다.

그런데 재미있는 것은 지킬 박사는 위선자의 범주에 속하기보다는 이중인격자라고 규정을 해야 한다는 것입니다. 그럼 어디까지가 위선자이고 어디까지가 이중인격자인가 하는 것이 문제입니다. 우리는 자기 아들이 술집에서 시비를 걸다가 맞고 들어왔다고 조폭을 시켜 그들을 때려준 재벌의 총수도 알고 있고, 비행기의 일등석에서 땅콩을 접시에 받쳐주지 않고 종이 봉지째 주었다고 활주로로 나가는 비행기를 뒷걸음치게 하고, 사무장을 때려 내쫓은 부회장님도 알고 있습니다. 이들은 회사에서는 근엄하고 자비로운 CEO들입니다. 어떤 재벌의 부회장님은 24개월 동안 자가용 기사를 10여 명이나 갈아 치우고 툭 하면 손찌검을 하고 문제가 되자 TV에 나와서 사과를 하는 모습도 보았습니다.

물론 공생활과 사생활의 모습이 한결 같으면 얼마나 좋겠습니까만 공생활에서 근엄한 모습을 하던 사람이 사생활에서는 긴장이 풀어져서 농담도 하고 막말도 할 수 있습니다. 그러나 공생활과 사생활의 모습이 긴장의 해소가 아니라 선인과 악인의 변화라고 한다면 이는 이중인격이라고 할 수밖에 없을 것입니다.

　나의 할아버지가 목사님이셨기에 뱃속에서부터 교회를 다녔고 수많은 목사님을 보아왔습니다. 그리고 기독교 계통의 고등학교를 다녀서 고등학교 동창생들 중에 목사님들이 많이 계시고 장로님들은 정말 많이 있습니다. 그런데 속으로는 저 친구는 목사님이 되어서는 안 될 사람인데 하는 친구들이 목사가 된 친구들이 있고 그런 친구가 목회에 성공하여 큰 교회를 담임하고 있습니다. 그런데 친구들로부터 들려오는 소문은 그 친구 밑에는 부목사님들이 많이 있는데 부목사님을 자기 개인 종처럼 다룬다는 이야기였습니다. 우리나라의 신학교에서는 일 년에도 수천 명의 졸업생이 배출됩니다. 그러니 신학교 졸업생들의 취업 형편도 좋을 리 없습니다. 그래서 웬만한 교회에는 부목사님, 전도사님들이 여러 분 있습니다. 담임목사님의 말 한마디에 직장을 잃느냐 마느냐 하는 처지이니 부목사님들은 담임목사님에게 충성을 다할 수밖에 없습니다. 부당한 처우에도 말 한마디 못하고 순종한다고 합니다. 그러니 목사님에게도 위선자가 많은 모양입니다.

　그런데 범죄에 속하지 않는 위선자는 우리가 어떻게 할 수 없는 것이 현실입니다. 그저 '저 사람이 그렇대' 하고 소문이나 내는 것밖에는 힘 없는 우리가 할 수 있는 일이 없는 거지요. 적폐청산을 한다고 과거의 일을 모두 들추어내는 대한민국의 검사님들, 이런 위선자의 적폐 청산하는 방법은 없을까요?

애완동물

요새 출근하려고 집을 나서면 아파트 앞이나 공원에 강아지를 데리고 나오는 사람들이 많아졌습니다. 애완동물을 기르는 사람이 네 가정에 하나라고 합니다. 개의 숫자가 천만이 넘는다고 하니 인구의 20%를 넘어가고 있습니다. 개 다음이 고양이를 키우는데 그래도 개를 키우는 사람들이 월등이 많은 모양입니다. 애완동물이라는 말 자체가 장난감으로 사랑한다는 말이니 그야말로 가지고 놀다가 싫증이 나면 버려도 된다는 뜻인지 모르겠습니다.

아마 역사 속에서 요새 사람들처럼 이기적이고 감각적이며 즉흥적인 사람들은 없을 것입니다. 자신의 즐거움을 위해서는 무엇이라도 하지만 남을 위해서라면 조금도 귀찮은 일이나 자기희생에 대한 용의가 없으니 말입니다. 자식을 낳고 기르는 것조차 부담스러워합니다. 그러니 출산을 기피하여 산부인과 의사들과 소아과 의사들이 저소득층이 된 지 한참 되었습니다. 남자친구나 여자친구를 사귀다가 싫어지면 쿨 하게 헤어집니다. 결혼은 필수가 아니라 선택이며 잘못된 선택은 얼마든지 무를 수 있는 세대가 되었습니다. 어느 해에는 결혼신고를 한 숫자보다 이혼한 사람들이 더 많은 때가 있었다고 TV에서 큰일이나 난 듯이 호들갑을 떨기도 했습니다.

요새 젊은이들에게는 말을 잘 듣는 스마트 폰이 제일 인기 있는 품목이 되었고 컴퓨터가 우리들에게는 없어서는 안 되는 필수품이 되었습니다. 우리가 프로그램을 하고 우리 마음대로 조절할 수 있는 전자 제품들이 우리들의 애완물입니다. 그래도 심심하니까 옆에서 소리를 내어주고 체온을 주고받고 재롱을 부리는 뭣이 필요한가 봅니다. 그래서 개를 키우고 고양이를 키우며 끌고 다니는 모양입니다.

물론 전에도 개를 키우는 사람들이 많이 있었습니다. 그때는 대개 집을 지키기 위한 보초병 대신 개를 키우는 사람들이 많았고 나이 많은 노인들이 의지 삼아 친구 삼아 개를 키웠습니다. 반려견이라고 하여 크고 힘 있는 독일산 셰퍼드나 포인터 같은 큰개들을 많이 길렀는데 요새는 주머니에 넣고 다닐 수 있는 푸들 같은 쥐만 한 개나 작은 강아지를 선호하는 모양입니다. 물론 작은 개가 가지고 놀기도 좋고 아파트에서 기르기도 편리할 것입니다. 가지고 놀다가 싫으면 갖다 버리면 그만입니다.

얼마 전 TV에서 하루에 수십 마리의 개가 버려지는 것을 보았습니다. 개도 나이가 들면 병이 생기고 기운이 빠지니 돌보기 귀찮아져 버려야 하는데, 다시 돌아오지 못하도록 멀리 갖다 버리는 모양입니다. 버려진 개들의 36%는 병에서 회복하지 못하고 죽고 32%는 강제로 안락사를 시킨다고 합니다. 개는 사람보다 빨리 늙습니다. 사람의 일 년은 개의 7-8년에 해당된다고 하니 열 살이 된 개는 70-80세가 된 사람처럼 늙고 기운이 없어지는 것입니다. 장난감인 애완견으로서는 수명이 다한 것인지 모릅니다. 그러니 부모도 모시지 않는 요즘 세태에서 사람들이 늙은 개를 모시고 살 리가 없습니다.

아침에 출근할 때 보면 젊은 여인들이 개를 한 마리만 끌고 나오기도 하지만 두세 마리를 끌고 나오는 경우도 있습니다. 그런데 개들이 변을 보면 치워야 하는 것이 법인 모양인데 변을 담을 주머니를 가지고 다니는 사람이 별로 없습니다. 밤새도록 아파트의 방 속에 가두어 두었던 강아지가 당연히 일을 볼 것인데도 아무런 준비도 없이 나와 변을 보아도 얼굴색 하나 변치 않고, 못 본 듯이 개를 끌고 가버립니다. 그래서 아파트 주변에는 개똥이 흩어져 있고 아파트 경비원은 개똥을 치우는 것이 임무가 되어 버렸습니다. 물론 플라스틱 주머니를 준비해 온 사람도 있지만 안 보는 척하고 살펴보면 개들이 변을 보았을 때 주위에 사람들이 있으면 치우고 사람들이 없으면 못 본 척 지나가 버립니다.

오늘 아침 길에서 만난 아주머니는 나뭇잎사귀를 두 개 들고 개를 끌고 가고 있었습니다. 개가 변을 보면 그 작은 나뭇잎으로 치우겠다는 생각은 물론 아닐 것입니다. 물론 중대한 범법은 아니지만 신호등에서 빨간불인데도 지나가는 것만큼은 법을 어긴 것입니다. 나는 가끔 이런 사람들이 항상 개를 애지중지할까 생각해 봅니다. 좀 귀찮으면 발로 차고 집어 던져도 개는 아무 불평도 없이 다시 꼬리를 치며 주인에게로 올 것이고 먹이를 한 주먹 주면 감사하다고 주인의 발밑에 누울 것입니다. 마치 〈뿌리〉라는 영화에 나오는 흑인들처럼 백인 주인의 자비심에 의지하며 살아갈 것입니다.

우리들이 태어나는 조국과 부모는 우리의 선택으로 이루어지는 것이 아니고 운명입니다. 개도 애완견으로 태어나는 것이 운명입니다. 물론 귀엽다고 안고 다니고 먹이고 예쁜 옷을 입히고 털을 깎아주고 예방주사를 맞혀줍니다. 차에 태워 가지고 다니고 아파트의 따뜻한 방에서 재워줍니다. 어떤 여자는 목사님에게 전화를 해서 자기 애기, 강아지가 아프니 오셔서 안수기도를 해달라고 하는 여자도 있다고 합니다. 그러나 애정의 기간이 지나고 늙으면 먼 길가나 공원 근처에 버려지기도 합니다. 물론 우리나라보다도 더 환경이 나쁘고 개를 학대하는 나라들도 세상에는 많습니다. 그리고 우리나라 개들보다도 못한 삶을 살아가는 사람들도 세상에는 많이 있습니다.

우리나라는 법을 지키지 않고 살다가 무슨 단속기간에만 지키면 되는 사회이긴 합니다. 이번 광복절에도 백여만 명의 범법자들이 사면되었습니다. 대부분이 생계형 범죄자들이라고 하기에 인터넷에 들어가 보았더니 교통법규 위반이 대부분이었습니다. 신호등 위반을 하다가 재수 없어 걸린 사람·음주운전·과속 같은 범죄들인데 생계형범죄라고 한다면 살아가다가는 빨간불에도 건너야 하고 음주운전을 해야 하고 주차위반을 해야 하는지 모르겠습니다.

우리나라에도 동물애호가들이 있고 그들의 시민단체도 있어 무슨 날이 있으면 머리에 띠를 동이고 피켓을 들고 광화문 앞으로 나가기도 합니다. 그래도 동물애호단체에서 국회의원이나 정부에게 애완동물을 버리는 사람에게 최소한 벌금이라도 물려야 한다는 법안을 제출하라고 청원을 했다는 말은 아직 들어보지 못했습니다.

물론 국회의원님들은 이보다 큰일들을 하시느라고 바빠서 생각을 못하시겠지만… 그러나 개도 생명이 있고 아픔과 슬픔, 기쁨과 사랑을 느낄 것입니다.

TV에 비춰지는, 우리 밖을 내다보는 죄 없는 개들의 슬픈 눈을 보며 자식들에게 버림받고 길가나 공원을 서성거리는 노인들의 모습을 본 것 같아 마음이 찡해집니다.

추수감사절 퍼레이드

추수감사절입니다. 아이들은 모두 자라서 둥우리를 벗어나 자기들의 식구를 데리고 먼 곳에서 살고 있으니 명절 때라고 부모님을 찾아올 수 없습니다. 아는 친구들도 별로 없는 플로리다 남부에서 귀양 온 것 같은 삶을 사는 우리에게도 추수감사절의 아침이 밝았습니다. 아들과 딸들은 서로 자기 집으로 오라고 하지만 비행기를 두 번이나 갈아타고 하루 종일 걸리는 곳을 하루 명절을 보내자고 가기에는 용기가 나지 않아 식당에 추수감사절 디너를 예약하고 둘이서만 지내기로 했습니다.

아내는 오늘 추수감사절 퍼레이드가 있으니 보자고 커피와 군것질을 쟁반에 담아 테이블에 놓고는 TV 앞에 앉혔습니다. TV에는 정말 화려한 퍼레이드가 펼쳐지고 있었습니다. 뉴욕 브로드웨이 32가의 메이시 백화점 앞에서 시작되는 아름다운 퍼레이드는 큰 자동차 위에 무대를 장식하고는 유명한 가수 배우들이 노래도 하고 춤도 추면서 흥을 돋우고 있었습니다. 아침 9시부터 시작된 퍼레이드는 디너를 먹고 들어온 2시까지 진행되고 있었습니다. 오후 2시 이후에 TV를 껐으니 언제까지 계속이 되었는지 모르겠습니다.

이 퍼레이드에 출연하려면 어떻게 해야 하는지 모르지만 온갖 단체,

사업체, 학교들이 나와 있었습니다. 치킨 업체인 KFC가 나오는가 하면 피자헛이 나오고 백화점이 나오는가 하면 대학의 치어리더들이 합창과 무용을 섞어가며 무대를 장식합니다. 디즈니월드와 미키마우스는 빠지는 일이 별로 없고 어린이 자선병원도 나오고 소방관들과 경찰들도 단골손님들입니다.

그런데 큰 자동차에 장식한 무대가 웬만한 건물만 하고 또 커다란 풍선은 4층이나 5층 건물보다도 덩치가 컸습니다. 그 위에서 나는 이름도 모르는 배우들이 노래를 부르거나 춤을 추는가 하면 몇 십미터가 되는 큰 풍선 인형들은 곰도 있고 강아지도 있고 상징적인 인형도 있습니다. 피노키오와 친구들, 숲속의 공주와 난장이들도 많이 등장을 합니다. 그런가 하면 공군 밴드가 나오고 대학생 치어리더들이 발랄한 육체를 뽐내며 춤추고 뜁니다. 중세기 기사의 옷을 입은 사람들이 나오는가 하면, 귀부인들의 옷을 입은 사람들도 마치 영화를 보는 것처럼 등장합니다. 또 브로드웨이의 가수들이 노래를 부르며 나타나고 시골의 고등학교 팀이 나와서 노래와 춤을 추며 지나갑니다.

미국에는 이런 퍼레이드가 많이 있습니다. 내가 기억하기로도 LA에서 열리는 신년 퍼레이드, 독립기념일 퍼레이드, St Patrick day 퍼레이드, Veterans day 퍼레이드, 시카고의 크리스마스 퍼레이드 등등으로 매우 화려합니다. 퍼레이드라면 뉴올리언스의 마르디 그라스를 빼놓을 수 없습니다. 뉴올리언스의 후렌치 쿼터에 꽃과 인형으로 장식한 차 위에서 미녀들이 거의 벌거벗은 몸으로 온갖 교태를 부리며 춤을 추면서 과자와 캔디와 꽃을 던져줍니다. 길을 가득 메운 관중들도 손을 흔들고 던져주는 과자를 받으며 즐거워합니다. 뉴올리언스에는 잔다크 퍼레이드도 있어 찾아가는 관광객들을 즐겁게 해줍니다.

우리가 살던 오하이오의 작은 도시에서도 일 년에 한두 번씩 퍼레이드가 있었습니다. 주로 고등학교 팀들이 출연을 했지만 시민단체, 소방관, 경찰 재향군인회, 아이리쉬 단체들도 등장합니다. 자동차에 풍선들을 달고 화려하게 꾸미곤 했습니다.

이들 퍼레이드는 모두 평화와 번영의 상징입니다. 어디에도 증오와 전쟁의 구호는 없습니다. 나는 떠나온 지 얼마 되지 않는 나의 조국 한국을 생각 했습니다. 한국에도 퍼레이드는 있습니다. 있는 것이 아니라 많이 있습니다. 그런데 내가 한국에 십여 년을 있으면서 많은 퍼레이드를 구경했지만 평화로운 퍼레이드를 보았던 적이 기억나지 않습니다. 한국의 퍼레이드는 거의 데모로 얼룩져 있습니다.

전투적이고 파괴적인 데모 말입니다. 데모도 시가행진이라거나 퍼레이드라고 이름 붙인다면 한국은 데모에서 타의 추종을 불허하는 선진국입니다. 한국에서는 데모만을 전문으로 연구하고 실행하는 여러 기관이 있습니다. 민주노총, 한국노총, 전교조, 한총련, 범민련, 한대협, 대한농민회, 참여연대 등 200여 개의 전문 데모기관이 있고 시민연대는 천개가 훨씬 넘는다 합니다. 퍼레이드에 참석한 군중은 머리에 붉은 띠를 띠고 "대통령 물러나라!" "미군 물러가라!" 하고 구호를 외치며 주먹을 휘두릅니다. 그리고 여기에는 배우와 가수들도 등장하고 진보 측의 국회의원들도 등장합니다.

나는 본의 아니게 서울 옥인동에 사는 동생네 집에 갔다 돌아오는 길에 광우병 데모에 휩쓸린 일이 있습니다. 그런데 군중에 휩쓸려 사람들의 이야기를 들어보니 광우병은 하나의 핑계이고 반정부 집회였습니다. 그리고 서울에서 머물 때 광화문 근처의 호텔에 유숙하게 되어 박근혜 탄핵의 촛불집회를 보았습니다. 그러면서 나는 한국 사람들이 이렇게 무서운 사람들이구나 다시 깨달았습니다. 그래도 자기들이 선출한 대통령이고 여자인데 박근혜 대통령의 인형을 만들어 발로 차고 주먹으로 치면서 마치 영화에서 장희빈이 인현왕후의 인형에 활을 쏘고 칼질을 하던 것과 똑같은 행동을 했습니다. 나는 선량한 한국 백성이라고 알고 있고 믿고 있었습니다.

오래전 독재자로 비난을 받고 4·19학생혁명으로 물러난 이승만 대통령이 별세하고 그 장례행사가 서울에서 열렸을 때 그 많은 국민들이 울며 운구를 따라가던 모습을 보며 이 착한 백성들 하며 감탄하던 때가 있었습니다. 그런데 이번에 데모를 보면서 우리나라 사람들의 착한 성품이 어디로 가고 이렇게 살벌하고 잔혹해졌는지 슬퍼졌습니다. 또 다른 한국의 퍼레이드는 각목과 몽둥이가 등장하고 길에 서 있는 경찰차를 뒤집어엎거나 때려 부수는 퍼포먼스가 등장을 합니다. 그리고 데모 군중은 경찰을 때릴 수 있으나 경찰은 데모군중을 때릴 수 없습니다. 잘못하여 데모 군중 중에 한 명이라도 다치면 다친 사람은 일시에 영웅이 되고 애국열사의 대우를 받게 되고 경찰은 과잉진압이라는 죄목으로 경찰서장이나 장관이 사과를 하고 징계 처분을 받게 됩니다. 그만큼 데모군중과 반사회적인 힘은 강해졌고 정부의 힘은 약해졌습니다. 나는 이 변질된 전투적인 우리나라의 현 퍼레이드를 싫어합니다.

꽹과리와 징, 그리고 나팔을 불며 대한민국 만세를 외치던 해방의 퍼레이드가 다시 보고 싶어집니다. 팔도의 풍물과 민속놀이, 젊은 대학생들과 가수와 배우들이 큰 차의 무대에서 노래를 부르고 춤을 추는 축제의 행렬, 우리나라의 번영과 화합을 축하하는 한국의 퍼레이드를 서울 광화문에서 보고 싶습니다. 지금 뉴욕의 브로드웨이에서 벌어지는 추수감사 축제처럼….

피해자와 가해자

간혹 유엔에 한국의 인권문제가 논의된다고 하지만 한국만큼 인권이 존중되는 나라는 아마 세계에 없을 것입니다. 재벌회사의 사장이 운전기사에게 심한 말을 했다고 언론에 나오면 곧장 검찰에 기소되고 언론에서 비난의 폭탄이 쏟아집니다. 피자 회사의 사장이 자기 공장에 들어가 맥주를 마시다가 문을 걸고 퇴근하려는 경비원과 시비가 붙었다고 TV의 아나운서는 흥분된 목소리로 사장을 때립니다.

물론 사장님이나 회장님이 전부 잘했다는 것은 절대 아닙니다. 큰 기업의 회장이나 사장답지 못한 행동을 한 것은 사실입니다. 그러나 신문이나 TV에서 이렇게 떠들고 사회가 떠들썩한 문제가 될 정도로 잘못했는지는 잘 모르겠습니다. 회사 사장님이나 회장님은 TV와 기자들 앞에서 머리를 깊이 숙이고 정중하게 사죄를 하고 용서를 빌어도 진정성이 없어 보인다고 언론에서는 잘 받아 주지 않습니다.

그런데 회장님이나 사장님에겐 그렇게 사나운 언론과 기자들이 우리가 보기에 큰 죄를 진 사람에게는 어찌 그렇게 관용스러운지 모르겠습니다. 얼마 전 중학교 학생 몇 명이 교실에서 학생들이 보는 앞에서 선생을 때리고 조롱한 일이 있었습니다. 나이든 기성세대들이 보기엔 기가 막힌 일이지만 언론에서는 학생들의 인권을 보호한다며 가해자들의 이름도 밝히지 않고 법적인 형벌이 가혹하다고 하여 풀어 주었고 퇴학이나 다른 학교의 전학조차도 학생의 인권을 존중한다며 덮어 버렸습니다. 가르치는 학생들 앞에서 조롱을 당하고 선생님의 체면이 망가진 선생님의 인권은 어디로 갔는지 모르겠습니다.

　오래전 연쇄살인범 유영철이 현장 검증을 할 때의 일입니다. 물론 인권을 존중한다고 유영철은 마스크를 하고 모자를 깊이 눌러 써서 얼굴을 알아 볼 수 없게 하고 나왔습니다. 그런데 피해자의 가족 한사람이 "야! 이 살인마야" 하고 소리를 지르며 유영철에 가까이 다가갔습니다. 유영철을 보호하고 가던 경찰은 이 아주머니를 밀어 넘어트리고는 유영철이 마치 외국의 귀빈이라도 되는 듯이 에워싸고 들어갔습니다. 살인마의 인권은 중요하고 가족을 잃은 피해자의 인권은 중요하지 않습니다. 어린 여자애를 성폭행을 하고 중상을 입힌 조두순도 마찬가지로 현장검증 때 인권을 보호한다고 모자를 깊이 눌러 쓰고 마스크를 하고 나와 얼굴을 보여주지 않았습니다.

　들리는 말에 의하면 사형제도가 없어진 우리나라의 감옥에서 유영철은 터줏대감의 권세를 누리며 어깨에 힘을 주며 살고 있다고 합니다. 자기 마음에 안 들면 교도관들에게도 주먹을 휘두르는데 유영철이 좀 잘못되면 시민단체들이 벌떼처럼 달려들어 교도관과 정부를 비난하기 때문에 무서워서 건드리지도 못한다고 합니다. 또 어린애를 때려죽인 여자도 어린애의 시체를 냉장고에 얼려두었던 아버지도 연쇄살인범도 인권이 있습니다. 그러나 얼굴도 가리고 그저 김씨니 유씨니 하여 이름도 밝히지 않을 만큼 VIP에 속하는지 모르겠습니다. 그러나 재벌이나 정치인들이 검찰에 소환되면 검찰청에 나오기가 무섭게 기자들이 달려

들어 사진을 찍고 질문을 하고 소란을 떱니다. 시민단체들은 이 사람들의 인권은 생각하지 않는 모양입니다.

그래서 경찰들이 이런 말을 한다고 합니다. 피해자는 왜 피해를 당해서 가해자와 우리를 괴롭게 하느냐 하는 말입니다. 가해자들과 범죄자들의 얼굴과 이름을 밝혀 그들이 지은 죄에 대한 부끄러움을 알게 하고 그들의 실체를 국민들에게 알려 그들이 다시 사회에 나와도 재범을 하지 않도록 국민을 교육시켜야 하지 않을까 생각합니다.

미국에서는 라스베이거스의 총격범 스티븐 패독의 얼굴도 똑똑하게 보여주고 동네의 살인범도 TV에서 얼굴을 밝힙니다. 그런데 미국보다도 훨씬 발전된 한국에서는 범죄자의 얼굴을 밝히는 일이 없습니다. 얼마 전 음주운전으로 사람을 치고 도망을 했던 운전자는 음주 운전으로 운전면허가 취소된 사람이었습니다. 그런데 경찰의 처벌이 솜방망이였던지 면허도 없이 다시 음주운전을 하다가 사람을 다쳐 중상을 입게 했습니다. 그는 면허도 없으니 보험도 없었을 것이고 돈이 없어 보상을 못해 준다고 떼를 쓸 테니 피해자의 치료비는 누가 보상을 해주며 그 고통을 누가 보상을 해줄 건지 모릅니다. 그리고 경찰은 그 음주운전자의 인권을 보호한다고 이름도 밝히지 않고 얼굴도 보여주지 않았습니다. 그러니까 신문이나 TV에 나오는 범죄자들은 전과가 12범 넘어 16범이니 하여 우리들을 아연하게 만듭니다. 40대의 젊은 나이에 어떻게 16범이 되도록 감옥에 가고 다시 나와 범죄를 저질렀는지 우둔한 나의 머리로서는 계산이 되지 않습니다. 그리고 그들은 법이 무서운 줄 모릅니다. 그래서 우리나라는 범죄자들의 천국일지도 모릅니다.

지난 번 치러진 20대 국회의원 입후보자의 40% 전과자였다고 신문에서 밝혀 주었습니다. 이제는 민주화운동을 한 지도 한참이 되어서 민주화 운동을 하다가 전과가 생긴 경우는 드물고 거의가 뇌물수수, 집시법 위반, 폭행, 사기배임이라고 하니 국회의원이 되려면 먼저 사기를 치는 법이나 조폭들처럼 쇠막대기를 들고 경찰차와 정부건물을 때려 부수는 법부터 배워야 하지 않을까 싶습니다. 그리고 그렇게 선출이 된 국회의원님들은 그런 범죄자들의 인권을 보호하고 전과를 덮어주는 관대한 법을 만들어 통과를 시키지 않나 의혹을 가지게 됩니다.

세월호 참사사건도 그렇습니다. 낡은 배를 불법으로 개조하고 검사도 받지 않은 채 자격이 되지 않은 항해사들을 고용해 사고를 낸 회사의 주인인 유병언 씨의 조사는 어물어물하다가 그가 석연치 않게 죽었다며 막을 내리고, 70억 원이나 횡령한 아들도 3년 형을 받았고, 딸들은 불란서에서 재판을 받는다고 야단이더니 우물쭈물 잠잠해졌습니다. 아마도 내년 광복절에는 사면을 받고 나올지도 모릅니다. 그리고 반정부운동에 도가 튼 야당과 시민단체들은 대통령에게 책임을 전가하느라고 야단입니다. 나는 왜 대통령이 세월호 참사의 책임을 져야 하는지 모르겠습니다. 결국 피해자들만 억울할 따름입니다.

내가 병원에서 치료한 할아버지의 이야기입니다. 길을 건너다 신호를 위반하고 달려든 차에 치어 다리가 부러지고 피부와 근육이 망가졌습니다. 환자는 수술을 몇 번이나 받고 6개월이 넘게 병원에 입원을 했고 불구가 되었는데 가해자는 몇 주일 유치장에 있다가 나왔습니다. 그리고는 피해자에게 너 때문에 내가 전과자가 되었으니 두고 보자고 협박을 한다는 것입니다. 우리나라는 피해자의 인권은 보호해주는 나라가 아닙니다. 오직 가해자의 인권만을 존중하는 나라일 뿐입니다.

그러니 사회는 점점 험악해지고 착한 국민들만 살기 힘들어지는 나라가 되는 것이 아닙니까.

학자들의 허풍

내가 1950년대 피난 중학교에 다닐 때 선생님이 맬더스의 〈인구론〉에 대하여 말씀하신 기억이 납니다. "이제 앞으로 한 30년만 있으면 인구는 늘어나고 식량이 모자라서 식량 전쟁이 일어날 것이다. 우리가 땅을 개발하고 식량을 늘인다고 해도 이것은 산수급수적이고 인구는 기하급수적으로 늘어나기 때문에 이 많은 인구를 먹여 살릴 땅이 없는 것이다. 그래서 인구를 줄이는 것이 인류의 급선무인 것이다. 그렇지 않다면 우리들의 문화가 퇴화해서 사람이 사람을 잡아먹는 도리밖에 없을 것이다."고 했습니다.

그때는 그 선생님의 말씀이 그럴 듯 했고 공포로 몸이 오싹 했습니다. 어렸을 때라 그랬는지 모르지만 인구가 늘어난다는 것이 저주이고 재앙이었습니다. 그런데 선생님이 말씀하신 지 60년이 지나도 인구는 식량 때문에 멸망하지 않았습니다. 물론 세계인구가 다 잘 먹고 잘 사는 것은 아니지만 1950년대보다는 풍족하게 먹고 산다고 해도 틀린 말이 아닐 것입니다. 한국에서도 식량 때문에 굶는 사람은 없다고 하며 도리어 쌀이 남아 주체를 못한다고 야단입니다. 그리고 식당에서 먹고 남아 쓰레기로 버리는 음식은 보기만 해도 죄스러울 정도로 넘쳐납니다.

1970년대에는 에너지 부족에 대하여 학자들이 떠들어댔습니다. "지금 지하에 묻혀있는 기름은 거의 고갈상태이며 2000년대에 가면 기름이 지구에서 거의 없어질 것이다."라고 겁을 주었습니다. 1980년대에 한동안 기름 값이 올라서 이렇게 기름 값이 올라가다가는 큰일이 나겠다 싶었는데 기름은 여기저기서 발추되어 앞으로 200년은 문제가 없다고 합니다. 기름을 아껴 쓰는 하이브리드 차도 생기고 전기차도 생겨서 기름의 소모량도 줄었습니다. 이제는 기름 값이 1990년대보다도 떨어져 사람들이 다시 기름이 많이 드는 큰 차를 몰고 다닙니다. 이 이론은 마치 "석기ㄱ l 대에서 철기시대로 인류 역사가 온 것은 사람들이 돌을 너무 많이 써서 지상에 돌이 떨어져서 사람들이 쇠를 사용하였다."라는 주장과 같은 것이라고 어떤 사람이 말을 해서 웃었습니다.

또 1980년대는 AIDS라는 병으로 인류가 멸절될 것이라는 기사가 〈Times〉지에 실렸습니다. AIDS는 치료불능의 병이고 반드시 죽는 병인데 아프리카에는 인구의 30% 이상이 감염되어 있으며 그들의 의료기술로써는 감염을 막을 길이 없으므로 앞으로 4-5년 안에 중세기의 페스트 같은 대량 참사가 일어날 것이라고 저명한 학자들이 TV에 나와서 허풍을 떨었습니다. 그런데 치료제가 나오고 예방법이 전파됨으로 지금은 AIDS 때문에 죽는 사람을 많지 않습니다. 그리고는 AIDS라는 병에 대한 이야기가 잠잠해졌습니다.

한동안은 지구가 점점 냉각되어 기온이 내려가면 다시 빙하시대가 올 것이라고 허풍을 떤 학자들이 나왔습니다. 물론 그럴듯한 이론을 가지고요. "지구가 불덩어리였는데 이 지구가 차가운 우주로 무한여행을 하니 지열이 점점 식어질 것이 뻔 하지 않으냐? 그러니까 몇 년이 지나면 지열이 2도가 낮아지고, 2도가 낮아지면 어떤 생물이 죽어 없어지고 바다의 수온이 냉각되어 많은 어류가 죽어 없어질 것이다.”고 도표를 그려가며 입에 침을 튀겼습니다. 그런데 이런 이론을 주장한 지 20년도 못되어 지구의 온난화가 문제되었습니다. 이제 온난화가 계속되면 남북극의 빙산이 녹아 미국 땅의 3분의 1이 물에 잠기고 플로리다주가 물속에 가라앉고 뉴욕시도 물속에 잠길 거라며 학자들이 떠들고 있습니다. 물론 학자들의 허풍도 있지만 미디어의 방정과 호들갑은 말할 것도 없습니다.

북극의 빙하가 녹아 이제는 북극으로 배가 다니고 남극의 빙산도 녹아 빙하의 크기가 작아졌다며 사진까지 보여주며 야단입니다. 한국의 TV는 작년보다 열대야가 2일이 일찍 왔다고 호들갑을 떠니 열대야가 2일이 먼저 온 것이 무슨 큰 사건인지 나 같은 무식한 시민은 알 길이 없습니다. 북극의 빙하가 녹으면 해면이 6미터가 높아지고 그러면 플로리다와 뉴욕시는 물에 잠긴다고 하니 내 옆의 친구는 좀 높은 데로 이사를 가야겠구나 하고 펜실베이니아나 버지니아의 산골을 생각하고 있습니다.

그러데 2만여 년 전에 지구의 북반부는 대부분이 빙하로 덮여 있었고 시베리아와 알래스카가 연결되어 있었는데 지구의 온난화로 이 땅이 벌어졌다는 이야기를 잊은 것 같습니다. 그러니까 지구의 온난화는 지난 몇 년 사이에 일어난 게 아니고 2만 년 동안 계속되어 온 것이 아닐까요?

그렇다고 내가 학자들이 거짓말을 한다고 하는 것이 아닙니다. 학자들은 돈키호테처럼 방 안에서 책만 보니까 시야가 좁아지고 그 이론을 적용하면 그렇게 될 수밖에 없다는 결론과 답안지를 가지고 신문에 기고를 하고 TV 토론회에 나와 이야기를 합니다. 그러나 그가 생각하는 이론 외에 다른 여러 요소들이 많다는 건 생각지 못하기 때문입니다.

AIDS 전염 때문에 많은 사람들이 죽는다고 하면 그것을 치료하는 약이 나온다는 것을 생각하지 않은 것이고, 중동지역의 기름이 말라간다면 지구의 다른 쪽에서 기름을 발견할 것이라는 생각이나 다른 에너지를 발견하여 쓸 것은 생각하지 못하기 때문입니다.

다른 부분은 모르겠지만 성형외과 학회에서 발표된 논문만 보고 수술을 하면 합병증이 많이 생긴다는 말이 있습니다. 그것은 학회에서 발표된 논문은 자기가 그렇게 해보았다는 것이지 아직 인증이 되지 않은 것들이 많고 논문이 약간 과장되고 재편집된 것들이 많기 때문입니다. 그래서 의학지보다는 교과서에 나온 대로 수술을 하는 것이 가장 안전하고 좋은 결과를 얻을 수 있다는 것이 선생님들이 가르쳐 주는 진실입니다.

박정희 대통령이 처음 집권하여 대학교수들을 많이 기용했으나 세월이 가면서 학자들의 좁은 시야와 고집 그리고 시행착오적인 실패가 많아 다시 전 정권의 실무자들을 기용했다는 말이 있습니다.

지금 정권에도 진보적인 교수들이 많이 포진하고 있고 그들이 재야에 있을 때 주장한 황당한 이론을 문대통령은 좋아하는 모양입니다. 그런데 문 대통령이 집권한 지 3개월이 안 되었는데 여기저기서 삐꺽하는 소리가 들립니다. 민정수석인 조국 교수는 재야시절에도 지나친 좌편향의 튀는 말을 많이 하던 초진보의 사람입니다. 그리고 그가 추천한 장관들은 하나같이 위장 편입, 세금포탈, 논문표절에 관련이 있는 사람들입니다. 지금의 여당이 야당으로 있을 때는 문창극 씨가 오래전 교회에서 한 말 때문에 총리 청문회를 통과시키지 않았는데 이번에는 의혹이 있는 사람들을 대통령이 임명해버리고 말았습니다.

나는 한두 건의 수술을 하고 논문을 쓴 교수님들, 맬더스 〈인구론〉으로 우리를 위협했던 학자들, 지구 냉각설로 우리를 겁먹게 했던 학자들이 정치를 하면 나라가 어디로 갈까 걱정이 많이 됩니다.

여론조사

2016년 11월 11일 희한한 일이 벌어졌습니다. 미국의 대통령 선거전에서 민주당의 힐러리 클린턴이 우세해도 보통 우세한 것이 아니라 압도적으로 당선될 것이라고 신문이나 TV에서 떠들어대고 있었습니다. 공화당에서조차 이번 선거는 지는 선거라고 거의 포기한다는 소식들이 들려 왔습니다. 트럼프 지지자들도 진 선거지만 그래도 마지막까지 해 본다는 자세로 선거에 임했습니다. 그래도 자유세계의 수장격인 미국의 대통령 선거니까 한국에서도 CNN을 틀어 놓고 지켜보고 있었습니다.

미국의 대통령 선거일, 한국의 오전 10시 정도니까 미국의 동부에서는 밤 11시정도 되었습니다. 우선은 민주당의 힐러리가 우세하게 득표가 나오고 CNN와 MSNBC에서는 힐러리 클린턴의 승률이 91%, 트럼프가 이길 확률은 9% 정도 된다고 알려주고 있었습니다.

그런데 낮 11시가 되면서 판세는 바뀌었습니다. 트럼프가 중부를 석권하고 플로리다를 이김으로써 선거에서 리드를 하고 있었습니다. 그런데도 CNN과 MSNBC에서는 힐러리의 승률이 91% 라는 말을 바꾸지 않았습니다. 점심을 먹고 오후 1시가 지나니 트럼프는 대의원수 530명의 반인 270명이 가까워 오는데도 CNN과 MSNBC에서는 아직도 힐러리의 승률이 91%라고 하였습니다. 오후 3시 그러니까 미국 동부의 새벽 4시경에 트럼프는 당선권인 대의원수 270명이 되었습니다. 그런데도 TV에서는 아직도 힐러리가 이길 것이라고 했습니다. 우리는 TV의 발표가 잘못되고 있는 것이 아닌가 의심을 했습니다. 오후 5시에는 트럼프가 당선권인 270명을 넘었으니 내 생각에도 그가 당선이 되었는데 어째서 아직까지도 TV에서는 힐러리의 가능성을 이야기 하는지 모르겠다는 생각이 들었습니다.

나중에 들은 이야기로는 당선된 트럼프가 CNN과 MSNBC, 뉴욕타임스를 가리켜 '쓰레기 같은 언론'이라고 분노를 터트리면서 앞으로 백악관에는 저런 언론사를 못 들어오게 하라고 했다는 이야기입니다. 그전에도 이들 언론사와 트럼프는 나쁜 사이였지만 선거가 끝나고 대통령에 취임한지 8개월이 지난 오늘까지도 CNN와 MSNBC에서는 트럼프를 지나지게 비판을 하고 또 트럼프는 이 두 매체를 비난하고 있습니다.

한국에도 여론조사를 많이 합니다. 선거를 하게 되면 어느 후보가 얼마나 지지를 받고 있고 누구는 별로 지지를 받지 못하니 당선권내에 들지도 못한다는 예상을 신문에다 보도를 합니다. 그런데 가만히 생각하면 이 여론조사라는 것이 여론몰이에 큰 역할을 합니다. 여론조사에서 많은 표를 받으면 좀 더 열심히 선거운동을 하고 지지도가 낮으면 대중이 그것으로 사람을 판단을 하고 자신도 선거를 포기하는 경향이 있습니다.

내가 한국에서 10년을 사는 동안 3번의 대통령 선거를 치렀습니다. 이명박 대통령과 박근혜 대통령 그리고 문재인 대통령 선거입니다. 그런데 10년 동안 여론조사 전화를 세 번 받았습니다. 한 번은 여론조사에서 묻는 것을 전부 답변을 했고, 두 번은 나이를 물어서 60세 이상이라고 했더니 무슨 일인지 전화가 끊어져 버렸습니다. 나는 그저 전화가 잘못 되었나 보다 하고 잊어 버렸습니다. 그런데 친구들하고 저녁을 먹으면서 여론조사에 대해 이야기를 하는데 친구들도 나이가 60세 이상이라고 하니 전화를 끊더라는 것입니다. 그러면서 여론조사라는 것이 거의가 조작되고 자기들의 마음에 들도록 편집이 되는 것이니 믿을 것이 못 된다는 것이었습니다.

얼마 전 유튜브에서 통계학 교수가 여론조사라는 것에 대해 강의하는 것을 듣게 되었습니다. 여론조사라고 전화를 하면 우선 전화를 받지 않는 사람들이 가장 많고, 상대방이 나오더라도 "지금부터 여론조사를 시작할 텐데 한 5분만 협조를 해달라."고 하면 끊어버리는 사람들이 많다고 합니다. 또 어린애가 전화를 받거나 학생들이 장난으로 취급하는 것, 또 여론조사의 대상이 아닌 사람이 전화를 받는 것, 질문에 대한 답을 하지 않고 동문서답하는 것 등이 많아 효과적인 답은 전체의 7% 정도이고 성적이 좋을 때 8~9%가 된다는 것입니다. 자기가 관여한 여론조사에서 10%가 되는 것을 보지 못했다는 것입니다. 그러니까 1000명에게 전화했다고 하면 올바른 답은 100명도 되지 않고 3000명 면담을 했다고 하면 200명 정도 된다는 것입니다.

여기서 35%의 지지도를 얻었다고 하면 3000명의 전화에서 200명이 답을 했고 여기서 35%니까 약 70명의 지지를 받은 것이고 5%의 지지를 받았다고 하면 10명의 지지를 받았다는 것입니다. 만일에 대통령의 지지도가 70%라고 자랑을 하면 140명의 지지를 받은 것입니다. 3000명을 접촉하여 140명의 지지를 받았다고 하면 이것은 자랑할 거리가 되지 않습니다. 그것도 부산 출신의 대통령이 부산에서 여론조사를 했다면 올라갈 것이고 진보와 운동권 출신의 대통령이 광주에서 여론조사를 했다면 올라갈 것입니다. 그러나 대구에서 했다거나 보수적인 효자동이나 종로에서 여론조사를 했다면 무척이나 낮을 것입니다. 물론 여론조사측이 이런 곳에서 여론조사를 하지 않을 것이지만….

물론 이번 대통령 선거에서 여론조사는 어느 정도 정답을 내었습니다. 그러나 이런 정도의 정확성은 정릉의 점쟁이도 정답을 줄 수 있었을 것이라고 생각합니다.

촛불집회를 유도한 민주당과 또 단일 후보를 낸 진보측이 이긴다는 것을 저도 맞출 수 있었습니다. 후보가 열 명이나 나오고 사분오열이 되어 서로 물고 뜯고 싸운 보수, 또 진보이면서도 보수 색깔을 가지고 나온 국민의 당이 서로 싸우는데 보수가 진다는 것은 선거를 하기도 전에 알았습니다.

그런데도 신문에서는 여론조사라는 것을 굉장히 큰일을 하여 발표하는 것처럼 신문에 대서특필하는 것을 보면 신문사가 정신이 없는 사람들인지 아니면 독자들이 바보인지 헷갈릴 때가 많습니다. 물론 통계를 보면 대개 요새 신문이 생각하는 것이 그렇구나 하고 넘겨 버리지만 말입니다. 차라리 신문 이면을 광고에 실어 돈을 벌든가 아니면 좀 더 충실한 사설을 실었으면 좋겠구나 싶습니다. 비싼 돈 들여가며 여론조사라는 것을 하지 말고 말입니다.

대통령의 IQ

　내가 뭐 거창하게 마키아벨리의 〈군주론〉을 이야기하고자 하는 것은 아닙니다. 그러나 현명한 군주가 나라를 다스렸을 때 국가가 가장 발전했다는 이론에 반대할 사람은 없을 것입니다. 마케도니아는 알렉산더 대왕이 다스릴 때 가장 번영했고, 러시아는 피터대왕의 시대 때, 영국은 엘리자베스 1세 때, 스페인은 이사벨 여왕 시대에 가장 번영했습니다. 그리고 성경에 보면 이스라엘은 가장 지혜로웠다는 솔로몬 왕이 다스릴 때에 가장 번영했습니다.

　그러고 보면 한 나라의 운명은 군주가 얼마나 현명한가에 따라 국운이 오르락내리락 했습니다. 우리나라의 역사에도 세종대왕 때 나라의 문화가 가장 발전했고, 혼군인 선조 시대에는 임진왜란의 고초를 겪었습니다. 선조는 동인과 서인의 당파싸움의 가운데서 어쩔 줄 모르고 갈팡질팡했으며 이순신 장군을 파직시켰고 백의종군을 한 이순신 장군이 혁혁한 공을 세웠음에도 스스로의 감정에서 헤어나지 못한 채 이순신 장군을 논공행상에서 빼버렸습니다. 지금은 군주시대가 아니니 똑똑하고 올바른 마음씨를 가진 사람이 대통령이 되어야 나라가 번영할 수 있지 않을까 생각해 봅니다.

IQ는 Intelligence Quality Index를 말하는 것인데 정신과에서 여러 가지 질문을 하여 연령기준에 맞추어 계산을 해내는 수치입니다. 요새는 한번 테스트를 하는 것은 정확하지 않다고 하여 오랫동안의 그의 언행, 학교성적 등을 총망라하여 정한다고 합니다.

　한국인의 IQ가 세계에서 높다고 하는데 홍콩인이 평균 107로 제일 높고 한국인이 106으로 세계에서 2위라고 합니다. 미국 사람은 100이 채 되지 못하다고 하니 역시 멍청하긴 하나 봅니다.

　얼마 전 대통령의 IQ에 대한 기사가 나왔습니다. 미국의 역대 대통령의 연설문, 기자 회견, 대통령의 행적들을 분석하여 추정하였는데 미국의 대통령 중 가장 머리가 좋았던 사람은 하버드대학 출신인 존 퀸시 애덤스 제6대 대통령이라고 합니다. 그의 연설문, 사람들과의 대화, 기자 회견 등을 종합해 보면 168.9정도 된다고 하니 가히 천재급이라 할 수 있습니다. 다음은 헌법 기초자이며 발명가, 문필가인 토머스 제퍼슨으로 153.8이었다고 합니다. 그 다음이 역시 하버드대 출신 존 F 케네디로 150.7이라고 하고, 직전 대통령이던 바락 H 오바마는 145정도 된다고 합니다. 펜실베이니아대학의 와튼 스쿨을 다녔으며 자기의 IQ가 157이라고 주장하는 트럼프 대통령의 IQ는 믿을 수가 없습니다.

　나는 대학교 의예과 2학년 때 심리학 선생이 문제를 주고 풀어 보라고 하여 자기 스스로 성적을 내는 엉터리 IQ테스트를 해본 것밖에는 없습니다. 선생님이 내준 문제를 자기가 풀고 자기가 채점을 했으니 엉터리인 것은 틀림이 없습니다. 그래서 여기서 나온 수치 138은 누구에게도 이야기할 수 없는 수치이고 나도 스스로 믿지 않습니다. 그저 일생에 한번 해본 것이니 나 혼자서 이불 속에서나 중얼거려 보겠지요.

　우리나라의 대통령의 IQ는 자료가 없습니다. 우리나라 대통령 중 두 분은 외국에서 대학을 다녔고, 세 분은 사관학교 출신이며 두 분은 고등학교밖에 나오지 않았습니다. 오직 한 분만이 서울대학교를 졸업했는데 자타가 모두 공인하듯이 제일 머리가 영민하지 못했다고 기억합니다. 그분은 스스로도 머리는 다른 사람의 지식을 빌려 쓸 수 있지만 건강은 빌려 쓸 수 없다는 유명한 말을 남겼습니다. 최근의 세 분의 대통령만 정규대학에서 공부했는데 한 분은 고려대학교, 한 분은 서강대학교, 한 분은 경희대학교 졸업생입니다.

박근혜 대통령의 IQ는 127로 추정된다고 합니다. 그런데 평을 하는 사람이 그의 연설문이나 미국의회에서의 연설문 등을 보면 더 높이 평가할 수가 있겠으나 그의 연설문을 최순실이 교정했다고 하여 점수를 많이 깎았다고 합니다. IQ 책정도 정치적으로 하는가 봅니다. 그러나 그가 작성한 연설문과 사람들과의 대화, 그가 남긴 일들을 보면 박근혜 대통령의 IQ가 140이상 되지 않았을까 생각합니다. 박정희 대통령의 머리가 좋다는 것은 잘 알려진 사실입니다. 그는 국무회의 때 장관이 엉터리자료를 가지고 나와서 브리핑을 하면 많이 지적도 하고 고쳐 주었다고도 합니다. 당시에 명문인 대구사범을 다녔고 일본사관학교에 입학을 할 정도의 머리를 가지고 있었습니다. 그분은 서도에도 능했고 많은 책을 읽는 사람이었습니다. 김대중 대통령도 머리가 좋은 것으로 알고 있지만, 그분이 남겨 놓은 말이나 글에는 그의 자신이 쓴 것이 없기에 무어라 평할 수는 없습니다. 그런데 IQ가 높다고 훌륭한 대통령이 되는 것은 아닙니다. 머리가 좋아도 나쁜 방향으로 굴리는 사람이 많은 세상에서 머리만 좋다고 좋은 대통령이 되는 것은 아닙니다.

그러나 머리도 나쁘고 성격도 나쁜 사람이 지도자가 되어서는 안 될 것이 아니겠습니까? 북한의 김정은을 봅니다. 그는 고영희의 둘째 아들로 태어나 북한의 명문 평양제일중고등학교를 다녔고 스위스에 유학도 했다고 합니다. 그리고 북한의 명문인 김일성대학을 다녔습니다. 형을 제치고 권력을 잡을 정도로 머리가 있다고 합니다. 그의 IQ를 추정한 것은 나와 있지 않지만 분명히 한국 사람의 평균 이상의 IQ는 될 것입니다. 그러나 그가 좋은 사람이라고 생각하는 사람은 없을 것입니다. 그는 고모부를 죽이고 자기 아버지의 가신들을 숙청하고 학살했습니다. 국민들이 기아에 허덕이고 나라의 경제가 파탄이 나고 세계에서 모두 왕따를 시키는데도 핵무기를 개발하고 ICBM을 만들어 세계를 혼란 속으로 몰아넣고 있습니다.

한국의 문 대통령의 지혜는 얼마나 될까요? 촛불을 이용하여 대통령이 되었다면 머리가 그렇게 나쁘지는 않을 텐데 김정은에게 질질 끌려 다니니 머리가 좋다고 할 수는 없습니다. 국제 외교를 활발히 하든지 아니면 힘으로 하든지 북핵문제를 해결하려고 나서야지, 우리나라의 운명을 우리가 해결할 수가 없어 슬프다라고 한탄이나 하면서 그저 김정은에게 대화합시다, 대화합시다라고만 하는 건 현명한 대통령이라 할 수 없습니다. 그리고 최근에는 중국에 가서 푸대접을 받고 와서도 그것이 푸대접인 줄 모르고 환대를 받았다고 야단이니 정말 그의 지능은 가늠할 수 없습니다.

머리가 좋은 줄은 모르지만 트럼프가 대통령에 당선이 된 후 제일 먼저 찾아가 회담을 하고 무슨 일이 있으면 트럼프와 전화를 하고 국제 무대에 나아가 살살거리는 아베가 현재로서는 한국의 대통령보다 머리가 좋은 것 같습니다. G20에 가서 꿔다놓은 보릿자루마냥 한구석에 서서 부인 얼굴만 쳐다보고, 미국에 가서는 트럼프의 질문에 뚱딴지 답변을 한 우리 대통령보다는 국제무대에 가서 살살거리고 미국, 영국, 독일의 수뇌들과 거래를 하는 아베 수상이 독일 수상의 질문에 대답도 못하는 우리 대통령보다 훨씬 나은 것 같습니다.

지금 우리나라의 안보가 절체절명의 위기에 서있는데 비겁한 평화가 전쟁보다 낫다고 하며 우리에게 핵폭탄을 겨누고 있는 김정은에게 '대화를 하자. 대화를 하자' 하고 빌붙는 우리의 대통령은 정말 우리가 이해하지 못할 정도로 현명한 건지 아니면 바보인지 헷갈립니다.

민중 민주주의

　　2016년 10월 하순부터 서울 광화문거리는 다시 촛불을 든 민중들이 몰려들기 시작했습니다. 그리고 국정농단을 한 대통령을 끌어내리라고 아우성을 치기 시작했습니다. 광화문에는 촛불을 든 수많은 사람들이 대통령을 끌어내리라고 주먹을 공중에 흔들며 소리를 질렀고 대통령을 실고 가려는 듯이 크나큰 상여가 청와대 쪽으로 갔습니다.

　　신문도 TV도 국회도 경찰도 검찰도 법원도 대통령 편은 없었습니다. 국민의 대표라는 국회는 대통령탄핵을 의결했고, 검찰은 특검이라고 하여 최순실과 박대통령의 삼족을 멸하겠다는 호언하고 대통령 측근, 비서들, 장관들, 재벌의 총수들을 무더기로 구속했습니다. 그리고 재판도 없이 헌법재판관은 대통령을 파면한다고 결론을 지었습니다.

　　많은 사람들은 이것이 박근혜 대통령의 무능에서 비롯되었다고 하지만 나는 전부가 그렇다고 생각하지 않습니다. 물론 박대통령의 실수도 있고 그의 고집불통의 성격 탓도 있습니다. 그러나 이번 촛불은 80년대부터 시작된 소위 386세대와 주사파와 노동조합, 전교조, 참여연대, 전국농민회 등의 시민단체, 소위 통일연대라고 하는 시민단체들과 통합진보당의 용의주도한 계획이 진행된 것이고, 그들이 효순 미순의 시위,

광우병 시위, 여러 번의 노동파업과 세월호 시위를 하면서 쌓은 경험을 바탕으로 결집된 힘의 결과라고 생각합니다.

백만이 넘는다는 사람들이 든 촛불, 무대 장치, 그 많은 시위군중을 실어 나른 버스, 공연을 하면서 연예인들에게 쓴 돈은 상상을 초월하는 돈이었는데 이 돈의 출처가 어디였는지 언론이나 검찰에서는 일언반구 없습니다. 심지어는 데모에 참가하면 한 사람에게 5만원씩 주었다는 소문을 부인도 시인도 않은 채 그 막대한 자금은 어디서 나왔는지 밝히지 않습니다. 이것은 단순이 지나가던 대중이 참석한 것이 아니라 의도적이고 조직적인 힘이 뒤에서 뒷받침되었을 것이라고 생각합니다.

얼마 전 정규재 선생이 말한 것처럼 이번 박근혜 대통령의 탄핵은 박근혜 개인의 탄핵이 아니라 한국의 보수를 탄핵한 것이고 한국의 보수가 무참하게도 전멸했다는 것을 의미합니다. 소위 진보라는 미명하에 자란 종북세력과 한총련, 전교조와 주사파들이 그들의 힘을 보여준 것이라고 생각합니다.

그런데 보수나 진보, 뚜렷한 이념이 없는 일반 대중들에게는 누가 선동을 잘하느냐와 말싸움에 목소리가 큰 사람이 유리하게 마련입니다. 세계 역사에서 성난 군중을 이용하여 승리한 사람들이 많습니다. 그리고 그들이 옳은 일을 한 것보다는 군중의 힘을 이용하여 나쁜 일을 한 역사적 사실이 더 많습니다. 아고다광장에서 궤변으로 군중을 선동한 소피스트가 소크라테스에게 독배를 마시게 했고, 예루살렘광장에서 성난 군중이 예수를 십자가에 못 박게 했습니다. 러시아의 성난 군중이 수백만을 얼어 죽게 하고 굶어 죽인 스탈린에게 공산정권을 만들어 주었습니다. 아르헨티나의 군중은 페론에게 군사정권을 주고 남미에서 가장 잘살던 나라가 가난한 나라로 전락했습니다. 반미운동으로 군중을 모은 베네수엘라는 차베스에 정권을 넘겨주어 독재국가가 되었고 기름이 많이 나와서 개도 백 불짜리를 물고 다닌다던 나라였는데 이제는 사람들이 서로 쓰레기통을 뒤지러 다니는 거지나라가 되었습니다. 관광 수입과 올리브만 팔아도 먹고 산다던 그리스도 툭 하면 플랜카드를 들고 나오는 노조로 인해 유럽에서 가장 가난하고 신용불량국이 되었습니다.

군중대회는 국민의 참뜻이 반영되는 운동이 아닙니다. 군중을 선동하는 사람들이 자기의 얼굴을 가리고 양심을 플랜카드로 가리고 어떤 말이나 마구 쏟아놓는 혼란의 광장일 뿐입니다. 누가 자기의 얼굴을 내밀고 이석기를 양심수라고 석방하라고 말을 할 사람이 있겠습니까? 군중대회에서 자기의 얼굴을 군중으로 가리고 마치 술김에 이야기를 하는 것처럼 소리를 지르는 것입니다. 군중대회를 북한만큼 자주하고 크게 하는 나라가 없을 것입니다. 그럼 북한이 자유민주주의 국가입니까? 촛불대회 주최자에게 물어 보십시오.

나는 북한에 살면서 군중대회에 수없이 참석했습니다. 어린 초등학생이 "민중의 기 붉은 깃발로 전사의 시체를 싸노라. 시체가 식어 굳기 전에 우리들은 붉은 기를 지킨다. 높이 들어라. 붉은 깃발을. 그 밑에서 전사하리라. 비겁한 자야 갈 테면 가라…" 하면서 초등학생 우리들의 입으로 담지 못할 극악한 구호를 외쳤습니다. 그건 자의가 아닌 학교의 행사에, 주민의 행사에 끌려 나갔을 뿐입니다. 그리고는 주동자가 "김구, 이승만을 타도하라! 죽이자!"라고 말을 하면 우리는 그저 마지막 구절 "타도하라! 죽이자!"라는 말만을 되뇌어야 했습니다.

지금 서울에서 벌어지고 있는 민중대회가 바로 그런 것입니다. "이석기를 석방하라!"고 주동자가 외치면 "석방하라! 석방하라!"라는 뒷말만

되풀이할 뿐이지 나의 의견을 말하는 것은 아닙니다. 북한에서는 정부의 강제에 의해 동원이 되었고, 서울에서는 민노총이나 전교조, 농민회 같은 단체의 회유와 선동에 의해 동원이 되었고 주최자들이 꾸미는 K-pop이나 아이돌의 공연을 구경하러 나왔다가 무리에 휩싸인 사람들이 많다는 것입니다.

미국에 사는 사람들이 한국에 나갔다가 광화문거리에서 젊은이들 공연도 보고 촛불시위도 보았다는 사람들, 서울의 보수파에 속하는 친구들이 촛불시위를 구경 갔다가 온 사람들도 상당히 많았습니다. 이 사람들이 진보가 이야기하는 백만의 숫자들을 채워 주었다는 사실도 중요합니다. 여기서 나오는 것이 직접 민주주의입니까?

나는 이번의 대통령선거나 박근혜 대통령 탄핵이나 이념의 투쟁에서 보수들이 궤멸된 것이 당연하다고 생각합니다. 보수는 부패했고 무능했고 지리멸렬했을 뿐더러 나약하고 무식하고 나빴습니다. 그들은 단결할 줄 몰랐고 배가 침몰하는 순간까지도 서로 싸웠고 물에 빠져서도 자기만 살려고 같은 보수를 밀어냈습니다. 중도보수까지 합하면 60%가 넘는다는 보수는 국민의 외면을 받았습니다.

그러나 지금 집권자의 돌아가는 양상을 보면 겁이 납니다. 마치 월남 멸망 직전의 사이공을 보는 것 같고 망하기 직전의 아르헨티나를 보는 것 같고 홍위병들에 싸인 베이징 같습니다. 우리 국민에게는 국가의 내일은 안중에 없습니다. 살충제 계란이 북한의 핵보다 걱정이고 선심 정책으로 나라의 경제가 거덜이 나고 가계 빚이 1,400조가 넘는데도 바캉스가 더 중요하고 시청 앞에서 '이석기를 석방하라!'는 과격좌파의 목소리가 들리는데도 아파트의 값이 내려가는 것이 더 걱정입니다.

이것이 직접 민주주의의 갈 길입니까? 이건 아닙니다.

외식(外食)

사회가 변하면서 외식을 많이 합니다. 우리가 어려서는 외식을 한 기억이 별로 없고 식당도 그리 많지 않았습니다. 아마 식당이 많아지고 사람들이 외식을 많이 하게 된 것은 일차적으로 한국전쟁 때문에 사람들이 많이 밖으로 나돌아 다니게 되고 한국의 경제수준이 높아지고 많은 사람들이 직장을 갖게 되면서 집에서 밥을 해먹는 것보다 식당에서 해결하는 경향이 높아진 데 원인이 있다고 할 수 있습니다. 중국이나 동남아에 가도 많은 젊은이들이 직장에 나가면서 길가의 간이식당에서 아침을 사먹습니다. 그들은 간이식당에서 쌀국수나 만두 같은 것을 사먹으면 이삼천 원이면 해결이 되는데 집에서 아침을 차리려면 시간도 없거니와 돈도 더 많이 들기 때문에 길가 간이식당이 성업 중입니다.

아침 출근시간대 서울 시청 앞이나 을지로 입구의 지하철역 입구의 김밥 장사, 간단한 샌드위치와 빵집 앞에는 젊은이들이 장사진을 치고 있고 사람마다 커피 컵을 들고 있지 않은 사람이 없을 정도입니다. 옛날에는 학생들이나 직장인들이 점심으로 도시락을 싸갔지만 이제는 도시락을 싸가는 사람을 볼 수 없을 뿐 아니라 도시락을 싸가는 일이 사치에 속하게 되었습니다. 가끔 TV 드라마에서 남자 친구를 위해 도시락을 싸가는 여자들을 보는데 이것은 식당음식보다 훨씬 돈도 많이 들고 시간과 힘이 드는 사치스러운 일에 속합니다. 점심시간에는 사무실들이 많이 몰려 있는 광화문이나 시청 앞의 식당은 발 디딜 틈이 없을 정도로 사람들이 몰려 있고 도심의 식당마다 점심을 사먹느라고 전쟁입니다.

옛날보다 직장인도 많아졌고 일하는 사람들이 많아졌기 때문에 집에서 먹는 사람들보다 외식을 하는 사람들이 많아져서 먹자골목마다 사람들로 북적거리고 식당마다 사람들로 가득 차 있습니다.

나도 지난 10여 년을 혼자 살다보니 집에서 먹는 것보다 외식하는 때가 훨씬 많았습니다. 주말은 나가기 귀찮아서 집에서 해먹지만 혼자 살림에는 집에서 해먹는 것이 외식하는 것보다 비싸게 먹힙니다. 물론 아침은 커피 한 잔이면 되고 사치스러울 때는 계란 프라이 한 개 정도 먹지만 점심은 병원 직원식당에서, 저녁은 병원 근처 식당에서 해결할 때가 훨씬 많았습니다. 저녁은 동료들이나 친구들과 나가 먹을 때도 있지만 혼자 외식을 할 때는 육, 칠천 원이면 국밥이나 중국음식으로 해결할 수 있습니다. 그런데 집에서 그 정도로 해먹으려면 그 돈으로는 어림도 없고 시간도 많이 듭니다. 오래간만에 미국에 오니 서울에 못가 본 미국 촌놈 친구들이 질문을 많이 합니다. "한국에 오래 있다 오니 한국 음식이 그립겠구나. 한국에는 물가가 많이 비싸다던데…" 하는 질문들이 많이 받습니다.

그런데 나는 한국의 음식 값이 싸다고 생각합니다. 물론 신라호텔이나 롯데호텔에 가서 정식을 시키거나 한국에서 양식을 먹으려면 돈이 많이 들지만 나 같은 소시민 촌놈이 배를 채우려면 미국보다 훨씬 쌉니다. 미국에는 Steak 집에 가서 고기를 먹으려고 하면 30불이나 20 불이면 먹지만 한국에서 Steak를 먹으려면 돈을 많이 써야 합니다. 그리고 고기의 양이 미국의 3분의 1도 안 됩니다. 서울에도 Out Back, VIPS, TGIF Ruby Tuesday, Pizza Hut 같은 다국적 음식점이 많습니다. 미국에서는 그저 대중음식점인 이런 곳이 한국에서는 좀 고급음식점에 속합니다. 여기서 고기를 먹으려면 우리 동네 플로리다보다는 돈을 많이 주어야 합니다. 그리고 주는 양이 적어 고기로 배를 채우려면 웬만한 돈 가지고는 안 됩니다. 피자도 웬만한 중간 사이즈가 한 판에 3만5천 원이나 4만 원 하니 미국의 배도 넘습니다.

그러나 나 같은 소시민이 먹을 국밥이나 자장면 같은 것은 아주 쌉니다. 뉴저지에서는 설렁탕이 13불 50전입니다. 거기에 세금과 15% 이상의 팁을 주어야 하니 설렁탕 한 그릇에 20불을 주어야 먹을 수 있습니다. 그러니 설렁탕을 1만 원에 먹을 수 있는 서울이 훨씬 쌉니다. 그런데 설렁탕의 질이 좀 다릅니다. 뉴저지의 설렁탕은 우유가루를 타지 않은 정말 고깃국물이고 국에 고기도 많이 들어 있습니다. 그리고 주는 양이 한국에서의 양보다 훨씬 많습니다. 그래서 부부가 들어가 1인분만 먹고 1인분을 싸가지고 오면 싸다고 할지 모르겠습니다.

플로리다나 뉴욕의 음식점에서는 청구서에 자기들 마음대로 팁을 미리 매겨서 오는 일도 있습니다. 상식적으로 팁은 손님의 기분에 따라 주는 것일 텐데 어떤 곳은 15%, 어떤 곳은 18%, 심지어 20%를 자기 마음대로 매겨서 나오는 경우가 있습니다. 그래서 바가지를 쓰고 나면 얼마 되지 않은 돈이라도 기분이 나쁩니다.

음식점의 인정은 어디나 있습니다. 내가 살던 오하이오의 식당에 가면 안면이 있는 주인이 나와 인사를 하고 자기 음식점의 맛있는 음식을 맛보기로 내오기도 하고 먹고 남은 것을 싸달라고 하면 빵을 두어 개 봉지에 더 넣어 주기도 합니다.

대전의 건양프라자에서도 마찬가지입니다. 퇴근하면서 들르는 신포 만두집에서 만둣국을 시키면 메뉴에 포함이 되지 않은 밥을 한 공기 내오며 "교수님, 많이 드세요" 하고 인사도 합니다.

'현가든'이라는 묵은 김치 전골집에 가면 원래 상에 나오지 않는 반찬도 더 갖다주고 전골에 두부도 더 썰어 넣어 줍니다. 그런데 서울의 잘 나가는 식당에 가면 그런 인정이 없습니다.

오래 전에 이름이 있는 국밥집에 갔습니다. 그런데 국밥집에는 김치가 맛이 있어야 하고 국에 김치를 얹어 먹어야 맛이 있습니다. 그런데 그 집 김치가 맛이 있어 더 달라고 했더니 젊은 여자 종업원이 "김치를 더 시키면 이천 원을 더 내야 합니다."라고 쌀쌀하고 차가운 말로 기를 죽였습니다. 우리는 오기가 나서 "그래요 이천 원을 더 내지요." 하고 먹기는 했지만 기분이 아주 나빴습니다. 물론 다시는 그 집에 가지 않았지만.

뉴욕이나 뉴저지의 한국 음식점 중에는 맛이 좋은 집이 많습니다. 그러나 대전의 음식점처럼 인정이 담겨있지는 않습니다.

얼마 전에 친구에게서 전화가 와서 요새 건양대학병원 근처의 식당에 가면 "키가 작은 교수님이 왜 안 오시느냐?"고 안부를 묻는다고 합니다. 나도 식당집 아주머니가 그립습니다.

트럼프와 김정은

지난 며칠 동안 트럼프와 김정은의 거친 말로 세계의 뉴스는 떠들썩
합니다. 정말 핵전쟁이 일어나려는지 김정은은 남한을 불바다로 만들
고 일본과 미국을 잿더미로 만들겠다고 뚱뚱한 배를 내밀면서 야비한
웃음을 웃는가 하면, 트럼프는 험악한 인상을 쓰면서 북한을 지도에서
없애버리겠다고 손짓을 하면서 "Fire and fury!"라는 말을 쏟아냈습니
다.

미국의 국방장관도 "미국은 전쟁의 준비가 되어 있다."라고 으스스한
말을 하는가 하면, 북한에서는 김정은의 명령만 있으면 미국 본토를 향
하여 핵무기를 탑재한 ICBM을 발사할 준비가 되어 있다고 공갈을 칩니
다. 아침에 일어나 CNN이나 MSNBC의 채널을 열면 오래 전에 이라크
전쟁 직전의 으스스한 기분, 싸움 직적의 살기가 도는 듯합니다.

트럼프 대통령은 원래 부동산업자로 뉴욕에서 제일가는 프라자 호텔
의 주인이고 5번가에도 트럼프프라자를 지어 뉴욕의 재벌로 자리를 잡
은 사람입니다. 또 라스베이거스와 애틀랜타시티에 트럼프캐슬을 지어
도박장도 크게 만들었습니다. 대개의 자수성가한 사람들의 특징은 남
의 허를 찌르는 돌출행동을 합니다. 트럼프도 기자회견이나 공적인 자

리에서 정제되지 못한 말을 하여 기자들과 여성들로부터 혐오의 대상이 되어 고생을 하고 있습니다. 머리는 좋다고 하며 IQ 157이라고 공언하고 명문인 펜실베이니아대학교 와튼 스쿨을 나왔다고 하니 엘리트에 속하는 것은 틀림이 없습니다. 그러나 감정조절이 안 되고 점잖지 않은 언행으로 대통령 입후보 때부터 말이 많았고 지지율이 낮아 공화당에서 조차 거의 포기했었습니다. 그러나 힐러리의 과거 거짓말 행적과 야비할 정도로 상대방을 공격하는 성격, 지나친 사회보장정책으로 미국의 경제가 어려워져 미국의 중산층이 반 민주당 경향으로 쏠리는 바람에 열세에 있던 트럼프가 대통령이 되었습니다.

그는 대통령이 되고서는 마치 자기의 언행이 미국인의 지지를 얻은 것인 줄 알고 CNN과 MSNBC, NY times 등을 공격하며 이민정책, 외국과의 FTA 등에서 과격한 정책을 내세웠습니다. 미국의 남쪽과 멕시코의 그 넓은 접경에 담을 쌓겠다는 엄청난 정책을 내세우고, 그 돈은 멕시코에게 내라고 했다가 멕시코 대통령에게 면박을 당하기도 했습니다. 미국의 입국 시 이슬람교도들에게 테러 용의자인지를 검색하겠다고 하여 반박도 샀습니다.

그러나 그도 대통령이 되고는 약간 신사로서의 면모를 갖추었다고 할 수 있습니다. 요새는 독일의 메르켈 수상과도 귓속이야기도 잘 나누고 일본의 아베와는 단짝인 친구처럼 지내고 있습니다. 그러나 언론과 대중들은 아직도 트럼프는 예상하기 힘든 인물이며 언제 어떤 돌출행동을 할지 모르는 인물이라고 그에게 점수를 주지 않고 있으며, 아직도 CNN이나 MSNBC에서는 매일 아침 트럼프를 씹느라고 분주합니다.

그런데 트럼프의 맞상대인 김정은도 만만치 않습니다. 32살의 어린 나이에 어른 행세를 하며 나이 많은 아버지와 할아버지의 동료들을 자기 집의 종놈 취급을 하며 어깨의 별을 뗐다 붙였다 하고, 비위에 거슬리면 기관총을 쏘아죽이기도 하는 만행을 부립니다.

그도 북한에서는 명문이라고 하는 제일중학교와 고등학교를 다녔다고 하며 스위스의 베른에 있는 공립학교에 다녔다고 합니다. 물론 학교에 다닌 것은 분명하지 않지만 그를 아는 사람들은 그가 농구와 수영을 좋아하고 자동차 운전에 정신을 쏟았다고 합니다. 그리고 승부욕이 강하여 남에게 지면 성을 삭이지 못해 씩씩거렸다고도 합니다. 그러나 유학은 성공리에 끝마치지 못하고 평양으로 돌아와 김일성대학을 다녔다고 하는데 공부는 어찌했는지 모르겠습니다. 하여간 그의 언행으로 보아 머리는 좀 돌아가는 젊은이처럼 보입니다.

그런데 김정은과 70이 넘은 트럼프는 '늙은 놈'이라느니 '로켓 보이'라느니 서로 목청을 높이며 싸우고 있습니다. 둘의 손에는 ICBM과 핵무기를 발사할 수 있는 단추를 가지고 있습니다. 이들의 말 한마디에 따라 세계의 언론이 떠들썩하고 경제 지표가 오르락내리락 하고 핵실험을 한다고 또 미국 폭격기와 전투기들이 경계훈련을 한다고 수억 불의 돈이 날아가고 있습니다. 그리고 한국의 7천만의 사람들, 일본의 1억2천만의 사람들, 미국의 3억5천만의 사람들, 그리고 중국의 많은 사람들이 핵폭탄의 위협 아래서 불안해하고 있습니다.

이 두 정신없는(Unpredictable) 지도자들이 예상치 못한 행동을 한다면 수많은 사람들의 생명이 희생이 되는지도 모릅니다.

물론 근본원인은 정신없는 젊은 친구에게 있습니다. 그 친구를 제어하든지 정말 아니면 빈 라덴을 제거하듯이 세계의 지도자들이 힘을 합쳐서 제거해야 합니다. 뭔지 잘 알지도 못하는 장난감을 가지고 어른들을 놀리다가 자기도 모르게 터트려 버리는 어리석은 짓을 못하게 막아야 합니다. 위험한 장난감을 휘두르며 어른들이 무서워하는 것이 재미있어 더욱 흥이 나서 까부는 위험한 소년에게 "그래, 너 잘한다. 너 용하다." 하며 대화나 하자고 머리를 숙이는 어른은 잘하는 일이 아닙니다. 그렇게 위험한 소년에게 아부하고 내버려두는 것은 어리석은 일중에서도 가장 어리석은 일입니다.

나는 철저히 경제제재를 하고 외교적 봉쇄를 하여 더 이상 무기를 개발하지 못하도록 해야지, 유엔 몰래 개성공단에 전기를 공급해주고 돈을 보내주고 인도적 원조를 한다고 쌀과 물건을 보내주고 하는 것은 마치도 인질범에게 먹을 것과 무기를 주는 것 같은 어리석은 행위입니다.

우리는 지금 위험한 처지에 놓여 있습니다. 두 명의 예측할 수 없는 돌발적인 성격의 사람과 겁먹고 당황해 하며 어찌할지 몰라 헤매는 머리가 나쁜 지도자로 인하여 우리 국민은 불안합니다. 또다시 우리나라에 임진왜란 때 선조 같고, 남한산성의 인조 같은 몽매한 지도자가 되지 않았으면 하는 마음이 간절합니다.

편견과 시비

이차대전이 끝이 나고 광복이 된 지 72년이 넘었습니다. 그러나 아직도 한국 사람들의 가슴에는 일본에 대한 원한이 풀리지 않았습니다. 아직도 곳곳에서 위안부들의 원한을 갚아 준다고 일본 정부에게 사과하라고 다그치고 보상하라고 목소리를 높입니다. 일본대사관 앞에 소녀 동상을 세우더니 이제는 미국의 곳곳에 동상을 세우고 얼마 전에는 시내버스에도 소녀상을 태우고 다닌다고 합니다. 얼마 전에는 〈귀향〉이라는 영화를 만들어 위안부로 끌려나간 여자들의 참혹상을 고발하기도 했습니다.

이제는 위안부가 문제가 아니라 징용을 나갔던 분들이 잃어버린 청춘과 죽어간 동지들을 보상하라고 목소리를 높입니다. 징용으로 끌려가서 광산에서 전쟁터에서 인간 이하의 대우를 받으며 고생했던 이야기를 회상하며 일본 정부를 규탄하고 보상하지 않았다고 비난합니다.

얼마 전에는 〈전함도(Battle ship Island)〉라는 영화를 만들어 일본의 야만적인 처사를 규탄했습니다. 이런 영화를 보면서 느낀 것은 일본 정부나 일본인들의 잔혹성을 규탄해야 마땅하지만 그때 우리는 무엇을 했는가 하고 반성을 하게 됩니다. 지렁이도 밟으면 꿈틀한다는데 우리의 부모들이, 형제와 자매들이 이런 인간 이하의 대접을 받으며 고통을 당할 때 많은 사람들은 무엇을 했는가 말입니다. 요새 목소리 큰 사람들처럼 그때도 목소리가 큰 사람들이 있었을 텐데 그들은 무엇을 했는가 말입니다. 그리고 친일파를 척결하라고 야단을 하는데 요새 목소리를 높이는 국회의원들의 부모님들은 그때 무엇을 했던가요?

그때의 어른들은 전부 바보들이었고, 요새의 386 세대들만이 정의를 위하여 발 벗고 나서고 목소리를 높이는 위대한 인물일까요? 세상에는 강한 자들에게는 고개를 푹 숙이고 아첨을 하면서 약한 자들에게는 포악한 사람들이 많이 있습니다. 그런 사람일수록 약한 자에게는 아주 포악하고 잔인하고 목소리가 크며 정의로운 척 합니다.

지금도 일본은 얌체노릇을 하고 이중적인 행동을 하지만 국제적으로 한국에 막말을 할 형편이 아닙니다. 이제는 한국도 세계무대에서 외교의 행보가 넓어져서 옛날처럼 한국에게 강압적인 행동을 하면 미국의 제재를 받고 영국이나 독일, 유럽의 빈축을 살 것이기 때문입니다. 그리고 2차 대전 때 지은 죄가 있어서 그렇게 내놓고 한국을 홀대하지는 못합니다. 그래서 한국의 일부 진보세력은 일본에게 마음 놓고 대드는지도 모르겠습니다.

그런데 한국의 진보세력은 왜 중국과 북한에게는 아무 말도 못하는지 모르겠습니다. 중국은 과거 2000년 동안 한국을 속국이나 식민지로 취급했습니다. 고구려나 고려시대의 기록은 모르겠지만 조선시대의 기록을 보면 조선의 왕은 물론 왕세자까지도 중국의 허락을 받아야 했고 그들이 좋아하는 인물이어야 했습니다. 나라의 정책에도 일일이 간섭을 했고 심지어 왕의 비를 얻는데도 중국의 허락을 받아야 했습니다. 중국의 사신이 오면 왕이 직접 맞이해야 했고 사신을 잘못 대접하면

온 나라가 곤욕을 치러야 했습니다. 해마다 나라에서 처녀들을 골라 명나라에 바치고 많은 농민들을 노예로 끌고 갔습니다. 끌려간 부녀자들은 명나라의 관리나 돈 있는 자들의 노비나 첩으로 살았고, 매춘부로 전락한 사람들도 많았다고 합니다. 일본의 역사는 한일합방 전후로 약 45년 정도였지만 중국의 지배는 천 년을 넘었습니다. 그런데 한국의 목소리 큰 진보세력은 중국에 대해서는 말 한마디 못합니다. 정말 힘 있는 사람에게는 끝없이 비겁한 모습입니다.

미국보다도 중국의 눈치를 보면서 중국의 기분을 상하게 해서는 안 된다고 나라를 지킨다는 사드를 반대하고 중국의 비위를 맞추겠다고 진보 국회의원들이 중국을 방문하기도 했습니다. 그런데 중국에게 과거의 중국이 한국에게 행한 잘못을 사과하라는 말 한마디 꺼내지도 못합니다. 그리고 왜 조선시대의 사대주의 사상으로 물들어 있던 과거의 인물들을 친일파처럼 단죄하자는 말을 꺼내지도 못하는 것일까요?

우리는 아직도 툭하면 제주도사건과 광주사건을 들고 나오고 광주사건의 희생자의 보상을 하는데 나라를 위해 죽어간 전사자보다도 몇 십 배나 더 배상하고서도 아직도 해마다 그들에게 더 보상을 해줘야 한다고 아우성입니다. 어찌하여 우리나라의 진보사상을 가진 사람들은 미국과 일본에는 강하고 북한과 중국에는 그리도 굽실거리는지 모르겠습니다. 중국산 김치에서는 회충알이나 촌충알이 나오고 중국산 조기의 배에서는 납덩어리가 나와도 신문에서 사단 오단 기사로 눈에 보일락말락하게 나오고, 벼락을 맞을 일보다도 더 적다는 광우병 소동에는 백만 명이 넘게 광화문으로 모이는 것일까요? 어찌하여 불법 어업으로 영해를 침범하고 단속하는 해경에게 대항하여 해경들을 다치게 한 중국 어선들에게는 진보파 논객들이 아무 말도 못하고 그 요란한 소리를 내며 시속 40킬로도 못가는 훈련용 장갑차에 치어죽은 효순이와 미선이를 외치며 백만 명이 서울 시청 앞에 모이는 것일까요?

얼마 전 살충제 계란파동이 있었습니다. 이 소동은 네덜란드에서 시작하여 불란서 독일 등으로 퍼지고 전 세계로 퍼졌습니다. 그런데 불란서 사람들이나 유럽 사람들은 여전히 그 계란을 그대로 먹고 있으며, 계란으로 만드는 오믈렛 축제를 열고 있었습니다. 그런데 한국에서는 계란을 수백만 개를 폐기처분하고 계란 값이 몇 배가 올랐습니다. TV에서는 시장에 나온 여자들이 무슨 큰일이나 난 것처럼 우리 아이들이 이런 계란을 먹으면 어떻게 하느냐고 철저히 검사를 해야 한다고 목소리를 높이고 있었습니다.

나는 계란 파동이 유럽에서 시작했기에 망정이지 만일 일본이나 미국에서 발생을 했더라면 광화문 거리에 또다시 백만 명이 모여 "미군 철수, 이석기 석방!"을 외쳤을 거라고 생각합니다. 물론 중국에서 발생을 했다면 아무 말이 없었겠지요.

우리나라 진보사상을 가진 사람들이 중국과 러시아 북한에는 아무 말도 못하고 미국과 일본에만 목소리를 높이는 이유가 무엇인지 묻고 싶습니다. 북한이나 중국에 목소리를 높이면 얻어맞고 미국이나 일본에는 목소리를 높여도 맞을 염려가 없기 때문일까요?

인민재판

오늘 교회에서 목사님 설교는 '정의와 긍휼'이라는 내용이었습니다. 긍휼이나 자비심이 포함되지 않은 정의는 복수이고 폭력입니다.

우리나라가 해방이 되고 혼란스러웠을 때 정의와 부패척결을 제일 먼저 부르짖은 사람들은 공산주의자들입니다. 그들은 가난한 사람을 착취하였다고 지주들을 숙청했고 친일파를 척결했습니다. 그래서 북한에서 지주들의 땅을 모조리 빼앗고 숙청되어 지주들은 자취가 없어지고 친일을 하던 사람들은 많은 사람들이 죽고 강제수용소로 끌려가고 운이 좋은 사람은 남한으로 피신했습니다.

볼셰비키혁명이 성공하고 스탈린이 정권을 잡자 부르주아를 숙청하여 수백만을 시베리아로 유배시키고 1천만이 넘는 사람들을 죽였습니다. 북한에서도 많은 사람들이 죽고 남한으로 도망을 왔습니다. 그리고 나서 자기들은 친일파와 악질 지주들을 숙청했으니 정의로운 나라이고 남한은 친일파가 그대로 세력을 잡고 지주들이 아직 자기의 땅들을 가지고 있으니 정의롭지 못한 나라라고 규탄을 하고 태어나지 말았어야할 나라라고 후배들에게 가르쳤습니다. 아직도 우리나라의 진보사상을 가진 사람들은 그렇기 때문에 대한민국의 건국은 정통성이 없다고 이야기를 합니다. 해방이 되고서도 친일파와 지주들을 척결하지 못한 정부를 인정할 수 없다는 것입니다. 이런 논리가 남한의 386이나 주사파 학생들 그리고 좌파 정치인들이 남한정권을 부정하는 구실입니다.

미군이 점령한 남한에서는 지주들의 척결과 친일파 척결에 미온적이었던 것이 사실입니다. 미국은 민주주의 국가임으로 개개인의 인권과 사유재산을 존중하는 나라입니다. 현행범이나 전범이 아닌 이상 친일파라고 무조건 구속하거나 숙청하는 것이 아니고 주인이 있는 땅을 무조건 빼앗을 수도 없었기 때문입니다.

그런데 공산주의자들이 친일파와 지주들을 처벌할 때 공정한 재판을 한 것이 아닙니다. 일본 검찰이 독립운동자들을 처벌할 때도 재판을 하였고 재판의 기록이 많이 남아 있습니다. 안중근 의사, 윤봉길 의사들의 재판기록도 남아 있고 105인 사건, 삼일운동 사건, 조선어 사건 등 모두 재판기록이 있습니다. 그러나 스탈린이 부르주아를 학살할 때나 북한에서 친일파와 지주들을 학살할 때의 재판기록은 하나도 남아 있지 않습니다. 아니 재판기록이 하나도 없습니다. 그것은 공정한 재판을 한 것이 아니라 인민재판이라는 잔학하고 즉흥적인 재판도 아닌 즉결 처분을 했기 때문입니다.

나는 어려서 인민재판을 본 일이 있습니다. 한국전쟁 때 평양에서 시골로 피난을 갔는데 인민재판에 나오라는 통장의 독촉에 못 이겨 주인집 아주머니를 따라 초등학교 운동장에 갔습니다. 단위에는 면인민위원장, 내무서원, 노동당 세포위원장이 있고 얼마 있다가 어떤 아저씨가 끌려 나왔습니다. 그리고 당의 간부가 "이 동무는 나라에 낼 공민세를 속이고 소작민들을 착취했다."는 말을 하고는 "이 사람에 대해서 비판을 할 사람이 있으면 나오라."고 했습니다. 한참동안 아무도 나오지 않으니까 당 간부가 한 사람을 지명하더니 "동무가 그전에 불평을 하지 않았소?"라고 했습니다. 그러자 앞으로 그 사람이 나오지도 않고 그 자리에서 무어라고 한마디를 했습니다. 당 간부는 "이런 반역자를 어찌할까요?" 하니까 뒤에서 몇 명이 "처단합시다. 옳소!"라고 소리를 질렀습니다. 그 가족은 한구석에서 울고 서있고 당간부는 "그러면 끌고 나가!"라고 했습니다. 그 아저씨는 두 명의 총을 가진 내무서원에게 끌려 나갔고 얼마 있다 총소리가 몇 발이 났습니다. 이것이 인민재판입니다.

검사도 변호인도 판사도 없고 아무런 기록도 없었습니다. 나는 어린 마음에도 '이것은 공정한 재판이 아닌 살인이다.'라고 생각했습니다. 그런데 이런 인민재판은 북한에서만 일어난 것이 아닙니다. 대부분의 공산국가에서 일어났습니다. 월남이 패망한 후 월남에서도 일어났고, 캄보디아에서도 몇 백만이나 되는 사람들이 이런 인민재판으로 죽었습니다. 그들의 해골을 모아 쌓아 놓은 곳이 킬링필드입니다. 나는 관광여행을 가서 산처럼 쌓아 놓은 사람들의 해골을 보고서 무섭고 등골이 오싹했습니다.

여행안내자는 그들의 인민재판을 이렇게 이야기를 했습니다. 학교 운동장에 사람을 모아 놓고 중앙공산당 간부, 경찰, 동네 공산당 간부가 모여 심사를 하는데 승려나 기독교인은 우선 무조건 죽이고, 학교 선생은 인텔리여서 공산당을 쉽게 신봉하지 않을 테니까 무조건 죽이고, 안경을 낀 사람은 지식인이 많으니까 죽이고, 손을 만져보아서 손바닥에 굳은살이 박이지 않은 사람은 죽였다고 합니다. 그곳에도 검사나 판사 변호사가 없고 판결문도 없었습니다. 그러니 공정한 재판이 아닌 판결로 수많은 사람을 죽였습니다.

한 가지 공통된 점이 있습니다. 이름은 인민재판이지만 인민의 의견에 따라하는 것이 아니라 한 독재자의 지시에 의한 것이고 한두 사람의 선동으로 진행이 된다는 사실입니다. 1917년 볼셰비키혁명 이후 처단한 수많은 사람들은 부르주아라고 하는 이름으로, 지식인들이라는 죄목으로 스탈린을 따르는 열성분자들에 의해 숙청되고 죽었고, 캄보디아의 킬링필드도 공산주의자들의 선동으로 학살된 것입니다.

이 사회 어디에나 독재자의 주위에는 과잉충성을 하는 사람들이 있습니다. 수양대군에게는 신숙주가 있었고, 박정희 정권 때는 차지철과 이후락이 있었고, 이승만 정권 때는 장경근과 곽영주가 있었습니다. 물론 그 위에는 독재자가 있었지요. 그들은 독재자를 만족시키기 위하여 과잉충성을 하고 밑의 사람들과 국민을 그야말로 개나 돼지로 취급을 하였습니다.

지금 북한에도 마찬가지입니다. 젊은 김정은의 비위를 맞추려고 존엄의 사진을 꾸겨 가방에 넣었다고 웜비어를 죽이고, 요덕수용소의 많은 사람들을 잔혹하게 탄압하고, 못살겠다고 탈북 하는 피난민들을 간단한 인민재판으로 기관총으로 쏘아 죽이는 나라가 조선민주주의 인민공화국입니다.

지금 우리나라에서도 과거의 모든 적폐를 청산하겠다고 주먹을 휘두르는 사람이 있습니다. 그 많은 과거사들을 모두 들춰내어 자기 비위에 맞지 않는 사람들만 골라 자기들이 마음에 맞는 법관들로 재판을 하겠다고 주먹을 불끈 쥐고 야단입니다. 나는 이것도 인민재판의 한 종류가 아닌가 하고 생각을 해봅니다.

거짓이
이기는 사회

예루살렘의 멸망

    예루살렘은 유대인들의 정신적인 중추입니다. 아브라함이 이삭을 제물로 바치려던 모리아산이 있고 다윗의 궁전이 있고 솔로몬의 성전이 있던 곳입니다. 그곳에서 이스라엘의 왕정이 시작되고 적어도 500여 년간의 수도였으며 BC 586년 바벨론에 의해 점령당하기까지 유대 왕국의 심장이었습니다. 바벨론에 의해 멸망당한 후 70년 있다가 느헤미아, 에스겔, 스룹바벨에 의해 재건이 되었다가 AD 70년에 망하기까지 다시 400여 년간 유대의 수도였고 문명의 중심이었습니다. 디아스포라의 유대인들이 그렇게 갈망하며 시온으로 돌아가자를 외치던 시온이기도 합니다.

    예루살렘에서 한 120킬로 떨어진 나사렛에 계시던 예수님도 예루살렘에서 가르치셨고 병자를 고치셨고 예루살렘에서 십자가에 못 박혀 돌아가셨고 예루살렘에서 부활하시고 승천하셨습니다. 유대인들의 환심을 사고자 했던 헤롯도 예루살렘에 크나큰 성전을 지었습니다. 역사학자들의 말로는 24만 명이 들어갈 수 있는 크나큰 광장에 화려하고 웅장한 예루살렘 성전을 지었으며 이 성전은 유대인들의 자존심이었습니다.

예수님이 제자들과 예루살렘에 들어가셨을 때 그를 따라가던 사람들 중에 하나가 "저, 성전을 보십시오. 얼마나 장엄하고 아름답습니까."라고 자랑했다고 합니다. 그런 예루살렘이 망했습니다. 그저 망했다고 말하기에는 너무 끔찍하고 철저하게 멸망했습니다.

왜일까요? 대개 나라가 망하는 것은 내부의 부패와 권력싸움으로 스스로 망할 준비가 되었을 때 망하는 것이라고 이야기합니다. 춘추전국시대에도 월나라가 부패하여 스스로 망할 준비가 되었을 때 오나라에게 망했고, 고구려도 연개소문의 아들들이 서로 싸우고 나라를 당나라에 팔아먹었을 때 망했고, 백제도 망할 준비가 되었을 때 즉 사치하고 부패할 대로 부패한 왕실과 의자왕의 타락으로 자기나라보다도 약한 신라에게 망한 것입니다. 천년의 역사를 가진 로마제국도 사치와 부패로 국민이 타락하고 군인으로 나가기도 싫고 궂은일 하기도 싫어하는 등 국민이 부패했을 때 고용했던 용병과 노예로 부려먹던 이방인들에게 망했습니다. 예루살렘과 유대도 스스로 부패하고 범죄가 심하여 가만 두어도 망할 수밖에 없었습니다.

우리는 마태복음 23장 37절과 38절에서 예수님이 예루살렘을 위한 탄식과 한탄을 볼 수 있습니다. "예루살렘아 예루살렘아 선지자들을 죽이고 네게 파송된 자들을 돌로 치는 자여, 암탉이 그 새끼를 날개 아래 모음같이 내가 네 자녀를 모으려 한 일이 몇 번이냐? 그러나 너희가 원치 아니 하였도다. 보라 너희 집이 황폐하여 버린 바 되리라."라고 하였습니다. 정말 그때 유대는 타락하였고 지도자들은 부패하였습니다.

이 세계에서 가장 반기독교적인 도시가 예루살렘입니다. 가장 비기독교적인 나라가 유대입니다. 그래서 십자군 원정 때나 2차대전 때도 예루살렘은 유린당하고 유대인들은 핍박을 당했습니다. 예수님이 십자가에서 돌아가신 후 유대의 총독 빌라도는 로마로 영전이 되어가고 베릭스가 총독이 되었습니다.

베릭스의 이름은 사도행전에도 몇 번 나옵니다. 그는 뇌물을 받고 사카리파라는 조폭들을 후원합니다. 사카리파는 낫처럼 생긴 칼을 들고 다니며 사람들을 해치고 강도짓을 하는 무리였다고 합니다. 또 열혈당 엣세내파들은 로마 당국에 항거한다는 이유로 백성들을 갈취하고 도적질을 했습니다. 종교계에는 거짓 선지자들이 횡행하고 백성들을 현혹하여 갈취했습니다. 국민들은 학대당하고 시달렸습니다.

베릭스가 물러가고 다음에 온 알비우스도 유대의 다른 총독들처럼 돈을 벌어 로마에 가서 출세하려고 조폭들을 후원하고 심지어 감옥의 죄수들을 돈을 받고 풀어 주었다고 합니다. 이렇게 예루살렘에 오는 총독들은 그들이 재임시간에 돈을 벌어 좀 더 출세를 하기 위한 방편으로 삼았습니다.

폴로로스라는 유대 총독은(AD 64년)은 돈을 주고 예루살렘 총독으로 와서는 돈을 주면 마음대로 강도짓을 하도록 내버려 두었고 종교 지도자들은 집권자와 손을 잡고 국민의 돈을 갈취하였습니다. 시카라파, 열심당이라고 하는 엣세내파들의 시달림을 당하던 국민들은 차라리 전쟁이라도 났으면 하는 마음이었다고 합니다(요세프스 7권). 아마도 우리나라 자유당 말기에 '못 살겠다 갈아보자'라는 마음이었을 것입니다.

결국 AD 70년 벨파사와 티투스는 별로 힘들이지 않고 예루살렘을 점령하고 예수님의 예언대로 돌 위에 돌 하나 놓이지 않을 정도로 철저히 멸망했습니다. 유대인들을 전부 예루살렘에서 내쫓겼습니다. 유대인들은 집도 나라도 없는 디아스포라가 되어 세계를 방황하는 민족이 되었습니다. 그리고 유대의 이름을 말살하려고 그 땅의 이름을 유대인들이 가장 싫어하고 수치스러워 하는 팔레스타인이라고 명명하였습니다. 구약성서에 가장 많이 나오는 적국이고 주적인 블레셋이라는 이름입니다. 아마 이스라엘 역사 가운데 가장 치욕적이고 한스러운 사실일 것입니다.

나의 말이 사실이 아니기를 바랍니다. 그리고 노망이라고 해도 좋고 어리석은 사람의 말이라고 해도 좋습니다. 그리고 내 말이 사실이 아니 되기를 바랍니다. 그러나 나는 망하기 전의 예루살렘과 서울이 자꾸 비교가 되는 것은 어인 일입니까?

유대인의 총독들처럼 우리나라의 정치인들도 부패했습니다. 전두환 대통령, 노태우 대통령, 김대중 대통령, 노무현 대통령, 이명박 대통령 등 모두 부정에 연루가 되어 치욕을 당했습니다. 지금은 시카라파와 같은 민주노총, 한총련, 전교조들이 툭하면 광화문을 점령하고 주먹을 휘두릅니다. 종교는 부패하여 종교지도자들이 재벌보다도 더 많은 재산을 가지고 사치를 하고 있습니다. 국민들은 사치와 행락에 빠져 궂은일을 싫다고 하고 노래와 춤에 빠져 있고 돈이 있고 높은 사람일수록 군복무하기를 싫어합니다. 북방에는 시리아 같은 북한이 미사일을 쏘면서 침략하려고 벼르고 있습니다. 대통령은 안보에 힘을 쓰는 것이 아니라 전 정권들을 향한 정치 보복으로 사법부를 자기들의 부하로 만들고 정당한 이유도 없이 전 대통령을 두 번 구속하라고 하고 구속영장이 나오는 시간에 청와대에서 파티를 했습니다.

나는 정치나 국제적인 지식이 없는 소시민입니다. 그러나 예루살렘의 멸망과 닮은 내 나라 서울의 앞날이 걱정스럽기만 합니다.

거짓이 이기는 사회

내가 공부를 할 때 선생님들은 정의는 반드시 이긴다고 가르치셨습니다. 또 교회에 나가 설교를 들으면 목사님들도 정의는 반드시 승리를 한다고 역설하셨습니다.

내가 좋아하는 카우보이 영화에는 은색별을 차고 나오는 보안관이나 잘생긴 정의의 사람이 악한들을 물리치고 살기 좋고 평화스러운 마을로 만들어 주고 떠난다는 이야기들이 많이 있었습니다. 〈하이눈〉의 게리 쿠퍼나 〈OK 목장의 결투〉의 버트 랭카스터, 〈세난도〉의 제임스 스튜어드, 〈쉐인〉의 아란 앗드 〈황야의 7인〉의 율 브린너 등 이름을 셀 수 없이 많은 영화들이 권선징악을 주제로 한 스토리였습니다. 거기에는 인간애가 있고 사랑이 있고 낭만이 있었습니다. 그런데 세상을 살아가면서 나이가 들고 세상물정을 알게 되니 '정말 정의가 이기는 사회가 아니구나' 하는 것을 알게 되었습니다.

카우보이 영화에도 악한이 많은 사람을 죽인 후에 보안관이 악한을 처치하는데 그러면 그 악한이 죽인 사람들의 정의는 어디로 갔을까를 생각하게 되었습니다. 물론 현대사회만 그렇다는 것은 아닙니다. TV에 나오는 역사극들을 보면 권력을 잡은 사람들 양반들이나 왕이 힘없는 백성들을 얼마나 학대하고 이유 없이 죽였는지 모릅니다. 거기에는 정의라는 관념도 없고 법도 없었습니다. 그저 자기가 싫다거나 자기에게 복종하지 않는다는 것으로 죄가 되었고 형벌의 대상이 되었습니다. 원님이나 형조에서 죄인을 심문할 때 증거를 가지고 고문하는 것이 아니라 "네 죄를 네가 알렷다!"라고 하면서 주리를 틀고 인두로 지졌습니다. 지금도 삼성 부회장 이재용이 묵시적인 뇌물 수수를 했다고 유죄가 되었으니 정말 '네 죄를 네가 알렷다!'가 아닌지 모르겠습니다.

지금의 사회도 마찬가지입니다. 1970년대 한국에서 잘 나가던 삼양라면이 공업용 소가죽인 수구레를 썼다고 신문에 나고 사회에서 떠들어 댔습니다. 그리고 충분히 조사도 하지 않고 인민재판을 하듯이 몰아세우고 삼양라면은 파산을 했습니다. 오랜 싸움 끝에 삼양라면이 공업용 수구레를 썼다는 기사가 잘못이 되었다는 것이 판정이 났으나 신문은 자기들의 잘못을 사과하지 않았습니다. 한 기업가가 일생을 걸고 세워 온 사업이 망하고 주인이 병이 들었는데도 자기들의 잘못으로 인해 파산을 한 기업에 대해 책임을 지지 않았습니다. 아주 오래 후에 우표 여섯 장 정도의 정정기사가 신문 구석에 실렸을 뿐입니다. 그것도 자기들이 잘못했다는 사과가 아니라 그저 기사를 바로 잡는다는 정도였습니다.

그럼 정의를 구현한다는 신문이 이런 정도니 다른 데는 말할 것도 없습니다. 우리나라의 정치인들이나 큰 사업을 하시던 분들이 살아서 많은 죄를 짓고 거짓말을 많이 했는데도 아무런 벌을 받지 않고 그대로 평안한 삶을 누렸고 자손들이 그 재산으로 호의호식하며 사는 것을 보면 정의가 어디에 있는가 하고 탄식을 하게 됩니다.

우리는 600만 명의 유대인을 죽이고 유대인의 몸에서 기름을 뽑아

비누를 만들어 썼다는 히틀러의 악행을 압니다. 그리고 역사학자는 그런 악인이 망하고 정의가 승리했다고 이야기를 합니다. 그럼 600만 명의 희생된 유대인의 정의는 무엇이고 이차대전에서 낙화처럼 떨어져간 수많은 젊은이들의 생명의 정의는 어디로 간 것일까요. 유영철이란 연쇄살인마는 많은 젊은 여자들을 죽이고 토막을 내었습니다. 그는 사형언도를 받았지만 우리나라의 시민단체는 사형 제도를 없애라고 목소리를 높였고 그는 아직도 형무소에서 고참이라는 특별대우를 받으며 살고 있습니다. 그러면 그의 손에서 죽어간 많은 젊은 여자들의 생명은 무엇이고 정의는 무엇입니까?

우리나라의 언론이나 국회에서는 사람의 인권을 별로 중하게 여기지 않습니다. 물론 시민단체나 노총의 간부나 야당인사들의 인권은 존중하고 자기들의 동료가 데모하다 다치거나 죽으면 열사라고 떠들어대지만 공무원이나 군인들 그리고 힘없는 시민들의 인권은 별 볼일이 없습니다. 국회 청문회에서 있는 말 없는 말 막 떠들어대면서 사생활을 까발립니다. 자기도 군대에 가지 않았으면서 장관 후보자에게는 군대에 가지 않았다고 호통을 치며 부인과 자식들의 사생활까지도 들추어내어 망신을 시키고는 아니면 말고 하고 돌아서는 국회의원들을 보며 그들의 인권은 무엇이고 정의는 무엇인지 알 수 없습니다. 5·18광주사건의 희생자는 열사로 취급되고 세월호의 희생자도 의사자로 취급하자고 야당 국회의원은 목소리를 높였지만 천안함 침몰의 희생자나 오래 전 KAL사건의 희생자는 본 척도 하지 않습니다. 나는 사건들을 취급하는 언론인들의 정의의 기준이 무엇인지 알 수 없습니다. 얼마 전 신문에 5·18광주사건의 가족들에게는 모든 공무원시험이나 사법고시에 가산점 10%를 준다는 기사를 듣고 경악했습니다. 수능고시 500점에 10%인 50점을 준다면 이는 3점을 가지고 SKY 대학에 가느냐 못 가느냐 하는 경쟁에서 그저 앉아서 서울대학교에 들어가겠다는 말이고 그렇게 2점이 아쉬운 사법고시에 10%를 준다면 그 가족들은 사법고시에 응시만 하면 합격이 되고 앞으로 사법계는 그 가족들이 다 차지한다는 말이 아닌지 모르겠습니다.

물론 내가 그 기사를 잘못 읽었거나 잘못 알고 있기를 바랄 뿐입니다. 만일 이것이 사실이라면 옛날 양반의 자식들만이 과거를 볼 수 있었던 사회에 살고 있는 것이나 마찬가지라고 생각을 합니다.

정의에 대한 생각은 사람마다 다를 수 있습니다. 절대 권력자인 김정일과 김정은이 가지는 정의에 대한 개념과, 내가 마이크를 잡고 떠들면 너의 인생을 얼마든지 망가뜨릴 수 있다는 S씨 같은 언론인이 가지는 정의에 대한 개념과 나 같은 소시민이 내게 주어진 국민의 의무 납세와 병역의 의무를 다하고 내 손으로 밥을 벌어먹고 사는 힘없는 일반 시민이 생각하는 정의는 다른가 봅니다.

그래서 기자들은 정의를 구현한다고 죄 없고 힘없는 사람의 삶을 망치고도 아무런 죄책감 없이 목에 힘을 주고 어깨에 힘을 주고 다니며 국회의원이라는 감투를 썼다고 남의 사생활을 왜곡하고 과장하여 자기 마음대로 편집을 하여 한 사람의 그의 일생에 상처를 남기고도 아무런 죄책감 없이 살아가는 사람들이 정의에 대한 개념이 다른 것인가 봅니다.

오늘도 신문과 TV에 정의라는 낱말을 구사하며 입에 거품을 물고 떠드는 사람들을 보면서 차라리 옛날 미국의 서부시대의 정의가 좀 더 솔직하고 당당하지 않았을까 생각해 봅니다.

중국의 욕심

우리나라 진보파 정객이 토론에 나와서 한 말입니다. "우리더러 종북, 종북 하는데 사실을 우리나라에서는 종북이 문제가 아니라 종미가 문제입니다. 무조건 미국의 정책에 따라야 하고 미국의 뜻에 따라야 한다고 주장하는 보수파들이 문제라고 생각합니다."

그리고 사드문제로 나라가 시끌시끌할 때 지금의 여당인 국회의원 몇 명은 중국과 협상을 한다고 중국으로 갔습니다. 물론 그들을 시진핑이 만나주지도 않았고 중국의 상위 정객들과 만난 것도 아닙니다. 그저 의원들 몇 명과 신문사 기자들 몇 명만 만나고 왔을 뿐입니다.

우리나라 국회의원은 참 희한합니다. 국가를 위해 일하는 것은 별로 없고 정말 일부 사람들이 말하는 국해(國害)의 일을 하면서도 온갖 특권을 누리고 권력을 누리고 다닙니다.

국회의원이 되기 전에는 괜찮던 사람도 국회에 들어만 가면 사람이 변하고 나빠지니 아마 여의도 터를 잘못 잡은 지도 모르겠습니다. 한국 국회에서는 별의별 일이 다 벌어집니다. 사병으로 제대를 한 사람이 병장 옷을 입고 나와 참모총장인 사성장군을 불러 놓고 "당신이 그러면서도 군 지휘관이라고 할 수 있어?" 하고 모욕을 주며 힐문하기도 하고 전과 2범이고 감옥에 몇 번이나 갔던 사람이 죄를 한 번도 진 일이 없는 사람을 불러서 "당신은 교회에서 그런 연설을 했으니 총리가 될 자격이 없어." 하면서 질책하는 곳이기도 합니다. 하여간 사드 문제를 가지고 중국에 갔던 우리 국회의원님들은 학생 때 고려나 조선의 역사를 한 번이라도 읽어 보셨는지 아니면 초등학교 때 을지문덕 장군이나 강감찬 장군의 이야기를 들어보셨는지 모르겠습니다.

미국은 건립된 지가 250년 정도밖에 안 되고 한국을 침범한 일이 없습니다. 미국사람들이 한국에 오게 된 것은 토마스 목사님이 대동강 가에서 강변에 올라오지도 못하고 참수된 일이 있지만 공식적으로 미국사람들이 한국에 온 것은 1885년 아펜젤러 박사와 에비슨 박사가 선교사로 온 것이 처음 우리와의 접촉이었습니다.

그들은 우리에게 학교를 지어주고 병원을 지어주고 전쟁 때 우리를 살려주고 구호물자를 보내 도와주고 많은 한국 사람들을 미국에 데려다가 교육시켜 주고 우리들이 미국에서 뿌리를 내리고 살도록 도와준 것뿐입니다. 그런데 좌파들은 무엇이 그리 잘못 되었다고 미국이라면 입에 거품을 물며 경기를 하는지 모르겠습니다.

우리나라가 언제부터 중국과 인연을 맺었는지 모르지만 한사군이 있었던 곳을 보면 1800여 년이나 아니면 중국의 춘추전국시대였던 2200여 년 전이었는지도 모릅니다.

그 오랜 동안 우리의 역사 속에는 수많은 중국의 침략과 식민지 정책으로 우리를 탄압하고 착취한 역사들로 얼룩져 있습니다. 우리의 역사 속에 지워 버리고 싶은 신라의 삼국통일은 당나라의 도움으로 이루어졌고 그 후부터 우리는 속국으로 취급을 받으며 치욕적인 역사가 1500여 년 계속됐습니다. 청천강 이북의 만주를 포함한 그 넓은 땅을 당나라에 빼앗겼습니다.

우리가 2차대전 때 한국의 여인들이 위안부로 끌려가 처참하게 유린이 되었다고 흥분하지만 우리의 역사를 보면, 조선시대에는 중국 사신이 오면 한국의 처녀들을 갖다 바치고 매해 몇백 명씩 처녀들을 잡아다가 명나라에 바치곤 했습니다. 왕이 되는 것은 물론 왕세자를 삼는 것, 왕이 어떤 여자와 결혼하는지도 명나라 황제의 허락을 받아야 했습니다. 물론 우리나라만 그런 것은 아닙니다. 중국에는 55개의 소수민족이 있다고 합니다. 만주족, 후이족, 마오족 위구르족, 조선족, 몽골족, 티베트족 등 많은 소수민족들이 있다고 하는데 이것은 무엇을 의미할까요. 그 소수 민족들을 침략하여 완전히 먹었단 말이 아닐까요.

지금 내몽골은 중국에 완전히 소화가 되어 자취도 없어졌지만 남아있는 외몽골 사람들이 가장 미워하는 사람들이 중국 사람들입니다. 중국은 20세기 초반에 내몽골을 침략하여 자기들의 땅으로 삼고는 중국인을 내몽골로 이민을 시켰습니다. 그래서 약 4백만 정도 되던 내몽골에 지금은 2천4백만의 주민이 있고 주류가 중국인이라고 합니다. 즉 중국인이 약 2천만 명이 이주를 하고 4백만여 명의 몽골인들을 삼켜버린 것이지요. 그러니 내몽골은 이제 완전히 중국이 되었다고 해야 할 것입니다.

티베트도 마찬가지입니다. 동남아 여행을 하면 태국이나 베트남, 캄보디아, 인도네시아 어느 나라치고 중국의 침략을 안 당한 나라가 없습니다. 이렇게 중국은 오랜 역사 속에서 수많은 민족을 침략하고 점령하고 완전히 소화하여 중국으로 영영 만들어 버렸습니다. 2차대전 후 많은 강대국들이 식민지를 해방시켰습니다. 영국이 인도를 해방하고 그 모질던 일본도 한국을 해방 시켰습니다. 그러나 중국은 자기들이 점령

했던 나라를 해방시키고 독립시킨 나라가 없습니다.

한 달 전 홍콩에 다녀왔습니다. 1986년에 가보고 2003년에 잠깐 다녀오고 이번이 세 번째입니다. 홍콩은 관광과 금융의 도시에서 다시 산업의 도시로 만든다고 건설의 붐이 한창입니다. 홍콩에서 마카오를 연결하는 장장 55킬로미터의 다리를 놓는다고 도시가 흙투성이고 먼지투성입니다. 홍콩에서 기차를 타고 한 40분을 가면 심천이라는 도시가 나옵니다.

이 심천이 관광도시로 홍콩을 찾는 많은 사람들이 다녀옵니다. 우리도 심천에 가서 소수민족들의 쇼를 구경했습니다. 이 소수민족의 쇼에는 몽골 사람들의 노래와 춤, 말 타기 등이 나오고 티베트 사람들의 복장과 춤이 나오는데 한국의 부채춤과 사물놀이도 나오고 아리랑의 합창도 나옵니다. 많은 사람들이 생각도 없이 박수를 치며 구경을 하는데 나는 오싹하게 몸서리가 쳐졌습니다. 저들이 우리 한국을 자기의 소수민족으로 취급하고 언젠가는 내몽골처럼 먹어버리려고 생각하지 않는가 하고 말입니다. 그러니까 오래 전 어떤 역사 선생이 이야기하던 말이 생각이 납니다.

물론 지금 당장 중국정부에서 하는 이야기는 아닙니다. 그러나 일부 역사학자들은 고구려는 중국의 일부였다는 주장입니다. 고구려의 영토는 북쪽은 넓은 만주 땅의 송화강에 이르고 남쪽으로는 한강에 이르렀습니다. 고구려 땅의 3분의 2 이상이 압록강 북쪽에 있었습니다. 그러니까 옛날 고구려 땅의 3분의 2 이상을 가진 나라가 고구려의 주인이 아니겠는가. 그러니 북한은 물론 중국의 일부다. 그러니 북한 정권이 쓰러지고 나면 당연히 중국이 북한을 차지해야 한다고 하는 학자들의 주장이 있다는 것입니다. 중국정부는 모르는 척 하고 이런 일부 역사학자들의 주장을 공론화하고 확장시켜서 김정은이 전복될 때 북한에 중국군을 주둔시키고는 북한이 역사적으로 볼 때 자기들의 땅이라고 주장을 할지도 모릅니다.

아마 더불어민주당의 의원님들은 이완용처럼 먼저 중국에게 손을 내밀어 두었다가 만약에 중국이 북한을 집어 삼킬 때 이완용처럼 작위라도 받으려고 선수를 치는 것이 아닌지 모르겠습니다.

양반 골프 쌍놈 골프

오래 전 군의관으로 있을 때 자연히 보병장교들과도 어울리게 되어 육사 출신의 보병장교 친구들이 생겼습니다.

우리가 대위로 들어가 일 년 반 만에 소령으로 진급을 했는데 우리와 고등학교를 같은 해 졸업하고 사관학교에 간 친구들도 소령들이었습니다. 그 친구들은 우리를 만나면 농담으로 "야, 소령이면 다 같은 소령인 줄 아냐? 나이롱 뽕으로 소령을 딴 친구들과는 밥도 안 먹어야 하는데." 하고 놀렸습니다. 같은 계급이지만 진가가 다르다는 말일 것입니다.

미국에서 33년을 살다가 취업이 되어 한국에 나가 일을 하게 되었고 모임에서 골프를 칠 기회도 생겼습니다. 그런데 한국의 골퍼와 미국의 골퍼는 다릅니다. 한국의 골퍼가 육사출신 장교라면 미국의 골퍼는 10주 훈련받고 대위가 된 군의관과 같습니다. 골퍼의 격이 다르다는 이야기입니다.

은퇴를 하기 전에 반드시 준비를 해야 하는 것이 골프라는 이야기를 수없이 들어서 몇 번 골프 레슨도 받고 그린에도 나가 공을 쳤지만 핸디도 없고 실전 경험도 얼마 없이 교수님 골프를 치게 되었습니다.

한번은 동창회의 골프 모임에 나가게 되었는데 동창들이 모두 병원장, 주임교수들이어서 캐디들이 박사님, 박사님 하면서 모셔주는 골프였습니다.

그런데 골프를 치고 나오는데 내 골프크럽이 아직도 차에 실리지 않은 것을 보았습니다. 나는 으레 내가 골프채를 챙겨야 하는 줄 알고 골프채를 지고 버스 쪽으로 가려고 했습니다. 그랬더니 내 옆에 있던 친구가 "야, 왜 창피하게 골프채는 짊어지고 야단이냐? 누가 네 골프채를 가져 가냐? 가만 두면 직원들이 모두 알아서 해줄 텐데." 하고 야단을 치는 것이 아닙니까.

나는 무안해서 어쩔 줄 모르는데 다른 친구가 옆으로 오면서 "그렇지, 미국에서는 골프채를 자기가 챙겨야 하지만 여기서는 그럴 필요 없어. 직원들이 다 알아서 해주는 거야."라고 나의 무안을 좀 덜어 주었습니다.

나중에 친구들과 이야기를 하면서 "야, 골프가 다 같은 골프냐? 한국의 귀족 골프하고 미국의 쌍놈 골프하고 같냐?" 하는 말을 들으며 정말한국의 골프와 미국의 골프가 다르다는 것을 실감했습니다. 우선 한국의 골프는 GNP에 비해 무척 비쌉니다. 웬만한 골프장에 가면 그린피만 20만 원이 훨씬 넘습니다. 아무리 싼 클럽에 가도 16만 원 이상은 내야 합니다. 그리고 카트 값을 따로 내야 하고 캐디 값도 따로 내야 합니다.

미국의 골프값은 비교적 쌉니다. 물론 캘리포니아의 쌘 파브로 골프클럽이나 겨울에 바하마의 골프장에 가면 200불 이상을 주어야겠지만 내가 사는 플로리다에는 사람들이 모여드는 1월이나 2월에도 65불정도면 칠 수 있습니다. 그리고 웬만한 곳에는 퍼블릭 클럽이 있어 25불에서 35불만 주어도 칠 수 있다고 합니다.

내가 살던 오하이오의 아주 좋은 클럽에서는 65불이나 75불 주어야 하지만 웬만한 곳에서는 25불만 주어도 치고 심지어는 15불만 주어도 칠 수 있는 클럽이 많이 있었습니다.

물론 땅값이 비싸서이겠지만 한국의 골프장은 서울 도심에서는 멀리 떨어져 있습니다. 서울 근처에는 한양과 서울 골프클럽이 있지만 여기의 회원권은 집 한 채 값을 주어야 살 수 있습니다. 그래서 용인, 천안, 대전, 전주 정도로 가서 골프를 치니까 자가용으로 몇 시간 운전을 해서 가야 합니다. 자가용이 없는 나 같은 사람은 우선 골프장에 갈 수도 없습니다. 오하이오에서 5분만 가면 골프장을 만날 수 있고 플로리다에서는 마당 안에 골프장이 있는 것과는 사뭇 다른 분위기입니다. 미국에서는 집에서 골프 옷을 모두 입고 가서 골프백을 내려놓으면서 신발이나 갈아신지만 한국에서는 정장을 하고 가서 골프클럽 라커룸에서 옷을 갈아입습니다. 미국에서는 골프를 치러 가기 전 집에서 먹고 가거나 시작하기 전 샌드위치나 한 개 사서 씹어도 되지만 한국에서는 골프를 치기 전 옷을 갈아입고 식당에 가서 유유히 밥을 먹고 골프장으로 갑니다.

미국에서도 카트에 골프크럽을 실어 줍니다. 그러나 카트는 자기가 운전을 하고 마실 물도 자기가 챙겨야 하지만 한국에서는 캐디가 물이며 커피며 전부 챙겨줍니다.

미국에서는 훼어 웨이를 나서서 앞으로 그린이 얼마나 남았는지 다음 어떤 채로 쳐야 하는지 모두 자기가 알아서 해야 하지만 한국에서는 캐디가 "박사님, 여기서는 바른쪽 저 소나무를 보고 치셔야 되구요. 7번 아이언을 잡으세요." 하고 전부 알려 줍니다. 드라이버를 치고 나면 "나이스 샷!" 하고 응원도 해주고 공이 다른 쪽으로 갔으면 얼른 가서 공도 찾아 줍니다. 한 다섯 홀을 치면 그린하우스가 있고 커피나 주스, 계란

등을 팔고 9홀을 치고 나면 반드시 20분이나 30분을 쉬어야 합니다. 그러면 클럽하우스에서 순대나 우동, 국밥 등을 먹고 에너지를 재충전합니다. 미국에서는 화장실에나 다녀오고 손이나 한번 씻으면 그만이지만…. 골프가 끝이 나면 골프채를 모두 닦아주고 챙겨서 가방 속에 넣어 줍니다. 미국에서는 자기가 골프크럽을 챙기고 뒤 팀이 따라오니까 빨리 크럽은 자기가 짊어지고 가서 차에 실어야 합니다.

한국에서는 골프를 치고 캐디에게 팁을 쥐어준 후 라커에 가서 옷을 갈아입고 목욕탕에 가서 뜨거운 물에 몸을 담그고 피곤한 근육을 풀어주고 다시 정장으로 갈아입은 후 클럽식당이나 근처의 식당에 가서 시원한 맥주도 마시고 저녁도 먹습니다. 미국은 골프를 치고 나면 겨우 손이나 씻고 먼지 묻은 옷을 그대로 입은 채 집에 와서 샤워를 합니다.

그러니까 한국의 친구들이 미국에서 온 친구들과 골프를 치면 촌스럽다고 불평을 합니다. 골퍼면 다 같은 골퍼냐 양반 골퍼하고 쌍놈의 골퍼, 지체가 다른데 하고….

물론 나는 골프를 잘 치지도 못하지만 한국에서는 무슨 특별한 일이 있기나 하면 몰라도 골프를 칠 기회가 별로 없었습니다. 물론 미국에 와서도 골프를 즐기지 않아서 골프장이 마당 안에 있는데도 골프를 치지 않습니다. 하기는 내가 원래 양반 출신이 못 되거든요.

한국의 대중교통

　한국은 대중교통의 천국입니다. 넓지도 않은 나라가 철도로 거미줄같이 연결되어 KTX를 타면 서울에서 부산까지 세 시간이면 평안하게 앉아 갈 수 있습니다. 기차도 많아 한 15분 간격으로 하루 종일 쉬지 않아 서울역에만 가면 추석과 설을 빼고는 힘들지 않게 표를 살 수 있습니다. 아마 비행기도 공항으로 가 보딩을 하고 공항에 내려서 다시 시내로 들어가려면 서울에서 부산까지 3시간이 더 걸릴지 모릅니다.

　서울 시내에 들어가면 지하철이 거미줄처럼 연결되어 있어서 웬만한 곳은 한두 번만 갈아타면 어디든지 갈 수 있습니다. 내가 세계를 다 돌아다니지 않았지만 뉴욕, 토론토, 보스턴, 런던, 파리의 지하철을 타 보았는데 서울의 지하철만큼 깨끗하고 빠르고 안전한 곳은 보지 못한 것 같습니다. 뉴욕의 지하철은 어둡고 더럽고 마치 우범지대를 걷는 것 같아서 타기가 무섭습니다. 한국에서 지하철을 타면 지도와 안내서가 벽에 붙어 있어 안내를 해주고 방송에서는 한국어 일어 중국어 영어로 친절하게 안내를 해줍니다. 지하철 정류장에는 편의점도 있고 창고정리를 하는 싸구려 물건을 파는 곳도 있고 정류장 문에는 시와 그림이 붙어 있어서 가히 문명국임을 자랑하고 있습니다. 그리고 교통카드가 보편화되어 있어서 카드를 대고 승강장에 들어가고 카드를 대고 지하철 역을 나옵니다. 지하철역을 나와서 버스를 타면 '환승입니다' 라는 친절한 안내의 목소리와 더불어 무료로 버스까지 타게 됩니다. 버스는 하도 노선이 많아 복잡하지만 내가 타는 버스의 번호만 기억하면 나같이 어리벙벙한 사람도 문제없이 목적지까지 갈 수 있습니다.

저는 10여 년 동안 한국에서 일을 하면서 자동차를 사지 않고 대중교통을 이용했는데 집에서 나와 버스 정류장까지 가서 기다리는 것이 좀 불편했을 뿐 그다지 불편을 느끼지 않고 살아 왔습니다. 물론 집 앞에서 내 차를 타고 서울로 가는 것처럼 편안하지는 않지만 대전버스터미널에 가면 5분마다 있는 버스를 타고 졸면서 갈 수 있습니다. 그러나 내 차를 운전하여서 가려면 그 복잡한 교통사정 때문에 몇 시간을 신경을 써야 하고 밀리는 자동차 안에서 시달리느니 버스를 타고 가는 것이 훨씬 편합니다.

한국은 서울이나 대전이나 어느 도시이든지 택시가 넘쳐흐릅니다. 대전만 해도 2만5천 대 이상의 택시가 있다고 합니다. 대전역에 내리면 택시 정류장에 택시들이 줄을 서서 손님을 기다립니다. 대전역에서 관저동 우리 집까지 차가 밀리지 않으면 30분, 차가 밀리면 40분정도 걸리는데 만 원 정도면 충분합니다. 뉴욕의 택시비에 비하면 비교할 수 없을 만큼 쌉니다. 플로리다 포트 마이어의 비행장에서 집까지 오는데 25분 정도밖에 걸리지 않는데 택시요금은 45불이고 팁까지 주어야 합니다. 얼마 전 뉴욕의 브로드웨이 72가에서 32가까지 내려가는데 26불을 지불한 것을 생각하면 한국의 택시비는 싸도 너무 쌉니다.

요새는 나이 많은 택시기사들이 많아서 교통사고가 많다고 하지만 나는 가능하면 나이가 드신 택시기사를 선호합니다. 젊은 택시기사들은 난폭하고 거칠고 사나운데 나이 드신 택시기사들은 부드럽고 느긋합니다. 젊은이들이 운전하는 택시를 타면 요리조리 얌체운전을 해가면서 곡예운전을 해서 안전띠를 매고서도 손으로 줄을 꼭 잡아야 하는데, 나이 지긋한 분이 운전을 하는 경우는 차를 타고 가면서 세상 이야기도 하면서 느긋하게 갈 수가 있습니다. 어떤 이는 날씨 이야기, 세상 사는 이야기, 자기 집안 이야기, 정치 이야기, 대통령의 평가 등을 나누면서 세상 냄새를 맡을 수 있습니다.

대개 나이 드신 분들은 직장에서 은퇴를 하고 집에서 소일하기가 힘들어 택시운전으로 나왔다고 하는데 대기업의 중역이나 부장님들을 만난 일도 있습니다. 65세의 한창 나이에 은퇴를 하고 나면 할 일이 없습니다, 애들은 학교에 다니고 모아 놓은 돈도 없습니다. 더구나 초등학교·중고등학교의 선생님들은 65세 전에 퇴출을 당하는 경우가 많이 있습니다. 그러면 수입도 문제지만 집안에서 할 일이 없어집니다. 그래서 은퇴 후의 직업이 아파트 경비원이나 자영 식당업, 택시기사로 나선다고 합니다. 어떤 날은 교회의 장로님인 기사가 나에게 전도를 하면서 자기 교회의 사정을 이야기하기도 합니다.

이렇게 기사와 이야기를 하다가 보면 목적지까지 어느새 오게 되어 기분이 좋습니다. 한번은 기사와 이야기를 하다가 집에까지 왔는데 기사가 미터기를 돌리지 않아 요금이 얼마로 나왔는지 알 수 없었습니다. 택시기사는 "아이구, 어쩌나 요금이 얼마인지도 모르는데 이야기에 팔려서 깜빡 했군요. 고객님, 미안합니다." 라고 사과를 했습니다. 나는 "이것이 사과할 일은 아닙니다. 서로가 잘못했으니까요." 하고 보통 내가 내는 요금에 얼마를 덧붙여 주고 집으로 들어 왔습니다. 그리고도 그 날은 기분이 좋았습니다. 마치 친구에게 커피 한잔 사 준 것처럼….

이런저런 사정으로 택시가 많아지니 택시기사의 월수입이 150만 원도 안 되는 경우가 많다고 합니다. 가끔 인천공항으로 가는 버스를 타려고 새벽 2시 반에 나와도 병원 택시 정류장에는 차들이 줄지어 기다리고 있습니다. 그들은 하루 종일 운전하고 밤늦게까지 일을 합니다. 그렇게 오랜 시간 일을 하고도 붕어빵 장사보다도 못한 수입에 매달려야 하는 어르신들이 안쓰럽기만 합니다. 가끔 버스기사가 졸다가 사고를 내어 인명을 상하게 한 일들이 나옵니다. 앞으로 버스기사들은 2시간 운전하고 쉬게 해준다고 하지만 자영업이나 다름없는 택시기사들은 그 중노동을 어찌 감당하는지 모르겠습니다.

그런데 이런 택시기사를 울리는 나쁜 사람들이 있습니다. 밤늦게 택시를 타고 가서는 돈이 없다고 버티는 사람, 술을 먹고 앞좌석에 앉아서는 택시기사가 성추행을 했다고 고발하는 여자들, 기사에게 괜한 시비를 걸고는 민원을 내겠다고 공갈을 치는 사람들이 있어 이 짓도 못해먹겠다고 하소연하는 기사들을 만난 일도 있습니다.

한국의 택시영업이 승객에게는 더없이 좋은 일일 수 있지만 택시기사에게는 지옥일 수도 있습니다. 택시요금이 올라갈 때마다 신문이나 미디어에서는 일반 물가를 올리는 선두주자라고 비난을 하지만 나는 택시요금이 지금보다는 훨씬 올라야 한다고 생각을 합니다.

CGV를 미스한다

내가 한국에서 10여 년을 살다가 다시 미국의 집으로 오니 친구들이 "이제 한국음식을 못 먹어 어떻게 하지?" 하고 위로를 합니다. 그런데 사실 나는 한국에 살 때도 빵이나 국수를 잘 먹어 솔직하게 한국음식을 못 먹어 안달하는 편은 아닙니다.

플로리다에 와서 약 5개월째 살았는데 제 아내는 밥을 열 번도 하지 않았습니다. 하루에 한 번은 외식을 하는데 샐러드, 샌드위치, 파스타, 치킨을 먹고 남은 것을 싸다가 저녁으로 먹습니다. 밥은 일요일 교회에서 예배를 보고나서 친교실에서 얻어먹는 것이 고작이고 집에서는 별로 밥을 하지 않았습니다. 내가 아내를 놀리느라고 "당신, 내가 집에 와서 5개월을 살았는데 밥을 열 번도 해주지 않았어. 우리 어머니나 당신 어머니에게 고자질을 하면 당연히 소박감이야." 하면 그렇게 말대답 잘하는 아내도 "할 말이 없네."라고 수긍을 했습니다.

한국을 떠나니 친구들과 이별하는 것이 섭섭하지만 정말 섭섭한 것은 한국의 영화관입니다. 한국은 지하철이 잘 되어 있고 백화점이 잘 되어 있다지만 정말 영화관도 잘되어 있습니다. 이제는 Multiplex로 한 영화관에서 10 개 이상을 상영하는데 영화산업이 사양길인 모양이어서 영화관들이 점점 줄어듭니다. 옛날에 유명하던 단성사나 피카디리 극장이 이제는 많이 작아지고 국도극장, 아카데미극장, 시네마, 코리아, 명동 극장은 없어졌습니다. 그래도 명맥을 유지한 영화관들 가운데 종로 3가 의 서울극장, 충무로 5가의 대한극장, 서대전 사거리의 세이 투, CGV의 영화관이 단골입니다. 표 파는 직원이 내 얼굴을 기억할 정도였으니까 꽤 많이 드나든 폭입니다. 내가 잘 생겨서 기억하는 것이 아니라 토요일 이나 주일날 아침에 혼자 와서 영화표를 두 개 세 개 사는 괴상한 노인이 기 때문입니다.

성형외과의 전공의들을 끌고 다니기도 했고, 주일 1부 예배가 끝나는 10시에 교회에 대기하고 있던 전공의들의 차를 타고 극장에 직행한 일 도 여러 번 있습니다. 혼자서 예배가 끝나고 택시를 타고 영화관으로 달려간 적도 많습니다. 한 번은 선배님이 미국에서 오셨는데 대접한다 고 아침 7시에 영화를 보러가자고 했더니 선배님의 일생에 아침 7시에 영화를 보려간 것은 처음이라며 웃으셨습니다.

비번인 토요일에는 아침 일찍 회진을 돌고 7시에 영화관에 가면서 상영시간표를 보고 표를 두 개, 또는 세 개도 사서 하루에 두 편이나 세 편을 보기도 했습니다. 요새는 영화관도 잘 조직화되어 옛날처럼 연 속상영이라는 것이 없고 한번 보면 모든 사람들을 내보내고 입장을 시 키니 하루에 5편을 볼 수는 없습니다만 하루에 3편이나 4편까지는 볼 수 있습니다. 또 한국의 영화관은 아침 7시부터 시작을 합니다. 좀 부지 런을 떨면 7시에 상영하는 영화를 보면 9시 20분이면 끝나고, 9시 30분 정도에 상영하는 영화를 볼 수 있고, 그 다음 12시, 그 다음 3시, 이어서 5시에 하는 영화를 볼 수 있으니 하루에 4편이나 5편이 가능하지만 이 제는 체력이 딸려 하루에 다섯 편을 본 날은 아주 드뭅니다.

한 영화관에서 10편 이상의 영화를 상영하니 밖으로 나갈 필요도 없고 극장 안에 식당이 붙어 있는 곳이 많이 있으니 굶어 가며 영화를 볼 필요도 없습니다. 세이백화점 극장가에는 다양한 식당들이 많고 성질이 급한 한국 사람들이라 20분이면 밥 먹고 이빨을 쑤시며 나올 수 있습니다. 한국은 예의지국이라 노인들을 잘 대접해 주어 나 같은 노인은 일반의 50%를 할인해 줍니다. 보통 8000원인데 4000원만 내면 볼 수 있습니다. 대개 좌석은 내가 택하게 되어 있는데 접수구의 여직원에 따라 할인된 표는 아주 앞이나 구석에 주는 경우가 있습니다. 아마 할인을 해주면서 기분이 편치 않은지도 모릅니다. 그래도 아침 일찍이 혼자 와서 표를 석 장씩 사는 이상한 노인이라 얼굴이 익어서인지 "어르신 또 오셨어요?" 웃으면서 표를 주는 친절한 아가씨도 생겼습니다.

그래도 50% 할인이 어딥니까. 미국에서는 1불 50전밖에 할인을 안 해주는데 영화를 두 편 보고나면 점심 값은 절약됩니다.

오래 전의 이야기입니다. 추석 연휴라 갈 데도 없고 식당도 여는 데가 없어서 아침 일찍 영화관에 갔습니다. 극장 주위의 식당은 추석이나 설날도 열기 때문에 아주 편리합니다. 극장에 들어 매표구 앞에 서니 나같이 할 일이 없는 사람이 한 20명은 서 있었습니다. 영화를 보는데 전화가 울렸습니다. '이크, 진동으로 해 놓을 걸.' 하고 전화를 받으니 친구 전 박사입니다. "지금 뭐해. 우리 집에서 점심이나 같이하자구." "나는 자그마한 모기소리로 지금 영화 봐. 그리고 다음회도 표를 사서 오늘 아무 데도 못가!"라고 속삭였더니 이 친구가 자기 부인에게 하는 말이 "이 친구, 미쳤군." 하고 전화를 끊었습니다.

설날 명절 연휴 때도 영화관에 갔다가 같은 경우를 당했습니다. 서울의 동생이 영화를 보는 나에게 전화를 했습니다. "형 뭐해 우리 집에 와서 점심이나 같이 합시다."라고 하는 동생에게 "지금 영화 봐. 오늘 영화 세 편 보기로 했어."라고 했습니다. 동생이 하는 말이 "돌았군. 제정신이 아니야."라고 중얼거렸습니다. 동생의 말에 나도 웃음이 났습니다. 비록 혼자서 영화를 보지만 주위에 사람들이 많이 있고 영화가 끝나면 사람들이 우르르 몰려나가고 사람들이 북적북적한 식당에서 밥을 사먹으니 기분이 좋습니다.

아마 일 년에 100편의 영화는 충분히 보았을 것입니다. 영화를 못 본 주말은 어디 여행을 간다거나 병원의 응급수술이 있었다거나 볼만한 영화가 정말 없을 때를 빼놓고는 한 주에 한두 편 안 본 주간이 거의 없습니다. 평일에도 근무 시간 후 영화를 본 날이 많으니까요.

미국으로 왔습니다. 미국에도 영화관이 왜 없겠습니까. 플로리다에도 우리 집에서 자동차로 15분만 가면 영화관이 있고 뉴저지에는 영화관이 2개나 있습니다. 미국의 영화관은 크고 한적합니다. 그리고 영화는 12시가 넘어야 시작을 하고 영화가 하나 끝이 나면 한 시간 이상 있다가 다음 영화를 시작합니다. 나처럼 성질이 급한 사람은 기다리다가 영화를 더 보고 올 수가 없습니다.

영화관에 들어가 보면 인기가 있는 영화라고 하는데도 좌석의 10분의 1도 채우지 못합니다. 썰렁한 영화관이 어떤 때는 무섭기까지 합니다. 어떤 때는 나 혼자 앉아서 보고 나온 영화도 있습니다. 그래서 아무리 영화광이라고 하지만 하루에 2편을 보는 것은 포기했습니다. 물론 영화관 안에 식당도 없습니다. 그저 팝콘이나 초콜릿, 나쵸나 핫도그를 파는 곳도 없습니다. 관람료가 11불 85전인데 노인이라고 하면 어떤 때는 1불50전 할인해 주고 어떤 때는 그것도 없습니다. 미국의 영화관은 혼자 가는 게 별로 재미없습니다.

지금 누가 나더러 한국을 떠나 제일 아쉬운 것이 무어냐고 한다면 두말 할 것 없이 영화관입니다. 서울극장, 대전의 세이 투 백화점, 대한 극장의 표 파는 아가씨들도 이상한 노인이 오지 않아 궁금할는지 모르 겠습니다.

김정남의 죽음

    지난 2월 13일 말레이시아의 쿠알라룸푸르공항에서 비운의 왕자 김정남이 독살 당했다는 뉴스가 나왔습니다. 월남 여자로 보이는 젊은 여자 두 명이 그에게 다가가 코에다 무슨 약을 뿌리고 도망을 했다는데 그는 마취가 된 것처럼 힘없이 쓰러지고는 응급치료를 했는데도 효과가 없이 약 20분 후에 사망했다는 것입니다.

    나중에 말레이시아 경찰의 발표에 의하면 VX라는 신경마비 독약을 그에게 뿌렸다는데 독성이 아주 강한 모양입니다. 워낙 거짓말을 잘하는 북한 당국이라 자기들이 한 짓이 아니라 합니다. 체포된 남자가 북한 정보원인 것이 탄로 났는데도 자기네와는 무관한 일이라고 우기고 있습니다. 한때는 죽은 사람이 김정남이 아니라고 우기기도 하고 탄핵에 몰린 박근혜 대통령이 관심을 다른 곳으로 돌리려고 남한의 국정원에서 한 일이라고도 했습니다. 북한의 말이라면 하나님의 말처럼 믿고 어떻게 하든지 대한민국 정부를 헐뜯기에 혈안이 된 야당의 한 종북 국회의원은 얼씨구나 하고 한마디 했다가 사태가 여의치 않자 쑥 들어가고 꼬리를 감추었습니다.

    왕족으로 태어나는 것이 저주라고 합니다. 왕이 된 한 사람만 빼고는 거의 다 비명으로 죽어야 하는 것이 왕족이니까요. 500여 년 조선의 역사를 보아도 왕의 형이나 동생들은 일찍이 멀리 낙향하여 숨어 살기 전에는 역모로 몰려 죽은 사람들이 하나 둘이 아닙니다. 더욱이 어머니가 다른 왕자들이라면 당파싸움에 연루가 되든지 아니면 미운 정객을 제거하는데 미끼로 이용이 된 역모사건으로 가차 없이 죽임을 당했습니다. 지금 북한은 조선민주주의 인민공화국이라고 부르지만 거기에는 민주주의도 없고 인민도 없습니다. 아마 김일성독재 왕국이라고 하면 더 좋지 싶습니다. 김정은은 왕도 아닌 것이 왕보다 극악한 독재자가 되어 고모부를 죽이고 자기의 형인 김정남도 대낮 광명천지 많은 사람들이 지켜보는 공항에서 독살을 하였습니다. 자기가 데리고 다니던 군의 측근들도 얼마 동안 보이지 않아 어디 갔는가 하면 숙청하여 죽여버렸다고 하니 스탈린이 형님하고 부를 만합니다.

김정남은 자기는 권력에 관심이 없다는 것을 표시하기 위하여 멀리 홍콩으로 마카오로 도망을 해서 술이나 먹고 도박이나 하고 여성 편력이나 하면서 살아왔습니다.

그러나 가끔 3대 세습을 하는 북한 정권을 비판하는 말을 했고 김정은을 칭찬하지 않는 말을 했는데 아마 이것이 그를 제거하는 원인이 된 것 같습니다.

김정남은 김정일과 성혜림 사이에서 태어났다고 합니다. 성혜림은 여배우로 북한 고위층의 며느리로 기혼자였는데 성혜림을 본 김정일이 뿅 하고 가서 강제로 이혼을 시키고 자기의 처로 삼았습니다. 그런데 아버지 김일성은 아들이 자기 부하의 며느리를 빼앗아 갔으니 체면이 말이 아닐 것입니다. 그래서 김일성은 성혜림을 한 번도 며느리로 인정한 일이 없다고 합니다. 하여간 성혜림은 아들을 낳았고 그가 김정남입니다. 한때는 평양의 김정일 별장에서 호화스럽게 살았지만 권력자 김일성의 눈 밖에 난 그가 온전할 수는 없었습니다. 모녀는 스위스로 가서 살게 되었고 김정남은 제네바에서 공부를 하고 제네바대학을 졸업하였다고 합니다. 성혜림은 그 후 정신병원에 입원을 하고 2002년에 죽었다고 합니다.

김정일이 통치자였을 때는 김정남이 한때 국가안전보위부 부장을 한 일도 있으나 주로 홍콩과 마카오에서 살았고 김정일의 비자금 관리와 무기 무역상을 하여 북한의 자금을 만드는 일을 했다고 합니다.

한때 성혜림의 신세를 진 장성택은 권력 투쟁에서 김정남을 지지하였으나 김정일의 세 번째 부인인 고영희와 네 번째 부인인 김옥의 세력에 밀려 권좌에서는 멀어졌습니다.

가끔 김정남의 후계자 설이 떠돌기도 했으나 그럴수록 김정남의 위치는 위험해졌고 자기는 권력에 관심이 없다는 것을 보이기 위해 여성 편력, 술, 도박 등 방탕한 생활을 했는지도 모릅니다. 마치도 조선시대의 양녕대군처럼 행세를 하며 말입니다. 4명의 여자와 결혼을 했다니 돈은 잘 돌았던 모양입니다. 그러나 그는 현대의 양녕대군은 되지 못하였습니다. 권력을 쥔 김정은이 충녕대군이었다가 왕이 된 세종대왕처럼 현명하지도 너그럽지 못했기 때문입니다.

장성택이 숙청이 되고 군의 장성들이 연달아 숙청되는 것을 보고 위협을 느낀 김정남은 김정은에게 살려달라는 편지를 보냈다고도 하고 항복했다고 하지만 연산군보다 포악한 김정은은 그의 항복을 받아들이지 않았습니다.

권력은 나누어 가질 수 없는 마물입니다. 옛날 반정부 투쟁을 하면서 김영삼 전 대통령과 김대중 전 대통령은 둘도 없는 동지였습니다. 반정부 투쟁을 하고는 민주화의 동지라고 서로 부둥켜안고 사진을 찍곤 했습니다. 그러나 당권을 놓고서 각목 휘두르며 서로를 욕하면서 싸움을 했고 대통령을 놓고서는 정말 전쟁에 가까울 정도로 싸웠습니다.

국회의원 공천을 놓고서는 아버지와 아들이 싸움을 하고 형제들과 원수가 되는데 옛날 왕보다도 훨씬 권력이 큰 조선민주주의 인민공화국의 황제 자리를 놓고 욕심 많고 포악한 김정은이 가만 둘 리가 없었을 것입니다. 더욱이 어머니 때부터 숙적인 시앗의 아들 김정남을 그대로 둘 리가 있겠습니까? 그래도 같은 아버지의 아들인데 하고 자비심을 바랐다면 큰 오산이었을 것입니다. 차라리 일찍이 한국이나 미국으로 망명을 하여 보호를 요청했더라면 생명은 유지할 수 있었을 걸….

옛날 다리 밑에서 자던 거지 부자가 불자동차가 지나가는 소리에 잠을 깨서 아버지가 하는 말이 "자, 보아라. 우리는 집에 불이 날 염려가 없으니 얼마나 좋으냐 그게 다 애비의 덕이다."라고 했다고 합니다. 나는 우리 부모님이 가난하여 부모님의 유산을 가지고 형제들과 싸운 일도 없으며 왕위를 놓고 형제들과 골육상쟁을 벌인 일도 없으니 "모두 부모님 덕입니다." 하고 감사를 해야 하겠습니다. 비명에 간 김정남의 명복을 빕니다.

웜비어의 죽음

지금 미국에서는 22세의 젊은 나이로 억울하게 죽은 버지니아 대학생 웜비어의 죽음으로 떠들썩합니다. 트럼프 대통령은 북한을 가장 잔인한 정권이라고 비난하고 북한에는 가지 말라고 여행 금지령을 내린다고 합니다.

한국에서는 웜비어의 가족에게 조의를 표했을 뿐 북한 정권을 무서워하는 문재인 정부는 아무런 코멘트도 하지 않은 채 김정일과 미국의 눈치만 보고 있습니다.

2017년 6월 13일 무의식 상태로 북한에서 석방되고 송환된 웜비어는 산소 호흡기를 매단 채 비행기에서 들것으로 내려졌고 며칠을 견디지 못하고 6월 19일 가족들이 보는 앞에서 숨을 거두었습니다.

그는 2016년 2월 19일 기자 회견을 하면서 울음을 참지 못하고 흐느꼈고 자기의 철없는 행동을 뉘우쳤지만 김정은은 그를 용서하지 않았습니다. 북한 사람들에 의해 끌려가는 모습이 그의 살아있는 마지막 모습이었습니다.

그는 오하이오의 신시나티 태생으로 건강하고 준수한 청년으로 부모의 자랑이었습니다. 그는 고등학교 졸업 후 버지니아대학으로 진학했으며 호기심 많고 거침이 없는 젊은 대학생이었습니다. 2015년 중국을 여행 중이던 웜비어는 북경에서 북한 여행의 홍보물을 보고 솔깃하여 3박 4일의 일정으로 북한 여행을 신청했고, 2015년 12월 29일 평양으로 들어갔습니다. 그가 평양에서 관광을 할 때까지는 아무런 문제가 없었던 것 같습니다. 2016년 1월 2일 평양을 떠날 때 김정일인지 김정은인지는 분명하지 않지만 호텔 벽에 걸려있던 사진을 한 장 떼어 가방 속에 넣었습니다.

그가 떠난 후 호텔요원이 벽에 걸려 있던 사진이 없어진 것을 알아챘고 순안비행장에서 웜비어는 검색대상이 되어 가방을 조사 받았습니다. 가방에서 구겨진 존엄의 사진을 발견한 북한요원은 그를 국가전복 음모라는 무시무시한 죄목으로 기소했고, 15년 중노동 교화형이라는 선고를 받았습니다. 그의 죄가 국가전복음모죄라는 무시무시한 죄목에 합당한지는 모르겠지만 북한에서는 존엄의 사진을 떼고 구겨서 가방에 넣은 죄는 큰 범죄행위이고 재판은 그저 '네 죄를 네가 알렷다!' 죄목을 붙이면 그만입니다. 그는 억울하게 17개월 복역하다가 젊은 생을 마감했습니다. 그가 복역 중 어떤 일을 했는지 어떤 취급을 받았는지 아무 말이 없습니다. 젊은이의 호기심, 미국에서 자유롭게 자라 무서운 것이 없었던 젊은이의 철없는 행동이 자신을 죽음으로 몰고 갔습니다.

여러 가지 검사 결과로는 고문을 당했다는 직접적인 증거는 없으나 두뇌 조직은 많이 쇠퇴되고 몸 상태가 위축이 되었다는 이야기입니다. 북한에서는 그가 보툴리누스식중독에 걸렸고 수면제와 신경안정제를 먹고 혼수상태에 들어갔다고 변명하며 자기네들은 고문은 하지 않았지만 정신적인 압박은 좀 주었다고 발표를 했습니다. 물론 고문한 흔적 즉 멍이 들었다거나 상처가 났을 때 그 흔적이 없어지기 전에는 석방을 안 했겠지요.

　김정남을 암살하고도 자기네들은 모른다고 하는 믿을 수 없는 북한의 말을 믿는 사람은 아무도 없습니다. 그런데 강대국이라고 하는 미국도 기껏해야 유엔인권위원회에 제소한다고 하거나 북한에 여행하지 말라는 이야기밖에 하지 않습니다. 북한 정부라면 벌벌 떠는 한국정부는 말 한마디 못하고 한국 국민이 북한에서 어떤 취급을 받고 어떤 고문을 받든지 상관하지 않습니다. 그저 김정은의 노여움만 사지 않으면 되는 모양입니다. 한국의 김대중이나 노무현이 평양의 주석궁에 참배를 하고 김일성의 시신에 깊이 고개를 숙였고 또 이번에도 김일성의 묘에 참배를 한 사람이 대통령이 되었으니 할 말이 없습니다. 그런데도 한국의 국회의원이 종북이 문제가 아니라 종미가 문제라고 큰소리를 쳤다니 더 이상 기가 막혀 할 말이 없지요.

　오래 전 프에블로호 사건으로 북한에 억류되었다가 석방이 된 선원들에 의하면 그들은 수없이 구타와 고문을 당하여서 석방되고 난 후에도 정신장애가 생겨 정상적인 사회생활을 하지 못했다고 합니다.

　북한 사람들은 싸움을 잘합니다. 오래 전 주먹들이 활거했을 때 유명한 주먹들 중에 북한 출신들이 많았습니다. 이화룡, 시라소니 등등 주먹 세계의 영웅들이 북한 출신이었고 싸움 좀 한다는 사람들을 일부러 평안도 사투리를 쓸 정도로 평안도 사람들의 주먹은 유명했습니다. "애 아쌔끼 뭐가 어드래!" "애 왜 민하게 노니!" "이새끼 직살해 보간" "야래 왜 이렇게 민하게 노니 까부쉬야 알간!" 하는 말들이 유행했습니다. 석방된 프에블로호 선원들은 그들이 이단옆차기로 자기들을 때렸고 물고문 전기고문으로 학대했다고 고발을 했습니다.

　요덕수용소에 있었던 사람의 고발은 차마 인간사회에서 벌어지는 일이라고 믿을 수 없을 정도로 참혹합니다. 임신한 여자를 발길로 차서 유산을 시키고 수용소에서 아기를 낳으면 발로 밟아 죽였다고 합니다. 이렇게 인권을 유린하고 사람을 동물보다도 못하게 취급을 하는 나라가 세상에 아직도 여러 곳이 있습니다. 몇 년 전 무슬림 테러단체에서는 인질을 잡아 놓고 자기들의 요구조건을 제시하고는 즉시 응답이 없으면 TV의 카메라 앞에서 참수를 하거나 총살을 했습니다.

북한도 이들에게 조금도 뒤지지 않습니다. 북한은 세상의 어느 누구도 무서워하지 않는 최강의 집단입니다. 미국의 공갈도 무서워하지 않고 중국의 충고도 무섭지 않습니다. 이때까지 세상의 모든 나라가 자기들의 공갈에 넘어 갔으니까요. 심지어는 트럼프까지도.

22세의 준수하게 잘생긴 웜비어, 중국으로 여행을 갔다가 세계에서 가장 폐쇄된 국가인 북한 여행의 홍보물을 보고 호기심이 작동하여 3박 4일 즉흥적인 여행을 시도했던 젊은이의 호기심이 문제였습니다. 나는 웜비어의 죽음으로 한국의 젊은이들이 가르침을 받았으면 합니다. 주사파의 젊은이, 전교조의 젊은 교사들, 한총련의 젊은이들이 북한의 참실정을 알았으면 합니다. 북한의 군중대회에 가서 꽃다발을 받고 김일성의 딸이라는 칭호를 받고 온 임수경의 어리석은 프로파간다가 아니라 북한의 수용소에서 사는 죄 없는 많은 인민들, 먹을 것이 없어 차가운 압록강을 밤에 건너 도망 나오는 탈북민들의 절규를 한번 들어 보았으면 합니다. 그리고 북한에 대한 막연한 동경이나 호기심을 버렸으면 합니다.

광복과 회복

    이것은 2017년 8월 13일 뉴저지 헥켄섹의 가나안교회의 최성남 목사님의 설교를 듣고 받은 감동입니다. 20세기를 살아온 사람들 1945년 8월 15일을 지나본 사람들에게 일생에 가장 감격적이었던 날을 꼽으라고 한다면 누구나 두말 할 것이 없이 광복절이라고 할 것입니다.

    일제의 압제를 받고 살던 그 시절, 이름을 빼앗기고 창씨개명을 해야 학교에 갈 수 있었던 시절, 농사를 짓고 나면 대부분을 공출이라는 이름으로 빼앗기고 텅 빈 마당을 빗자루로 쓸어야 했습니다.

    집에서 먹던 숟가락, 밥그릇, 대접들을 공출로 빼앗기고 우리의 아저씨들이 지원병으로 끌려 나가고 우리의 큰누나 아주머니들이 위안부로 끌려 나가던 시절 우리민족에게 웃음이란 없었습니다. 학교에서 한국말을 쓰면 교무실에 불려가 선생님에게 야단을 맞고 학교에 갔다가 공습 사이렌이 울리면 책상 밑에 숨었다가 집으로 돌아오던 초등학교 1, 2학년 시절, 밖으로 불빛이 새면 안 된다고 창문마다 문마다 담요로 가리고 죽도 제대로 못 얻어먹던 시절이 내가 경험한 일제였습니다.

    어려서 해방이 무엇을 의미하는지 몰랐지만 집에서 그린 태극기를 들고 거리로 몰려든 어른들을 보고 정말 좋은 날이 오려는가 보다 하고 우리 어린이들도 기뻐했습니다. 그런데 광복은 되었는데 회복은 되지 아니 하였습니다. 평양에는 일제강점기시대보다 더한 공산당의 학정이 시작되었습니다.

땅을 가진 사람들은 땅을 빼앗기고 쫓겨나고 기독교인들은 성분이 나쁜 준반동분자가 되었습니다. 우리 어머니들은 부엌에서 남들이 듣지 않을 때 '일정시대가 좋았지'라고 말씀하곤 했습니다. 광복이 우리에게 행복을 주지 못하였습니다. 남한에서도 마찬가지였다고 합니다. 좌익과 우익이 피비린내 나는 싸움을 계속했고 민생은 파탄 속으로 빠져들었습니다.

그러다가 한국전쟁이 터졌습니다. 누구나 한국전쟁 때 우리의 삶이 일제강점기보다 좋았다고 말할 사람은 없습니다. 폭격으로 가족들이 옆에서 죽어나가고, 우리도 이불보따리를 지고 얼음이 언 눈길로 몇 백 리를 걸어서 피난을 와야 했습니다. 아이들은 고아가 되었고 젊은 여인들은 양부인이 되었습니다. 우리의 형들은 인민군으로 국군으로 끌려가서 죽거나 병신이 되어 돌아왔습니다. 그러다가 1953년 7월, 우리는 어정쩡한 휴전이 되었습니다. 우리는 전쟁만 끝나면 잘 살게 될 줄 알았습니다. 그런데 휴전이 되어도 우리의 살림살이는 좋아지지 않았습니다. 우리는 미국이 보내주는 밀가루와 안남미로 연명을 했고 엽전이 별수 있나 하면서 스스로의 자존심을 밟아야 했습니다. 우리는 필리핀이나 월남, 태국, 에티오피아를 우리보다 발전된 선진국으로 부러워하며 살았고 자유당과 민주당은 우리의 비참한 삶은 버려둔 채 정치 싸움만 했습니다.

학생들은 못 살겠다 갈아보자며 3월 15일 실시한 선거가 부정선거라고 선거 다시 하자고 외치면서 4·19혁명을 일으켰습니다. 이제 민주정부를 만들어 주었으니 사회는 안정되고 우리는 행복해질 줄 알았는데 아니었습니다. 사회는 더 혼란해지고 생활은 더 비참해졌습니다.

5·16군사혁명이 오고 사회질서가 바로 잡히면 우리는 행복할 줄 알았습니다. 군사혁명 동안 얼마만 고생하면, 산업화가 되면, 새마을 운동이 되면 우리는 행복할 줄 알았습니다. 그러나 대학로에서 학생들의 데모는 그치지 않았고 서울시는 최루탄 가스로 오염이 되었습니다. 그러나 산업화는 이루어졌고 우리나라는 필리핀, 캄보디아, 태국을 앞서며 잘사는 나라로 부각되었습니다.

그러나 국민은 여전히 행복하지 않습니다. 일 년에 몇 번씩 나라를 뒤엎을 만한 데모가 열리고 서울 시청 앞에는 데모를 주동하는 천막들이 상주해 있습니다. 우리나라는 경제적으로 세계 11위, 수출로 8위라고 하는데 행복지수는 OECD 국가 중 32위로 끝에서 몇 번째입니다. 한국전쟁 때 하꼬방에서도 네다섯 명의 애를 낳던 사람들이 요새는 애를 기를 힘이 없다고 하나만 낳습니다. 어린애를 하나 낳으면 보통이고 둘 낳으면 대단하고 셋을 낳으면 돌았다고 한답니다. 현실에 만족하지 않은 군중은 촛불을 들고 대통령을 내어 쫓고 촛불운동을 선동하고 횃불이라고 했던 좌파 대통령을 뽑았습니다. 이 대통령은 군중의 마음을 사로잡는다고 월급을 올려주고 무료로 치료를 해주고 사드를 철거하고 그 자리에 참외를 심고 우리의 자존심을 세운다고 작전권을 찾아오고 북한이 핵으로 위협하니 돈을 주더라도 적당히 타협하여 대화를 하고 NLL을 파기하여 나라를 떼어주더라도 친하게 지내자고 합니다.

그래서 우리가 행복만 해진다면 무슨 말을 하겠습니까만 다른 나라들의 예를 보면 그런 길로 나간 모든 나라들이 망했으니 쉽게 잘한다고 할 수가 없습니다. 세계대전 후 잘 살던 아르헨티나는 후안 페론 때문에 망했고, 그리스는 노동운동 때문에 망해서 신용불량국가로 전락했습니다.

석유가 펑펑 쏟아져 국민에게 돈을 나누어주던 베네수엘라도 차베스 대통령의 무리한 포퓰리즘으로 나라가 거덜 나서 거지로 전락했고 최근에는 세계에서 가장 부유한 나라였던 브라질도 파산했습니다.

톨스토이의 소설입니다 어부가 바다에서 낚시질을 하다가 금붕어를 잡았습니다. 금붕어는 어부에게 나를 놓아 주면 소원을 들어 주겠다고 말합니다. 어부는 아침에 마누라가 불평하던 깨진 바가지를 생각하며 새 바가지나 하나 달라고 했습니다. 어부가 집에 오니 정말 새 바가지가 있었습니다. 어부는 마누라가에게 금붕어의 이야기를 하며 자랑을 했습니다. 부인은 어부를 나무라며 "이 멍청아, 소원을 말하라면 좋은 집을 한 채 달라고 해야지 바가지가 뭐야." 하고 어부의 등을 떠밀었습니다. 어부는 바닷가에 가서 어슬렁거리자 금붕어가 나왔습니다. 어부는 마누라의 소원을 이야기 했습니다. 금붕어는 집에 가보라고 해서 집에 가보니 좋은 집에 좋은 옷을 입은 부인이 하녀를 대리고 으스대고 있었습니다. 어부가 집에 가니 부인이 "이 멍청아, 금붕어를 집에 잡아와서 필요할 때마다 써야지. 이까짓 집이나 한 채 가지고 돼?"

어부는 다시 바닷가에 가서 어슬렁대니 금붕어가 나왔습니다. 어부는 다시 마누라의 소원을 이야기 했습니다. 이야기를 들은 금붕어는 아무 말 없이 물속으로 들어가 버렸습니다. 어부가 집에 돌아와 보니 옛날의 초가집에 새 바가지만 한 개 달랑 있더라는 말입니다.

이제 어디까지 가야 우리가 행복할지 모르겠습니다. 일제에서 해방, 한국전쟁의 끝, 산업화의 성공, 민주주의 회복, 인권의 회복—우리는 모두 누리고 있습니다. 빈부의 차이도 미국보다 적고 우리의 살림살이는 미국보다 잘 삽니다. 그럼 어디까지 가야 우리는 행복할까요? 우리 말 좀 해봅시다.

5차 핵실험

북한은 어제 9월 9일 오전 9시에 제 5차 핵실험을 하였다고 발표를 했습니다. 4차 핵실험을 한 지 8개월만이라고 하며 핵의 위력은 10kt 라고 하니 2차 대전 때 히로시마에 떨어진 것이 20kt라고 하니 좀 소형 화했다고 설명하고 있습니다.

북한은 20년이 넘게 핵무기를 개발하며 서울을 불바다로 만들겠다고 공갈을 치는데 우리의 대응은 아주 코믹하기만 합니다. 북한이 미사일을 쏘거나 핵실험을 할 때마다 뉴욕의 안보리이사회에서는 국제법을 무시한 행동이라고 하며 제재를 한다고 결의하고 한국정부는 응분의 대가를 치를 것이라고 엄포를 놓습니다. 그런데 그 성명이 옛날 써놓은 것을 그대로 읽는 것인지 내용이 너무나 똑같고, 안보리이사회의 결의도 녹음한 것같이 똑같습니다. 그리고 한국에 사는 김정은의 이중대들은 사드나 핵무기 재배치에 반대하며 북한에 대화를 하자고 야단입니다. 나 같은 어린 백성이 생각하기에도 대화는 어느 정도 실력이 비슷해야 하는 것인데 동네에서 이름난 조폭에게 중학교 학생이 협상을 하지고 나서면 조폭이 중학생과 마주앉아 이야기를 하겠습니까?

더불어민주당의 추미애 대표는 국회에서, 사드는 총을 든 사람에게

활을 가지고 덤비는 것이나 마찬가지이니 사드를 설치하지 말고 대화로 풀어나가야 한다고 목소리를 높입니다. 그러면 사법고시에 합격을 하고 야당의 대표까지 되신 분이 총을 가진 사람과 활을 가진 사람이 대화가 될는지를 왜 생각 못하시는지 궁금합니다. 아무리 김정은의 편을 들고 싶더라도 이런 사태에서 북한과 협상을 하자면 무엇을 주고 무엇을 얻겠다고 협상을 시작하잔 말입니까? 나 같은 민초도 이런 때에는 미국에 아첨이라도 해가면서 도와달라고 하여 시간을 벌고는 우리도 핵무기를 가지는 방법밖에는 북한과 마주설 처지가 못 된다는 것을 아는데 스스로 똑똑하다고 하는 추미애 대표님이나 야당의 국회의원님들이 모를 리가 있을까요. 모른다면 우리나라 사법고시가 정말 엉터리들도 합격하는 시험이라고 해야 할까요.

그럼 북한과 마주 앉아서 당신이 핵무기의 방아쇠를 쥐고 있는 한 당신들은 원하는 것 무엇이든지 다 들어주겠습니다. 돈은 달라는 대로 다 주고 연평도나 NLL 경계선도 다 돌려주고 개성공단도 개설하여 돈을 퍼주고, 또 금강산 관광을 열어 남한관광객들은 총에 맞아 죽든지 억류를 당해 북한의 강제수용소에서 복역을 하든지….

어떤 야당의원은 김대중 대통령과 노무현 대통령 때 2번밖에 핵실험을 안했고 이명박 대통령과 박근혜 대통령 때 더 많이 했으니 박근혜 대통령의 책임이 아니냐라고 했는데 이런 억지 논리가 그대로 통하니 참 기가 막힙니다. 김대중 대통령과 노무현 대통령 때 개발하여 만들어 놓았으니 지금 쏘는 것이지 만들어 놓지도 않은 핵무기를 어찌 김대중 대통령 때 쏩니까? 이런 어린애들에게도 안 통할 억지 논리를 국회의원들이 떠들어대고 언론에서는 마치도 맞는 말처럼 방송을 하니 그런 말을 하는 국회의원이나 언론들이 모두 제정신이 아닙니다.

그리고 북한이 미사일을 쏘거나 핵실험을 할 때마다 응징을 하겠다고 하는 정부의 관리들도 좀 발표문을 바꾸어 이야기를 했으면 좋을 것 같습니다. 한결같이 몇 년 전 써놓은 똑같은 성명서를 가지고 나와 안보리에서 절대 다수로 북한의 제재를 결정하였다. 북한은 응분의 대가를 치를 것이라고 하는 발표는 이제 그만 두었으면 합니다.

우리도 미국과 세계에게 북한이 핵개발을 중지하지 않는 한 우리의 생존을 위하여 우리도 핵개발을 해야 할 것이고 우리나라에 사드 배치를 반대한다면 내일이라도 북한의 도발적인 행위를 중지할만한 강경한 대처를 해야만 할 것입니다.

중국이 사드 배치를 반대한다고 하여 한국의 국회의원 5명이 중국에 가서 중국의 인사를 만나고 왔다고 합니다. 물론 그들이 갈 때도 한국의 언론은 야단을 떨었고 그들이 다녀와서도 마치 무슨 일이라도 하고 온 양 어깨를 펴고 의기양양하게 인천공항으로 입국하는 국회의원들의 모습이 TV에 비쳤지만 나중에 흘러나온 이야기로는 중국의 하위 공무원과 삼류대학 교수들 몇 명을 만나고 왔다고 합니다. 그들의 행태는 마치 서유기에 사오정보다도 못하다고 생각합니다. 어떻게 저런 사람들이 국회의원이 되었으며 저런 사람들에게 투표한 시민들조차 한심하다는 생각이 들었습니다.

얼마 전 TV에 나온 정치 해설가는 반기문 총장은 한국의 경제를 모르니 대통령 감이 아니라고 했습니다. 그렇다면 대통령은 자신이 경제 전문가이고 교육 전문가이고 군사 전문가이고 외교 전문가여야 합니까. 대통령의 이념만 바르면 전문가를 써서 경제도 교육도 국방도 외교도 처리하는 것이지 대통령이 모두 스스로 해결해야 한단 말입니까. 이런 말을 정치 해설가라고 하면서 TV에서 떠들어대니 그 사람이 무식한 것입니까 아니면 TV에 프로그래머가 무식한 것입니까?

지금은 박근혜 대통령 욕만 하면 신문과 TV 조명을 받는 모양입니다. 그렇게 박대통령이 미우면 왜 그에게 투표를 했습니까. 통합진보당 이정희에게 투표를 하지….

물론 문을 꼭 닫고 남의 말을 듣지 않는 대통령에게도 문제는 있습니다. 그러나 최소한도 박 대통령은 나라가 잘되게 하려고 걱정을 하고 있으며 나라를 김정은에게 넘겨주지는 않을 것입니다. 지금 나라는 혼란의 정국으로 어지럽습니다. 서울시내에 가면 시청 앞 광장에 데모가 없는 날이 없고 노동문제, 부의 양극화, 가계 부채문제, 청년 실업문제, 북핵문제, 저출산 문제, 부정부패 문제, 복지문제, 교육문제, 수출 감소 문제, 떼만 쓰면 된다는 국민의식문제, 일하기 싫어하고 사치만 하려는 사회문제, 집단 이기적인 문제 등 누가 대통령이 된다한들 단시일에 해결할 수 없는 문제들이 산적해 있습니다.

이 문제들을 해결하겠다고 덤벼든 대통령 후보자들을 보면 내가 보기에도 함량미달인 미숙아 같은데 자기를 믿고 자기에게 표를 달라고 아우성입니다.

사드배치를 반대하고 북한에 사람을 보내어 대화를 제의하자고 하는 야당의 정치인들처럼 철이 없는 것인지 아니면 정말 김정은 사모회의 회원인지 이해할 없는 사람들이 북을 치고 나팔을 불며 TV에서 신문에 요란하게 떠들어댑니다.

정말, 나라를 걱정하는 어른들이 모두 어디 계신지 좀 나와서 말씀 좀 해주세요.

세월호 소고

2014년 4월 16일 아침. 뉴스에는 바다 가운데 반쯤 기울어진 배가 서서히 가라앉는 상황이 보였습니다. 그런데 배가 기울어져 가라앉고 있고 배 안에 5백여 명의 사람들이 타고 있다는데 구조 작업을 하는 모습이 한동안 보이지 않았습니다. 물론 그 후에 구조원들이 와서 사람들을 구했지만 우물쭈물하는 늑장 구호작업으로 295명의 희생자를 내고 꿈도 펼쳐보지 못한 246명의 단원고등학생들이 생명을 잃었습니다.

예기치 않았던 순간에 이런 큰 사고가 나면 당황하고 어쩔 줄 모르겠지만 세월호에서 보여준 해양경찰의 대응은 분명히 잘못 되었습니다. 그리고 세월호 사고의 책임은 일차적으로 유병헌이라는 세월호 주인에게 있을 것입니다. 구원파라는 사이비종교의 교주이기도 한 그는 수입만을 생각하는 악덕 자본주였는지도 모릅니다. 세월호는 일본에서 1994년 5,997톤의 배로 건조되어 20년을 운항하다가 2012년 퇴역한 배였습니다. 그런데 이 헌 배를 사들여 6,835톤으로 불법 개조하였으니, 기능은 여전한데 더 많은 사람과 짐을 싣도록 불법 개조한 것입니다.

법적 적재량 이상의 짐을 싣고 선장은 사고 당시에 무엇을 하고 있었는지, 배를 맡은 삼등 항해사가 급히 배의 항로를 바꾸려고 배를 돌리다가 중심을 못 잡고 기우뚱 쓰러졌다는 것이 보고된 내용입니다.

배가 쓰러진 후 빨리 승객을 구조할 생각은 하지 않고 동요하지 말고 선실에 있으라고 방송한 다음 선장인 이준석 씨는 자기만 살겠다고 제일 먼저 도망쳤습니다. 선장인 그가 배를 빠져나오는 장면을 보면 선장의 복장을 하고 나온 것이 아니라 무엇을 하다가 나왔는지 반바지차림에 맨발이었습니다. 일설에는 술을 마시고 누워 자다가 나왔다고 하지만 언론에서 가만히 있으니 우리는 알 수 없습니다. 배가 기울어져 가라앉는데 배를 끝까지 사수해야 할 선장이 '선실에 그냥 있으라고 방송을 하고 자기는 도망쳐 나왔으니 그는 선장의 기본조차 되어있지 않았습니다. 그래도 좀 부끄러웠던지 가명을 말하고 내려서는 주머니에 있던 돈을 꺼내 말리고 있다가 조사원에 의해 선장임이 발각되었습니다. 그 이상 파렴치할 수는 없습니다. 그의 얼굴에서는 애석한 마음이나 잘못했다는 표정을 찾아볼 수 없었습니다. 배가 서서히 가라앉고 있을 때 적극적인 구호작업을 했다면 좀 더 많은 사람들을 구했을 것입니다. 결국 246여 명의 젊은 학생들이 바다에서 생명을 잃고 5명이 실종되었습니다.

가족의 슬픔과 분노를 이해합니다. 그런데 세월호의 뒤처리는 이상하게 돌아가기 시작했습니다. 한 학생의 아버지 김용호 씨는 자기가 소속한 민노총과 야당 국회의원과 접촉을 하더니 이상하게 정치문제로 비화하기 시작했습니다.

선장인 이준석 씨와 배의 선주이고 사고의 책임자인 유병헌 씨를 비난하는 소리는 잠깐 있다가 없어지고 박근혜 대통령에게 책임을 묻기 시작했습니다. 우리가 모두 오전 11시경 사태수습을 위한 대통령의 목소리를 들었는데 사고가 난 후 박대통령은 나 몰라라 하고 정부와 7시간 동안 애정행각을 벌이느라고 사고를 방치했다느니 유병헌 씨가 박대통령과 친한 사이라느니 미국 잠수함이 지나가다가 배를 받았다느니 온갖 괴담들이 떠돌아다니면서 반정부운동으로 자리를 잡아갔습니다.

세월호 추모 1주년기념식에서는 유가족이 대통령에게 능지처참할 년이라고 욕을 했는데도 그 자리에 있던 정부 관리는 박수를 치고 언론은 아무 말도 하지 못했습니다. 광화문 유가족 천막에는 '내 아들 살려내라!' '박근혜가 책임져라!' 하는 구호가 적혀 있었습니다. 세월호 가족을 비판하는 것은 국민의 정서에 반하는 것이고 국민을 욕되게 하는 것처럼 언론은 세월호 희생자들을 성스럽게 만들어 가고 있습니다. 세월호 희생자의 처우문제가 우리의 상식을 넘어도 언론은 한마디 말도 하지 않습니다. 세월호 유가족들의 천막은 2년 반이 넘은 오늘까지도 광화문 광장 한가운데 자리를 잡고 야당의 정치인들이나 반정부적인 인사들은 이 천막을 방문하여 유족들에게 인사를 하고 방명록에 사인을 하는 것이 마치도 현충원에 방문하는 것처럼 명예스런 일이라 생각하고 있습니다. 차기 대통령 후보로 거론이 되는 사람들은 천막을 찾아 유가족들에게 인사를 하고 같이 사진을 찍는 것으로 언론과 국민의 인정을 받고자 합니다. 세월호 희생자들은 점점 미화되어 의사자로 대우를 받아야 한다고 더불어 민주당의 박범계 의원이나 김현 의원의 주장이 대두되더니 희생자들의 유가족마저 특별대우를 받아야 한다고 야단입니다.

어쩌다 인터넷에 떠도는 세월호 희생자의 대우가 32가지나 되는데 그 가족들까지 받는 대우가 아마 안중근 의사나 김 구 선생의 가족들의 대우보다 더 나을 것입니다. 그들은 의사자이고 유공자라고 강변합니다. 의사자나 국가유공자라는 낱말의 해석조차 헷갈리게 만듭니다.

이들은 월남전사자나 근무 중 희생된 군경들보다도 많은 보상을 받고 가족들도 계속 특혜를 받아야 한다고 하니 좀 냉정하게 생각을 해보아야 하겠습니다.

세월호에 희생된 안산 단원고등학교의 학생들은 수학여행으로 제주도에 가기로 했습니다. 고등학교 학생들의 수학여행이 제주도로 정한 것은 요새 잘사는 나라의 학생들로서 비난을 받을 일은 아니지만 약간 사치스러운 것은 사실입니다. 제주도로 가기 위해 비행기를 타고 갔거나 배로 가더라도 좀 더 좋은 회사의 배로 갔으면 좋았을 것입니다. 불법으로 개조되어 얼마간 싼 운임을 주고 세월호를 택한 것은 학교 측의 잘못한 처사 중의 하나로 생각됩니다. 하지만 배의 소유주가 박근혜 대통령도 아니고 대통령이 수학여행의 인솔자도 아닙니다. 대통령이 해양경찰서의 진두 지휘관도 아닙니다.

아무리 우리나라 대통령이 나라 일에 모든 책임을 진다고 하지만 바다의 배가 사고를 일으켜 침몰한 것까지 책임을 진다는 것은 상식적으로 이해하기 힘이 듭니다. 하기는 이런 유머가 있습니다. 일본 남자가 바람을 피우면 부인이 상대방 여자에게 찾아가 정중하게 우리 남편을 돌려달라고 사정을 한다고 합니다. 영국남자가 바람을 피우면 여자들은 변호사를 찾아가서 이혼 수속을 하면서 위자료를 많이 받아 내려고 하고, 미국 남자가 바람을 피우면 여자는 권총으로 상대 여자를 쏘아버린다고 합니다. 이태리 여자는 칼부림을 하고 한국여자는 금방 피켓을 들고 나가 박근혜 대통령은 책임을 져라 하고 데모를 한다고 합니다.

얼마 전 이태리에서 유람선 사고가 났을 때 선장은 이백 몇 년의 징역을 선고 받았다고 합니다. 세월호 이준석 씨는 20년 선고를 받았다고 하니 한 십년 살고 대통령 특사로 나오면 될 것입니다.

오늘도 광화문 앞의 세월호 유가족의 천막 앞을 지나면서 아직도 이 문제를 해결하지 못하는 우리나라 정치인들과 언론 그리고 점점 더 귀와 눈을 가리는 대통령의 행동이 답답하기만 합니다.

블랙리스트

　지금 한국에서는 박근혜 대통령 마녀사냥이 한참입니다. 세월호가 침몰해가고 있는데 청와대 별실에서 7시간 동안 성형수술을 했다느니, 정윤회와 애정행각을 벌였다느니, 청와대 안에서 굿을 했다느니, 정유라가 사생아라느니, 온갖 불미한 소문이 촛불집회에서 꼬리를 물고 나오고 있습니다. 그래서 과격한 인사는 박근혜 대통령의 나체 사진을 만들고 최순실이 그 앞에서 꽃을 들고 있는 그림을 만들어 나오기도 합니다. 그리고는 예술의 표현의 자유라고 우겨대기도 합니다. 그리고 반대편 인사가 그 국회의원 부인의 나체 사진을 만들자, 제발 우리의 가족은 건드리지 말라고 호통을 쳤습니다. 대통령의 나체 사진은 되고 우리 집 사람의 사진은 안 된다는 희한한 이론입니다.

　그리고는 예술인들 중에서 정부에 비판적이고 부정적인 사람들의 이름을 조사하여 문화예술부에서 그들에게 불이익을 주려고 했다는 소위 블랙리스트의 문제를 사건으로 만들어 문화체육부장관이던 조윤선 씨를 구속하여 수갑 찬 모습을 TV에 보여주고 또 그 일을 도왔다는 명분으로 문체부 차관도 구속되어 기소되었습니다. 대한민국의 무소불위의 힘을 가진 검찰은 장관이 된 지 몇 달 되지도 않은 여자를 구속시키고 협박하며 그를 파렴치범으로 만들어 그의 잘 나가던 젊은 인생을 망가뜨리고 있습니다.

그리고 TV에서는 블랙리스트가 사상 처음 있었던 정보 정치처럼 연일 방송으로 떠들고 있습니다. 그럼 블랙리스트란 무엇일까요. 물론 공적으로는 과거 전과가 있는 사람이라든가 나쁜 짓을 한 사람을 기록하여 중요한 자리에 쓰지 않거나 불이익을 주자는 것이고 과거에 자기에게 해를 입히고 자기에게 상처를 입힌 사람의 이름을 기록하여 앞으로 조심을 하고 그와는 상대를 하지 말자는 것이 아닐까요.

전에 내가 오하이오에서 성형외과 개업을 할 때도 블랙리스트가 있었습니다. 블랙리스트에 기록되는 사람은 그전에 진료를 받았을 때 쓸데없이 소란을 피운 일이 있었다든지 다른 의사를 고소한 일이 있었다든지 거짓 정보를 주어 진료비를 고의적으로 내지 않았다든지 하는 사람을 컴퓨터에 저장하였다가 그 사람이 진료해 달라고 오면 생명에 위험한 병이 아니면 좋은 말로 거절하는 그런 제도였습니다. 그런 일은 나만한 것이 아니라 거의 모든 의사들이 일상적으로 하는 일이었습니다.

한번은 한국의사 부인이 수술을 해달라고 온 일이 있습니다. 친하지는 않지만 모임에서 여러 번 뵌 선배이고 교회에서도 뵌 일이 있으므로 돈도 별로 받지 않고 정성스럽게 수술을 해주었습니다. 그런데 어떤 수술이나 칼자국이 남고 상처가 아물 때까지는 흉터가 보이게 마련입니다. 그런데 수술을 하고 일 주일만에 와서는 수술 자국이 보인다고 병원이 떠나가게 야단을 치는 것이었습니다. 나는 2~3주만 참으면 흉터가 가라앉고 3개월 정도만 있으면 상처가 희미해질 것이라고 친절하게 설명을 했습니다. 그 선배는 "아니 그 곱던 얼굴을 망쳐 놓곤 …." 하면서 거의 매일 전화를 걸고 시비를 걸었습니다.

"선배님도 의사여서 수술 자국이 당분간 남는다는 것을 이해하시지 않습니까?" 해도 막무가내였습니다. 그렇게 나를 괴롭히고 밤잠을 못 자게 했습니다. 그런데 우리 동네에서 한 시간 정도의 거리에서 개업을 하는 친구도 "나도 그 선배한데 얼마나 곤욕을 치렀는지 몰라요. 다시는 그 선배님 만나고 싶지도 않아요." 라고 머리를 흔들었습니다. 그러다가 한 6개월이 지나고는 잠잠해졌습니다. 그리고 얼마 후 다른 성형외과의사에게 또 수술을 받았다는 소문을 들었습니다. 그리고 그 성형외과의사를 만났는데 "그 전에 이 선생이 한 수술이 잘 되었던데" 라고 말해 주었습니다.

한 1년 후에 그 선배님이 다시 전화를 했습니다. 그리고는 "그전에 좀 미안했어요. 그런데 이번에는 얼굴 주름살을 좀 폈으면 하는데 아무래도 Dr Lee가 제일 나은 것 같아."라고 했습니다. 나는 간곡하지만 결연한 말로 다시는 수술을 하지 않겠다고 했습니다. 그것이 블랙리스트입니다.

아마 다른 사업도 마찬가지일 것입니다. 어떤 사람이 많은 외상값을 떼어 먹고 도망을 갔다가 몇 달 후에 다시 와서 외상을 달라고 하면 선뜻 외상을 줄 사람이 있겠습니까?

내가 일생을 살아오면서 내 마음속에 블랙리스트로 남는 사람들도 있습니다. 나에게 거짓말을 하여 손해를 입힌 사람. 나에게 몹쓸 짓을 하여 마음에 상처를 준 사람. 내게 거짓말로 돈을 꾸어 가고는 갚지 않은 친구는 내 마음속에 블랙리스트로 남아 다시는 그 친구와 거래를 하거나 돈을 꾸어주는 일이 없습니다. 그런데 나라나 정부가 하는 일에 사사건건이 발목을 잡고 정부를 욕하고 비방하는 사람을 이쁘다고 끌어 안을 대통령이 어디 있고 이쁘다고 데리고 다니면서 밥을 사줄 장관이 어디에 있겠습니까?

블랙리스트는 어느 정부에나 있었을 것이라고 확신합니다. 권력이 바뀌면 그 전 정부에서 충성을 하던 사람을 모두 내보내고 자기의 사람을 쓸 뿐 아니라 그 전 권력자들을 음으로 양으로 보복을 한 정권들을 우리는 많이 알고 있습니다. DJ도 대통령이 되고 정부의 관리들에게서 24시간 안에 사표를 받고 자기 사람으로 바꾸었습니다. 그 이야기는 김영삼 정부 때 고위 관리에게서 들은 이야기입니다.

노무현 대통령 때도 블랙리스트는 있었습니다. 그도 자기의 주위의 인물을 이리 쓰고 저리 쓰고 하여 회전문 인사란 논란이 있었고 그가 싫어하는 기자나 검사와는 맞짱을 뜰 정도로 호불호의 표현이 강했습니다. 어떤 때는 장××라는 분은 일부러 병장의 군복을 입고 나와 중장 대장의 장군들을 불러 놓고 모욕을 주었습니다.

이명박 대통령 때는 국회의원 선거 때 친박에 속하는 사람들은 공천에서 전멸시켰습니다. 공천에 떨어진 사람들이 무소속으로 출마하여 국회에 진출하기도 했습니다. 물론 이때도 블랙리스트가 있었습니다. 그때는 왜 블랙리스트가 문제가 되지 않고 블랙리스트를 만든 사람이 감옥에 가지 않았을까요?

얼마 전 유튜브에 나온 이야기입니다. 역대 대통령이 모두 새로운 기구를 만들고 재벌들에게 그 기구를 도와주라고 했는데 그때는 말썽이 없더니 왜 이번에는 대통령을 탄핵한다고 야단입니까 했더니 어떤 인사가 말하기를 그때는 그것을 검찰이 문제 삼지 않았고 이번에는 문제 삼으니까 불법이 된 것이라며 정색하며 말했습니다. 그럼 그전 대통령의 블랙리스트는 검찰이 문제 삼지 않았으니 불법이 아니고 이번 사건은 검찰이 문제를 삼았으니 불법이고 범죄라는 말입니까? 대한민국의 법은 엿판이고 검찰은 엿장수입니까? 그저 마음 내키는 대로 입건하고 구속하고 내가 미운 놈은 마음대로 잡아 가두고 감옥에 보내고….

아, 다음에 아들 낳으면 의사 시키지 말고 어떻게 해서든지 대한민국 검사를 만들어야겠네요. 그리고 나도 몰래 블랙리스트를 만들었다가 아들이 검사가 되면 블랙리스트의 인물들에게 모두 보복해야겠네요.

대통령 탄핵

지금 세계에서는 대통령 탄핵이라는 정치적인 쿠데타가 유행병처럼 나돌고 있습니다. 정열의 나라 브라질에서는 여성으로 첫 번째 대통령이 된 지우마 로세프를 탄핵시켰는데 죄목은 대통령선거를 할 때 당선되기 위하여 회계장부를 위조하여 국가의 적자를 감추었다는 것이었습니다.

또 미국의 언론은 대통령에 취임한 지 4개월도 채 안 된 트럼프 대통령의 탄핵을 연일 보도하고 있습니다. 이스라엘 군사기밀을 러시아에게 넘겨주어 현지 요원의 생명이 위험해질 정도였다는 것이고 이를 조사하려는 것을 막아 달라고 FBI 국장인 코미에게 지시했다는 것입니다. 트럼프 대통령은 코미 FBI 국장을 해임시켰고, 그러자 그는 트럼프가 자기에게 수사를 하지 못하도록 하라고 지시했다고 주장합니다. 민주당의 하원의원은 이는 국가기밀을 누설한 것이고 수사를 방해하려는 중대한 행위였다며 대통령을 탄핵해야 한다고 주장하고 있습니다.

한편에서는 이 운동의 배후에는 지난 대통령 선거에 패배한 힐러리 클린턴이 핵심이 되고 있다고 합니다. 머리가 좋고 권모술수에 능한 힐러리로서는 능히 도모할 수 있는 일입니다.

그러나 후보시절부터 언론과 잘 사귀지 못한 트럼프는 자기만큼 언론에 혹평 당하고 나쁘게 취급이 된 대통령이 없었다고 항의합니다. 어떤 사람은 트럼프가 임기를 채우지 못하고 탄핵이 되어 백악관을 물러나올 것이라고 장담을 하는가 하면 미국의 대통령 탄핵은 그리 쉬운 일이 아니라고 신중론을 펴기도 합니다.

미국 대통령 탄핵의 움직임은 세 번 있었는데 앤드류 대통령이 탄핵이 되었고, 닉슨 대통령은 탄핵이 가까워지자 스스로 대통령직을 물러났으며 여러 명의 여자들과 놀아나고 어린 인턴 모니카 르윈스키와 대통령 집무실에서 부끄러운 행위를 한 클린턴은 자기의 정액이 묻어있는 모니카의 옷이 나오자 부적절한 관계를 인정하는 정도에서 사과를 하고 대통령의 자리를 지켰습니다. 신문에서는 앞으로 조직되는 특검에서 트럼프에 대한 조사가 이루어지고 조사결과에 따라 탄핵안이 제출되면 하원에서 투표를 하여 과반수가 넘으면 상원으로 가서 삼분의 이를 넘어야 탄핵이 이루어진다고 합니다. 그런데 조사기간이 있고 또 하원과 상원을 통과해야 하니까 시간이 많이 필요할 것이며 하원과 상원이 공화당이 다수당이어서 통과가 되기 어려울 것이라고 합니다. 그전에 닉슨이나 클린턴의 경우를 보면 꽤 오랜 시일이 걸렸습니다. 그리고 트럼프의 탄핵이 통과되지 않을 것이라는 전망이 더 많이 있습니다. 물론 트럼프와 사이가 나쁜 CNN과 MSNBC에서는 조속히 통과를 시키라고 아우성을 치지만….

우리나라에서도 대통령의 탄핵이 있었습니다. 그런데 머리가 가장 좋다는 한국에서는 그야말로 지성적이지 못하고 지극히 감정적으로 대통령의 탄핵이 진행되었습니다.

대통령이 최순실이라는 여자를 개인적으로 청와대에 끌어들여 자기의 연설문을 미리 읽게 하고 교정을 하게 하는가 하면 인사관리에도 개입을 했고 삼성이나 롯데의 재벌들에게 미르재단에 투자하라고 강요를 했다는 것입니다.

삼성의 이재용 부회장도 강요를 당한 것이 아니고 또 뇌물이 아니었다고 주장을 하는데도 뇌물 증여의 묵시적 정황이 있다고 삼성의 이재용을 구속했습니다. 박근혜 대통령의 최순실 국정농단이라는 말이 퍼져나오자 곧 민주노총, 전교조, 전국농민회, 정의당 의원들의 선동으로 젊은 사람들과 데모전문가들이 촛불을 들고 광화문으로 몰려들었고 검찰의 조사도 하지 않은 채 국회에서는 대통령 탄핵을 결의해 버렸습니다. 피의자란 말은 의심을 받는 자라는 말이고 아직 죄인이 아닌데 죄인으로 취급이 되고 형벌을 내려버린 것이었습니다. 그리고 탄핵을 하고 야당의 추천대로 특검팀이 만들어지고 특검이 진행되었습니다. 그러나 대통령 탄핵의 중요 증거물인 PC 태블릿이나 이 사건을 처음 발설하고 뒤에서 최순실을 이용했던 고영태나 고영태와의 전화 통화도 증거로 채택이 되지 않았습니다. 나는 특검에서 이런 중요한 증인과 증거물을 무시했다는 것이 이해가 되지 않습니다. 박영수 특검장은 살기 어린 표정으로 대통령과 그에 관련이 된 사람들을 비판했습니다.

누가 만들어 냈는지 모르는 박근혜 대통령에 관한 소문이 장안에 떠돌았습니다. 박대통령이 세월호가 침몰을 하는 그 시간에 성형수술을 받았다느니, 정유라가 박대통령의 사생아라느니, 청와대 안에서 굿을 했다느니, 박근혜는 어려서부터 최태민과 부적절한 관계였고 최순실의 남편이었던 정윤회와도 부적절한 관계였다는 등 사람으로서는 할 수 없는 비윤리적이고 비정상적인 사람으로 만들어 버렸습니다.

그리고 헌법재판소에서는 이정미라는 위원이 3월 13일에 퇴직을 하니 그 전에 결정을 내야한다고 이정미 씨가 퇴임하기 몇 시간 전 '피의자 박근혜를 대통령에서 파면한다'라고 또박또박 판결문을 읽어 내려갔습니다.

나는 법률가도 아니고 법에 대해 잘 알지 못하는 상식인입니다. 그러나 판결이 나지 않는 피의자를 먼저 처벌할 수 있는지 먼저 처벌을 하고 나중에 재판을 해도 되는 것인지 모르겠습니다. 하기는 옛날 인민재판 때 당간부가 "이 사람이 반동분자의 행위를 하였답니다." 하면 몇 사람이 "옳소!" 하고 손을 들고 바로 끌고 나가 총살을 하는 그런 재판인지 모릅니다. 정규재 칼럼과 김평우 변호사의 말로는 먼저 특검으로 조사를 하고 유·무죄를 판결한 후 탄핵을 해야 한다고 주장합니다. 또 원로 법조인들의 공동성명도 이와 같은 주장을 하고 있습니다. 그리고 정규재 칼럼에서는 검사의 공소장이 주어와 동사, 목적어도 제대로 갖추지 못한 유치한 것이었다고 주장합니다.

그러면 종합적으로 볼 때 어떤 세력이 박근혜 대통령을 끌어 내리려는 목적으로 수단과 방법을 가리지 않고 절차도 무시한 채 쿠데타를 벌였다고 할 수밖에 없습니다.

절차를 밟아가며 조사를 하고 탄핵해도 되었을 것을…. 몇 달만 더 기다리면 자동적으로 대통령 선거가 법적으로 이루어질 수 있었는데 그리고 난 후 고소를 하고 재판을 해도 되었을 것을….

내가 퇴임을 해야 하기 때문에 내가 퇴임하기 전 대통령을 파면하겠다는 결연한 의지를 가진 여자나 내가 몇 달밖에 살지 못하니 내 생명이 붙어 있을 때 박근혜를 끌어내리고 대통령이 되어야겠다는 다급한 생각을 가진 사람들처럼 보이는 것은 나의 잘못된 생각일까요.

거짓말 공화국

한국에서 일을 하면서 골치 아픈 일 중의 하나는 진단서를 쓰는 문제였습니다. 진단서 때문에 환자들에게 시달리기도 하고 고객만족센터에 민원이 들어가기도 여러 번 했습니다.

충청도 사람이라 행동이 느리고 온순할 텐데 웬 주먹질이 그리도 많으냐고 하면 충청도 친구들은 "말은 느려도 주먹은 빨라유" 하고 농담을 하는데 정말 대전에는 싸움 끝에 오는 상해사건이 많기도 합니다.

작게는 운동을 하다가 무심결에 얼굴을 쳤는데 코피가 나왔으니 코뼈가 부러졌다고 진단서를 써달라고 하는 주문부터, 정말 싸워서 안면 골절을 일으켜서 병원에 입원 수술을 받는 사람들까지 싸움이 상당히 많았습니다. 아마 내가 의사가 되고 난 후 이때만큼 이렇게 많이 코뼈 수술을 한 적이 없을 정도로 많은 사람들이 코뼈가 부러져 병원에 옵니다. 삼년 동안에 200 케이스가 넘는 코뼈골절을 수술하고 학회에 보고한 일도 있습니다.

코뼈가 부러진 사람은 입원 수술을 하고 진단서를 써 주는데 골절이 없는데 코뼈의 골절이 있다고 진단서를 써 달라고 하는 사람들이 문제입니다. 코에서 피가 나왔는데 코뼈의 골절이 없다고 하면 말이 되느냐에서부터 시작하여 어제 응급실에서는 코뼈가 골절이 되었다고 했는데 당신의 눈에는 골절이 보이지 않는다니 당신 눈이 잘못된 것 아니냐고 시비하는 사람, 심지어 요새는 코뼈가 부러진 것도 진단 못하는 놈이 교수라고 앉아 우쭐거린다느니 인격 모욕까지 하는 사람이 많았습니다. 나는 "영상학과 선생님이 코뼈의 골절이 없다고 하는데 어떻게 제가 코뼈의 골절이 있다고 써줍니까?"라고 하면 "우리 동네 정형외과 박사님이 그렇다고 하는데 당신이 그 사람보다 잘났다는 말인가?" 하고 시비를 겁니다.

한 번은 고등학생의 코뼈를 진단하고 골절이 없다고 했더니 그 아버지가 옆에 있는 친구인지 친척에게 "청와대 민정실에 전화를 해!"라고 큰소리를 질렀습니다. 나도 오기가 나서 "그래요. 전화를 하십시오. 그러면 당신이 나에게 허위 진단서를 써 달라고 압박합니다라고 하지요."라고 했더니 슬그머니 나가버렸습니다. 모두가 자기의 작은 이익을 위하여 거짓말을 하라고 강요를 하는 것입니다. 솔직히 병원에는 확실한 진단이 없이 입원하여 건들거리는 소위 나이롱환자들이 있습니다.

며칠 전 정규재 TV를 보니 이런 통계가 나왔습니다. 2015년 자동차 보험, 상해보험, 생명보험 등을 통한 보험사기가 77,112건이고 보험 사기금액이 3조 4000억 원이었다는 보험회사 보고가 나왔다고 합니다. 참 어마어마한 숫자입니다. 그런데 이 보고는 보험사기에 적발된 건수만 이야기하는 것이니 적발되지 않은 수를 포함하면 실지로 보험사기가 천문학적 숫자가 아닐 수 없습니다. 보험사기 중 몇 퍼센트나 적발이 될까를 생각하면 우리에게서 보험금을 받아가는 보험회사가 유지될 수 있을까 걱정이 됩니다.

한 보고서에는 2015년 우리나라에 사기범죄가 291,128건, 위증이

3,420건, 무고가 6,244건이었다고 보고되었습니다. 물론 적발된 것이 이 숫자이니 적발되지 않은 사기나 위증, 무고는 이보다 훨씬 많을 것입니다. 이중 22.4%만이 처벌되었고 나머지 77.6%는 유야무야가 되었다니 놀라운 사실입니다.

가까운 일본에서는 사기건수가 5,000건이었고 법정에서 위증이나 무고는 10여 건이었다고 합니다. 일본이 우리나라 인구의 배가 되는데 이 정도면 사기건수는 우리나라가 일본의 거의 1백 배가 되는 수준이고 위증이나 무고는 일본의 7백 배가 된다는 사실입니다. 그리고 이런 사기범죄와 위증, 무고 건수가 2010년에 비해 2015년에 45%가 늘어났다고 정규재 선생은 우리에게 도표를 보여 주었습니다. 사실 말만 들어도 으스스한 법정에서 위증을 한다는 것은 보통 심장이 강한 사람 아니고서는 할 수 없는 일입니다. 그리고 우리가 왜놈이라고 깔보고 이차대전의 전범들이고 위안부를 끌고 가 학대를 하고 사과를 안 한다는 일본사람들과 비교하여 7백 배나 거짓말을 한다는 통계는 정말 사실이 아니고 거짓말이라고 믿고 싶을 정도입니다.

왜 그럴까요? 우리나라 사람들에게는 거짓말을 하는 DNA가 특별히 있는 것일까요? 이런 범죄가 가파르게 늘고 있다는 사실은 우리 국민에게 누가 거짓말을 해도 된다고 교육하고 있기 때문이라고 생각됩니다. 거짓말을 하다가 발각되면, 아니면 말구 하고 버젓이 자기 자리로 돌아가 앉아버리는 국회의원들이 이런 위증과 무고를 해도 죄가 안 된다고 국민들에게 교육하고 있는 게 아니겠습니까.

우리나라의 대통령들도 거짓말을 잘하기로 정평이 난 사람들입니다. 대통령직에 있으면서 선거의 공약도 안 지키고 국민들을 속이면서 정치를 합니다. 정말 거짓말을 남보다 잘하는 사람이 더 출세하는 세상이 되어버리고 말았는가 봅니다. 그리고 각 정당들은 사람이 거짓말로 정부의 일을 폭로하고 여론을 일으키는 이것이 자기들에게 유익하기만 하면 진실규명에는 전혀 관심이 없고 그에게 국회의원직을 주곤 했습니다. 우리는 그런 사람을 많이 기억하고 있습니다. 그리하여 국회에는 과거에 거짓말을 많이 한 사람, 지금도 거짓말하여 국민을 선동시키는 사람이 국회의원이 되고 당의 최고위원이 되고 당대표가 되는 세상이 되어 버리고 말았습니다. 학생운동을 하다가 감옥에 갔다 온 사람, 그 사람이 하는 말이 사실이 아닐지라도 그럴싸한 말로 여론을 일으키면 다음에는 비례대표로 또는 야당성이 강한 지역구에 공천을 하여 국회에 입성시키곤 했습니다.

얼마 전 문창극이라는 교회 장로님이 국무총리에 지명이 되어 국회 청문대에 오른 일이 있습니다. 이 사람은 교회에서 설교를 하면서 이야기한 것이 민족 비하와 친일파 옹호라는 구실로 청문회에서 총리로 부적절하다는 판정을 받고 스스로 물러난 사람입니다. 그런데 죄라고는 짓지 않은 사람을 청문한 청문회위원장은 공금횡령과 불법자금으로 북한에 송금한 죄로 감옥에 두 번이나 다녀온 사람이고, 여당간사는 불법 선거자금모금과 공금유용으로 감옥에 다녀온 사람입니다. 정말 이것은 아프리카 사람들이 웃을 코미디였습니다. 기독교가 국교라고 할 수 있을 정도로 우리나라는 선교사를 세계에서 두 번째로 많이 내보내는 나라입니다. 우리나라 상품이 신용이 있다고 세계 수출 5위에 오른 대한민국에서 이렇게 거짓말이 유행하니, 이제는 거짓말 유행병을 고치는 예방주사를 개발하든지 대대적인 도덕 재무장 운동을 벌여야 하겠습니다.

신토불이

그리 멀지 않았던 지난 날 외제라면 사족을 못 쓰던 시대가 있었습니다. 물론 지금도 루이삐똥 가방이나 샤넬 가방이라면 사족을 못 쓰시는 숙녀들이 많이 있습니다. 하긴 외제차를 타고 골프장에 가야 사람대접을 받지 쏘나타를 타고 가면 손님 취급을 못 받는 세상이기는 합니다.

60년대만 해도 우리는 미국사람들이 입다버린 구호품도 좋다고 입고 다녔고, 명동에는 구호품을 개조한 옷으로 치장한 소위 마카오 신사 숙녀들이 활개를 치던 때가 있었습니다. 사실 우리나라에서 얼마 나지도 않는 거친 밀가루로 칼국수를 해 먹다가 미국에서 온 하얀 밀가루로 칼국수를 해먹으니 매끈한 국수가 입에서 살살 녹아 그냥 힘들이지 않고 목으로 꿀떡꿀떡 넘어가고 맛이 그렇게 좋을 수가 없었습니다. Zenis나 RCA 라디오나 TV가 있는 사람들은 TV를 자수로 된 커튼으로 치장을 하고 가보로 삼을 정도로 애지중지했습니다. 미군부대에서 나오는 쏘시지나 햄이 그렇게 맛이 있을 수가 없었습니다. 물론 아무나 먹을 수 없는 비싼 음식이었습니다.

그때는 일을 하다 죽은 한우 소고기는 질기다고 밀어두고 미제 쏘시지나 햄을 먹어야 격이 있어 보였습니다. 그리고 그런 것을 보내준 미국 사람들에게 감사를 하곤 했습니다. 그러다가 한국의 생산품이 나오기 시작하면서 국산품장려를 내건 슬로건 신토불이라는 말이 우리나라 사람들에게 기가 막히게 잘 먹혀 들어갔습니다.

그리고는 세월이 흐르면서 소고기는 한우, 쌀도 국산, 김치도 한국산 배추와 고춧가루로 요리해야 한다며 한국산이 최고라고 야단을 떨기 시작했습니다. 여기에는 정부의 일이라면 무조건 반대하는 야당과 시민단체가 한편이 되었습니다. 신토불이를 시민단체가 선동하며 외국산 중에서도 미제는 무조건 나쁘다고 배척했습니다.

중국 사람들이 자신들이 천하의 중심이라며 주위의 이웃들을 오랑캐라고 한다지만 우리도 이웃을 좋게 이야기하는 일은 없습니다. 일본 사람은 왜놈이고 중국 사람은 뙤놈이고 흑인은 깜둥이나 구공탄이고 미국 사람은 양놈입니다.

인삼도 금산이나 익산에서 나온 인삼이어야지 미국의 깊은 산인 아파라치안 산맥에서 나온 산삼은 효력이 없고 하다못해 한국 사람들이 미국의 산을 오르내리며 채취한 도라지는 맛이 없다고 합니다. 쌀도 경기도 이천이나 용인에서 나온 쌀이어야지 캘리포니아에서 나온 쌀밥은 건강에도 안 좋고 맛이 없다고 합니다. 얼마 전 내가 아는 사람은 자기는 빵이나 국수를 안 먹는데 한국의 밀가루 음식은 거의 수입한 외국산인데 특히 미국산 밀가루에는 구르틴이 많아 암 발생률이 높다는 이야기입니다.

우리는 아직도 기억하고 있습니다. 미국산 소고기를 먹으면 광우병이 걸린다고 백만 명의 성난 군중들이 서울 시청 앞 광장에 모여 미국산 소고기를 수입하는 정부를 규탄하고 이명박 대통령 물러나라고 야단쳤습니다. 한 여자 배우는 "미국산 소고기를 먹느니 차라리 청산가리를 입에 털어 넣겠다.”고 하여 각광을 받았습니다. 또 젊은 어머니들은 어린애들을 유모차에 태우고 “우리 아이들을 구해주세요.” 하고 데모를 했습니다. 세계의 신문들이 한국인의 요란스러움에 감탄(?)을 했습니다. 시장에는 중국산 고춧가루, 참기름, 미역, 콩나물들이 넘쳐나는데 장을 보는 아줌마들은 장사하는 사람을 심문하듯이 “이거 국산 고추예요?” 하고 물으면 장사하는 사람은 “이건 오늘 우리 밭에서 따온 겁니다.”라고 이야기를 하고는 속으로 요새 국산이 어디 있어 하고 혼자 말을 삼킵니다. 얼마 넓지도 않은 땅이 공장부지와 아파트단지로 변하고 고추를 심는 밭은 손바닥만 한데 그 작은 밭에서 나오는 고추로 많은 공장에서 만들어 세계로 수출을 하는 고추장 공장의 고추를 충족시키지 못한다는 것은 나같이 머리가 좋지 않은 사람도 알만 한데 광고에는 한국산 고추로 만든 고추장이라고 표시가 되어 있습니다. 그런데 나는 좀 모자라서 그런지 모르지만 중국에서 나온 고추장으로 만든 음식도 맛이 있고 한국산 고추로 했는지 중국산 고추로 했는지 구별을 못합니다.

고기는 한우가 최고라지만 뉴욕이나 LA에 있는 한국식당에 가서 갈비를 먹으면 부드럽고 맛이 있어 서울의 비싼 식당에서 먹는 한우갈비와 구별할 수 없습니다. 고기는 오래 냉동하면 상해서 맛이 없고 냄새가 납니다. 물론 미국에서 잡은 고기를 냉동하여 한 달이 넘게 태평양을 건너오는 동안 상하지 말라고 방부제를 넣으니 신선한 고기보다 맛이 없을 것은 당연한 이치입니다. 또 상인들은 값이 저렴한 싼 고기를 들여온다고도 합니다. 더 웃기는 일은 호주나 뉴질랜드에서 소를 사다 한 달 동안 한국에 있다가 잡으면 한우가 된다는 말입니다.

나에게는 한우의 정의가 무엇인지 헷갈립니다. 소의 종류를 말하는 것인지, 소의 국적을 따져 호주에서 이민 온 소는 한국 땅에 내려지고 입국수속이 된 그날부터 한우가 되어 한국의 우(牛)민권을 가졌기에 다음날 잡으면 한우가 되는 것인지 알 수 없습니다. 생선도 마찬가지입니다. 서해바다에서 잡히는 조기라도 한국어부가 잡으면 영광굴비가 되고, 한 100미터 저쪽에서 중국어부가 잡으면 중국산이 되어 천대를 받는 싸구려 굴비가 되는 것입니다.

거리에만 나가면 즐비한 삼겹살 광고를 봅니다. 돼지고기는 제주도 산이라고 하며 간판마다 제주도 흑돼지라고 하는데 제주도가 전부 돼지 농장이라고 해도 그 수요를 감당할 수 없을 것 같습니다. 가끔 길에서 보면 몇 백 킬로가 아니라 1톤도 넘을 거대한 하얀 돼지가 차에 실려 가고 있습니다. 내가 보던 옛날의 돼지는 아닌데 그들도 이민을 와서 한국산 돈(豚)민권을 받은 것일까요? 그리고 그 기름진 삼겹살 오겹살 을 먹으면서 "역시 돼지고기는 제주도 흑돼지야. 우리나라 사람은 우리나라 돼지고기를 먹어야지." 하고 아랫배를 슬슬 문지르는 신토불이를 주장하는 아저씨들의 얼굴이 이상하게만 보입니다.

옛날 엽전이 별수 있나 라고 하며 자조하던 시절, 심지어 우리가 양부인이라고 부르던 여인들이 미군을 따라 미국으로 가는 비행기에 오르는 것을 보면서 부러워하던 시절에서 40년이 흘렀을 뿐인데 이렇게 민심이 변하다니…. 내가 국산품 애용을 헐뜯자는 것은 절대 아닙니다. 지금 은 삼성의 스마트 폰과 컴퓨터, LG의 TV나 냉장고가 우수하여 신토불이를 따지지 않고 세계의 많은 사람들이 씁니다. 그러나 자기들의 이익을 위하여 진실을 왜곡하고 역사를 왜곡하고 국민을 선동하는, 국민을 위한다고 하면서 자기들의 이익만을 챙기는 시민단체와 덜 익은 정치인들을 믿을 수 없다는 말입니다.

잘난 척은

고등학생 때 선생님에게 들은 이야기입니다.

춘추전국시대에 석학이신 공자님과 제자들이 길을 걷고 있었습니다. 한 어린이가 길을 막아서며 "선생님, 저는 공자님이 세상에서 가장 지식이 많은 선생님이라고 들었습니다. 그래서 한 가지만 물으려고 합니다." 하고 당돌하게 물었습니다. 원래 인자한 공자님이 "그래 무엇을 물어 보고 싶으냐고" 고 하니까 "공자님, 저 하늘에 별은 몇 개나 됩니까"라고 물었습니다. 난처해진 공자님은 "글쎄 그건 너무 멀어서 셀 수가 없으니 알 수가 없구나."라고 했습니다. 그러자 어린애는 "그럼 공자님, 공자님 눈에서 가장 가까운 눈썹은 몇 개나 됩니까?" 하고 질문하자 더욱 난처해진 공자님은 "그건 너무 가까워서 셀 수가 없구나."라고 대답했습니다. 그러자 그 아이가 물러가면서 혼자 하는 말이 "아니, 멀다고 모르고 가깝다고 모르면서 뭘 안다고 선생님이래." 라고 했습니다.

파스칼이라는 사람은 "우리가 가진 지식이란 것은 저 넓은 바닷가의 백사장의 모래 한 움큼보다도 못한 것이다."라고 탄식을 했습니다. 정말 우리가 아는 지식이란 별것이 아니란 생각입니다.

10년 전에 달달 외던 의학의 지식도 지금은 별로 쓸모가 없어졌고,

10년 전의 세계정세는 지금은 지나간 역사에 불과합니다. 5년 전에 유행하던 의상도 지금은 별 볼일 없는 과거의 일로 변했고 세계의 경제는 일주일이 멀다 하고 바뀌고 있습니다. 아무리 지식이 많은 친구라도 내 손바닥 안에 있는 스마트 폰에서 찾아내는 구글의 지식을 쫓아 갈 수 없고 아무리 머리가 좋은 사람이라도 내 노트북의 인터넷을 따라 올 수 없습니다.

그런데 어떤 모임에 가면 좌석의 화제를 독점하다시피 하는 친구들이 있습니다. 정치와 경제, 사회, 역사 등 하다못해 골프와 쇼핑에 이르기까지 다 자기 혼자만 아는 것처럼 좌석의 이야기를 90% 독점하고 다른 사람에게 이야기할 기회를 주지 않습니다. 혹시 다른 사람이 이야기를 하려고 들면 중간에서 뚝 끊어 버리고 자기의 이야기로 돌아갑니다. 그 뿐 아니라 다른 사람의 이야기는 모두 틀린 것으로 흔들어 버리는 사람이 있습니다. 이런 사람은 5년 전에도 그랬고 작년에도 그랬고 지금도 좌석의 화제를 독점하다시피 합니다. 물론 이런 사람들이 표면적인 지식은 다른 사람들보다 좀 많이 가지고 있는 것이 사실이긴 합니다. 신문도 NY Times나 Wall Street Journal을 보고 TV에서 CNN과 MSNBC를 꼼꼼히 경청하여 세상일에 밝은 것도 사실이긴 합니다. 그런데 문제는 자기 혼자서 세상일을 다 안다는 듯이 떠드는 것입니다. 그 이야기를 듣고 집에 가서 찾아보면 틀린 이야기들이 상당수 있곤 합니다. 그렇다고 다음 모임에 노트를 해서 가지고 갈 수도 없고 전화로 정정하라고 요구할 수도 없습니다. 혹여 그렇게 한다고 할지라도 내가 그분의 말을 당할 수가 없기도 합니다.

또 다른 종류의 사람들이 있습니다. 세상 사는 상식을 가지고 이야기를 하는 것이 아니라 자기 자신의 이야기만을 하는 사람들입니다. 내가 잘났고 우리 집 사람이 제일 이쁘고 살림 잘하고 우리 애가 공부를 잘하고 우리 집이 비싼 집이고… 만날 때마다 쉬지 않고 이야기를 하는 사람들이 있습니다.

오래전에 어떤 대학동창 모임에 초대를 받아 간 일이 있었습니다. 초대를 받은 나는 내 또래 연령의 사람들과 같이 앉게 되었습니다. 저녁을 먹기 전 간부 한 분이 나와 개회사를 하는데 제 옆에 앉아있던 분이 "쟤는 학교 다닐 때 성적이 중간도 못 되었어. 재시험도 여러 번 보았지 그런데 잘난 척은…" 하고는 자기는 졸업을 할 때 4등을 했다고 자랑했습니다. 그리고 자기 옆의 친구에게 "아마 너는 6등을 했지?" 하고 말을 했습니다. 나는 잠깐 놀랐습니다. 대학을 졸업한지 50년이 넘은 지금 4등을 했으면 어떻고 6등을 했으면 어떻단 말인지요. 그리고 자기의 동기생들이 몇 등을 했는지 졸업한 지 50년이 넘도록 기억을 하고 기회 있을 때마다 자랑을 해야 하는 그분의 기억력과 성격에 놀랐습니다.

그런 사람들일수록 출신 학교를 따지고 가문을 따지고 자기의 인맥을 자랑하고 혹시라도 자기의 말이 잘못되었더라도 인정을 하지 않고 고집으로 눌러버리는 경향이 있습니다.

오래 전 내가 살던 오하이오 시골에도 그런 선배분이 있었습니다. 무엇이든지 혼자 알고 자기가 최고이고 자기의 자식들이 잘나고 공부도 잘하고 점수는 별로 좋지 않아도 자기의 골프 폼이 제일이고 자기의 시계나 골프채가 제일 비싼 것이고…. 자기가 찬 시계는 로렉스보다도 비싼 카티어이고 자기의 구두는 발리인데 구찌보다도 비싼 것이고…. 다른 사람이 이야기할 틈을 주지 않았습니다.

나는 그가 남을 칭찬하는 말을 들어 보지 못했습니다. 사람들이 모인 자리면 자기 자랑과 자기 가족들 자랑을 하고 마치 왕이나 된 것처럼 행세를 해야지 다른 사람을 칭찬하면 곧 그 사람을 깎아내리는 이야기를 해야 직성이 풀리는 사람이었습니다. 한참 지나고 그분이 이사를 하여 타지방으로 가고 몇 사람이 모여 저녁을 먹을 때 어떤 분이 말을 꺼냈습니다. 그분이 떠나니 이야기를 하는 사람이 없어 자리가 조용하구만… 하여 웃었습니다.

어느 날 목사님이 설교를 하시며 사람이 왜 사는가 하고 물었습니다. 그랬더니 저 뒤쪽에 앉아 있던 사람이 "사람이 제 잘난 맛에 살지요." 하고 대답을 했다고 합니다. 사람은 모두 저 잘난 맛에 사는 것이 사실입니다. 그러나 여러 사람이 이야기를 할 때는 다른 사람이 자신의 그 잘난 맛에 사는 것도 좀 인정을 해주어야지 철저히 자기만 잘났다고 하면 그 말의 값이 떨어지고 친구도 없어져 버리고 맙니다.

농담에 이런 말이 있습니다. "나는 삼척이 고향입니다. 없어도 있는 척, 몰라도 아는 척, 잘나지도 않았는데 잘난 척하여 삼척 출신이라고…."

요새 민주사회가 되어 모두가 동등해지니까 목소리 큰 사람이 위대한 사람이 되고 고집이 센 사람이 큰 사람이 되고, 염치없이 덤비는 사람이 승리하는 사회가 된 것이 사실입니다. 그리고 삼척이 고향인 사람이 좌석의 상좌에 앉는 사회가 된 것 같아 가끔은 실소를 금할 수 없습니다.

한국의 반미주의

친구들은 나더러 우파라고 합니다. 그건 내가 무슨 크나큰 사상적인 이유가 있어서라기보다는 북한의 혹독한 참상을 겪고 남으로 피난을 오고 한국전쟁 때의 비참함을 경험했기 때문입니다. 그렇다고 나에게 좀 잘해 준 편에 들러붙어서 편협적인 생각을 고집하는 것은 물론 아닙니다. 일반적인 상식인으로 교육을 받고 역사에 관심이 있어 책이나 신문이라도 읽는 생각하는 사람이라면 그렇게 될 수밖에 없는 필연적인 결과일 뿐입니다.

나는 요새 박근혜 대통령이 탄핵되어 감옥에서 치욕적인 대우를 받으며 고생하는 것을 보며 정말 어떻게 된 국민이고 어떻게 된 나라인가를 의심하지 않을 수 없습니다.

나의 친구들이 살고 나와 그동안 만났던 수많은 사람들, 환자들, 학생들, 교인들이 이렇게도 많이 미국에 대한 증오심 속에서 살고 김정은 사랑에 빠졌는가를 생각하면 온몸이 오싹해지는 느낌입니다. 병원에는 수술실 옆에 외과의사 룸이 있습니다.

수술복으로 갈아입고 수술 준비가 되기를 기다리는 동안 앉아 있는 방입니다. 그리고 수술이 끝난 후 다음 수술을 기다리는 곳이기도 합니다. 어떤 때는 30분이나 40분이나 방에서 보내야 할 때도 있으니 그동안 수술기록도 하고 의사끼리 잡담도 합니다.

대부분 애들 이야기, 집안 돌아가는 이야기, 학회에 갔다 온 이야기를 하지만 가끔은 정치 이야기가 나올 때도 있습니다. 그럴 때마다 미국에 대한 이야기가 나오면 원수의 나라처럼 이야기하는 사람들이 간혹 있습니다. 특히 미국에 잠깐 갔다 왔는데 아마 대접을 잘 받지 못하고 왔든지 잘 적응을 못했든지 그런 사람일수록 입에 거품을 물고 미국에 대한 비판을 합니다. 미국에 갔더니 뭐 별 볼 것 없더라. 한국의 병원들은 새 건물인데 미국의 병원 건물들은 헐었고 시설도 우리보다 나을 게 없더라. 수술도 한국에서 다하는 것을 하기에 자기가 한수 가르쳐 주고 왔다고 거드름을 핍니다. 나는 아무 말도 하지 않습니다. 언쟁을 할 생각이 추호도 없기 때문입니다.

물론 한국이 옛날보다 발전이 된 것은 사실입니다. 미국에 연수 갔다 오면 미국에서 수학한 수술만을 합니다. 내시경으로 담낭제거 수술을 연수하고 왔으면 그 수술만 하게 되니 수술 케이스도 많아지고 경험도 많아져서 미국에 있을 때 배운 선생님보다도 잘할 수 있을 것입니다. 그렇다고 내가 미국의사들보다 수술을 잘한다고 하면 오만이고 착각입니다.

또 내가 아는 성형외과의사는 미국의 성형외과는 한국의 성형외과와 전혀 다르니까 미국에서는 배울 게 없었다고 이야기합니다. 미국에서는 유방을 줄이는 수술을 하고 한국에서는 크게 만드는 수술을 하고 미국에서는 코를 낮추는 수술을 하는데 한국에서는 높이는 수술을 하니까 미국에서 배울 게 하나도 없더라는 이야기입니다. 그러면서도 간간이 미국에 연수를 갔다 왔다고 자랑을 하곤 합니다.

나는 속으로 참 미국사람은 어리석다고 생각합니다. 저런 사람들이 미국에 있는 동안 먹여주고 재워 주고 가르쳐 주고서 저런 욕이나 먹고 있다니.

이런 현상이 정치나 사회면으로 나오면 반미주의는 더욱 거칠어집니다. 우리나라의 반미주의는 세계 어느 나라보다도 격렬한 것이라고 생각합니다. 평택 미군기지 이전 반대시위, 광우병 시위, 미순이 효순이 시위를 보면서 이렇게 심한 반대를 하는 나라를 위하여 왜 군대를 보내고 원조를 해주고 FTA 특혜를 주는가 생각하게 됩니다. 얼마 전 박근혜 대통령 탄핵 촛불시위 때도 시위군중 속에서 미군 철수하라, 사드배치 철수하라는 구호와 피켓이 여러 개 보였던 것도 사실입니다. 물론 이석기 석방하라, 국가 보안법 폐지하라는 구호도 나왔지만.

그런데 재미있는 것이 있습니다. 그렇게 극심한 종북주의자들도 북한으로 보내줄 테니 가서 살라고 하면 한 사람도 북한으로 가서 살겠다는 사람이 없는 것처럼 미국이라면 입에 거품을 무는 사람들이 자기의 자식들을 미국에 보내 공부시키고 영주권 받아 살고 툭 하면 미국에 왔다 갔다 하는지 모르겠습니다. 김일성의 딸 통일의 꽃이라고 하며 이북찬양에 거품을 물던 임수정도 미국에서 공부하고 왔습니다. 몇 년 전 미국산 소고기를 먹느니 차라리 청산가리를 입에 털어 넣겠다고 기염을 토하던 여 배우는 자기는 미국산 소고기로 만든 햄버거도 먹었지 않습니까? 이게 무슨 말입니까. 어찌 사람이 이렇게 악독할 수 있다 말입니까. 대표적으로 박지원 의원도 한때는 미국에 영주권을 가지고 살았고 자식들이 모두 미국에서 살고 있으며 심지어 노무현 대통령의 딸도 미국에서 살고 있지 않습니까?

나는 트럼프 대통령에게 반미적이고 적대적인 이슬람 사람들은 추려

낼 게 아니라 한국의 반미주의자들도 미국 입국 시에 추려냈으면 어떨까 싶습니다.

정말로 미국이 역사적으로 한국에 무엇을 잘못했는지 묻고 싶습니다. 백여 년 전에 선교사들을 보내어 학교와 병원을 세우고 한국 사람들을 미국에 데려다 가르쳐주고 전쟁 때 5만 명이나 되는 젊은이들이 죽어가며 도와주고, 구호품을 갖다 먹여주고 입혀주고 원조를 통하여 경제 부흥을 도와주었는데 이렇게 원수처럼 여기는 이유가 무엇인지 모르겠습니다. 지난 2000여 년 간 우리나라를 식민지 취급을 하며 우리나라를 착취하고 우리의 딸들을 데려다 노비로 부리고 왕실에 간섭한 중국에 대한 비판은 하나도 안하면서 미국에 대해서는 왜 원한을 가지는지 도통 모르겠다는 것입니다.

내가 아는 사람 중에 미국 뉴욕에 와서 공부하고 돌아간 사람이 있습니다. 그분은 광우병에 대하여 미국 비판이 강한 분이어서 광우병에 걸린 소위 고기를 먹는 것은 물론 그 뼛가루가 들어간 화장품을 써도, 광우병에 걸렸던 소가죽으로 만든 허리띠나 구두를 신어도 광우병에 걸린다고 합니다. 그러니 미국에서 소고기는 물론 화장품도 가죽제품도 수입을 해서는 안 된다고 강조를 합니다. 그러면서도 자기는 미국판 교과서를 읽고 미국 제품만을 골라 사서 명품이라고 자랑을 하고 다닙니다.

며칠 전 TV에서 다시 광우병에 대한 이야기가 있었습니다. 미국에서 광우병이 다시 생겼는데 한국 정부에서는 미국산 소고기에 대한 엄중한 검사를 실시해야 할 것이라는 이야기였습니다. 미국에서 광우병으로 의심이 되는 소가 한 마리 발견되어 조사를 실시한다고 하는데 한국정부에서 미국정부를 조사해야 한다는 말인지 모르겠습니다. 얼마 전 사드에 대한 이야기가 나와 이야기를 하는데 어떤 분이 우리가 아무리 사드를 반대를 해도 미군 철수를 하라고 외쳐도 미국은 절대로 한국을 포기할 수 없다. 왜냐하면 한국이 미국으로 가는 목줄기처럼 중요한 위치에 있기 때문이다. 한국이 무너지면 미국은 적에게 그대로 노출이 되기 때문이라고 역설을 했습니다. 나는 그분이 지도라도 보고 이야기를 하는지 모르겠습니다. 한국이 워싱턴의 목줄기에 해당하다니… 참 무식해도 정도가 있어야지요.

며칠 전 광주에 인공기가 나붙고 미군 철수에 대한 구호가 들렸다고 하는 방송을 들으면서 '내가 트럼프라면 정말 군대를 철수 하겠다'는 생각을 해봅니다.

친일파와 배반자들

얼마 전 더불어민주당의 원내대표를 지낸 이종걸 국회의원은 문창극 법안이란 법제정을 국회에 발의를 했다고 합니다. 내용인즉 일본 친일파적 발언이나 친일파를 옹호하는 사람에게는 5000만 원의 벌금이나 5년 징역형에 처하자는 것과 한국위안부 비하 발언을 하는 사람은 3000만 원의 벌금이나 3년 이하의 징역형에 처하자는 내용이라고 합니다. 좀 으스스합니다.

나도 일제차하에서 거의 10년을 살았습니다. 초등학교 3학년 9살 때 해방이 되었으니까요 그런 어린 나이에도 일제치하에서 살려니까 할 수 없이 친일했다고 할 수 있습니다. 학교에서 단체로 신사참배도 하고 천황이 주는 칙어도 외우고 아침마다 동쪽을 향해 절도 했으니까요. 그런데 어린 나이에도 보면 할 수 없이 친일을 한 사람도 있고 자진해서 열 내어 친일하는 사람도 있었습니다. 일제 말기에 집집마다 신사의 상징인 '가미다나' 라는 작은 상자를 집집마다 나누어주고는 아침저녁으로 절을 하라고 했습니다. 그런데 통장이나 반장이 조사를 다니니까 집에다 매달아 놓기는 하는데 절하는 사람은 거의 없었습니다. 우리 집에서는 아버님이 코를 푼 종이를 그 안에 넣어 두시며 작은 반항을 하셨습니다. 이름도 할 수 없이 창씨개명 하여 나의 이름은 니시하라 류가이었습니다. 아마 요새 친일파 조사위원회에 의하면 우리 집도 가미다나를 집에 두고 창씨개명을 했으며 쌀 배급을 타 먹었으니 친일파라고 할지 모릅니다.

학교의 모범생이던 나는 학교에 결석을 하지 않을 뿐 아니라 신사참배에도 빠지지 않았기 때문입니다. 그리고 선생님의 지시로 방과 후에도 학교에 남아 군인들에게 위문편지를 하루에도 열 통씩 썼으니까요. 그뿐인가요. 암기력이 좋았던 나는 2학년 때 덴노헤이까노 초구고(천황폐하의 칙어)를 달달 외워 전교생들이 모인 조회에서 4학년 학생들도 잘 외우지 못하는 칙어를 보지도 않고 낭송하여 칭찬을 받았으니까요. 초등학교 2학년 3학년 때는 선생님의 칭찬을 들을 수 있는 일이라면 무엇이든 열심히 하지 않습니까? 그런데 나는 지금까지도 내가 친일파였다는 생각이 들지 않습니다. 사실 친일파가 무엇인지도 모를 나이였으니까요.

나는 어려서 읽은 이광수 선생님의 〈흙〉이나 〈사랑〉, 〈무정〉을 보면서 '이 선생님이 정말 일본을 미워하고 나라를 사랑한 애국자였구나.' 하고 생각을 했습니다. 그런데 해방이 되고나서 춘원 선생은 친일파로 몰리고 자기의 처신을 자아 비판하는 〈나의 고백〉이라는 책을 써서 사죄를 했습니다. 최남선 선생님의 역사책도 마찬가지였습니다. 우리 민족의 자존심을 일깨워주고 일본을 비판하는 글을 많이 쓰셨는데 친일파로 몰리고 매도되었습니다. 두 분 모두 한국전쟁 때 강제로 체포되어 북한으로 끌려가신 채 생을 불행하게 마감하셨습니다.

물론 해방된 후 종로경찰서에 고등계 형사를 하며 한국 사람들을 고문하고 죽게 만든 사람을 해방 후 경찰서장으로 임명하여 다시 권력을 주고 민주투사들을 탄압하게 만든 것은 초기 정부의 크나큰 실책이었습니다. 그리고 일본 정부에 붙어서 한국 독립투사를 재판하던 검사 판사들도 그대로 남아 영감님 행세를 계속 하였습니다. 아마 그것이 씨앗이 되어 반정부운동이 격렬하게 진행되고 종북으로 전향하거나 민족주체사상으로 변해 버렸는지도 모릅니다.

예나 지금이나 이렇게 변절하는 사람은 어느 시대에나 있습니다. 나는 북한의 김일성 독재정치 밑에서 한국전쟁 때까지 5년을 살았습니다. 중학교 2학년까지 학교에 다니면서 여러 사람을 보았습니다. 학교에서 가장 김일성에게 충성을 다하고 학생들을 괴롭히던 선생님이 있었습니다. 우리들은 어린 나이에도 '저 선생님은 정말 빨갱이야.'라고 수군대곤 했습니다. 그런데 국군이 평양을 수복하고 나니까 언제 그랬더냐 하고 완장을 바꿔 차고 한국군 헌병들과 같이 몰려다니면서 활개치는 선생님을 보면서 공포감을 느끼지 않을 수 없었습니다. 우리가 뭣이라도 잘못하면 대답도 기다리지 않고 그대로 총살을 할 것이라는 생각을 하면서.

지금 한국의 보수의 상징이던 박근혜 대통령이 탄핵되어 감옥에 들어가 있습니다. 박근혜 대통령이 선거의 여왕이라는 별명을 얻으면서 28:0이라는 신화를 만들 때 한나라당의 공천을 받아 선거에 이기기 위해 박근혜 대통령의 옆에서 사진이라도 찍겠다고 소란을 피우고, 같이 찍은 사진을 자랑으로 전시하던 사람들이 박근혜 대통령이 촛불시위를 당하자 등을 돌리고 국회에서 탄핵표를 던지고 TV에 나와 대통령을 비판하는 사람들을 보면서 한국전쟁 때의 선생님 생각이 났습니다. 그리고는 TV에 나와 문재인 대통령이 참 잘하고 있다고 칭찬을 하며 아양을 떠는 모습을 보면서 갑자기 구토증이 났습니다. 참 세상 사람은 믿을 것이 못되는구나 하고요.

하기는 성경에도 예수님이 십자가에 달리시기 전날 밤 제자들과 만찬을 하셨습니다. 그러면서 내가 로마 군인들에게 체포되어 사형을 당할 것이라고 예언을 하십니다. 그때 제자들은 "선생님 죽는 장소에 가시더라도 우리가 따라 가겠습니다." 하고 맹세를 합니다. 그렇게 맹세한 지 12시간도 지나지 않아 그러니까 같이 저녁을 먹은 그 밤이 새기도 전에 겟세마네라는 작은 동산에서 예수님은 제사장들이 보낸 사병들에 의해 체포됩니다. 제자들은 모두 도망을 갔는데, 심지어는 입고 있던 옷을 벗어 던지고 도망했다고 합니다. 그리고 수제자이던 베드로는 새벽닭이 두 번 울기 전에 세 번이나 예수를 모른다고 맹서했습니다.

인간은 배반의 DNA를 몸에 지니고 있는지도 모릅니다. 옛말에도 "재상집 개가 죽으면 조문객이 천 명이고 재상이 죽으면 조문객이 열 명이다."는 말이 있습니다 노무현 대통령이 검찰에 소환을 당하실 때 노무현 전 대통령의 집에는 아무도 얼씬하지 않았다고 합니다. 심지어 문재인 비서까지도. 그러다가 노무현 대통령이 돌아가시고 민의가 소용돌이를 치자 내가 언제 그랬느냐는 듯이 친노들이 몰려들어 다시 뭉치기 시작하더니 큰 세력을 이루었습니다. 지금은 친노의 총수가 문재인 대통령이기는 하지만 무슨 일이라도 생겨 문재인 대통령이 다시 궁지에 몰리면 모두 등을 돌리고 모른 척할 것입니다. 아니, 지금 박근혜 대통령에게 돌을 던지는 사람들처럼 그에게도 돌을 던질 것입니다. 그런데 누구나 다 그런 것은 아닙니다. 제일 잘 변하는 사람들은 정치를 하는 사람들, 권력을 쫓는 사람들, 특히 한국의 국회의원들은 카멜레온처럼 잘 변합니다. 그리고 새로운 권력자가 나타나면 다시 그 앞으로 가 비굴하게 아첨의 웃음을 웃을 것입니다.

갈등

갈등이 없는 곳은 없습니다. 집에서는 시어머니와 며느리의 갈등 때문에 힘들고 아버지와 아들 그리고 형제들의 갈등 때문에 가족의 식탁은 평화스럽지가 않습니다.

병원에서는 주임교수와 부교수 사이에 갈등이 있어 과의 분위기가 썰렁하고 간호사들은 팀장이나 간호부장, 일반 간호사들과의 갈등으로 불평과 삐죽 나온 입술이 들어가지 않습니다. 교회에서는 목사님과 장로님들과의 갈등으로 교회가 깨어지는 일이 많고, 은혜를 받으러 갔던 교인들이 주일예배에서 마음이 상해 돌아오는 경우도 있다고 합니다.

처음에는 신학적 차이보다는 한경직, 박형룡, 김재준, 김정준 목사님들의 개인적인 갈등으로 갈라진 한국의 교회는 예수교장로회와 기독교장로회로 갈라지고 이제는 거리가 너무 멀어 화합할 수 없는 지경이 되었습니다.

물론 예수님이 살아계실 때 이스라엘에도 바리새파 사두개파 엣세네파의 파당들이 있고 예수님은 누구보다도 이들을 미워하셨습니다.

불교도 마찬가지입니다 조계종의 원장 선출 때는 스님들이 각목을 들고 나와 패싸움을 했고 조폭들이 동원되기도 했습니다.

지금 중동의 시리아와 이란, 파키스탄에서는 같은 무슬림끼리 시아파냐 수니파냐를 두고 무자비한 살생을 하면서 끝없는 전쟁을 하고 있습니다. 같은 코란을 들고서 무슨 파냐 하는 것이 그렇게 불구대천지 원수로 대결해야 하는 것인지 모르겠습니다. 이들에게는 휴전도 대화도 없습니다. 결혼식장이나 장례식장, 심지어 예배를 보는 모스크에 폭탄을 던지고 자살테러를 감행합니다.

　우리나라에서도 호남과 영남의 갈등이 보통 심각한 것이 아닙니다. 그래서 호남이 지지하는 정권이나 영남이 지지하는 정권이 바뀔 때마다 지난 정권의 비리를 찾아내어 지난 정권에서 한자리를 하던 사람들을 법정에 세우고 감옥에 보내곤 합니다. 그러니 우리나라 대통령 가족이 감옥에 가지 않은 사람이 없습니다. 북한에도 동서의 갈등이 있습니다. 평안도와 함경도는 서로 서로를 미워하며 으르렁거립니다. 어려서 평양에서 살 때 평양의 노동당간부나 내무서원들은 함경도 출신이 많았습니다. "이 간나 새끼, 반동분자 아니겠지비." 하는 소리를 수없이 들었습니다. 나중에 들어보니 함경도의 공산당 간부는 모두 평안도 사람들이었다는 것입니다. 이웃 사람이라고 또 같은 고장 사람이라고 봐 주고 덮어두는 일이 없도록 사람들을 바꿔 썼다는 것입니다. 서로 동서의 갈등을 만들고 그 갈등을 정치에 이용해 먹은 나쁜 수법이었습니다.

　미국에도 갈등이 있습니다. 뉴잉글랜드 사람들은 조지아나 앨라배마 사람들을 게으르고 비문화적이라고 무시하는 경향이 있고 남쪽사람들은 뉴잉글랜드 사람들을 양키, 버릇이 없는 쌍놈이라고 무시를 합니다. 그렇다고 싸우는 것은 보지 못하였습니다. 영국에도 아이리쉬 사람들과 스코틀랜드 사람들 사이에 갈등이 있다고 들었습니다.

　삼일운동 당시에 기독교와 불교, 유교가 모두 손을 잡고 한목소리를 낸 것처럼 대한 독립만세를 부르던 목소리는 하나였습니다.

그러나 정작 해방이 되자 공산주의와 민주주의의 갈등이 생기고는 나라의 허리를 자르는 한국과 북한이 생겼습니다. 북한에서도 일시 민주주의 운동이 있었지만 정권을 잡은 공산주의에게 완전히 붕괴되고 김일성은 반대파들은 모조리 숙청하여 씨도 없애고 아들 손자 며느리에게 정권을 쥐어주어 갈등의 소지를 없애버렸습니다. 그러나 한국에서는 해방 후부터 지금까지 갈등의 불길이 잡히지 않고 있습니다. 아니, 갈등의 골이 점점 더 깊어가고 점점 더 넓어가고 있습니다.

그래서 우리나라는 지금 갈등의 중병을 앓고 있습니다. 동서의 갈등, 노사의 갈등, 이념의 갈등, 세대 간의 갈등으로 우리나라는 의학에서 이야기하는 다발성 기능부전(Multiple organ failure)을 앓고 있습니다. 이렇게 여러 기관의 기능이 마비되면 살기 힘듭니다.

오래 전에 이승만 대통령은 우리나라 국회를 가르쳐 하늘 아래 둘도 없는 국회라고 말을 했습니다. 정말 우리나라만큼 갈등이 심한 국회는 내가 무식해서 그런지 찾아보지 못했습니다.

우리나라 국회는 국회에서 일이 자기 마음대로 안 되면 군중을 선동하여 서울 시청 앞으로, 광화문으로 지지자들을 끌고 나옵니다. 미국과의 FTA 체결 문제 때도 마음대로 안 되자 광우병 파동으로 몰고 갔고, 보안법 폐지와 미군 철수하라고 데모를 하고 우리 불쌍한 미순이 효순이 라고 검은 완장을 차고 시청 앞 광장을 메웠습니다. 이들을 데모를 거듭하면서 조직적·전문적이 되어 어떻게 군중의 힘을 이용하는지 터득했습니다.

우리나라의 노사 분규는 세계 어느 나라보다 격렬합니다. 자본주는 노동자가 필요하고 노동자는 직장이 필요합니다. 그리고 서로 손을 잡고 돈을 벌어먹고 살자고 일을 해야 합니다. 그런데 우리나라 노사 분규는 생명을 바쳐 가며 죽기 살기로 투쟁을 합니다. 그래서 죽창으로 경찰을 찌르고 분신자살을 합니다. 수학여행을 가다가 부실기업의 배를 잘못 만나 죽음을 당한 세월호를 이용한 야당들의 행적은 세계의 역사에 기록될 만한 성공적인 정치 공작이었고 여기에서 성공한 사회주의자들은 촛불을 들고 보수 대통령을 끌어내렸습니다. 똑똑하다던 대통령은 변명 한마디 못한 채 엉터리 헌재에서 법에도 있지 않은 판결로 파면을 당했습니다. 같은 민족끼리의 갈등을 봉합하지 못한 채 갈등의 불길을 계속 타오르고 있습니다.

촛불세력으로 대통령이 되었다는 문재인 대통령은 억울하게 자살한 노무현 대통령의 원수를 갚겠다는 듯 과거 이명박 대통령과 박근혜 대통령의 적폐를 모두 캐내라고 검사들을 부추기고 있으며 노무현 대통령의 청와대 기록은 모두 감추어 둔 채 이명박 대통령과 박근혜 대통령의 기록을 범죄기록이라고 모두 검찰로 보냈습니다. 그래서 감옥에 있는 전직 대통령에게 무기징역이나 사형이라도 선고해야 마음이 풀릴 모양입니다.

이제 멈춥시다. 갈등의 불을 끕시다. 우리가 스스로 나라를 망치는 갈등을 멈추고 보릿고개를 넘고 세계 11위의 경제발전을 한 이 나라의 쪽박만은 제발 깨지 맙시다.

김정기 선생님

사람들은 약속을 어기고 예정을 바꾸곤 합니다. 새해에는 일기를 써야지 하고 예쁜 노트를 사고 책상위에 놓고 일주일을 버티지 못하고 그만두고는 노트의 여백을 보며 부끄러워 한 일이 여러 번 있습니다. 남이 읽어 줄지 말지도 모르는 원고 뭉텅이를 보시고 선생님의 응원으로 첫 번째 책 〈아, 작은 내 키〉를 내고 사람들이 칭찬을 하자 용기가 나서 두 번째 세 번째를 썼습니다.

무식하면 용감하다고 하던가요? 인생도 문학도 철학도 사랑도 모르면서 아는 척 하고 썼습니다. 그리고 '나의 삶에서 열 권만 써야지.' 생각을 했었습니다. 이 열 권이 출간되고서 '이제는 붓을 꺾어야지.' 했습니다. 그런데 가까운 친구와 저녁을 먹으면서 친구가 "얘, 이제는 책 안 쓰냐?"고 물었습니다.

"열 권이나 썼는데 뭘 더 써."

내 대답에 친구가 쓰디쓴 충고를 해주었습니다.

"야! 지랄도 좀 하는 지랄을 해야 되는 거야. 네가 할 줄 아는 게 뭐 있냐? 수술방에서 수술하는 거 하고 글이나 좀 쓰는 것 외에는 술을 먹냐, 담배 맛을 아냐? 골프를 치냐? 사업을 할 줄 아냐? 그러니까 네가 할 줄 아는 지랄이나 제대로 하라구."

이제 수술방을 떠났습니다. 이제 내가 할 줄 아는 것이라곤 글을 긁적거리는 것밖에는 없네요.

가끔 잘 알지 못하는 사람에게서 내 책이야기가 나오면 나는 너무 신기해서 할 말을 잊곤 합니다.

"옥에 흙이 묻어 길가에 버렸으니/ 오는 이 가는 이 흙이라 하는고야/ 두어라 알이 있을지니 흙인 듯이 있거라" 하는 시조처럼 아무도 알아주지 않는 내 글을 읽어 주셨고 책으로 엮어 주셨습니다. 그리고 20년 동안 12권의 책의 서문을 써주셨습니다. 나의 보잘 것 없는 글이 선생님의 서문으로 빛이 났고 나는 선생님의 칭찬에 춤을 추었습니다.

앞으로 얼마를 더 쓸지 얼마나 선생님이 더 서문을 써 주실지 "One dozen의 책을 썼네요." 하는 아내의 말씀에 왠지 가슴이 뭉클하며 눈물이 나네요. 이렇게 열두 번의 서문을 쓰시는 것도 인연이지요. 감사합니다.

2018년 3월

이용해